Edward Sklepowich

In Venedig weint man nicht

Kriminalroman

Deutsch von Günter Seib

Deutscher Taschenbuch Verlag

Ungekürzte Ausgabe
Juli 1997
Deutscher Taschenbuch Verlag GmbH & Co. KG, München

Titel der amerikanischen Originalausgabe:
›Farewell to the Flesh‹
(William Morrow and Company, Inc., New York)

ISBN 3-502-10665-7
Einzig berechtigte Übersetzung aus dem Amerikanischen von Günter Seib
Umschlagkonzept: Balk & Brumshagen
Umschlagfoto: Hans Siwik
Gesamtherstellung: C.H. Beck'sche Buchdruckerei,
Nördlingen
Gedruckt auf säurefreiem, chlorfrei gebleichtem Papier
Printed in Germany · ISBN 3-423-20004-9

Prolog

Urbino saß im Café Florian und lauschte amüsiert den Klagen der Contessa da Capo-Zendrini. Neujahr war kaum vorbei, und schon sehnte sie sich wieder nach ihrer Sommerresidenz in den Bergen bei Asolo.

«Wenn ich an den Karneval bloß denke, möchte ich ganz woanders sein», seufzte sie, lehnte sich in das hellbraune Polsterbänkchen des chinesischen Salons und schüttelte sachte den Kopf. «Sie sind noch zu jung für solches Wissen, aber verlorene Zeit gewinnt man nie wieder, was immer sich auch der arme Marcel Proust in seinem korkgetäfelten Zimmer ausgedacht hat.»

Ein Schatten von Mißmut huschte über ihr schönes Gesicht. Die Contessa hatte Urbino nie verraten, wie alt sie eigentlich war, aber ihre umfangreichen Erinnerungen und Erfahrungen und ihre mal scherzhaften, mal wehmütigen Bemerkungen über seine «Jugendlichkeit» ließen vermuten, daß sie ihm mindestens zwanzig Jahre voraushatte. Auf dem Hochzeitsfoto im Blauen Salon der Casa da Capo-Zendrini war eine junge aristokratische Engländerin zu sehen, die sich seit dem Mädchenpensionat von St.-Brigid's-by-the-Sea kaum verändert hatte.

Die Contessa blickte durchs Fenster hinaus auf den Markusplatz, der nach dem Neujahrstrubel wieder vergleichsweise still und verlassen lag.

«Die Kostümbarbaren, die bald schon wieder über unser heiteres Venedig herfallen werden! Ich mag gar nicht daran denken! Und ich kann für den Februar nicht mal nach London. Es wäre doch herzlos, den kranken Josef allein zu lassen, auch wenn er lieber bei den Nonnen logiert.»

Die Contessa meinte den polnischen Emigranten Josef Lubonski, der in der Kirche San Gabriele ein Fresko restaurierte. Sie hatte ihm den Auftrag vermittelt, nachdem sie in London gesehen hatte, welch großartige Arbeit er im Stadthaus eines Freundes geleistet hatte. Anstatt das angebotene Gästezimmer in der Casa da Capo-Zendrini zu beziehen, wohnte Lubonski aber lieber in der Casa Crispina, einer von den Barmherzigen Schwestern von Santa Crispina gegenüber von San Gabriele betriebenen Pension.

«Und was ist mit *mir*, Barbara? Macht es Ihnen gar nichts aus, mich ganz alleine zu lassen?»

«Aber stürzen Sie sich nicht gern ganz allein in den Trubel, *caro*?» fragte sie mit süffisantem Lächeln zurück.

Als Urbino sich verteidigen wollte, wehrte sie mit einer beringten Hand ab.

«Ich bitte Sie! Bloß kein Wort mehr über Ihren Maskenball im Palazzo Uccello, über den Sie die ganze Zeit schon brüten.»

Urbino lächelte.

«Aber, Barbara. Da gibt es doch schon lange nichts mehr zu brüten.»

«Gottlob! Die frommen Schwestern in St. Brigid's hatten doch recht! Auch der hartgesottenste Sünder kann zum Lichte finden!»

«Barbara, ich meine damit, daß ich mich *dafür* entschieden habe.»

«Dafür entschieden?» Ihre grauen Augen rundeten sich vor Staunen. «Aber *caro*, das wird ein Fiasko, ein pures Fiasko!» Sie lehnte sich zu ihm hinüber und zupfte ihn am Ärmel seines Tweedjacketts. «Sie haben doch keine Ahnung von einem Maskenball!»

«Da haben Sie recht.»

Sie nickte befriedigt und griff wieder nach dem Teegebäck. «Wenigstens wissen Sie, was Sie nicht wissen.»

«Eben. Deswegen habe ich beschlossen, Oriana um Unterstützung zu bitten.»

«Aber wieso ausgerechnet Oriana, *caro*? Ich liebe sie innig, aber unterbeschäftigt ist sie nicht gerade.»

Die Contessa hatte recht. Mit außerehelichen Eskapaden und ehelichem Zwist waren Oriana Borelli und ihr Gatte Filippo meist derart ausgelastet, daß ihnen kaum Zeit und Kraft für anderes blieb. Urbino hatte keine Ahnung, ob Oriana ihm helfen würde. Er hatte sie noch nicht einmal gefragt.

Die Contessa nahm ein Schlückchen Tee.

«Auch wenn Oriana eine kompetente Frau ist, solange sie nicht völlig in der Opera buffa dieser Ehe aufgeht, was könnte sie mit dem Palazzo Uccello anfangen? Ein reizendes Heim, aber für einen Maskenball, *caro*, brauchen Sie Platz. Oriana kann keine Wunder wirken.» Über den Rand ihrer Teetasse sah sie ihm kokett in die Augen. «Nur weil Sie jünger und attraktiv sind, macht Oriana womöglich Versprechungen, die sie nicht halten kann. Was für Pläne haben Sie beide denn?»

«Daß wir ausgefeilte Pläne hätten, Barbara, läßt sich nicht gerade sagen.»

«Dabei planen manche den nächsten Karneval, sobald der alte vorbei ist. Geplant hätte hier schon lange werden müssen, und zwar allerhand.»

«Zum Beispiel?» fragte Urbino auffordernd.

«Ein Motto! Haben Sie eins?»

«Eigentlich nicht.»

«Eigentlich nicht? Ich kann nicht glauben, daß Oriana Ihnen das nicht gesagt hat!»

Die arme Oriana konnte ja nichts dafür.

«Was schlagen Sie vor, Barbara?»

«Was *ich* vorschlage, *caro*? Aber was habe denn ich damit zu tun?»

«Sie wissen ja hoffentlich, daß mir *Ihre* Unterstützung viel lieber wäre. Andererseits weiß ich, wie Sie zum Karneval stehen. Ich habe mich offen gesagt nicht getraut, Sie zu bitten.»

«Nicht getraut? Bin ich jemand, bei dem man sich nicht traut?» sagte die Contessa und schoß einen ihrer kleinen koketten Blicke auf ihn ab. «Seien Sie kein Dummkopf! Karneval ist mir zuwider, das stimmt! Aber ich will doch nicht, daß Sie sich blamieren – und mich dazu.»

«*Sie*? Aber was hätten *Sie* denn damit zu tun?»

«Auch wenn ich nichts damit zu tun hätte – absolut rein gar nichts, wie Sie offenbar schon ganz ohne mich entschieden haben! – wäre ich doch involviert. Die Blamage würde auf mich zurückfallen! Wir verkehren gesellschaftlich miteinander, sind enge Bekannte, gute Freunde! Jeder weiß das. Und wenn Sie sich blamieren – was ganz gewiß passieren wird, wenn die arme Oriana aus Gutmütigkeit mitmacht –, werden wir beide zum Gespött. Das verkrafte ich nicht, schon Ihretwegen!» schloß die Contessa mit einem Augenaufschlag, in dem Urbino pures Mitgefühl lesen sollte.

«Was schlagen Sie also vor, Barbara?» fragte er nochmals.

«Ich sehe keine Alternative, Urbino. Ich fühle mich wie unser armer Papst Johannes Paul I. mit seinem leutseligen Lächeln, den sie so überfordert haben. Was hätte er denn tun können, außer sich unters Joch zu stemmen?» fragte sie mit Emphase.

«Darf ich das so verstehen, daß Sie mich bei meinem Maskenball unterstützen?» fragte Urbino und unterdrückte ein Lächeln.

«Nein, ich schlage vor, daß Sie Ihren Maskenball im Palazzo Uccello vergessen, *caro*.»

«Aber ...»

«Es gibt keine Alternative», fiel sie ihm ins Wort. «Es gibt nur die Möglichkeit, den Maskenball bei mir in der Casa da Capo abzuhalten. Sie zwingen mich ja praktisch dazu. Klären

Sie das mit Oriana. Sie können ihr ja sagen, ich hätte mich zu einem Maskenball entschlossen, und Sie wollten mir auf gar keinen Fall Konkurrenz machen. Dafür hat sie sicher Verständnis. Wahrscheinlich fällt ihr ein Stein vom Herzen.»

«Danke, Barbara.»

Und so hatte Urbino, der nie einen Maskenball im Palazzo Uccello hatte geben wollen, die Contessa überredet, selber einen in der Casa da Capo-Zendrini auszurichten. Dabei war ihm klar gewesen, daß die Contessa ob seiner Finte keineswegs beleidigt sein und die Chance sogar begierig aufgreifen würde. Das aber würde sie nie eingestehen, wie sie auch niemals zugeben würde, ihn von vornherein durchschaut zu haben.

I

Die Pension Casa Crispina bot saubere, einfach möblierte Zimmer, drei Mahlzeiten täglich und Glockengeläut von der Frühmesse bis zu Vesper und Nachtgebet. Sie war eine der billigsten Unterkünfte Venedigs, und zudem reizte manchen Gast die Abgeschiedenheit. Die Pension befand sich nämlich in jenem Teil des Cannaregio, in den sich Touristen nach Besichtigung von Tintorettos Pfarrkirche Madonna dell'Orto nur selten verliefen. Folglich konnte man sich als Fremder einbilden, als Einheimischer mitten unter Venezianern zu leben.

Schwerer fiel es allerdings, diese Identität in den düsteren Mauern der Casa Crispina mit ihrer klaren Trennung von Kloster und Pension vorzuspiegeln. Mit Ausnahme des Speisesaals war die Pension auf den ersten Stock beschränkt, während die Nonnen in den beiden Geschossen darüber fast weltabgeschieden lebten. Nonnen und Gäste konnten einander nur in der Kapelle, im Eingangsflur im Erdgeschoß und auf der Haupttreppe begegnen, die alle vier Stockwerke verband.

Ihr Refektorium hinten im Erdgeschoß war durch eine dünne Zwischenwand mit Tür vom Speisesaal getrennt. Nicht die Nonnen bedienten die Gäste im Speisesaal, sondern zwei stets mürrisch dreinblickende Frauen mittleren Alters aus dem nahen Mestre.

Bevor sich Dora Spaak auf ihrem Stammplatz niederließ, spähte sie wie stets durch die angelehnte Tür ins Refektorium der Nonnen hinein. Obwohl die frommen Schwestern eher als die Gäste aßen, meinte Dora gelegentlich hinter der Tür graue Kutten vorbeihuschen zu sehen.

Dora Spaak fühlte sich in der Casa Crispina nicht wohl. Es paßte ihr schon nicht, daß einige Nonnen die Pension noch als Hospiz bezeichneten, denn sie dachte als Krankenschwester dabei nur an Siechtum und Tod.

Als Dora wieder einmal überlegte, warum die Zwischentür immer halb offen stand, obwohl während der Mahlzeiten niemand hindurchging – sollten die Gäste mit wahrer Gottesfurcht beeindruckt werden oder konnten die Nonnen ihre Gäste so besser im Auge behalten? – hörte sie jemand kommen. Wohl ihren Bruder Nicholas, der oben nach Mama gesehen und sich vergewissert hatte, daß sie wirklich nicht zum Abendessen herunterkommen wollte.

Doch als sie von der Verbindungstür wegsah, stand da nicht ihr Bruder, sondern der nette Fotograf, der immer so zuvorkommend zu ihr war.

«Denken Sie daran, dem Orden beizutreten? Der könnte allerdings frisches Blut gebrauchen.»

Er hatte eine tiefe, wohlklingende Stimme, und Dora hätte ihm stundenlang zuhören mögen. So wohlmoduliert sprachen ihrer Meinung nach nur Engländer aus besten Kreisen.

Dora spürte, wie sie rot wurde. Sie starrte auf ihre Serviette.

«Nehmen Sie sich in acht, Mr. Gibbon. Die Schwestern könnten Sie hören.»

«Sie sollen doch Ralph zu mir sagen, schon vergessen?»

Er schenkte ihr ein betörendes Lächeln.

Sie lächelte verlegen zurück und merkte plötzlich, daß sie nicht länger allein waren. Direkt neben Ralph stand Xenia Campi, die Italienerin der Casa Crispina, die angeblich weissagen konnte.

«Entschuldigen Sie, Sir», sagte die korpulente, schwarzhaarige Mittvierzigerin, und packte die Lehne des Stuhls, hinter dem Ralph Gibbon stand. «Das ist mein Platz.»

«Verzeihung, Signora! Alles muß seine Ordnung haben hier im Kloster – auch während des Karnevals.»

Ralph Gibbon trat zurück und räumte Xenia Campi den Platz zu Doras Linken. Ehe er um den Tisch herumging, beugte er sich zu Dora herab und flüsterte ihr ein Kompliment ins Ohr. Dann ließ er sich am Tischende nieder.

Dora sah weg. Sie war überrascht, Ralph Gibbon hier im Speisesaal zu sehen, nachdem er mehrfach nicht zum Abendessen in der Casa Crispina erschienen war. Was andere auch sagen mochten, für sie war er ein vollendeter Gentleman.

Als Ralph Gibbon das zweite Mal fehlte, hatte Xenia Campi gestichelt: «Ich sehe keine Zukunft für einen Mann, der das Geld derart zum Fenster hinauswirft.»

Ob das bloß Meinung oder schon Hellseherei war, wußte Dora nicht und wollte es auch nicht wissen. Dora fürchtete stets, die Frau könnte sich auch zu ihrer Zukunft äußern. Sie war abergläubisch und überzeugt, ein prophezeites Unglück mußte einfach eintreten, wenn es einmal ausgesprochen worden war.

Heute wirkte Xenia Campi besonders mißgelaunt und deprimiert und war so unnatürlich still, daß Dora froh war, als ihr Bruder Nicholas ohne die Mutter kam und sich neben sie setzte.

Bald folgten ihm lärmend die drei jungen Burschen aus Neapel. Die drei blieben ganz unter sich, murmelten zu den Mahlzeiten nur ein paar Höflichkeitsfloskeln und blieben nie länger als nötig sitzen. Sie waren zum Karneval gekommen.

«Wie geht es Ihnen heute, Signora Campi?» erkundigte sich Nicholas.

«Besser, danke der Nachfrage.»

«Und wie geht es Signor Lubonski?»

Den polnischen Restaurator fesselte eine Grippe ans Bett.

«Signor Lubonski ist viel schlimmer dran als ich», verkündete Xenia Campi.

Nicholas wandte sich unsicher Ralph Gibbon zu. Dora war aufgefallen, daß ihr Bruder im Gespräch mit Gibbon oft verlegen war und ihm kaum in die Augen sehen konnte, sie schrieb das seiner Scheu vor offenherzigen Menschen zu.

Als er jetzt von sich aus das Wort an Ralph Gibbon richtete, hörte Dora mit Freude fast knabenhafte Bewunderung heraus.

«Sie finden im Karneval hier bestimmt viele tolle Motive, Mr. Gibbon. Bei soviel Auswahl fällt die Entscheidung sicher schwer.»

Gibbon sagte lächelnd: «Überhaupt nicht, Mr. Spaak. Genau das unterscheidet den Profi vom Amateurfotograf.»

Xenia Campi bemerkte provozierend laut zu Dora: «Knipsen ist genausowenig eine Kunst wie Kochen!»

«Ah, Signora», wandte sich Gibbon an Xenia Campi, «Sie wissen ja, es gibt Sudelköche und Chefköche, und Urlaubsknipser und Fotografen – genau wie bei Ihnen Rummelplatz-Wahrsagerinnen und seriöse. Beachten Sie bitte, daß ich Ihre Tätigkeit freundlicherweise als Beruf betrachte.»

Xenia Campi riß die Augen auf, sagte aber nichts. Einer der jungen Neapolitaner unten am Tisch prustete los, und die zwei anderen fielen ein.

Die Aufwartefrau schlurfte mit einer dampfenden Suppenterrine vom Flur herein. Dora seufzte. Wieder begann eine Mahlzeit in der Casa Crispina.

2

Urbino sah aus einem Fenster des Palazzo Uccello hinunter und dem TOD direkt ins Gesicht.

Kurz davor hatte er Prousts *Auf der Suche nach der verlorenen Zeit* beiseite gelegt und war ans Fenster getreten. Ihm war, als sei da was unten auf der Gasse, obwohl er nichts gehört hatte.

Und richtig, vor dem Palazzo Uccello spukten an diesem Februarabend Gevatter Tod und die Schleierdame.

Der Tod war fast ganz in Schwarz. Schwarze Stiefel, schwarze Gamaschen und Handschuhe, schwarzer Spitzhut, tief über ein Geschlinge schwarzer Medusenhaare aus Krepp gezogen. Schwarzumränderte Augenschlitze in der ovalen weißen Maske. Hunderte rabenschwarzer fedriger Flitter zu einem enganliegenden Umhang genäht.

Die Schleierdame war ein Gespenst in Weiß. Mit ihren übereinanderfallenden Kurzschleiern an der schmalen Maske, Gazekleid und Glacéhandschuhen, Federfächer und Pantöffelchen wirkte sie wie eine Ausgeburt des Nebels, der vom Kanal über die Brücke und in die Gasse hereindrang.

Der Tod breitete zuschauerbewußt die Arme aus und wurde zum grellbunten Farbenspiel, als unter dem Cape sein Kostüm aus blutroten, lila, gelben und grünen Stoffstreifen aufblitzte.

Die Schleierdame trat zum Tod und ließ sich in den Blütenkelch seiner Umarmung sinken.

War sie wirklich eine Frau und der Tod ein Mann? Unmöglich zu sagen. Sie nahmen ihr Geheimnis mit, als sie sich aus der Umarmung lösten und wie schwebend über den Buckel der Brücke entschwanden. Die *calle* war wieder leer, bis auf die wallenden Nebelschwaden.

Die Katze Serena, im Park aufgelesen, wollte gestreichelt werden und sprang zu Urbino aufs Fensterbrett. Er wandte sich ins Zimmer zurück und nahm Schumanns *Carnaval* aus dem Regal. Die Contessa hatte ihm die Platte als Ablenkung von der Grippe geschenkt, die ihn fast eine Woche ins Haus gebannt hatte.

Urbino schenkte sich ein Glas Wein ein und nahm den Proust zur Hand.

Er hatte *Auf der Suche nach der verlorenen Zeit* mehrfach gelesen, las es aber jetzt nochmals für sein Buch über Proust in der Reihe *Venezianische Biographien*. In *Proust und Venedig* würde er sich auf die Rolle der Stadt im Leben und in der Kunst des Dichters konzentrieren. Dazu Reproduktionen von Carpaccio, Tizian, Veronese und Tintoretto, und Fotografien venezianischer Ansichten und Gebäude von Porfirio, dem besten Fotografen der Stadt.

Urbino las eine Weile und legte den Band dann wieder weg, da es ihm schwerfiel, sich an diesem Abend auf die Schwermut in Prousts lindenblütigem Stil und Erzählmodus zu konzentrieren.

Gefolgt von Serena, die auf einem der braunen Samtkissen des Mahagonibeichtstuhls geschlafen hatte, ging er in sein Arbeitszimmer und schob *Die Kinder des Olymp* in das Video.

Urbino kannte die Liebestragödie zwischen Possenreißer und Theaterschönheit fast auswendig. Mit ihrer Darstellung von Pierrot, Harlekin und Kolumbine und der großen Schlußszene, wo ausgelassener Karnevalstrubel den Possenreißer Baptiste auf immer von seiner geliebten Garance trennt, paßte der Film gut in die Karnevalszeit.

Er ließ sich in seinem Lieblingssessel nieder, Serena schmiegte sich an ihn, während das Drama seinen Fortgang nahm. Garance, die üppige und doch mütterlich zarte Frau, für die die Liebe «terriblement simple» war, schaute sich gerade ein Straßentheater vor den Funambules an. Gleich würde sich Baptiste auf ewig in sie verlieben.

Eine halbe Stunde später war Urbino in den Gassen der Lagunenstadt unterwegs. Ein kleines rosa Ding flog auf ihn zu. Er konnte nicht ausweichen, und es traf seinen schwarzen Lodenumhang. Eine farblose Flüssigkeit verspritzte, tränkte den Mantel und netzte ihm das Gesicht.

Zum Glück enthielt das gefärbte Ei nur Rosenwasser. Urbino wischte die Schale ab und grinste den Werfer an. Er trug ein buntes Clownskostüm mit langem Schwanz und Hasenohren und einen Korb voller Eier. Neben ihm ging ein zweiter, gleichfalls als *mattaccino* verkleidet. Sie lachten. Urbino winkte. Die *mattaccini* gingen weiter, ab und zu ein Ei werfend, sparten sich aber die meisten für die Piazza auf.

Die Strada Nova wimmelte von Einkäufern, Touristen auf dem Weg zum Markusplatz und Straßenhändlern. Heiterkeit herrschte an diesem klaren, frischen Nachmittag. Urbino war von seinem Weg zur Kirche von San Gabriele abgewichen, um einen ersten Eindruck vom Karneval zu gewinnen. Eine Gruppe Schachfiguren – Springer, Königinnen und Läufer – wandelte einher, gefolgt von einer Schar Teufel, die unter der Menge allerhand Schabernack trieben und zum Schein von den Auslagen stahlen.

Sogar Passanten in Straßenkleidung trugen Masken, oder sie hingen ihnen um den Hals oder schauten aus der Tasche. Auch Urbino baumelte eine rote Larve vor der Brust.

Urbino erklomm in der rechten Apsis der Kirche San Gabriele die farbenbekleckerte Leiter. Von der knapp drei Quadratmeter großen Plattform sah er mehr als sieben Meter tief auf den unebenen Steinfußboden hinunter. Je länger er hinuntersah, desto höher kam es ihm vor. Die Tiefe zog ihn fast hypnotisch an, und nur mit Mühe wandte er sich dem Fresko zu.

Urbino hatte das Fresko, das den Erzengel Gabriel bei seinen drei göttlichen Sendungen zeigte, schon Dutzende Male genau betrachtet, seit er in Venedig lebte. Nie war ihm in den Sinn gekommen, daß er eines Tages an der Restaurierung mitarbeiten würde.

Er mußte darüber lächeln, wie er seine Rolle übertrieb. Er war eher ein Beobachter der Restaurierung. Lubonski ließ ihn einfache Arbeiten ausführen, etwa an tiefgründigen Schadstellen Kalkputzgrundierung auftragen.

Letzten Sommer hatte Urbino sich auf der Laguneninsel San Servolo und im Florentiner Palazzo Spinelli intensiv mit Restaurierung beschäftigt, für eine Kurzbiographie der Minolfis, einer berühmten venezianischen Restauratorenfamilie. Dieser Aufgabe hatte er sich auf Bitten der Contessa gewidmet, die den Minolfis nahestand.

Die Kurse in San Servolo und im Palazzo Spinelli hätten für seine Zwecke mehr als genügt, doch interessierte ihn jetzt das Restaurieren selbst, und es machte ihm Spaß, einen bescheidenen Beitrag zur Wiederherstellung schöner Dinge leisten zu können.

«Ich möchte ein bißchen mehr machen», hatte er letzten September zur Contessa gesagt, während sie auf den Start zur *Regata Storica* warteten. Davor hatte er erzählt, was für ein großartiges Gefühl es gewesen sei, mit Augenschutz und Quarzschneider Ausblühungen am Rocksaum einer steinernen Madonna zu entfernen. «Ich möchte ein bißchen mehr als das, was ich hier in Venedig bisher gemacht habe.»

«Sie haben schon genug geleistet, *caro*, und Sie machen ja weiter», hatte sie gesagt. «Sie haben den Palazzo Uccello restauriert und schreiben Ihre Biographien. Und bedenken Sie, wieviel Freude Sie mir bereiten! Ohne Sie wäre mein Leben öde. Was wollen Sie denn noch?»

«Vielleicht würde ich gern eine Veränderung sehen – sei sie auch noch so klein –, die ich selbst bewerkstelligt habe. Ich möchte mehr machen», wiederholte er.

«Ihr Amerikaner und euer Hang zum Machen!» rief sie. «Arbeiten Sie an Ihren Biographien! Die von Proust müssen Sie ja erst fertig schreiben. Suchen Sie sich einen neuen Kriminalfall! Wußten Sie, daß jemand die Votivkerzen vom Muttergottesaltar der Casa da Capo stiehlt? Versuchen Sie sich doch mal daran. Überstürzen Sie nichts. Jedesmal, wenn ich jemand so reden höre, denke ich bei mir: Vorsicht! Er ist kurz davor, einen gravierenden Fehler zu machen. Wenn ich nicht wüßte, daß es bei Ihnen noch ein paar Jahre dauert, würde ich sagen, Sie haben gerade Ihre Midlife-crisis.»

Einen Monat nach der Regatta beschloß die Contessa indessen, die Restaurierung des Freskos von San Gabriele zu finanzieren. Sie sorgte dafür, daß Lubonski beauftragt wurde, mit Urbino als Hilfskraft. Alles schien glattzugehen, nur hatten sich sowohl Urbino als auch der Pole eine Grippe eingefangen. Lubonski hatte es schwerer erwischt, und er ließ sich von den Nonnen der Casa Crispina gegenüber der Kirche pflegen.

Die Wasserschäden am Putzgrund hinter dem Fresko waren bereits behoben, und mittlerweile war Lubonski schon mehrere Wochen mit dem beschäftigt, was die Contessa gern «die Kosmetik» nannte.

«Wenn wir uns selbst bloß auch so restaurieren könnten!» hatte sie ausgerufen. «Das wäre was! Alle paar Jahre ein Schild *‹in restauro›* an die Tür hängen und danach wieder frisch wie mit vierzig auftreten!»

Heute nachmittag hatte Urbino die Leiter erklommen, um eine Weile mit dem Fresko allein zu sein. Die von Lubonski bereits bearbeiteten Teilbereiche strahlten vor Leuchtkraft. Etliche Leute, unter ihnen der Fotograf Porfirio, behaupteten, die ursprüngliche Farbschicht sei teilweise mitentfernt worden und die Farben seien im Original nicht so satt gewesen. Nach allem, was Urbino gelernt hatte und von der Restaurierung der Fresken in der Sixtinischen Kapelle wußte, teilte er diese Meinung nicht.

Er stieg die Leiter wieder hinab. Eigentlich sollte er Lubonski besuchen, bevor er ins Café Florian ging, um sich mit der Contessa zu treffen.

Der englische Fotograf aus der Casa Crispina stand am Fuß der Leiter und blickte zu ihm hoch, während er die letzten Sprossen hinabstieg. Zwei Kameras hingen ihm um den Hals. Hinter ihm stand der Küster Paolo.

Urbino war Ralph Gibbon schon öfter begegnet. Da er in der Casa Crispina logierte und ein paar Fotos für die Nonnen gemacht hatte, war Schwester Teresa bei der Contessa vorstellig geworden, ihn das Fresko für das Gemeindearchiv aufnehmen zu lassen. Die Contessa, von Schwester Teresa immer beeinflußbar, hatte zugestimmt und dabei Porfirios Besitzdenken bei allem Venezianischen nicht bedacht.

Ralph Gibbon war ein hübscher Enddreißiger, also in Urbinos Alter, mit schwarzem Kraushaar, dunklen Augen und blasser Haut.

«Fertig mit dem Pinseln für heute?» fragte Gibbon ruhig mit harmlosem Blick.

«Nur mal nachgesehen. ‹Gepinselt› wird nur, wenn Lubonski dabei ist.»

«Könnte eine Weile dauern. Gestern hat er ausgesehen wie der Tod in Person. Aber mir ist es ganz recht, daß er für eine Weile aus dem Weg ist. Macht meine Arbeit leichter.»

«Ich dachte, Sie hätten das Fresko schon fotografiert.»

«Nicht ganz. Ein paar Stellen will ich noch aufnehmen. Ich will auch noch ein paar von den anderen Fresken und Wandmalereien fotografieren, Schwester Teresa zu Gefallen – allerdings würde ich's wohl auch so machen, nur um diesem arroganten Porfirio eins auszuwischen. Es geht ihm gegen den Strich, daß ich in seinen Gefilden wildere.» Ralph Gibbon blickte sich in der düsteren Kirche um. Sein Blick blieb an einem Standbild der Jungfrau Maria links vom Altar haften. Eine alte Frau steckte gerade die Blumen neu. «Vielleicht mache ich auch einen Zeitraffer von der Heiligen Jungfrau da drüben. Die übergeschnappte Italienerin bei uns in der Casa Crispina will gestern um den Kopf einen Heiligenschein leuchten gesehen haben. Ich würde ihr gern demonstrieren, wie überdreht sie ist.»

«Xenia Campi würde Fotos wohl auch nur als Beweis dafür betrachten, daß gerade etwas fehlte, als sie aufgenommen wurden.»

Gibbons Lachen klang unangenehm kumpelhaft. Bevor Urbino indes klarstellen konnte, daß er Xenia Campi gar nicht so übel fand, verabschiedete sich der Fotograf und kletterte die Leiter hoch.

Lubonski, ein attraktiver Mittvierziger mit kurzem, rotblondem Haar und ausgeprägten Wangenknochen, lag im Bett, mit mehreren Wolldecken zugedeckt. Sein Gesicht war abgezehrt, und die blauen Augen waren von dunklen Ringen umschattet. Er konnte sich kaum ein Begrüßungslächeln abringen.

«Ich fühle mich schwach wie ein Säugling», sagte er zu Urbino. «Noch in meinem Alter hätte ich bei so was gern meine Mutter in der Nähe.»

Lubonskis achtzigjährige Mutter lebte in Krakau. Er rief sie jede Woche an und schickte ihr regelmäßig Geld.

«Machen Sie sich keine Sorgen, Josef. Der Karneval hat erst angefangen. Und das Fresko kann warten.»

Ein schwaches Lächeln huschte über Lubonskis Gesicht.

«Ich weiß, daß es warten kann, Urbino. Aber wie steht es mit Ihnen?»

«Ehrlich gesagt habe ich mir das Fresko gerade angesehen.

Aber gewiß kann ich warten.» Das war ehrlich gemeint. Kein Leiterhochklettern und Herumschnüffeln mehr. «Machen Sie sich keine Gedanken um mich oder sonst jemand. Werden Sie erst mal wieder gesund. Außerdem kommt der Fotograf mit seiner Arbeit besser voran, wenn keiner von uns ihm im Weg ist.»

«Hoffentlich weiß er, daß er nicht alles blitzen darf!» stieß Lubonski hervor. «Er hat die drei Heiligen schon viel zu stark ausgeleuchtet. Der kann reiche Leute fotografieren, wahrscheinlich sogar recht gut. Aber bei Fresken und Wandmalereien bin ich mir nicht so sicher.»

Kurz darauf trat eine Nonne ins Zimmer, um Lubonski seine Arznei zu verabreichen.

3

Urbino wurde von nachdrängenden Passagieren fast über den ganzen Schiffsanleger am Markusplatz geschoben. Die Fahrt durch den Canal Grande war wie eine schwimmende Party gewesen, auf der Weinflaschen von Hand zu Hand gingen und Paare im Mittelgang zur Musik eines Transistorradios tanzten.

Als Urbino das Ende des Anlegers erreichte, trat eine gewaltige Frau in Borsalinohut und geometrisch grellgemustertem Kimonokleid fast einen Cockerspaniel tot. Die Besitzerin, eine ältere Dame im Pelz, riß den Hund hoch und preßte sich an die Hauswand, um den Menschensturm vorbeizulassen.

Mitten in diesem ganzen Trubel schritten fünf Gestalten stumm daher, in langem Trauerumhang, schwarzer Kapuzenkutte, strengen weißen Masken und schwarzen Dreispitzen. In diesem *bautta*-Kostüm der Adligen des achtzehnten Jahrhunderts, auf zahlreichen venezianischen Gemälden zu sehen, schienen sie ihre Mißbilligung über das Narrentreiben kundzutun.

Urbino warf sich erneut in die Menschenflut und kam bald durch eine der Passagen gegenüber der Basilika auf die Piazza. Von hier strömte die bunte Menge auf den Platz, auf dessen Pflaster Pfützen aus einem undichten *acqua alta* standen. Auf Bretterstegen gelangte man trockenen Fußes über die ausgedehnteren Lachen vor der Basilika.

Überall wateten Fotografen in Stiefeln und ließen die Maskierten posieren, die nur zu gern andere unterhielten, nachdem sie stundenlang vor dem Spiegel gesessen und sich verwandelt hatten. Die Kostümierten schlenderten und posierten und suchten nach immer neuen Chancen, im Mittelpunkt der Aufmerksamkeit zu stehen.

Die würde mit Sicherheit kommen. War es nicht so, daß während des Karnevals Neues, ganz anderes und Unerwartetes geschah? War es nicht die Jahreszeit, wo alles möglich wurde? Wo man tun und lassen konnte, was man wollte?

Während Urbino über die zu Füßen eines mürrischen Senegalesen auf einer Decke ausgebreiteten falschen Gucci-Handtaschen, Gürtel und Brieftaschen hinwegtrat, vernahm er lautes Geschrei ein Stück weiter unten in den Arkaden. Eine Gruppe hatte sich um eine schrill kostümierte Gestalt und eine Frau in langem Umschlagtuch und Wollmütze über Ohren und Stirn versammelt. Ein Rotbart im Hochzeitskleid stand direkt neben der Frau und äffte sie nach. Offenbar merkte sie nicht, was sie tat und wie sich die Gruppe darüber mokierte. In hektischem Italienisch keifte sie gegen eine blaugrüne Gestalt mit silbernen Schellen an der hohen Narrenkappe. Diese – ob Mann oder Frau konnte Urbino wegen der Chinesenmaske aus türkisbesetztem Silber nicht sagen – wedelte mit einem breiten schwarzen Federfächer, auf dem winzige Spiegel glitzerten.

«Sie sollten sich schämen! Sie sind so schlimm wie die andern. Schlimmer! Wenn es schon Venezianern egal ist, was wird, wo ist da noch Hoffnung? Alles wird das unersättliche Meer wieder verschlingen, Palazzi, Brücken, Kunstwerke – alles!» Voller Verachtung musterte sie die Gestalt von Kopf bis Fuß. «Da!» – streckte sie dem Maskierten ein Blatt hin, das dieser aufs Pflaster flattern ließ – «Lesen Sie! Sorgen Sie für die Zukunft – für Ihre und die Venedigs! Retten Sie sich, oder machen Sie sich auf alles gefaßt!»

Das Flugblatt offenbarte Urbino, wer die Frau war. Unter der Wollmütze steckte die von Gibbon vorhin verspottete

Xenia Campi. Sie lebte in der Casa Crispina zum Teil von der namengebenden Barmherzigkeit der Nonnen und zum Teil von den Zuwendungen ihres Exgatten Ignazio Rigoletti. Durch ihr Wettern gegen die Kommerzialisierung und ihre Prophezeiungen über den «Untergang der Repubblica Serenissima» war sie für die Venezianer zur Spottfigur und zum Ärgernis geworden. Ihre Moralpredigten und ihre Hellseherei hatten vor mehr als zehn Jahren eingesetzt, kurz nach dem Tod ihres noch nicht zwanzigjährigen Sohns bei einem Autounfall.

Der Maskierte hob auf Xenia Campis Schelten nicht etwa das Flugblatt auf, sondern baute sich vor ihr auf und riß mit einer raschen Bewegung seine Chinesenmaske herunter. Da mußte Xenia Campi schlucken, denn das Gesicht unter der Schellenkappe war eindeutig ihr eigenes: kleine Augen, kantiges Gesicht, Strichlippen und Grübchenkinn.

Eine Porträtmaske von der Gattung, wie sie Verehrer im siebzehnten Jahrhundert unter ihrer ersten Maske trugen, um die Damen mit dem Antlitz von Liebhaber oder Gatten zu foppen – oder ihnen zuweilen auch die Ausrede zu liefern, sie seien selbst die Betrogenen gewesen. Der Verführer pflegte die obere Maske kurz zu lüften, um das vertraute Gesicht vorzuzeigen, und dann seinen Vorteil bei der angeblich Getäuschten zu suchen.

Xenia Campi faßte die Maske. Das schrille Kichern der anderen Gestalt gab keinen Hinweis auf ihr Geschlecht. Erst als die Campi ihr Papiermachékonterfei triumphierend hochhielt, erkannte Urbino unter der Schellenkappe einen der prominenten Anhänger des Karnevals.

Es war Giovanni Firpo, Apotheker am Städtischen Krankenhaus. Seit das Fremdenverkehrs- und Kulturamt Venedigs vor zehn Jahren *Carnevale* zu neuem Leben erweckt hatte, war Giovanni Firpo einer der begeistertsten Teilnehmer und trug jedes Jahr ein neues Kostüm. Wie viele Maskierte, die in kunstvollen Kostümen zum Karneval erschienen, hoffte auch er, auf eine Postkarte, ein Plakat oder in einen Kalender zu gelangen, um über die paar Tage Spaß und Aufsehen hinaus etwas Vorzeigbares zu haben, das ihn über die anderen hob.

Firpo schien es nichts auszumachen, daß seine Maske konfisziert war. Ihre maximale Wirkung hatte sie schon erzielt. Er setzte die orientalische Maske wieder auf, lachte und ging davon.

Xenia Campi stopfte die Porträtmaske in ihre große Tasche. Urbino trat zu ihr und lächelte ihr zu. Er kannte sie als Exzentrikerin, die manchmal ausfällig wurde, konnte aber ihre Begeisterung und Liebe für Venedig nur bewundern.

Auf seine Freundlichkeit reagierte Xenia Campi mit einem Stirnrunzeln.

«Da, lesen Sie! Lesen Sie das und unternehmen Sie etwas!» Sie drückte ihm eins der Flugblätter in die Hand und nahm gleich noch eins vom Stapel in der Armbeuge. «Und hier eins für Ihre Freundin, die Contessa. Sie amüsiert sich wie üblich im Café Florian. Sie beide könnten ein bißchen mehr tun, als ein Vermögen für Tee und kleine Kuchen zu verschleudern, während ringsum alles in Trümmer fällt.»

Damit machte sie sich unter den Arkaden davon, im Gehen links und rechts Flugblätter verteilend.

Urbino überflog das Traktat.

DAS IST NICHT VENEDIG, DAS IST DER WAHNSINN

Der *Karneval* bringt diese Stadt Jahr für Jahr dem Untergang näher. Dem moralischen *und* dem physischen …

Was Sie hier diese schöne Stadt zerstören sehen, sind Venedigs Spekulanten, Kommerz und korrupte Stadtverwaltung. Wer diesen Wahnsinn fördert – Fremde, Italiener und (o Schande) auch Venezianer, versetzt der Serenissima tödliche Schläge.

Venedig ist eine friedliche und friedliebende Stadt, ein Hort der Kunst und der Kultur. Wollen Sie zusehen, wie das alles zerstört wird? Wollen Sie, daß Ihre Stadt der Träume zum Alptraum wird? Wollen Sie Venedig morden? Wo soll das alles hinführen?

VENEDIG IST NICHT DISNEYLAND!

«Der Bedauernswerte und die Besessene», bemerkte die Contessa, als Urbino ihr von Giovanni Firpo und Xenia Campi berichtete, während sie gönnerhaft das Pamphlet überflog.

Daß die Contessa heute das farbenfrohe Fortuny-Kleid aus dem Nachlaß der Eleonora Duse gewählt hatte, ließ vermuten, daß sie müde oder deprimiert war, womöglich beides. Urbino konnte sich nicht entsinnen, es je bei einer anderen Gemütsverfassung an ihr gesehen zu haben.

Der Ober servierte Urbino einen Campari Soda und der Contessa ein neues Kännchen frisch gebrühten Jasmintee. Im Café Florian, wo die Contessa fast täglich zu Gast war, meist in Gesellschaft ihres amerikanischen Freundes oder einer Lokalgröße aus der Gesellschaft, Politik oder Kunst, wurden ihr und Urbino jeder Wunsch von den Augen abgelesen.

Sie saß am liebsten im chinesischen Salon, einem Nebenzimmer mit Blumentapete, pseudoasiatischen Porträts und Hochglanzparkett. Er hatte ein kunstvolles Oberlicht mit ornamentalen und floralen Mustern hinter klarem Muranoglas. Hier, umgeben von bemalten und geschnitzten Wandverkleidungen, Samt und Marmor, Stuck und Gold, massiven Spiegeln und mundgeblasenen Lampenschirmen, fühlte sich die Contessa richtig eingerahmt. Von dem hellbraunen Plüschbänkchen am Fenster konnte sie alles auf der Piazza draußen sowie im Nebenzimmer selbst überblicken. Doch jetzt starrte sie Urbino an.

«Was soll das Ding da um Ihren Hals?»

«Ich gehe zu Porfirios Fest, bevor ich heute abend ins Theater komme», sagte Urbino und fügte rasch beschwichtigend hinzu: «Keine Angst, ich komme nicht zu spät.»

Es war ihm peinlich, Porfirios Party erwähnt zu haben, denn er wußte, zwischen ihr und dem Fotografen Venedigs war böses Blut. Ob sie auch eingeladen war?

«Da habe ich keine Angst, aber tun Sie das Ding weg. Es stört mich. Ich muß etwas mit Ihnen bereden.»

Urbino ließ die Maske in seinem Jackett verschwinden.

«Ich dachte, sie setzt einen hübschen farblichen Akzent.»

«Urbino, ich mache mir langsam Sorgen um Sie. Sind Sie bestimmt kein heimlicher Maskenfetischist? Haben Sie im Palazzo Uccello einen Schrank voll grotesker Kostüme wie Giovanni Firpo? Womöglich bin ich Ihnen während des Karnevals schon etliche Male begegnet und hatte keine Ahnung, daß Sie es waren.»

Eine Gestalt stand am Fenster und blickte herein, die Maske einem der skurrilen Porträts des Malers Archimboldo aus dem sechzehnten Jahrhundert nachempfunden, mit Wurzelgeflecht als Haar, Pilzen für Ohren, einem kleinen Sellerie als Nase und einer keimenden Kartoffel zum Kinn. Die Contessa schüttelte seufzend den Kopf.

«Sie sagten, Sie müßten etwas mit mir bereden», erinnerte Urbino sie.

«Das ist richtig, *caro*. Vor drei Tagen bekam ich einen Anruf von einer Person, die ich schon so lange nicht mehr gesehen habe, daß ich gar nicht daran denken mag. Fünfzehn waren wir da und zusammen in St.-Brigid's-by-the-Sea. Sie heißt Berenice Reilly – oder vielmehr, sie hieß so. Jetzt heißt sie Berenice Pillow. Sie hat den Artikel in *Casa Vogue* über die Casa da Capo gelesen und wollte kaum glauben, daß ich das bin – die kleine Barbara Spencer eine Contessa!» Sie sah Urbino an und lächelte kokett. «Sie hat mich erkannt, glaube ich. Das Foto in der Bibliothek ist gut getroffen.»

«Erkannt, nach all den Jahren? Der Artikel erwähnte doch Ihren Mädchennamen und etliches andere.»

«Jedenfalls, *caro*», fuhr die Contessa fort, «hat sie gesagt, sie erinnert sich sehr gut an mich. Sie war ein eher häßliches Mädchen, mit einer Reizbarkeit passend zu ihren roten Haaren. Ich habe nie wieder etwas von ihr oder über sie gehört, bis vor genau drei Tagen. Wie finden Sie das, wenn jemand so plötzlich aus der Vergangenheit auftaucht?»

Sie nahm ein Schlückchen Tee.

«Sie will mich besuchen, wegen der alten Zeiten, und sehen, wie mein Leben seit St. Brigid's verlaufen ist. Sie meinte, ich sei genau der Mensch, den sie brauche, um zu reden. Ziemlich schmeichelhaft, meinen Sie nicht, wenn man den ersten Schock überwunden hat? Es wird bestimmt ein Spaß, sie Oriana und ein paar meiner anderen Freunde vorzustellen – natürlich auch Ihnen, *caro* – wenn sie mir absolute Diskretion verspricht.»

Ein Mann in einem Domino mit einer weiten Kapuze über dem weißgeschminkten Gesicht blieb vor dem Fenster stehen. Er wollte eben weiter, als er dem Blick der Contessa begegnete. Er hob die Hand, neigte den verhüllten Kopf und rief «Benedicte!». Die Contessa wandte sich ab, ohne abzuwarten, was er als nächstes tun oder sagen würde.

«Berenice und ich hatten vereinbart, uns gestern nachmittag um halb fünf hier zu treffen. Na, sie hat mich fast eine geschlagene Stunde warten lassen! Zeitvertreib hatte ich beim Warten, aber keinen sehr erfreulichen. Gibbon kam mit einer unscheinbaren jungen Frau hier herein, die auch in der Casa Crispina logiert. Ich habe mich eine Weile mit ihnen unterhalten, obwohl sie kaum ein Wort gesagt hat. Wenn man von Gibbon nur dasselbe sagen könnte! Jedesmal, wenn er mir über den Weg läuft, tut es mir leid, daß ich mich von Schwester Teresa habe beschwatzen lassen. Irgendwie schaffte er es in ein paar Minuten, sowohl über Lubonski als auch über Porfirio herzuziehen. Alles, was er sagte, war irgendwie maliziös. Die junge Dame fand das lustig, aber ich absolut nicht. Einer von Porfirios Freunden saß am Nebentisch und hat alles mitangehört. Bestimmt hat er ihm jedes einzelne Wort hinterbracht. Als uns dann unser Lokaldrachen Xenia Campi mit ihren Flugblättern überfiel, sind Gibbon und das Mädchen gegangen.»

Die Contessa überflog nochmals das Flugblatt, bevor sie weitersprach.

«Schließlich erschien Berenice. Sie sah verboten aus! Nie würden Sie glauben, daß wir in einer Klasse gesessen haben, auch wenn sie, glaube ich, ein Jahr älter gewesen ist. Ich hätte sie nie im Leben erkannt, aber sie steuerte schnurstracks auf meinen Tisch zu. Sie war entsetzlich beladen, mit Handtasche und einem kleinen Reisesekretär, und ich muß schon sagen, es war nicht gerade der eleganteste Auftritt, den das Café Florian je gesehen hat. Sie hat einen Martini bestellt – einen Martini, denken Sie nur! – und ihn schneller ausgetrunken als ich meinen letzten Schluck Tee. Sie hat mich ausgefragt, aber zu Vertraulichkeiten ist es nicht gekommen. Vielleicht hat sie es sich anders überlegt, nachdem sie mich gesehen hatte, und ich muß gestehen, daß auch ich zurückhaltend war. Ich glaube, wir müssen erst wieder miteinander bekannt werden. Ich habe nur mitbekommen, daß sie zweimal verheiratet war, einmal mit einem Italiener, und zweimal verwitwet ist, die Ärmste – und daß sie einen Sohn hat. Das heißt, ich glaube, es ist ein Sohn. Sie war so hektisch, daß ich nicht sicher bin, ob es ein Stiefsohn ist oder ein Sohn aus einer der beiden Ehen.»

Sie schüttelte langsam den Kopf.

«Morgen kommt sie mit ihrem Sohn – oder Stiefsohn – in die Casa da Capo. Wollen Sie uns nicht Gesellschaft leisten? Es könnte für Sie ganz amüsant sein, eine alte Schulfreundin von mir kennenzulernen – solange Sie keine allzu persönlichen Fragen stellen.»

«Ich komme schon, um zu sehen, wie eine Frau mit diesem Namen aussieht.»

«Wie ich schon sagte, sie sieht aus, als hätte sie St. Brigid's Jahre vor mir besucht. Aber Sie werden es ja selbst sehen!»

4

Urbino, die rote Larve über den Augen, sah sich in Porfirios Wohnzimmer um. Er war erst das zweite Mal bei Porfirio, aber auch nach hundert Malen würde er sich nicht an das allgegenwärtige Glas und Chrom gewöhnen. Das Wohnzimmer, hell ausgeleuchtet und mit großgemusterten Sitzmöbeln und Teppichen ausgestattet, stammte direkt aus italienischen Designerkatalogen.

Porfirio – sein Vor- und Künstlername – wohnte im Cannaregio zwischen dem Ghetto und einem großen Kanal. Im Viertel war er nicht gerade beliebt.

Die Bewohner des Cannaregio störten sich daran, daß Porfirio Bürokraten bestochen und die Zuständigen bis Rom bearbeitet hatte, um zwei venezianische Familien für seine Renovierung exmittieren zu können, darunter auch Xenia Campi und ihren Mann Ignazio Rigoletti. Das Mieterschutzgesetz existierte für ihn nicht. Dabei hatten die Leute von ihm als letztem Sproß einer alten venezianischen Wohltäterfamilie anderes erwartet.

Urbino, dessen Palazzo Uccello fast unbewohnbar gewesen war, als er ihn geerbt hatte, fand es abstoßend, wie Porfirio sein Haus entmietet und renoviert hatte, doch seine Kunst schätzte er. Er war froh, ihn als Fotograf für sein Buch über Proust gewonnen zu haben. Porfirios Bildbände handelten alle von Venedig – seinen Palästen, Gärten, Brücken, Plätzen und Festen. Ein etwas älterer, besonders beliebter Band dokumentierte den Karneval von Venedig. Den Palazzo Uccello hatte er für Urbinos neugierige Großtanten in New Orleans fotografiert, die für so weite Reisen schon zu alt waren, und die beiden Damen waren begeistert gewesen.

Es lag deshalb auf der Hand, Porfirio mit dem Fotografieren der Fresken von San Gabriele zu beauftragen, nicht den Engländer Gibbon. Angewiesen auf die Contessa oder den Achtungserfolg aus Aufnahmen dieser Wandmalereien und Fresken, die ohnehin im Gemeindearchiv landen würden, war Porfirio nicht. Aber nach Aussage der Contessa war er beleidigt, daß sie ihn übergangen hatte.

Verkleidet war der fünfundfünfzigjährige Porfirio mit seinem arroganten Gesicht und seiner bei über einsneunzig Körpergröße erdrückenden Selbstsicherheit als Pantalone. Rote Kniehosen und Weste, langer schwarzer Umhang, roter Schlapphut und Maske mit Hakennase. Rollengetreu warf er mit venezianischen Dialektbrocken um sich.

Nicht alle Gäste waren verkleidet, doch die Kostümierten hielten sich an das Thema von Porfirios Fest, die Commedia dell'arte, als Harlekine, Kolumbinen, Pierrots, Brighellas, Pulcinellas, Dottores und Capitanos. Porfirio dagegen war, aus Zufall oder Absicht, der einzige Pantalone.

Als Urbino mit Porfirio vor den großen Fenstern stand, die auf einen nun im Dunkel der Nacht verborgenen Seitenkanal hinausgingen, nahm er sich vor, das Thema Ralph Gibbon anzuschneiden.

«Was halten Sie von Ralph Gibbons Arbeit, Porfirio?»

«Gibbon, Gibbon», wiederholte Porfirio den Namen langsam, wie überlegend. Dabei betrachtete er eine gewaltige expressionistische Leinwand in Rot und Gelb gegenüber, die ins Peggy Guggenheim Museum auf der anderen Seite des Canal Grande gepaßt hätte.

«Er fotografiert das Fresko von San Gabriele, das Lubonski gerade restauriert.»

«Einer von den Hunderten von Fotografen, die heute in Gummistiefeln auf dem Markusplatz einfallen», entgegnete Porfirio verächtlich, indem er sich wieder Urbino zuwandte. «Die haben keine Hingabe, diese Knipser, die jagen hinter jedem beliebigen Motiv her. Jedesmal, wenn ich einen mit Kamera sehe, kriege ich eine Wut und schäme mich gar ein bißchen – jawohl, seinetwegen und auch für mich. Warum meint fast jeder Kamerabesitzer, er sei ein Künstler? Die meinen, das sei ganz einfach, aber das Fotografieren gehört zu den schönen Künsten. Man muß darin aufgehen! In der Kunst und im Motiv! An mich jedenfalls wird man sich erinnern als an den Mann, der *Venedig* fotografiert hat! Sie sehen, mein lieber Urbino, für Ihren Proust haben Sie gut gewählt!» schloß er mit einem feinen Lächeln.

Porfirio entschuldigte sich und ging hinüber zur Bar, wo sein Architekt Pietro Basso bei einer unbekannten jungen Frau stand. Ihr rotblondes Haar war als Pagenkopf geschnitten, sie trug als Kolumbine ein langes dunkelgrünes Kleid mit weißer Schürze, jedoch keine Larve, und ihre Augen blitzten kurz in Urbinos Richtung, bevor sie Porfirio wohl auf eine Frage Antwort gab, der sich ein paar Minuten später zu einer anderen Gruppe gesellte.

Urbino holte sich an der Bar ein Glas Wein. Basso schloß gerade selbstzufrieden seinen Lieblingsvortrag über moderne Architektur, und die junge Frau wirkte erleichtert, als Urbino hinzutrat und sich vorstellte.

«Hazel Reeve», sagte sie und streckte ihm lächelnd die Hand hin.

Sie sah ihm tief in die Augen. Sie mußte etwa fünfundzwanzig sein und wirkte selbstsicher und intelligent. Ein ovales Gesicht mit vollen Lippen und weiten meergrünen Augen.

«Signorina Reeve kommt aus England. Sie wohnt bei Porfirio», erläuterte Basso. «Sie übersetzt für ihn, nicht wahr, Signorina Reeve?»

«Stimmt, auch wenn es mir scheint, als sei es ihm peinlich, daß seine Fotos nicht völlig ohne Text auskommen, ob italienisch oder englisch», erklärte sie mit einem Blick hinüber zum Fotografen, der inzwischen mit einem Redakteur von *Il Gazzettino* parlierte.

«Bevor wir in London sein erstes Buch über Brücken druckten», fuhr sie fort, «hat er recht eindrucksvoll begründet, warum seine Kunst nicht erläutert werden darf: ‹Eine Fotografie muß allein wirken›, hat er gesagt, ‹als Aussage an sich und für sich›.»

Sie lachte unbeschwert und zeigte dabei ebenmäßige weiße Zähne.

«Ach so», sagte Basso, «eine Brücke ist eine Brücke ist eine Brücke.»

«Sprechen Sie als Architekt, Signor Basso, oder als Kenner Gertrude Steins?» spöttelte Hazel Reeve. «Porfirios Brückenfotos wirken vielleicht für sich, aber nicht die Reliquienfotos, die wir im Herbst herausbringen. Wie könnten da Fotos genügen, selbst für den italienischen Leser?»

«Aber die meisten Truhen, Reliquiare und Altaraufsätze sind schon für sich schön», warf Urbino ein.

«Stimmt, aber die meisten Leute fesselt gerade die Geschichte hinter den Reliquien, meinen Sie nicht auch? Diebstähle, Verstecke, Raub und angebliche Wunder.» Der rasche, kurze Blick, mit dem ihre grünen Augen Urbino jetzt bedachten, wirkte um so intensiver, weil er so lange darauf hatte warten müssen. «Jedenfalls entscheide nicht ich darüber. Ich werde instruiert und tue meine Arbeit. Aber ich würde sehr gern noch einen von Porfirios Bildbänden machen, sie sind toll.»

«Das sind sie!» fiel Basso energisch ein. «Und denken Sie bloß, dadurch kommen Sie zu uns in unsere herrliche Stadt!»

«Glauben Sie mir, Signor Basso, solche Extravaganzen würden unser Budget sprengen. Ich kann ganz gut aus dem Italienischen übersetzen, und meinem Verleger genügt das. Aber ich wollte den Karneval von Venedig einmal selbst erleben und mir bei dieser Gelegenheit die Reliquien im Original ansehen – auch wenn ich nicht so recht weiß, ob das beim Übersetzen nützt.»

«Ich würde mein Licht nicht so unter den Scheffel stellen, Miss Reeve», sagte Urbino.

«Traditore, traduttore», deklamierte Basso das abgedroschene italienische Wortspiel mit dem Gleichklang von «Übersetzer» und «Verräter».

«Hoffentlich ist das nicht auf mich gemünzt, Signor Basso. Was Sie da sagten, gilt eher für die Übersetzer von Dante oder Petrarca.» Und dann, nur nach einem kurzen Atemholen, und als sei es das Selbstverständlichste von der Welt, rezitierte Hazel Reeve die Eröffnungszeilen aus Dantes *Inferno*:

«Nel mezzo del cammin di nostra vita
Mi ritrovai per una selva oscura
Che la diritta via era smarrita.»

Dann sagte sie:

«Ich kenne mindestens ein Dutzend englische Übersetzungen dieser Verse, und nicht eine kommt an das Original heran.»

Urbino achtete kaum auf Bassos Antwort. Hazel Reeves Rezitation klang noch in ihm nach. Wie Dante war er in der Mitte seines Lebenswegs – wenn ihm die biblischen dreimal zwanzig und zehn Jahre vergönnt sein sollten. Zwar stand er keineswegs wie Dante verloren im dunklen Wald, doch sprachen ihn Dantes Worte aus dem Mund der jungen Engländerin unmittelbar an und erinnerten ihn an die Mahnung der Contessa vom Tag der Regatta.

«Sie wirken gedankenverloren», sprach Hazel Reeve ihn an. «Ich wollte mich nicht produzieren, entschuldigen Sie.»

«Dieses Dantezitat –» Urbino stockte. Wie konnte er erklären, was er selbst nicht verstand?

«Sie haben es schön rezitiert», sagte er lahm.

Ein Blick Hazel Reeves über den Rand ihres Weinglases, aus diesen strahlend grünen Augen, gab ihm zu verstehen, daß sie wußte, wie er empfand.

«Signor Macintyre ist Schriftsteller», erläuterte Basso.

In Hazel Reeves Augen blitzte Interesse auf.

«Schreiben Sie Romane?»

«Nein, ich schreibe Biographien – über Venedig. Genauer gesagt, über Menschen und ihre Beziehung zu Venedig. Hauptsächlich Schriftsteller und Künstler – nicht nur Italiener.»

«Da haben Sie die Qual der Wahl! Browning, Thomas Mann, Turner, Vivaldi, Tintoretto, Henry James – Dutzende müssen das sein!»

«Genau, obwohl ich bisher nur über Casanova, Canaletto und Browning und zwei kleine Monographien über Ezra Pound und eine venezianische Restauratorenfamilie geschrieben habe. Zur Zeit sitze ich an einem Buch über Proust. Porfirio steuert die Fotografien bei.»

«Wie interessant. Ich liebe Proust.»

«Proust!» knurrte Basso mit einem Stirnrunzeln, nach einem Schluck Whiskey. «Vor Jahren hab ich sein Buch *Auf der Suche nach der verlorenen Zeit* lesen wollen, bin aber nie über die ersten paar Seiten hinausgekommen. Der Mann braucht viele Worte, sagt aber nichts, was mir was sagt.»

«Vielleicht sollten Sie's nochmals versuchen, Signor Basso», schlug Hazel Reeve vor. «Das Buch ist wie eine Kathedrale – aber um das zu erkennen, müssen Sie schon mehr lesen als nur ein paar Seiten.»

Die Bemerkung schien mehr an Urbino als an Basso gerichtet. Sie lächelte und ließ ihn dabei in ihre grünen Augen sehen.

5

Das *Teatro La Fenice* war strahlend hell erleuchtet, als Urbino in die Loge der Contessa im zweiten Rang schlüpfte. Das dezente Abendkleid der Contessa aus schwarzer Rohseide und ihr Rubincollier von Bulgari paßten wohltuend ins vorherrschende Beige, Purpur und Gold von *La Fenice*. Sie unterhielt sich gerade mit ihrer einsamen Freundin Oriana Borelli in der Loge nebenan. Die beiden Damen nickten ihm zu und flüsterten weiter, wohl über den neuesten Ehekrach in der Casa Borelli.

Die Contessa beendete ihr Gespräch mit Oriana und wandte sich Urbino zu, der über Hazel Reeve sinnierte, ihre Äußerungen, Andeutungen und tiefgründigen Blicke. Urbino fiel nicht auf Schmeicheleien herein – oder zumindest glaubte er das von sich. Dennoch hatte er sich von der jungen Engländerin mit den weit auseinanderstehenden grünen Augen auf subtile Weise erwählt, ja bevorzugt gefühlt und war länger bei Porfirio geblieben als geplant. Nach Bassos Weggang hatten sie zusammen über Browning und Proust geplaudert.

Als die Vorstellung begann, brauchte Urbino nicht lange, um festzustellen, daß der Librettist Shakespeares *Othello* gewaltig verfremdet hatte.

In der Pause aber lobte die Contessa die Oper und musterte ihn aufmerksam, als sie sich speziell zum Libretto äußerte und es «originell» nannte. Er widersprach nicht, denn originell war das Libretto wirklich, in des Wortes schlimmster Bedeutung.

Er murmelte eine Belanglosigkeit über die Rezitative, und wie ähnlich eine Passage mit einer Arie Verdis sei, selber verblüfft, daß Teile der Opera in seine Zerstreutheit durchgedrungen waren.

«Was meinen Sie, Urbino?» erkundigte sich die Contessa später, als sie gemeinsam mit Oriana Borelli in die Nachtluft hinaustraten.

«Eine Version, in der aus dem Taschentuch ein Liebesbrief wird, kann nur völlig daneben sein, aber Gott sei Dank hat er ihr nicht auch noch verziehen.»

Oriana, wohl wissend, daß der Marchese Bario di Salsa zur Verwandtschaft der da Capo-Zendrinis gehörte, tätschelte begütigend den Zobelärmel der Contessa und staunte Urbino durch ihre großen, schwarzgerahmten Brillengläser an. Dann staunte sie über die Contessa, als diese lachend sagte:

«Ich könnte Ihnen nicht entschiedener zustimmen, *caro*. Es war schauderhaft, was?» sagte sie.

In der dunklen Kabine ihres Motorboots fragte ihn die Contessa nach Porfirios Fest. Urbino ging nicht ins Detail und ließ auch die Engländerin unerwähnt, doch seine knappen Bemerkungen stellten sie offenbar zufrieden. Den größten Teil der Fahrt auf dem Canal Grande dachte sie laut über den unerwarteten Besuch ihrer Schulfreundin nach und äußerte, sie sei gespannt auf Urbinos Meinung über sie.

Bevor Urbino ausstieg, sagte sie noch: «Hoffentlich sind Sie dann über das hinweg, was Sie den ganzen Abend so beschäftigt hat. Hoffentlich wissen Sie es als Zeichen echter Freundschaft zu würdigen, daß ich kein einziges Mal nachgefragt habe, weshalb Sie so versunken dreinschauen. Wenigstens bisher nicht. Kommen Sie gut heim und schlafen Sie gut. Gott schütze Sie vor bösen Träumen.»

Als Urbino in den Palazzo Uccello zurückkam, läutete das Telefon. Lubonski war dran.

«Denken Sie daran, daß Sie versprochen haben, von dem Fresko wegzubleiben, bis ich wieder gesund bin», krächzte er kaum verständlich. «Bei Schäden möchte ich wenigstens sicher sein, daß ich es war.»

Ohne eine Antwort abzuwarten, legte der Pole auf. Etwas verstimmt durch Lubonskis Hinweis auf mögliche «Schäden» – auch wenn er sich selber mitbeschuldigt hatte – ging Urbino ins Arbeitszimmer, um noch ein wenig Proust zu lesen.

Er hatte selten Vorahnungen, wenn er das Unbehagen, das ihn nun beim Aufschlagen des Buchs erfaßte, als solche bezeichnen wollte. Genauso hatte er sich damals gefühlt, als seine Eltern bei einem Unfall ums Leben kamen, und an jenem Fastnachtsdienstag vor fast fünfzehn Jahren, als er vor dem verschlossenen Zimmer stand, in das seine Frau mit ihrem Vetter Reid eine halbe Stunde vorher hineingegangen war.

Während er in seinem Sessel saß und geistesabwesend Serena streichelte, konnte er sich des Gefühls nicht erwehren, daß Unheil in der Luft lag – wenn es denn nicht schon geschehen war.

Auf dem Rückweg vom Zigarettenholen war Ignazio Rigoletti froh, daß ihm kein Kostümierter begegnete. Er war schlecht gelaunt; die einzige *festa*, an der er Freude hatte, war die Regatta. Als Jugendlicher hatte er im zweirudrigen *puparino* mitgemacht und später zu den Siegern der *gondolini* gehört. Er hatte gehofft, sein Sohn Marco würde ihn einmal als Rudersieger ablösen, aber er war bei einem Unfall auf der Autostrada ums Leben gekommen. Er war ein kräftiger junger Mann gewesen, und die Regatta war eine Angelegenheit für echte Männer.

Dagegen *Carnevale!* Männlein und Weiblein nicht voneinander zu unterscheiden, und alle spotteten der Werte, die er und andere aufrechte Venezianer in Ehren hielten. Der Karneval war für Touristen, Kommerz und für eine kleine Gruppe bedauernswerter, irregeleiteter Venezianer, für die das der Höhepunkt des Jahres war.

Leider konnte Rigoletti den Aufdringlichkeiten des Karnevals kaum entgehen, denn seine Wohnung befand sich nur wenige Minuten vom Markusplatz entfernt und praktisch in Tuchfühlung mit der Seufzerbrücke. Seine *calle* lag nicht nur nahe am Menschengewühl, sondern bekam als Sackgasse an einem Kanal einen gehörigen Anteil der Touristen ab, die sich verliefen oder die Seufzerbrücke aus einem unüblichen Blickwinkel knipsen wollten.

Nicht diese Leute störten ihn jedoch. Auch wenn er den Karneval verabscheute, wollte er die Stadt doch nicht touristenfrei wissen. Wo käme er als Lieferant großer Hotels da auch hin? Einer der vielen Streitpunkte mit seiner Exfrau Xenia war gewesen, daß sie so viele Fremde wie möglich von Venedig fernhalten wollte.

Nein, die Touristen störten ihn nicht, wohl aber die Männer, die die Sackgasse für ihre Neigungen nutzten, Männer von einer Art, wie sie vermutlich nie in der Regatta mitruderten. Häufig kam er spätabends heim und fand zwei oder sogar drei oder vier solcher Männer im Dunklen unter dem Torbogen beisammen, dunkle Silhouetten vor dem angestrahlten Dogenpalast.

Die Anziehungskraft der Gasse ergab sich aus einer topografischen Eigenheit, die in der ganzen Stadt verbreitet war. Vom Eingang der Gasse und von den ersten drei oder fünf Metern konnte man nur die Wand des Hinterhauses einsehen. Erst nach Betreten des Innenhofs merkte man, daß die *calle* bis zum Kanal reichte. Männer, die gemeinsam nach einem verschwiegenen Plätzchen strebten, nutzten diese typisch venezianische Örtlichkeit. Absolut unmöglich, daß sie von der Hauptstraße aus – der Calle degli Albanesi, die er gerade entlangging – oder vom Eingang der Calle Santa Scolastica aus beobachtet werden konnten.

Jedesmal, wenn er solche Männer überraschte, taten sie, als

bewunderten sie die Aussicht oder verzogen sich wieder in die Calle degli Albanesi. Vor einer Viertelstunde, als er aus seiner Wohnung heruntergekommen war, hatte er einen Mann an der Hauswand lehnen sehen. Manchmal rastete Rigoletti gegenüber diesen Männern aus, und das war ihm auch heute abend passiert, und wie! Er sah den entsetzten, fast verzweifelten Ausdruck des hübschen jungen Mannes noch vor sich und mußte im nachhinein lachen.

Heute wehte eine kräftige Brise von der Lagune die Calle degli Albanesi hinauf. Die trichterförmige Öffnung am Wasser preßte den Wind ungewöhnlich heftig in die Gasse und erzeugte ein geisterhaftes Jaulen, das sich wie die Seelen im Fegefeuer anhörte. Der Wind war jedoch heute abend nicht so kalt wie sonst manchmal in Februarnächten, sondern trug eine unangenehme Feuchte mit sich. Nebel wallte heran.

Als er in die Calle Santa Scolastica einbog, prallte er fast mit einem dunkelhaarigen, hübschen jungen Mann zusammen, der mit abwesendem Gesichtsausdruck aus der Gasse gerannt kam. Er hatte es offenbar sehr eilig. Rigoletti sah ihm nach, wie er raschen Schrittes in Richtung Riva degli Schiavoni verschwand.

Die Gasse war menschenleer. Als Rigoletti den Innenhof erreichte, konnte er die Straße bis zum Wasser überblicken.

Dort unter dem Torbogen sah er etwas Dunkles liegen, das wie ein Haufen Müll aussah.

Er ging näher und machte auf dem nassen Pflaster eine hingestreckte Gestalt aus, die mit den Händen nach den Stufen zum Wasser zu greifen schien. Rigoletti tippte mit der Schuhspitze an den Fuß, aber der Mann in Gummistiefeln und Flanelljacke rührte sich nicht.

Rigoletti kniete nieder. Dichtes schwarzes Haar kräuselte sich über den Jackenkragen. Er drehte das Gesicht zu sich hin. Die metallgefaßte Glühbirne im Torbogen lieferte ihm gerade soviel Licht, daß er dem Mann ins offene Auge blicken konnte.

Das Auge, erstarrt in einer anderen Welt und einer anderen Zeit, erwiderte seinen Blick nicht. Rigoletti prüfte das Flanellhemd, und seine Hand faßte in klebrige Nässe.

Er stand auf. Er mußte die Questura anrufen.

Rigoletti ließ die Leiche liegen und ging in den Innenhof, doch plötzlich blieb er abrupt stehen, sollte er nicht noch einmal zurück? Hatte er womöglich Fingerabdrücke hinterlassen? Aber die Polizei würde doch bestimmt seine Erklärung akzeptieren, oder etwa nicht? Er hatte den Mann doch umdrehen müssen, um zu sehen, was los war. Verdächtiger wäre es, wenn keine Fingerabdrücke gefunden würden.

Unsicher, ob er einen Fehler gemacht hatte oder nicht, überquerte Rigoletti den Innenhof. Er würde die Questura von dem Restaurant aus anrufen, in dem er eben seine Zigaretten gekauft hatte. Er schritt den vorderen Teil der Calle Santa Scolastica zur Calle degli Albanesi hinauf.

Ein blonder junger Mann kam zögernd die Calle Santa Scolastica herunter und sah sich ängstlich um. Beim Anblick Rigolettis fuhr er zusammen, bekam einen verschreckten Blick und bog eilends wieder in die Calle degli Albanesi ein. Rigoletti schritt dicht hinter ihm. Der junge Mann hastete in Richtung Riva degli Schiavoni und Lagune.

Rigoletti betrat das Café, um die Questura anzurufen.

6

Als Urbino anderntags um fünf Uhr nachmittags in den Blauen Salon der Contessa kam, schoß ihm als erstes durch den Kopf, die Frau, die da das Prunkgemälde von Veronese über dem knisternden Kaminfeuer betrachte, könnte unmöglich Pillow – Kissen – heißen.

Mindestens einsachtzig war sie groß und gar nicht weich, sondern von hagerem Profil mit hohen Jochbeinen und einer Adlernase, eine Hopfenstange, noch betont durch ein senkrecht schwarzviolett gestreiftes Kleid und eine mehrreihige Goldkette. Mit dem zum Knoten gestrafften, einst rotblonden, jetzt graugelben Haar wirkte sie zehn Jahre älter als die Contessa. Ob die Müdigkeit in den Zügen immer da war oder nach ein paar ruhigen Nächten wieder verschwand?

Ein Mittzwanziger in dunkelgrauem Anzug und schwarzem T-Shirt saß in dem Rokokostuhl neben der Contessa. Eines dieser schönen schmalen Gesichter mit florentinischen Lippen und dunklen Augen wie auf manchen italienischen Porträts.

«Urbino, Sie sind einfach begabt dafür, immer dann zu erscheinen, wenn Not am Mann ist. Berenice will etwas über den Veronese wissen, und ich überlasse die Antwort Ihnen.»

Anstatt es ihm näher zu erklären, stellte sie sie einander vor. Der junge Mann hieß Antonio Vincenzi und hatte einen energischen Händedruck.

«Berenices Sohn – Verzeihung, Stiefsohn.»

«Für uns kein Unterschied, liebe Barbara», erklärte Berenice

Pillow mit einem liebevollen Blick auf den jungen Mann. «Tony ist der Sohn meines ersten Mannes, aber er ist auch mein Sohn.»

«Sie sehen, Urbino, sie vereinnahmt sogar den Vornamen! Für meine Ohren klingt Tonio besser!»

«Für seine auch, aber wenn Mütter ihren Kindern keine Kosenamen geben dürfen, wer dann?»

«Aber liebe Berenice, jetzt habe ich die Qual der Wahl zwischen einer alten Freundin und einem hübschen jungen Mann.»

«Barbara, wenn ich mich an dich in St. Brigid's erinnere, weiß ich schon, wie du wählen wirst.»

«Berenice, wovon redest du überhaupt!» empörte sich die Contessa sichtlich geschmeichelt. «Auf *dem* Gebiet war ich noch zurückgeblieben. Aber ich weiß noch genau, wie verliebt du in diesen ungehobelten Stallburschen warst. Du warst schon immer sehr leidenschaftlich.»

Mrs. Pillow errötete und wandte sich wieder dem Veronese zu.

«Ach ja, mein Veronese», seufzte die Contessa, weniger aus Besitzerstolz als mit der präraffaelitischen Trägheit, die sie bisweilen kultivierte. «Ich überlege, ob ich nicht meine Nichte aus London rüberholen soll, damit sie für mich die Honneurs macht und *mes choses* expliziert. Ich habe es schon lange genug getan, und außerdem ist es unhöflich, immer von der eigenen Einrichtung zu reden.»

«Aber du machst doch hoffentlich nicht Führungen wie die alte Dame, bei der wir mal mit der ganzen Klasse waren!» sagte Berenice Pillow betreten. Die Contessa sah sie schockiert an.

«Führungen! Liebe Berenice, da sei Gott vor! Das mache ich nie – außer manchmal für Zeitschriften wie *Casa Vogue*. Aber Freunden meinen Palazzo zu zeigen ist etwas anderes. Doch sei mir nicht böse, Berenice, es wird mit der Zeit trotzdem langweilig. Da kommt mir Urbino zupaß.»

Urbino fühlte sich unbehaglich, und die Contessa räusperte sich und sagte: «Urbino, Berenice wollte wissen, warum es so klein ist.»

«Klein?» echote Urbino unwillkürlich.

Der Veronese, eine Allegorie der Liebe mit einer halbnackten Venus, die sich von zwei bärtigen Schönlingen unter einem Urwaldbaum anhimmeln läßt, war nahezu vier Quadratmeter groß und erdrückte fast den intimen Salon, in dem die Contessa sonst nur Nippes und Bücher hatte und gute Freunde empfing.

«Klein für einen Veronese, meinte sie», erklärte Tonio und trat neben die Stiefmutter.

Er lachte Urbino an. «Ob groß oder klein, ich kann mit seinen Gemälden nicht sehr viel anfangen. Nimm es mir nicht übel, Barbara. Es ist ein wunderschönes Bild, und es paßt ausgezeichnet hierher. Ich mag bloß Tintoretto lieber.»

Die Contessa lachte, und Urbino begann den Veronese zu beschreiben – nicht nur die leicht obskure Allegorie, sondern auch seine Geschichte. Auf der Prager Burg hatte er gehangen, nach der Abdankung in Königin Christinas Sammlung in Rom, im Palazzo eines römischen Herzogs, und aus dessen Erbmasse hatte ihn Alvise da Capo-Zendrini als Morgengabe erstanden.

Er wollte gerade einige Einzelheiten erläutern, als Berenice Pillow sagte: «Ich erinnere mich gar nicht, Barbara, den Veronese in *Casa Vogue* gesehen zu haben.»

«Doch, Berenice.»

«Du weißt es bestimmt besser, aber ich kann mich einfach nicht entsinnen.»

«Der Veronese war auf der Titelseite.»

«Das muß es sein! Das Heft im Wartezimmer meines Zahnarztes war ein bißchen zerfleddert. Jetzt fällt es mir ein, da war tatsächlich kein Umschlag mehr dran. Sonst hätte ich den Veronese sofort wiedererkannt.» Sie musterte das Bild flüchtig und setzte sich dann zur Contessa auf das Sofa. «Du hast nicht zufällig noch ein Exemplar da, Barbara? Ich würde es so gern ganz lesen.»

«Aber natürlich! Urbino, würden Sie bitte eins aus der Bibliothek holen? Sie wissen ja, wo sie liegen.»

Tonio Vincenzi stand auf.

«Ich muß mich entschuldigen, ich habe eine Verabredung in Harry's Bar. Mama lasse ich ja in guten Händen.»

Nachdem er gegangen war, machte sich Urbino durch den weitläufigen Mittelgang auf zur Bibliothek, einem Riesenraum, der auf den Innengarten hinaussah. Die Folianten der da Capo-Zendrinis stammten vorwiegend aus dem sechzehnten und siebzehnten Jahrhundert, Standardwerke zur Republik Venedig.

Urbino trat an das verglaste Kabinett. Aus dem Augenwinkel sah er auf dem Tisch ein aufgeschlagenes Exemplar von Lorenzettis *Feste e Maschere Veneziane*. Interessierte sich die Freundin doch für *Carnevale*? Offenbar freute sie sich mehr auf ihren Kostümball, als sie zugeben wollte.

Er suchte aus dem Zeitschriftenstapel die *Casa Vogue* heraus.

Als er in den Salon zurückkam, hatte sich Schwester Teresa zu den beiden Damen gesellt. Die Nonne, eine hochgewachsene Mittfünfzigerin, trat nervös von einem Fuß auf den anderen.

«Signor Macintyre, Sie müssen uns helfen!» sprach sie ihn an.

Schwester Teresa, vor kurzem zur Fremdenführerin der Casa Crispina aufgerückt, war gewöhnlich ruhig und gelassen, doch jetzt rang sie verstört die knochigen Hände. Urbino legte die Zeitschrift neben das Teeservice und trat zu ihr.

«Was ist denn los, Schwester?» fragte er.

«Stellen Sie sich vor, Santa Crispina steht unter Mordverdacht!»

Ein paar Minuten behutsames Fragen schuf halbwegs Klarheit.

«Der Mord in der Calle Santa Scolastica, haben Sie nicht gehört? Einer von unseren Pensionsgästen wurde ermordet. Der englische Fotograf; ins Herz gestochen!»

Die Contessa erhob sich und faßte ihre Hand.

«Signor Gibbon!» rief sie. «Aber das kann doch nicht wahr sein! Ermordet!»

«Es ist die Wahrheit, Contessa, Gott sei seiner Seele gnädig. Und wir alle in der Santa Crispina sind betroffen.»

«Ein Mord? Hier in dieser Stadt?» staunte Berenice Pillow und legte eine der Miniatur-Ikonen aus der Hand, die sie gerade begutachtet hatte. «Wie schrecklich! Aber ist das nicht recht ungewöhnlich für Venedig?»

«Warum denn?» entgegnete die Contessa wie auf eine Kritik. «Schwester Teresa, erzählen Sie doch, was passiert ist.»

«Er ist gestern nacht oder heute in der Frühe erstochen worden, in der Calle Santa Scolastica. Die Polizei verhört alle in der Santa Crispina. Die traut uns sicher alles mögliche zu! Deswegen komme ich Sie holen, Signor Macintyre. Sie müssen etwas dagegen unternehmen! Sie kennen doch Commissario Gemelli, und Sie haben Erfahrung in Mordsachen!»

Berenice Pillow sah Urbino verdutzt an.

«Erfahrung in Mordsachen!» wiederholte die Contessa und mußte lächeln. «Sie sagen das, als wäre er der Mörder gewesen.» Und ihrer Schulfreundin erklärte sie: «Er war an einer Ermittlung beteiligt.»

«Genau, er hat in einer Mordsache ermittelt», bestätigte Schwester Teresa. «Deshalb soll er uns helfen.»

«Ich weiß immer noch nicht, was ich für Sie tun kann, Schwester Teresa.»

«Allerhand, Signor Macintyre. Und Sie können sofort anfangen. Kommen Sie gleich mit in die Santa Crispina.»

«Ein Mord!» wiederholte Mrs. Pillow, als werde es ihr erst

jetzt richtig klar. «Wie furchtbar! Und dazu während des Karnevals.»

Schwester Teresa schüttelte den Kopf und sagte: «Genau, Signora. Schlimmer könnte es nicht kommen.»

«Milo fährt Sie im Boot hin», meinte die Contessa und eilte aus dem Salon.

Als Urbino mit Schwester Teresa kurz darauf in der Casa Crispina ankam, erblickte er zu seiner Überraschung Hazel Reeve, die er gestern abend bei Porfirio kennengelernt hatte. Sie tat fremd.

Warum sie anwesend war, wurde deutlich, als Commissario Francesco Gemelli die Treppe herunterkam und zu ihr trat.

«Kommen Sie bitte, Miss Reeve», forderte er sie auf und wies auf den Raum hinter dem Empfang. «Ich habe noch ein paar Fragen.»

Im Weggehen bemerkte der Commissario Urbino. Ärger flog über sein Gesicht, er wollte etwas sagen, überlegte es sich aber anders und schloß hinter sich und Miss Reeve resolut die Tür.

Urbino legte den Mantel ab und folgte Schwester Teresa über Haupttreppe und Flur in ein kleines Zimmer, wo Mutter Mariangela hinter einem Mahagonischreibtisch saß, eine füllige Dame Anfang Siebzig, an der außer ihrem Namen und dem pausbäckigen Gesicht nichts Engelhaftes war. Das Auffälligste an ihr waren ihre scharfen Augen, die, überlegte Urbino, bestimmt alles sahen, worüber sie bei ihren Schäfchen zu wachen hatte, und noch einiges mehr.

«Ich darf Ihnen gleich sagen, warum wir Sie hergebeten haben, Signor Macintyre. Commissario Gemelli hat heute hier schon allerhand angerichtet.» Mit einem gezwungenen Lächeln fuhr sie fort: «Ursache ist freilich der Mord an Signor Gibbon. Wir aber haben jetzt mit den Folgen zu tun. Die hat ein so furchtbares Geschehen immer.»

Urbino nickte und nahm sich einen Stuhl.

«Wissen Sie, Signor Macintyre, es ist schon schlimm genug, daß Signor Gibbon in der Casa Crispina logierte. Doch wir haben ja auch noch andere Gäste, und die hatten Umgang mit ihm.»

Urbino, der noch nicht wußte, worauf sie hinauswollte, blieb stumm.

Mutter Mariangela wurde ungeduldig.

«Sie wissen doch, Commissario Gemelli sitzt uns im Nakken.»

«Wieso?» fragte er, obwohl er aus eigener Erfahrung wußte, wie hartnäckig der Sizilianer sein konnte.

«Den ganzen Tag schon verhört er die Gäste – und er ist noch lange nicht fertig! Er verstört sie.»

«Aber als Kriminalist muß er doch Fragen stellen.»

Mutter Mariangela sah zu Schwester Teresa hin, die in einem hochlehnigen Stuhl saß, über sich an der Wand die Lithografie der heiligen Katharina von Siena. Schwester Teresa fing den Blick auf und sagte: «Natürlich, Signor Macintyre, aber der Commissario kennt keine Rücksichten. Er verdächtigt alle.»

Stimmt, dachte Urbino, das kannte er von Gemelli schon: schuldig, außer bei erwiesener Unschuld.

«Entschuldigen Sie, meine Damen, aber irgendwo muß der Commissario ja anfangen.»

«Er verprellt sie! Können Sie sich die Folgen vorstellen?» fragte Mutter Mariangela unwirsch. «Unsere schöne Pension kommt in Verruf! Wir sind auf die Einnahmen angewiesen. Wenn an der Casa Crispina auch nur der Schatten eines Verdachtes hängenbleibt, sind wir ruiniert!»

«Ich verstehe, Mutter Mariangela, aber Sie dürfen Commissario Gemelli nicht übelnehmen, daß er Ihre Gäste befragt. Es ist sein Beruf, die Wahrheit herauszufinden. Und dazu muß er schließlich alle Gäste der Casa Crispina –»

«Ich habe kein Vertrauen zu Commissario Gemelli.»

«Mutter Mariangela will damit sagen, sie hat zu Ihnen mehr Vertrauen, Signor Macintyre.»

«Zu mir? In bezug auf was?»

«Auf die Kriminalistik. Sie machen das besser.»

«Mit mehr Einfühlungsvermögen», bestätigte Mutter Mariangela. «Er verstört die Leute, wie ich schon sagte. Sie sind da ganz anders. Sie bringen Ruhe ins Haus, und noch vor Aschermittwoch haben Sie die Wahrheit herausgefunden. Ich will das bis dahin geklärt wissen.»

Auf seinen Einwand, er habe weder die Vollmachten noch die Mittel der Kriminalpolizei, meinte sie, als Polizist könne man in Italien nur ins Hintertreffen geraten.

«Ein Privatmann wie Sie mit hervorragendem Italienisch und Engagement für Venedig findet die Wahrheit am ehesten. Wir denken, nur Sie können das bis Aschermittwoch schaffen.»

«Und wenn in Wahrheit ein Gast der Casa Crispina der Mörder ist?»

Mutter Mariangela zuckte die Achseln.

«Nur die Wahrheit, Signor Macintyre, brauchen wir – selbst wenn einer der Gäste verhaftet wird. Aber ich bin überzeugt, der Mörder hat mit Santa Crispina absolut nichts zu tun. Ich sage den Gästen Bescheid. Hier ist die Namensliste.» Sie reichte Urbino ein Blatt. «Kommen Sie heute abend, wenn der Commissario fort ist.»

Urbino verweilte noch kurz am Empfang in der Hoffnung, Hazel Reeve zu sprechen. War Gemelli fertig, oder saßen sie noch da drin? Er starrte auf die Tür, da hörte er jemand hinter sich sagen:

«Sollten Sie auf die hübsche junge Dame warten, muß ich Ihnen leider sagen, sie ist schon gegangen.»

Urbino drehte sich um und sah in Gemellis wie immer geringschätziges Lächeln.

«Sie wollen mit Ihrer kleinen Ermittlung wohl bei ihr anfangen. Tun Sie doch nicht so. Ich weiß doch, wozu Sie hier sind, auch wenn es mir Mutter Mariangela verschweigt. Bestimmt hat sie schon eine komplizierte Begründung parat, mit mittelalterlichen Ordensregeln und so. Mir kann man nichts vormachen. War mir schon sonnenklar, als Sie mit Schwester Teresa zur Tür reinkamen.»

«Commissario, mit Ihrem kriminalistischen Gespür müßten Sie den Fall in Rekordzeit klären.»

«Weil Sie es sonst tun? Ach, legen Sie sich nur nicht fest. Denken Sie bloß immer daran, von Engagement zu Amtsanmaßung ist es nur ein ganz kleiner Schritt. Wünsche einen guten Abend.»

Urbino überquerte den Campo San Gabriele. Um halb neun wollte er unbedingt wieder in der Casa Crispina sein. Der Abend war klar und kalt. Auf dem Platz sah man nur Anwohner nach Hause eilen, vom Karneval war hier nichts zu spüren.

Als Urbino die andere Seite erreichte, hörte er hinter sich eine Frauenstimme seinen Namen rufen. Im Umdrehen sah er in einem dunklen Kapuzenmantel bibbernd Hazel Reeve dastehen.

«Miss Reeve, Sie frieren ja.»

«Und wie. Ich stehe schon eine Weile hier. Drinnen wollte ich nicht auf Sie warten. Von dem Kripomann hab ich genug.» Sie wirkte niedergeschlagen. Ihre Unterlippe zitterte.

«Ich bin auf dem Heimweg. Warum kommen Sie nicht mit zu mir und wärmen sich auf? Es ist nicht weit.»

Hazel Reeve wies ihn nicht ab. Im Vorübergehn erläuterte Urbino Gebäude und Kanäle und überlegte dabei die ganze Zeit, was sie mit dem Mord zu tun haben mochte und warum sie ihn auf dem Campo San Gabriele abgepaßt hatte. Ob sie meinte, Commissario Gemelli habe ihm alles über sie gesagt?

Im Palazzo benahm sich Hazel Reeve anfangs wie bei einem

Höflichkeitsbesuch. Als sie mit einem Cognac im kleinen Salon neben der Bibliothek saßen, fragte sie: «Sie haben auch das Dachgeschoß bewohnt, nicht wahr? Porfirio hat mir gestern davon erzählt. Porfirio staunt, daß Sie nicht das ganze Haus bewohnen. Nach seiner Beschreibung hat sich Ihr Palazzo viel kleiner angehört.»

«Er ist ja auch klein, Miss Reeve, fast ein Knusperhäuschen. Gerade deswegen mag ich ihn so.»

«Ein Erbe mütterlicherseits, ja?»

Urbino nickte, ging aber nicht darauf ein. Er fragte andere gern aus, redete aber nur äußerst ungern über sich.

Hazel Reeve nahm einen Schluck Cognac und schloß die Augen, als wolle sie davon warm werden. Ihr Gesicht entspannte sich kurz. Dann betrachtete sie die Stücke in Urbinos leicht überladenem Salon. Den Bronzino an der Wand über dem Sofa – eine perlengeschmückte florentinische Dame im Brokatgewand –, hatte ihm die Contessa geschenkt. Hazel Reeve wandte den Kopf zu dem Gemälde, und Urbino fiel auf, daß die Porträtierte und seine Besucherin genau gleich gehetzt blickten.

«Ich beneide Sie», sagte sie zu Urbino. Und dann, wie um das umschriebene Lob zu bekräftigen, «Nennen Sie mich doch Hazel.»

«Nur wenn Sie mich Urbino nennen.»

«Ein ungewöhnlicher Name.»

«Nicht für mich. Meine Urgroßmutter wurde in der Nähe eben dieser Stadt, Urbino, geboren, und meine Mutter schwärmte für Raffael.»

«Warum hat sie Sie dann nicht nach ihm statt nach seiner Stadt genannt?»

«Hat sie. Raffael ist mein Rufname, aber er wurde nie benutzt. Meine Eltern nannten mich von Geburt an Urbino.»

«Vielleicht assoziiere ich zuviel, aber Sie sehen tatsächlich ein wenig aus wie ein Raffael.»

«Nicht mal meine Mutter hat das behauptet», wehrte Urbino ab. Ihrer verblüfften Reaktion entnahm er, daß er seine spontane Antwort noch etwas ausführen mußte. «Ich meine, eine Mutter idealisiert eben ihr Kind. Doch nehme ich das gern als Kompliment.»

«Als Kompliment?» Hazel runzelte die Stirn. «Vielleicht, aber es sollte nur was klarmachen. Mir schwebt ein bestimmter Raffael vor – das Porträt eines jungen Kardinals im Prado. Kennen Sie es?»

Urbino nickte, er hatte das Gemälde am College studiert und vor drei Jahren in Madrid im Original gesehen. Aber er konnte zwischen sich und dem arroganten Kardinal in seiner purpurnen *mozetta* aus Seidenbrokat mit passendem Kardinalshut wenig Ähnlichkeit entdecken.

«Doch, da ist eine Ähnlichkeit», beharrte Hazel, als lese sie seine Gedanken. «Ihr Gesicht ist kantiger und attraktiver, aber ihr habt beide diese Selbstbeherrschtheit, und», hier mußte sie lächeln, «so kluge Augen.»

Sie nippte wieder an ihrem Cognac. Urbino machte sich auf weitere Eröffnungen gefaßt, aber was sie dann sagte, hatte nichts mehr mit Raffael zu tun.

«Ihre Eltern sind tot.»

«Ein Autounfall vor fast fünfzehn Jahren.»

«So ein plötzlicher Tod hat sicher ...» Sie unterbrach sich und schüttelte den Kopf. «Sie müssen mich ja unglaublich taktlos finden. Ich meine, ich mache hier Konversation, und der arme Ralph ist tot – ermordet.»

Da er über sie nicht so gut Bescheid wußte wie sie offenbar über ihn, wußte er nicht so recht, was sagen.

Hazel blickte mit nassen Augen auf.

«Urbino, Sie haben viel Geduld. Da lauere ich Ihnen auf und überfalle Sie mit meinen Problemen, wo Sie wahrscheinlich in aller Ruhe nach Hause wollten. Ich muß Ihnen von Ralph und mir erzählen, das ist wohl das Mindeste.» Das hörte sich nicht an, als hätte sie es die ganze Zeit schon vorgehabt. «Kannten Sie ihn?»

«Ich bin ihm nur wenige Male begegnet.»

Sie holte tief Luft und lächelte nervös: «Ich muß sagen, Ralph und ich haben uns geliebt. Das erklärt wohl genug, aber es ist nicht alles. Liebesaffären sind immer kompliziert, oder? – Nicht bloß bei Proust, das können Sie mir glauben.»

Sie nahm *Auf der Suche nach der verlorenen Zeit* in die Hand.

«Proust jedenfalls ist kein gutes Vorbild in Sachen Liebe, meinen Sie nicht auch?» sagte er. «Für den war das eher eine Krankheit. *Maladie d'amour.*»

Hazel nickte abwesend.

«Da kennen wir uns erst ein paar Stunden, inklusive gestern abend, und schon breite ich mein Privatleben aus. Nicht eben die vornehme englische Art. Aber ich bin mit meinem Latein am Ende. Ich muß einfach mit jemandem reden, und ich meine, Ihnen kann ich etwas sagen, ohne daß Sie schlecht von mir denken. Heute abend kann ich nicht anders. Ob Sie es glauben oder nicht, Sie kenne ich hier in Venedig wohl noch am besten, jetzt, wo Ralph ... nicht mehr ist.»

«Was ist mit Porfirio?»

Sofort wurde ihm klar, sie könnte die Frage als Zurückweisung auffassen, als Wink mit dem Zaunpfahl, sie solle gefälligst nicht ihn, sondern den Fotografen behelligen.

«Ach, der! Der wäre der Letzte, mit dem ich über Ralph reden wollte.»

«Zeigt er Ihnen nicht genug Mitgefühl?»

«Eher zuviel.»

«Hat er etwas für Sie übrig?»

Sie lachte, aber es war ein freudloses Lachen.

«Darauf bin ich noch gar nicht gekommen. Gegen Ralph jedenfalls hatte er was, privat und beruflich. Mitgefühl mit mir hätte er höchstens deswegen, und nicht, weil er was für mich übrig hat. Was ich übrigens bezweifle.»

Urbino spürte, daß Hazel ihn auf etwas Negatives über den Ermordeten vorbereiten wollte.

Sie nestelte ein Taschentuch aus der Rocktasche.

«Ich fühle mich nach dem Gespräch mit dem Commissario so ausgequetscht und mißbraucht. Ich mag gar nicht daran denken, daß das morgen in der Questura noch mal von vorn losgeht.»

Sie nahm einen Schluck Cognac.

«Ralph hat mir sehr viel bedeutet und ich ihm auch – wenigstens habe ich das geglaubt», fuhr sie fort. «Wir wollten heiraten, aber wir hatten ein paar Dinge zu klären. Ich denke schon, ich hätte ihn zu einer anderen Anschauung bringen können.» Sie lächelte Urbino zaghaft an. «Sie machen jetzt ein Gesicht wie der Commissario. Als wenn Sie schlecht von mir denken würden. Der tut es bestimmt. Aber es ist sinnlos, sich zu sorgen, was andere denken könnten. Nur die Wahrheit ist wichtig. Ralph ist tot, und ich muß sagen, was ich weiß, auch wenn es privat ist und mich – oder Ralph – in ein schlechtes Licht rückt. Tote haben kein Privatleben mehr und ihre Bekannten auch nicht, jedenfalls nicht bei Mord.»

Sie gab Urbino eine kurze Denkpause, während sie das Taschentuch ungebraucht wieder einsteckte. Dann stand sie ruckartig auf und sagte zu seiner Verblüffung, sie müsse nun gehen. Urbino hatte angenommen, sie werde jetzt ihre Beziehung zu Gibbon schildern, aber aus irgendeinem Grund trieb es sie fort.

Als er ihr in den Mantel half, fragte sie: «Wie komme ich am besten zu Porfirio zurück? Ich hab nicht so recht auf den Weg geachtet.»

«Ich gehe mit bis San Gabriele und zeige es Ihnen von dort. Ich muß ohnehin wieder in die Casa Crispina.» Hazel schwieg unterwegs. Auf dem Campo San Gabriele wies er ihr die Richtung, doch schien ihm mehr geboten, und so lud er sie zum Abendessen ein. Er würde sie morgen abend um acht bei Porfirio abholen.

Vom Tor zur Casa Crispina sah er ihr nach. Hoffentlich würde er morgen mehr über ihre Beziehung zu Gibbon erfahren. Viel verraten hatte sie ihm heute eigentlich nicht, obwohl sie ihn offenbar genau deswegen abgepaßt hatte. Oder wollte sie nur, daß er das annahm? Morgen abend würde sich das wahrscheinlich klären.

7

Signor Macintyre, widmen Sie Ihre kostbare Zeit lieber den Totschlägern Venedigs», giftete Xenia Campi und besah dabei gelegentlich ihren Ring mit dem Lapislazuli. «Gibbon hab ich noch nie leiden können, und es wundert mich nicht, daß ihm was zugestoßen ist.»

Sie trug ein langes, weites Kleid in Dunkelblau mit grünem Brokatbesatz und hatte einen bestickten Schal um die Schultern. Die Frisur wurde von einem blauen Haarband gehalten. Sie saß in Mutter Mariangelas Empfangszimmer in dem hochlehnigen Stuhl unter dem Bild der heiligen Katharina von Siena.

«Das habe ich auch Commissario Gemelli gesagt», ergänzte sie energisch, sah Urbino dabei endlich an und zog sich den Schal um die Schultern.

«Warum meinten Sie, Gibbon würde was zustoßen?»

«Seine Aura», erläuterte sie. «Er hatte so eine Aura, blutrot. Und Flammen hab ich gesehen, orangerote mit gelben Zungen.»

Ihre Augen glommen auf, als erinnere sie sich daran. Ein abwesender, beinahe trauriger Ausdruck lag auf ihrem Gesicht. Dachte sie an ihren toten Sohn? Mit ihrer Hellseherei hatte es erst danach angefangen. Wie oft hatte sie wohl schon überlegt, sie hätte ihn wegen der Aura warnen können, hätte sie die Gabe bloß früher gehabt?

«Seine Aura hat mir gesagt, entweder verbrennt er selber, oder er tötet jemand anderen durch Feuer. Feuer läutert die Guten, aber straft die Bösen.»

«Signor Gibbon ist doch nicht verbrannt.»

Sie schüttelte den Kopf und lächelte sarkastisch.

«Manchmal sind die Feuerzungen echt, Signor Macintyre – dann versengen sie – und manchmal sind sie nur ein Symbol. Aber das war noch nicht alles, oder? Mutter Mariangela sorgt sich um den Ruf ihrer Casa Crispina. Ich soll dankbar sein, daß ich hier wohnen darf. Da hab ich gesagt, sie soll Gott danken, daß es nicht schlimmer gekommen ist. Er hätte ja auch hier erschlagen werden können – beim Abendessen mit dem Weinkrug!»

«Warum denn das?»

«Sag ich Ihnen gleich. Commissario Gemelli hab ich's auch gesagt. Weil er ein unverschämter Pascha war! Er war jemand, den man am liebsten ohrfeigen möchte.»

«Ich kannte ihn nur flüchtig. Er war schon eigen, aber ...»

«Kein ‹aber›! Hätten Sie ihn mal in Damengesellschaft erlebt, dann wüßten Sie, was ich meine. Er war ein ausgemachter Schürzenjäger, vor allem bei jungen Mädchen.»

Sie wickelte sich fester in ihr Umschlagtuch.

«Ein Schürzenjäger?»

«Ich hab doch Augen für so was. Eine besondere Gabe braucht man dazu nicht. Jawohl, ein Schürzenjäger! Er hat Gefühle geweckt, seine Spielchen getrieben. Ich hab alles gesehen. Süßholz hat er geraspelt. Ich hab allen ins Gewissen geredet, mit denen er poussiert hat, und ihm auch, aber es hat nichts genützt.»

«Mit wem hat er denn poussiert, Signora Campi?»

Xenia Campi erhob sich, sie war nicht groß und wirkte durch ihre Fülligkeit noch kleiner. Doch mit der Antwort auf Urbinos Frage schien sie jetzt regelrecht zu wachsen.

«Mit Signorina Spaak!»

Ihr Gesicht hellte sich auf. Es war ihr offenbar eine Genugtuung, die junge Amerikanerin zu denunzieren.

«Sie haben noch von anderen gesprochen. Wer war das?»

«Ach, bloß Mädchen von der Piazza», antwortete sie ausweichend und schritt zur Tür. «Bestimmt wollen Sie mich noch weiter ausfragen, aber nicht heute abend, wenn's recht ist. Mir ist nicht gut, und ich muß meine Kräfte für die Piazza schonen.» Sie warf den Kopf in den Nacken und sah zu Urbino auf. «Wo wir schon von Signorina Spaak reden, Signor Macintyre, sehen Sie ihr bei Gelegenheit mal so recht in die Augen. Richtig tief.» Xenia Campis Blick wirkte plötzlich verschleiert. «Da lesen Sie Tod darin – Mord. Der kommt durch die Augen hinein. Aber kann er auch wieder raus?»

Urbino meinte, sie sei fertig, aber kurz vor der Tür beantwortete sie ihm eine Frage, die er noch gar nicht hatte stellen können:

«Und wenn Sie wissen wollen, wo ich gestern abend gewesen bin: hier in der Casa Crispina. Ich saß unten, habe Madame Blavatsky gelesen und eine Weile mit Schwester Agata geplaudert, bevor sie am Empfang eingeschlafen ist. Dann bin ich zu Bett gegangen. Genau wie jetzt. Gute Nacht, Signor Macintyre.»

Dora Spaak, in Tweedhosen und dickem Pullover, wirkte ganz klein in dem hochlehnigen Stuhl. Zu dem Porträt der bleichen und hohlwangigen heiligen Katharina hinter ihr wäre kein größerer Kontrast denkbar gewesen. Die junge Amerikanerin war rundlich und jungmädchenhaft, von der kurzen Ponyfrisur über die staunenden braunen Augen bis zu den rosa Angorapantöffelchen an den Füßen, die fast nicht den Boden erreichten.

Sie knüllte ein Papiertaschentuch in der Hand.

«Der arme Mr. Gibbon. Wie kann so etwas passieren? Er war so ein reizender Mann. Sicher ein unglücklicher Zufall.»

Ein Zufall? wiederholte Urbino für sich. Meinte sie im Ernst, ein Messerstich ins Herz könne Zufall sein? Und dann schniefte sie, das Papiertaschentuch an der Stupsnase: «Es war schließlich Nacht. Vielleicht hat man ihn für jemand anderen gehalten. Eine Verwechslung, Sie wissen schon.»

«Bestimmt geht die Polizei dieser Möglichkeit nach.»

«Aber Sie glauben nicht, daß es ein Zufall war, oder?» Sie sah ihn anklagend an. «Sie meinen, jemand hat ihn gehaßt und umgebracht, aber das stimmt nicht! Alle hier haben ihn gern gehabt, bis auf diese überkandidelte Signora Campi. Sogar mein Bruder Nicholas...»

Sie stockte.

«Was ist mit Ihrem Bruder, Miss Spaak?»

Sie mußte sich erst schneuzen und antwortete dann vorsichtiger:

«Nichts. Nicholas hat Ralph auch gemocht, auch wenn er es nicht immer gezeigt hat. Signora Campi tut bestimmt, als wären wir alle wie ihresgleichen! Sie macht ständig so gehässige Bemerkungen. Jedesmal zu mir, und es ist mir furchtbar peinlich. Ralph hat es meistens gehört. Hoffentlich hat er nicht gemeint, ich nehme ihr das ab. Er konnte ihr nichts rechtmachen. Fotografieren ist keine Arbeit, hat sie gesagt, und auch keine Kunst. Und daß er auf anderer Leute Kosten lebt. Daß er nicht hier ißt, obwohl er dafür bezahlt hat. Die war nur neidisch, weil er offensichtlich genug Geld hatte. Selber nagt sie am Hungertuch. Und noch was», setzte Dora eifrig hinzu, das naßgeheulte Taschentuch pressend. «Sie hat immer gesagt, er hat Feuer um den Kopf und das bedeute für ihn oder andere nichts Gutes. Ich kriege jedesmal Gänsehaut, wenn sie so was sagt! Ich würde mich nicht wundern, wenn...»

Wieder stockte sie.

«Wenn was, Miss Spaak?»

«Nichts. Sie macht mir bloß solche angst.»

«Wann haben Sie Mr. Gibbon zuletzt gesehen?»

Dora Spaak schneuzte sich.

«Gestern nach dem Abendessen», sagte sie leise. «Wissen Sie, mir war nicht so gut. Ich hatte mir morgens im Hochwasser nasse Schuhe und Strümpfe geholt, als ich ein Postamt suchte, und mich verkühlt. Als ich zurück war, war ich schon am Niesen. Irgendwann nach neun hab ich im Speisezimmer eine Tasse Tee getrunken. Ralph kam die hintere Treppe herunter. Er hatte die Kamera um und wollte noch mal weg. Ich dachte, er würde sich in den Trubel auf dem großen Platz stürzen. Aber er hatte nur einen Schal und ein dünnes Flanellhemd an, und ich habe ihm gesagt, das ist doch nicht warm genug. Er hat sich zu mir gesetzt, und wir plauderten eine Weile.» Mit einem frischen Papiertaschentuch betupfte sie sich die Augen. «Er war so reizend. Er sagte, er schleiche in die Küche und hole mir Zwieback zu meinem Tee. Eine gefährliche Expedition, wahrscheinlich hänge ein Schild über der Speisekammer, ‹wer hier eingeht, soll alle Hoffnung fahren lassen› oder so, aber er würde es trotzdem tun.»

Bei diesem verballhornten Dantezitat fragte sich Urbino, ob Gibbon das wohl von Hazel übernommen hatte.

«Er hat gesagt, wenn ich wüßte, wo die Speisekammer ist, wäre ich seine Be... Be..., ich weiß es nicht mehr.»

«Beatrice», half ihr Urbino und sprach den Namen dabei italienisch aus.

«Genau.» Dora Spaak sah ihn mißtrauisch an. «Ich hab gesagt, ich hätte keine Ahnung. Es sei nicht nötig, und ich hätte ja meinen Tee. Er hat gesagt, er setzt sich zu mir, und hat den Schal abgelegt. Er wolle hierbleiben und mich ein bißchen trösten. Ich wollte natürlich unbedingt, daß er das macht, was er vorhatte. Es ist lieb gemeint, habe ich gesagt, aber ich bin versorgt. Ich hab ... ich hab ihm sogar noch gesagt, er soll ruhig gehen. Hätte ich ihn nicht fortgeschickt, würde er noch leben ... und ... und niemand hätte ihn umbringen müssen!»

Erst jetzt erinnerte sich Urbino an Xenia Campis Empfehlung, Dora Spaak in die Augen zu sehen. Darin las er jedoch nicht «Tod», wie sie behauptet hatte, sondern Angst.

«Er ist noch eine Weile geblieben und dann gegangen»,

ergänzte Dora Spaak mit niedergeschlagenem Blick. «Er hat gesagt, meine Pantöffelchen gefallen ihm.»

Sie sah auf sie hinunter und weinte los, als ihr aufging, wie schmerzlich ihr seine letzten Worte waren.

Ein schlanker Blonder Ende Zwanzig mit dunkelblauen Augen und etwas verweichlichten Zügen stand vor der Tür, als Urbino sie aufklinkte, um Dora Spaak nach ihrer Unterredung hinauszulassen.

«Nicholas Spaak», stellte er sich vor, mit einem Stirnrunzeln zu Dora, die sich hastig verabschiedete und über den Flur davonhuschte, das Papiertaschentuch an der Nase. «Meine Mutter muß um neun zu Bett. Dora wollte Sie unbedingt zuerst sprechen. Wir wären Ihnen sehr verbunden, wenn Sie zu meiner Mutter aufs Zimmer kämen. Ihr ist wohler, wenn sie ihre Sachen um sich hat.»

Was Spaak mit «ihre Sachen» meinte, wurde deutlich, als Urbino ein Stockwerk tiefer das Zimmer betrat. Neben Bett, Nachttisch, Betpult, erbaulicher Lithografie und Waschbecken wie in allen Zimmern, stand da ein großer Elektroheizkörper und verbreitete fast unerträgliche Schwüle. Statt mit der hauseigenen braunen Wolldecke war Spaaks Mutter mit einem bunten Quilt zugedeckt. Am Nachttisch baumelte eine gelbe Karnevalsmaske. Darauf stand ein Apparat aus Kunststoff mit einem Kabel zur Steckdose und einem Schlauch zur Inhaliermaske. Diverse amerikanische Zeitschriften – *Time, Reader's Digest* und *Health* – lagen über den Fußboden verstreut und auf der Bettdecke ein Haufen Zeitungsausschnitte, mit einer Schere beschwert.

«Mr. Macintyre, meine Mutter, Stella Maris Spaak.»

Stella Maris Spaak war eine kleine Frau Anfang Sechzig, die ihrer Tochter viel ähnlicher sah als ihrem Sohn. Sie stützte sich in mehrere Kissen und blickte freundlich und offen, das Gesicht umrahmt von kurzen hellbraunen, frisierbedürftigen Strähnen.

«Es tut mir leid, daß ich Sie so spät noch störe, Mrs. Spaak, aber es dauert nicht lange.»

«Ist schon recht, Mr. Macintyre. Sicher hat mein Nicky gesagt, Sie dürfen mich nicht aufregen, aber mir geht es gar nicht so schlecht. In den drei Wochen Italien habe ich mich gut gehalten, nicht wahr, Nicky?»

Sie lächelte ihren Sohn an, der sich aufs Bett gesetzt hatte. Den einzigen Stuhl hatte Urbino.

«Die Polizei hat schon mit uns gesprochen, Mr. Macintyre», sagte Nicholas Spaak.

«Keine Angst, Nicky. Er macht sich wirklich Sorgen um mich, Mr. Macintyre, aber mir geht es blendend. Du weißt ja, Nicky, Mutter Mariangela hat gemeint, wir sollten nett zu Mr. Macintyre sein. Und Sie sind ja wirklich ein reizender Mensch, ganz wie sie sagte.»

«Können wir zur Sache kommen, Mr. Macintyre?» fragte Nicholas Spaak irritiert, was ihm einen mißbilligenden Blick seiner Mutter eintrug.

«Selbstverständlich, ich wollte nur wissen, ob Ihnen gestern abend etwas aufgefallen ist.»

«Da war nichts», antwortete Nicholas. «Ich meine, in so einem Haus – ich meine im Kloster –, wo alles seine Ordnung hat, müßte fast alles auffallen, meinen Sie nicht?»

Urbino mußte zustimmen, obwohl das Kloster vom Barmherzigen Orden der heiligen Crispina auch seine ungebundenen Seiten hatte, etwa die lockere Art, wie die Pension geführt wurde. In Herbergen von Nonnen- und Mönchsklöstern waren Kommen und Gehen und der Umgang der Geschlechter sonst viel strikter geregelt.

«Nicky hat recht. Ich fürchte, wir sind Ihnen keine große Hilfe, auch nicht dem armen Mr. Gibbon, Gott sei seiner Seele gnädig. Hier ist es jeden Abend dasselbe. Um sieben speisen wir mit den anderen Gästen. Gestern abend waren wir wie immer ungefähr um acht fertig. Mr. Gibbon wirkte gesund und munter. Ich war auf eine halbe Stunde in der Kapelle. Dann hat Nicky mir ins Bett geholfen. Um neun war ich im Bett.»

«Das stimmt, Mr. Macintyre. Wir halten uns an einen genauen Zeitplan, meine Mutter und ich; für sie das beste.»

«Aber Nicky, rede doch nicht so. Du magst das doch auch. Schon als Säugling, Mr. Macintyre, konnte man nach meinem Nicky die Uhr stellen.»

Nicholas Spaak wurde rot.

«Sehen Sie, wie sensibel er ist, Mr. Macintyre? Schon als Erstkläßler wollte er von mir nicht mehr gelobt werden, doch was gibt es Schöneres für eine Mutter, als von ihren Kindern zu reden? Als Englischlehrer am Community College in Pittsburgh ist er einer der besten.»

Nicholas Spaak war jetzt puterrot.

«Was haben Sie getan, nachdem Sie Ihre Mutter zu Bett gebracht hatten?»

«Ich bin auf mein Zimmer nebenan gegangen, hab eine Weile gelesen, dann bin ich eingenickt und hab bis heute morgen um sieben durchgeschlafen.»

«Ich hab auch nichts gehört, Mr. Macintyre. Nicky hat nach neun zu mir reingesehen, Dora etwa eine halbe Stunde nach ihm und später nochmals. Ich habe Schlafstörungen, aber ich will meine Kinder nicht ängstigen, und deshalb tu ich manchmal nur so.» Sie schickte einen schnellen nervösen Blick zu ihrem Sohn. «Erst beim Frühstück haben wir gemerkt, daß was nicht stimmt.»

«Und jetzt wollen Sie wissen, was wir von Gibbon halten», sagte Spaak, «und ob wir ihn leiden konnten oder nicht.»

«Ob wir ihn leiden konnten! Wie kannst du so was sagen! Natürlich haben wir ihn gemocht! Von Toten soll man nichts Schlechtes sagen.»

«Tut mir leid, Mutter, aber du weißt, daß ich ihn nicht ausstehen konnte. Meine Mutter hat noch nie schlecht über jemand reden können.»

«Was hatten Sie gegen ihn, Mr. Spaak?» fragte Urbino und dachte dabei an Doras Bemerkung, ihr Bruder habe Gibbon gemocht, es aber nicht zeigen wollen.

«Ich fand ihn unerträglich falsch. Manchmal dachte ich, man müßte ihm eine reinhauen.»

Xenia Campi hatte fast genau dasselbe geäußert.

«Nicky, das paßt nicht zu dir!»

Nicholas Spaak stand auf und steckte die Hände in die Taschen seiner Cordhose. Seine Mutter folgte ihm besorgt mit dem Blick, als er zur Tür ging, wo er sich nochmals umwandte.

«Verstehen Sie mich recht, Mr. Macintyre, ich bin keiner, der andere grundlos verabscheut.» Er zuckte die Achseln, wie um zu sagen, er sei halt so gutmütig, daß er Gründe brauche, um schlecht von einem Toten zu reden. «Gibbon hatte etwas Hinterhältiges. Es hat mich angewidert, wie er mit Dora umging, ihr den Hof machte und sie dabei hintenrum hochnahm. Und er kam immer wieder mit plötzlichen Anzüglichkeiten.»

«Nicky, nimmst du ihm die Sache beim Abendessen etwa immer noch übel? Wenn Dora böse gewesen wäre, hätte sie bestimmt nichts erzählt. Du weißt ja, wieviel sie auf dich hält. Mr. Macintyre, Dora hat erzählt, neulich habe Mr. Gibbon beim Abendessen gescherzt, als ich nicht da war. Als Nicky ihn gefragt hat, wie er die Motive auswählt, hat er gesagt, Fotos müßten etwas zeigen, was die Menschen von selbst nicht sehen. Aber Nicky hat sich aufgeregt, weil Mr. Gibbon sagte, ihn würde er nicht fotografieren, denn es sei doch klar, was er für einer sei. Und wenn ich mit auf dem Foto wäre, sehe es sogar ein Blinder. Da hat er doch etwas Nettes gesagt, Mr. Macintyre, nicht wahr? Dora hat das auch gemeint. Das war doch ein Kompliment!»

Mrs. Spaak schwieg bedeutungsvoll und sah ihren Sohn an, der wie versteinert dastand und ihren Blick mied.

«Nicky weiß freilich mehr als Dora und ich», fuhr sie fort. «Ich leide, wenn er sich aufregen muß. Aber Mr. Gibbon ist tot. Wenn es nicht nett gemeint war, dürfen wir ihn dafür nicht mehr tadeln. Er steht jetzt vor einem höheren Richter.»

Nach den letzten Worten preßte sie die schmalen Lippen aufeinander, Härte glomm in ihren Augen auf und nahm ihren Zügen so gut wie jede Liebenswürdigkeit.

Draußen im Flur bat Nicholas Urbino mit auf sein Zimmer. Anders als seine Mutter hatte er nur die Standardmöblierung, dazu einen Rollkoffer, ein italienisches Wörterbuch und eine Taschenbuchausgabe von D. H. Lawrences *Italienische Dämmerung*.

«Eins möchte ich klarstellen, Mr. Macintyre. Eben bei meiner Mutter habe ich vielleicht einen falschen Eindruck vermittelt.»

Er machte eine lange Pause.

«Es ist wegen Mr. Lubonski», sagte er dann gedehnt, als habe Urbino selbst darauf kommen sollen. «Ich bin nicht hier geblieben, nachdem ich gestern abend nach meiner Mutter gesehen hatte. Etwa um halb zehn bin ich nochmals weg. Mr. Lubonski hat mich gesehen, als er hereinkam. Er wirkte verwirrt. Hat er Ihnen nicht gesagt, daß er mich gesehen hat?»

«Ich war noch nicht bei ihm im Krankenhaus.»

«Vielleicht aber der Commissario. Dem habe ich nichts davon gesagt. Ich wollte Mutter nicht beunruhigen. Ich mache das manchmal, wenn sie fest eingeschlafen ist, aber sie darf es nicht wissen. Hätte ich es dem Commissario erzählt, hätte er ihr vielleicht alle möglichen Fragen gestellt, und dann hätte sie es erfahren. Sie verstehen sicher, daß ich manchmal Luft brauche. Und Dora war ja da. Als Krankenschwester ist sie in der Pflege viel kompetenter. Beide sehen wir einmal pro Nacht bei ihr rein, auch daheim. Dora verrät nichts. Sie hält viel von mir, wie Mutter gerade gesagt hat – die typische kleine Schwester.»

«Was haben Sie gestern draußen noch gemacht?»

«Das Übliche. Ich bin etwa eine Stunde spazierengegangen

und dann in eine Bar, und dort hab ich was getrunken.» Er hüstelte nervös. «Aber wenn Sie mich fragen, wo ich gewesen bin oder in welcher Bar, kann ich das nicht sagen. Könnte um die Ecke sein oder meilenweit weg. Ich weiß nur noch, daß ich über keine der großen Brücken gegangen bin.»

Auf der anderen Seite des Canal Grande war er also nicht gewesen. Doch die Calle Santa Scolastica lag auf der gleichen Seite wie das Cannaregio und war über ein Gewirr von Gassen, Plätzen und Brücken zu erreichen.

«Um Mitternacht etwa war ich zurück. Niemand hat mich heimkommen sehen. Ich habe einen Hausschlüssel.»

Urbino wußte nicht, wann Gibbons Leiche aufgefunden worden war, und er kannte auch nicht die vermutete Todeszeit. Klar war bloß, es mußte nach dem Gespräch zwischen Spaaks Schwester und Gibbon im Speisezimmer passiert sein – wenn Dora nicht log. Während Urbino keine Gewißheit hatte, was zwischen Gibbon und Dora vorgegangen war, mußte immerhin feststellbar sein, um welche Uhrzeit Gibbon die Casa Crispina verlassen hatte. Dazu mußte er Xenia Campi befragen. Und Schwester Agata, die am Empfang gesessen hatte. Auch Commissario Gemelli wollte Urbino ein paar Würmer aus der Nase ziehen, aber auf dieses Gespräch freute er sich gar nicht.

«Mama sollte das lieber nicht erfahren, Mr. Macintyre. Sie hat Asthma, und wenn sie sich aufregt, bekommt sie einen Anfall», bettelte Spaak. Da kam der kleine Junge durch, der Mama alles recht machen wollte, aus Angst vor Liebesentzug. Schob Nicholas seine Mutter schon lange vor, wenn es ihm zupaß kam? Diese Frau war von einer Willensstärke, die ihr Sohn entweder nicht sah oder nicht sehen wollte.

«Sagen Sie das dem Commissario. Vielleicht sprechen Sie vorher noch mit Ihrer Mutter?»

Nicholas zuckte die Achseln. Angst flackerte in seinen Augen, aber Urbino konnte nicht sagen, ob vor seiner Mutter oder vor der Polizei.

Von den Pensionsgästen fehlten Urbino jetzt nur noch die drei jungen Neapolitaner, aber die waren schon ausgegangen. Schwester Agata indessen schnarchte leise am Empfang.

Daheim im Palazzo Uccello fütterte Urbino Serena und machte sich eine *frittata*. Er hatte fast fertig gegessen, als das Telefon klingelte.

«Mein Gott, Urbino, ich kenne Sie jetzt schon zehn Jahre und ahne nicht, daß Sie ein Sadist sind», beschwerte sich die Contessa, kaum daß er abgenommen hatte. «Warum spannen Sie mich so auf die Folter? Ich habe tausendmal angerufen.»

«Ich bin eben erst heimgekommen.»

Er schilderte ihr seinen Besuch in der Casa Crispina und die Gespräche mit Xenia Campi und den Spaaks.

«Dora Spaak haben Sie neulich mit Gibbon im Café Florian getroffen. Sie war wohl in ihn verliebt.»

«Das war nicht zu übersehen. Wer aber sind die anderen, denen Gibbon den Hof gemacht hat, wie Xenia Campi behauptet?»

«Sie wollte nicht so recht raus mit der Sprache. Ich glaube, sie bedauerte, daß sie das erwähnt hatte.»

«Nach allem, was Sie bisher wissen, halte ich den Bruder für den plausibelsten Täter. Er hatte wohl was gegen Gibbon.»

«Xenia Campi auch.»

«*Caro*, Sie wissen doch, daß das bei Xenia Campi nicht viel heißen will! Nein, ich sage, es war der Bruder. Er war erst um Mitternacht zurück. Selbst wenn sich herausstellen sollte, daß Gibbon später erstochen wurde, ist er nicht aus dem Schneider. Selbst dann haben wir für sein Alibi nur sein Wort. Gibbon hat nicht nur ihn beleidigt – und die Mama dazu –, sondern auch ein übles Spiel mit der Schwester getrieben. Aber reicht das als Mordmotiv?»

«Morde sind schon wegen viel harmloserer Sachen beganngen worden. Aber: Ich werde das Gefühl nicht los, daß die Spaaks mir keinen reinen Wein einschenken, ob in Absprache oder jeder getrennt, weiß ich noch nicht.»

«Sie verdächtigen doch wohl nicht Mama Spaak! Ich kann mir nicht vorstellen, wie sich das kranke Frauchen mitten in der Nacht zur Calle Santa Scolastica schleppt und danach wieder heim. Unmöglich hat sie Gibbon umgebracht!»

«Barbara, ich muß Ihnen noch etwas erzählen. Nicholas Spaak hat Josef etwa um halb zehn heimkommen sehen.»

Die Contessa antwortete erst nach einer Weile.

«Aber Urbino, er kam heim, er ging nicht weg. Gibbon kann er nicht erstochen haben, der war ja erst kurz zuvor gegangen.»

«Sie übersehen das Wichtigste, Barbara. Wenn Josef so gut beieinander war, daß er einmal rauskonnte, war er vielleicht später noch mal weg. Ins Krankenhaus eingeliefert wurde er erst am frühen Morgen. Abends um elf, ich war gerade aus dem *La Fenice* zurück, rief er mich an und wollte unbedingt, daß ich von dem Fresko wegbleibe, bis er wieder auf dem Damm ist.»

«Josef tut keiner Fliege etwas zuleide. Außerdem, was für ein Motiv sollte er denn haben?» Sie seufzte. «Das fehlte mir noch, daß Josef sich als Mörder entpuppt. Er war meine Empfehlung. Das würde mir ewig unter die Nase gerieben.»

«Barbara, sind Sie um Josef besorgt oder um sich selbst?»

«Aber Urbino! Wie können Sie so etwas sagen! Aber wenn sich Josef als der Mörder herausstellt, verzeih ich Ihnen das nie – das würde uns beide treffen!»

Nachdem er jetzt alle Pensionsgäste bis auf die drei Neapolitaner durchhatte, wurde Urbino klar, daß er sich nicht länger drücken konnte, der Contessa von Hazel zu berichten.

«*Cherchez la femme*», bemerkte die Contessa leicht verschnupft und wenig geistreich. «Aber mein Lieber, hat die *femme* nicht eher Sie gefunden? Seltsam, nicht wahr? Wildfremd – noch dazu in Trauer um einen ermordeten Mann – wirft sie sich einem anderen Mann an den Hals. Eigenartig.»

«Vom Gefühl her vielleicht gar nicht eigenartig, wenn Sie's bedenken. Außerdem ist sie nicht wildfremd.»

«Dann, mein Lieber, sind Sie ein Schwindler. Ich hab von Ihnen noch kein Wort über die junge Dame gehört.»

«Ich habe sie gestern abend bei Porfirio kennengelernt.»

Vielsagendes Schweigen breitete sich aus.

«Sprachen wir auf dem Rückweg vom *La Fenice* nicht von Porfirios Fest? Ich entsinne mich nicht, daß Sie sie erwähnt hätten. Aber ich weiß noch genau, wie versonnen Sie gewesen sind. Ich habe nicht nachgefragt, und jetzt ist alles klar. Sie hatten diese junge Frau im Kopf, nicht wahr?»

Urbino fühlte sich unbehaglich. Er und die Contessa waren eng befreundet, und es hatte sogar haltlose Gerüchte gegeben, weil sie so oft beisammen waren, daß sie unzertrennlicher wirkten als manches Ehepaar. «Die anglo-amerikanische Allianz» nannte man sie bisweilen. Selbst mit ihr sprach er aber selten über sein Privatleben, und dennoch verhielt sie sich irgendwie besitzergreifend. Manchmal dachte er, seine Zurückhaltung sei schuld daran, denn sie hatte keinen Grund zu zweifeln, daß seine Gedanken um sie – und niemand anders – kreisten. Ein sachtes Schuldgefühl durchzuckte ihn, als sei er ihr mit seiner noch unbestimmten und unausgesprochenen Anteilnahme für Hazel Reeve irgendwie untreu geworden.

«Diese Unterredung mit Miss Reeve fand doch wohl nicht mitten auf dem Campo San Gabriele statt?»

Die Stimme der Contessa am Telefon verstärkte noch sein schlechtes Gewissen. Nicht ganz ein Zittern, auch kein Schnaufen, aber er kannte sie gut genug, um zu wissen, was da herausklang. Sie war enttäuscht und verletzt. In dem Bemühen, es zu überspielen, sagte sie es ihm auf den Kopf zu: «Sie war bei Ihnen im Palazzo Uccello.»

«Das klingt ja wie ein Tête-à-tête! Für mich war das die praktische Lösung. In der Casa Crispina ging es nicht, weil Gemelli womöglich noch da war, und in einer Kneipe...»

«Lieber Urbino, ersparen Sie mir lange Erklärungen. Das macht mich nur noch mißtrauischer. Sicher haben Sie ein Recht auf kleine Geheimnisse vor einer hinfälligen alten Frau. Lassen wir das Thema jetzt lieber, auch den Mord. Nennen Sie es egoistisch, *caro*, aber abends brauche ich meine Ruhe. Wie fanden Sie meine Schulfreundin?»

«Ich finde sie ganz sympathisch. Es muß schön sein, wenn jemand nach so vielen Jahren zu Besuch kommt – wenn der erste Schreck vorbei ist. Auch der Stiefsohn ist sehr nett. Die beiden haben offenbar ein gutes Verhältnis.»

«Ja, nicht wahr?»

Die Contessa hörte sich plötzlich müde an. Sie und Alvise waren kinderlos geblieben, und Urbino wußte, sie empfand das Älterwerden immer schmerzlicher. Ihre Freundin so mit ihrem Stiefsohn zu erleben, war für sie wohl nicht ganz einfach.

«Berenice blieb nicht mehr lange. Über den Mord haben wir nicht mehr gesprochen, dafür über *Casa Vogue*. Dann hat sie mir aus ihrem Leben erzählt. Sie handelt mit Antiquitäten und ist oft in Florenz in der Via Maggio und im Borgognissanti. Tonios Vater hat sie Mitte der sechziger Jahre auf einer Geschäftsreise in Neapel kennengelernt. Er war verwitwet und hatte den Sohn. Sie muß damals um die Dreißig gewesen sein – glaube ich wenigstens», verbesserte sich die Contessa, denn ihr war eingefallen, daß sie mit einer präziseren Angabe auch ihr eigenes Alter verriet – «jedenfalls war sie damals noch ledig. Sie hat den zweieinhalbjährigen Tonio wie das Eigene aufgezogen.»

«Und ihr zweiter Mann?»

«Hieß Malcolm Pillow. Auch er hatte viel Geld. Mehrere Fabriken in Amerika. Er ist vor etwa acht Jahren in London gestorben. Er brach auf einer Geschäftsreise zusammen und lag noch mehrere Monate im Koma. Das hat Berenice sehr mitgenommen. In Italien wohnt sie jeweils in der Villa Vincenzi in Neapel. Die gehört jetzt Tonio. Er ist Architekt und hat ein Diplom der London University.»

«Schade, daß ich so bald weg mußte. Ich hatte gehofft, ein paar Geheimnisse über Sie zu erfahren.»

«Das kann ich mir denken, aber in Ihrer Abwesenheit haben wir einen Pakt geschlossen, Erinnerungen nur mehr untereinander auszutauschen, gerade weil ich sie so vielen Freunden vorstellen werde. Wir haben abgemacht, ich erzähle Tonio nichts – wenigstens nichts Peinliches –, und sie plaudert über mich nicht aus der Schule. Unsere Erinnerungen werden so irgendwie verklärt. Wie weit wir uns daran halten, können Sie morgen abend beim Dinner erleben.»

«Morgen?»

«Ja, *caro*, morgen abend. Geht das etwa nicht?»

«Barbara, für morgen bin ich schon zum Abendessen verabredet.»

Aus ihrem kurzen Schweigen entnahm er, daß sie Bescheid wußte.

«Mit dieser Miss Reeve. Sie überraschen mich, Urbino. Sie arbeiten schneller, als ich dachte. Oder aber sie hat es vorgeschlagen.»

«Nein, ich.» Und dann, als sei noch etwas zu retten, wenn er alles bekannte, setzte er hinzu: «im Montin.»

«Im Montin! Da wollen wir ja auch hin! Aber glauben Sie bloß nicht, wir quetschen Ihre Miss Reeve mit an unseren Tisch. Eine so entschlossene junge Dame reißt leicht das Gespräch an sich.»

Bevor Urbino noch reagieren konnte, sagte die Contessa gute Nacht und legte auf.

8

Sie rufen eine Dreiviertelstunde später in der Questura an als erwartet, Macintyre», sagte Gemelli am anderen Morgen zu Urbino am Telefon. «Ich war mir sicher, Sie wären heute der erste.»

Urbino hatte sich seine Fragen an Gemelli zurechtgelegt, aber nun waren sie ihm entfallen. Um sich einen Reim auf die Sache machen zu können, brauchte er ein paar zusätzliche Auskünfte. Als Ausländer und gefürchteter Besserwisser würde er von Gemelli nur etwas erfahren, wenn dieser in Geberlaune war, eigene Absichten verfolgte oder ihn vom Hals haben wollte.

«Ich wüßte gern genauer, wann Gibbon ermordet wurde», nahm Urbino den Stier bei den Hörnern.

«Genauer, sagen Sie. Fällt trotzdem unter Amtsgeheimnis, wie Ihnen bekannt sein dürfte.»

«Ja, ich weiß, aber...»

«Lesen Sie doch mal *Il Gazzettino* von heute, Macintyre. Wir haben verlautbart, wann die Leiche aufgefunden wurde. Sicher haben Sie nähere Angaben, wann er in der Casa Crispina zuletzt gesehen wurde. Zählen Sie zwei und zwei zusammen, und Sie haben Ihre genaue Todeszeit.» Gemelli verstummte. Urbino konnte hören, wie er den Zigarettenrauch ausstieß. «Aber Sie wollen mehr, was, Macintyre? Sie haben noch weitere Fragen. Ich hab keine Ahnung, warum Sie auf so was so versessen sind. Das ist richtige Arbeit, ein ordentlicher Beruf, manche sagen gar eine gewisse Kunst – und bestimmt kein Freizeitvergnügen.»

«Ich hab mich nicht darum gerissen, Commissario.»

«Nein, Mutter Mariangela hat sie geholt, mit dem Rosenkranz in der einen Hand und dem teuren Gästebuch in der anderen. Ich weiß. Aber davor weglaufen tun Sie auch nicht gerade.»

«Sollte ich denn?»

«Kein schlechter Gedanke.»

«Vor einer Gefahr?»

«Das meine ich nicht – oder doch, dergleichen sollte man stets bedenken. Ich dachte mehr an mich selbst – oder besser an die Questura und daran, daß der Fall gelöst werden muß. Wenn Sie mitmischen, gleich in welcher Eigenschaft, könnte alles aus dem Gleichgewicht geraten.»

«Geholfen hab ich doch auch schon.»

«Hätte auch anders ausgehen können. Wir hätten saudumm dastehen können – oder schlimmer.»

«Was ist denn schlimm daran, wenn Sie mir was sagen? Und wenn Sie schon Angst haben, ich könnte die Sache aus dem Gleichgewicht bringen: droht diese Gefahr nicht eher, wenn ich nicht auf dem laufenden bin?»

Gemelli wieherte.

«Glauben Sie bloß nicht, Sie hätten mich eingeseift, wenn ich Ihnen was verrate. Ihre Neugier stille ich nur, weil sonst Mutter Mariangela und die Contessa da Capo-Zendrini bei mir am Telefon hängen. Und wenn die von mir keine Antwort kriegen, wissen wir beide, wen sie als nächsten fragen. Nötigung eines Beamten – irgendwas von der Art. Eine von den beiden – wohl eher die Contessa mit ihren famosen Beziehungen – robbt sich dann an den Gerichtsarzt, Franco Brilli, heran und löchert den. Der langen Rede kurzer Sinn: Damit Sie mir nicht noch mehr Zeit stehlen, kein Beamter genötigt werden muß und der arme alte Brilli seinen Frieden hat, sage ich Ihnen folgendes: Dieser

Gibbon ist irgendwann nachts zwischen zehn Uhr und halb zwölf verstorben, dem Zeitpunkt seiner Auffindung durch Ignazio Rigoletti. Ein einziger Stich in die Brust, offenbar mit sofortiger Todesfolge. Tatort ist der Fundort – an der Landungstreppe der Calle Santa Scolastica. Wir vermuten, daß der Täter zu Fuß durch die Calle Santa Scolastica und dann entweder die Riva degli Schiavoni hinunter oder über den Campo Filippo e Giacomo entkommen ist. Möglicherweise hat der Täter auch ein Boot genommen – ein Motorboot, einen *sandolo* oder vielleicht sogar eine Gondel. Eine Mordwaffe haben wir noch *nicht* gefunden.»

Bevor Urbino fragen konnte, was für eine Waffe gesucht wurde, sagte Gemelli, er habe jemand in der Leitung und müsse Schluß machen.

Urbino empfand nicht nur Genugtuung, aus Gemelli derart viel herausgeholt zu haben, sondern auch ein leises Unbehagen, daß dieser mitgespielt hatte. Da steckte etwas dahinter.

Vom nächsten Zeitungskiosk holte sich Urbino *Il Gazzettino*. In einem Café stellte er sich an den Tresen und verlangte einen Espresso. Die Zeitung von gestern hatte er nicht gelesen und wußte daher nicht, wieviel von dem heutigen Artikel nur ein Aufguß war. Er las:

ENGLISCHER FOTOGRAF BEI SEUFZERBRÜCKE ERMORDET

Ralph Gibbon, 38, aus London, wurde Mittwoch abend in der Calle Santa Scolastica erstochen aufgefunden. Ignazio Rigoletti, ein Anwohner, entdeckte die Leiche etwa um 23.30 Uhr auf dem Weg zu seiner Wohnung im Corte Santa Scolastica. Ralph Gibbon wurde am Tatort von Gerichtsarzt Dr. Franco Brilli um 23.57 Uhr für tot erklärt.

Mr. Gibbon weilte seit zwei Wochen in unserer Stadt und wohnte in der Casa Crispina. Er wollte in Venedig für ein geplantes Buch den *carnevale* fotografieren.

Commissario Gemelli von der Questura Venedig wollte die Ermittlungen nur soweit kommentieren, daß die Questura mehrere Spuren verfolgt und davon ausgeht, den Täter in Bälde zu fassen.

Obwohl die Geschichte auf Seite eins des Lokalteils stand, spürte Urbino sofort die Bagatellisierung. Er kannte von früher derlei Bemühungen während des Karnevals oder anderen umsatzstarken Massenveranstaltungen wie der Gondelregatta im September.

Noch mehr als die anderen Feste verschaffte der Karneval von Venedig in ganz Italien und auch international kostenlose Werbung, unbezahlbar in einer Zeit, wo die Medien ständig die ökologische Misere der Lagunenstadt besangen. In der Öffentlichkeit wurde immer noch das Pro und Contra zu diesem erst 1979 wiederbelebten Fest diskutiert. Urbino mußte an Xenia Campi und ihre Flugblattaktion auf der Piazza am Nachmittag vor dem Mord denken. Viele Venezianer dachten wie sie, auch wenn sie Xenias Ansatz eigenartig fanden. Doch die Mehrheitsfraktion im Stadtparlament und im Fremdenverkehrsverein machte energisch gegen alles Front, was den Erfolg des Karnevals von Venedig gefährden könnte, ganz zu schweigen von fanatischen Narren wie Giovanni Firpo.

Urbino las den Artikel ein zweites Mal. Er enthielt nichts, was er nicht schon wußte. Er trank seinen Espresso aus und machte sich auf zum Markusplatz.

Auf dem Weg durch die Gäßchen ging er seine wenigen Erkenntnisse durch, doch es kamen nur Fragen dabei heraus: Wenn es zutraf, daß jeder Mensch zu einem Mord getrieben werden konnte, was könnte die vom Schicksal Venedigs besessene Kassandra Xenia Campi, die noch immer nicht über den Unfalltod ihres Sohnes hinweggekommen war, dazu veranlaßt haben? Sagte Dora Spaak die Wahrheit über ihre letzte Begegnung mit Gibbon im Speisezimmer der Casa Crispina? Sie hatte behauptet, ihr Bruder habe Gibbon sehr gemocht, doch der hatte energisch dementiert. Wußte Nicholas selbst nicht so recht, was er für den Fotografen empfand? Und welche Rolle spielten Mrs. Spaak oder Lubonski, beide angeblich bettlägerig in der Mordnacht?

Dann gab es Fragen zu Hazel Reeve, vielleicht die unangenehmsten. Wozu hatte sie ihn gestern abend vor der Casa Crispina abgepaßt? Warum hatte sie ihm so viel anvertraut? Urbino hatte Angst, aus Eitelkeit oder übertriebenem Mißtrauen falsche Schlüsse zu ziehen.

Es gehörte zu seinen Schwächen, daß er sich Hilfsbedürftiger immer wieder annahm und sie bewog, ihm ihr Herz auszuschütten. So hatte er sich früher in von vornherein zum Scheitern verdammte Beziehungen verwickelt. Die Verantwortung für die Probleme der andern hatte sich häufig als drückend erwiesen, und er kam sich manchmal vor wie das Opfer von Gefühlsvampiren, das sich willig darbot, um am Ende ausgelaugt und verbittert dazustehn. Mit Verblüffung stellte er immer wieder fest, daß er solche Menschen gar nicht zu suchen brauchte. Sie fanden ihn von allein, und hatten sie ihn erst mal gefunden, war er oft selber verloren, zumindest für eine gewisse Zeit.

Die katastrophalste dieser Beziehungen war seine kurze Ehe in New Orleans mit Eva Hunter gewesen, der Tochter wohlhabender, aber herrschsüchtiger Eltern. Wer am Ende in dieser Ehe wen im Stich gelassen hatte, war für Urbino schwer zu ergründen gewesen, aber er nahm einen großen Teil der Schuld auf sich. Und noch heute wurde er jedesmal mißtrauisch, wenn jemand Hilfsbedürftiges ihn anzog.

Urbino schob diese störenden Gedanken weg, als er sich schließlich in den Menschenstrom zur Piazza einfügen mußte.

Kaum hatte er die überfüllte Piazza betreten, wurde er von einer Gruppe *gnaghe* umzingelt, jungen Männern in einfachen Frauengewändern und der frauentypischen schwarzovalen *moretta*-Maske. Es war ein traditionelles Kostüm aus der Frühzeit des Karnevals, und damals waren wegen gewisser sexueller Assoziationen erbitterte Kontroversen darüber entbrannt. Die jungen Männer umtanzten Urbino, kreischten weibisch und machten die Katzenmusik, die ihnen den Namen gegeben hatte. Sie zupften ihn am Ärmel oder schmatzten Luftküsse, bis sie davonrannten und dem nächsten Mann zusetzten.

Urbino ging hinüber ins Café Florian. Auf den Stufen des Bogengangs schminkte eine junge Frau gerade einem Knaben das Gesicht, während andere warteten, bis sie an die Reihe kamen. Selber hatte sie sich das Gesicht karminrot bemalt.

«Sie sind Macintyre, ja?»

Urbino blickte zu einem schlanken Jüngling von sechzehn oder siebzehn Jahren am Rand der Gruppe auf. Er hatte ein arabisches Kopftuch mit Karos umgebunden. Neben ihm stand ein geschminkter Clown. Beide trugen sie Jeans, Turnschuhe und kurze Wolljacken.

«Ich bin Leo, das hier ist Fabio. Wir wohnen auch im Kloster.»

Leo hatte einen neapolitanischen Akzent.

«Sie wollen uns bestimmt sprechen», vermutete Fabio in gepflegterem Italienisch.

«Ich möchte euch ein paar Fragen stellen; es dauert nicht lange. Seid ihr nicht zu dritt?»

«Doch. Giuseppe!» schrie Leo und pfiff einen dicklichen Jungen herbei, der an einer Säule gelehnt hatte. Giuseppe kam mißmutig her. Er trug einen Cowboyhut und eine Revolvertasche mit einer verbeulten Blechflasche darin. «Die Schminkfrau dort hat uns gesagt, wer Sie sind.»

Urbino blickte hinüber. Er wußte nicht, wer sie war, obwohl er sie ungeschminkt und von vorn wahrscheinlich erkannt hätte.

«Hier kann man nicht reden, oder?» sagte Leo, offenbar der

Anführer. «Warum gehen wir nicht rein?» und er wies mit dem Kopf auf das Café Florian. «Sie zahlen uns einen Kaffee und was zu essen, und wir sagen, was wir wissen. Fairer Tausch? In so einen Laden lassen sie uns ohne Sie nicht rein. Wie ist's?»

«Geht klar», entgegnete Urbino und nickte.

Das Café Florian war voll, doch fanden sie einen freien Tisch hinten, weit von den Fenstern. Die Jungs bestaunten das Interieur, die Marmortische und Samtbänkchen, die runden Serviertischchen mit Mahagoniplatte, die Putto-Lampen, die Spiegel, die Fresken hinter Glas, den Deckenschmuck. Nach einigem Witzeln über die Speisenkarte bestellten sie Kaffee und *tramezzini*, kleine belegte Brote ohne Kruste, verblüfften Urbino jedoch mit ihren guten Eßmanieren. Er mußte lächeln. Was hatte er denn erwartet?

«Tolles Lokal», lobte Leo. «Besser als die olle Crispina!»

«Warum wohnt ihr überhaupt da?»

«Unsere Alten denken, wir sind da besser aufgehoben als in der Jugendherberge. Haha. So gut wie der Fotograf?»

Leo und Fabio lachten, aber Giuseppe blickte immer noch abweisend und sah Urbino verdrossen an.

«Wart ihr in der Mordnacht in der Pension?»

«Bloß zum Abendessen. Wir sind so selten wie möglich dort», erläuterte Fabio. «Nur zum Essen und Schlafen. Unsere Eltern haben im voraus Vollpension gebucht. Sonst könnten wir mit dem Geld was Besseres anfangen.»

«Ist euch in der Nacht oder vorher was aufgefallen? Was jetzt vielleicht wichtig ist, nachdem der Fotograf tot ist?»

«Wir sind immer für uns», sagte Fabio. «Die andern sind alt und gruftig. Der Fotograf war in Ordnung. Hat uns hier auf der Piazza aufgenommen und wollte uns einen Abzug schikken. Giuseppe hat ihm die Adresse gegeben. Giuseppe ist Leos Vetter. Wir sind alle aus Neapel.»

«Die meisten dort sind Grufties, vor allem die Nonnen!»

stellte Leo fest. «Die machen mir Gänsehaut. Wetten, eine von denen hat ihn abgemurkst? Vielleicht wegen Pornofotos.»

«Die Verrückte», zischelte Giuseppe. «Die war's.»

«Xenia Campi?» fragte Urbino. «Die Hellseherin?»

«Genau die», bestätigte Leo. «Giuseppe haßt sie. Ständig hackt sie auf ihm rum. Auf uns allen, aber den Giuseppe hat sie besonders auf dem Kieker. Vielleicht ist er ja ihre heimliche Liebe!»

Leo und Fabio gicksten.

«Warum heimliche Liebe?»

Leo sah zu Giuseppe und empfing einen warnenden Blick.

«Ach, ich weiß nicht, sie sagt, er ist so ein netter Junge, und er geht den falschen Weg. Ich glaube, sie wollte ihm sogar eine Freundin andrehen! Für uns hat sie offenbar nicht so viel übrig. Uns beschimpft sie bloß.»

«Sie sagt, ich erinnere sie an einen verstorbenen Jungen», murmelte Giuseppe und starrte in seine Kaffeetasse.

«Ich dachte, das darf keiner erfahren!» protestierte Leo.

Giuseppe zuckte die Achseln.

«Er sollte es vielleicht doch wissen. Die hat wahrscheinlich keine Ahnung, wie bescheuert sich das anhört, wenn sie immer von hübschen verstorbenen Jungen faselt. Womöglich sollte der Fotograf dazugehören, und sie hat ihn deswegen gekillt. Mich findet sie auch hübsch und lieb, aber um meinen Kopf herum sieht sie Schlimmes, das meinen Tod bedeutet, wenn ich mich nicht ändere.»

«Du mußt doch keine Angst haben, wenn *sie* dir sagt, du bist hübsch und lieb», beruhigte ihn Leo. «Gefährlich wird's erst, wenn ein Mann dir das sagt!» Er zwinkerte Fabio zu, der wieder gicksen mußte. «Den Fotograf haben sie ja dort gefunden, wo die *finocchi* es treiben.»

«Hat er von euch je so was gewollt?»

«Für wen halten Sie uns?» empörte sich Fabio und hörte auf zu lachen. «Niemand will was von uns – nicht in der gammligen Casa Crispina und auch nicht sonstwo. Wir bleiben unter uns.»

«Genau», nickte Leo. «Egal, was in der gammligen Casa los ist, es hat nix mit uns zu tun. Danke für den Kaffee und die Häppchen. Auf geht's, *ragazzi.*»

Die drei Jungs steckten ein paar von den Häppchen ein und stürzten hinaus auf die Piazza.

Urbino blieb sitzen, trank seinen Kaffee und wollte Zeitung lesen, aber als er merkte, daß er die Meldung über die Massenkarambolage im Nebel auf der Autobahn Venedig–Florenz schon zum drittenmal las, legte er das Blatt weg und zahlte.

Er ging um den Bogengang herum am Campanile vorbei zur Molo. Zwischen den zwei Säulen präsentierte sich ein weißgeschminkter Mime in schwarzem Käppchen und weißem Schlotteranzug vor einigen wenigen begeisterten Zuschauern als hoffnungslos Liebender. Am Wasser schossen drei bunt kostümierte Hofnarren Kobolz und schlugen Rad.

Der Himmel über der Lagune war blaßblau, und der Wind blies klar und frisch. Geregnet hatte es zuletzt am Tag vor Gibbons Ermordung. Jenseits vertäuter Gondeln und Motorboote und allem Narrentreiben entrückt schien die Klosterinsel San Giorgio Maggiore über den Wassern zu schweben. *Vaporetti*, Motorboote und Gondeln kreuzten auf der weiten Lagune zum Canal Grande und zum Fahrwasser von Giudecca. Eine Autofähre rauschte an einem Frachter vorbei, der gemächlich den Liegeplatz im Handelshafen anlief.

Urbino ließ die elfenbeinfarbenen Filigransäulen des Dogenpalasts hinter sich und stieg die Brückenstufen hinauf. Gondeln voller Narren befuhren in beiden Richtungen den Kanal. Eine lag still, und der Gondoliere knipste ein küssendes Paar vor der Seufzerbrücke.

Urbino ging schneller, als er von der Brücke herab unter den Arkaden des ehemaligen Staatsgefängnisses hindurch in die schmale Calle degli Albanesi einbog. Mit ausgestreckten Händen hätte er die Häuserwände zu beiden Seiten berühren können. Unter einem kleinen Torbogen hindurch schwenkte er nach links in die Calle Santa Scolastica.

Dort war kein Mensch. Er durchquerte den Innenhof bis zu dem Punkt, wo die Gasse unvermittelt an der Wassertreppe endet.

Hier war Ralph Gibbon erstochen worden, und Xenia Campis Exgatte hatte hier die Leiche gefunden. Nachts wurde die Calle Santa Scolastica zum verborgenen Treffpunkt von Männern, die sich auf der Uferpromenade oder auf der Piazza verabredet hatten. In Venedig gab es allerhand solche Örtlichkeiten, intim und verschwiegen, doch war die Calle Santa Scolastica wegen der Nähe zum Markusplatz und zur Seufzerbrücke besonders beliebt.

Urbino hatte keine Ahnung, was er hier zu finden hoffte, er wollte sich einfach den Tatort ansehen. Gemellis Leute waren bestimmt gründlich gewesen. Auf der obersten Stufe der Wassertreppe lag ein Präservativ, sicher erst nach der Erfassung des Tatorts hingeworfen oder angespült, denn so was hätten sie bestimmt nicht liegenlassen.

Urbino wagte sich nicht auf die glitschige Wassertreppe, spähte aber von sicherer Warte durch den Seitenkanal in Richtung Lagune und konnte die Seufzerbrücke sehen. Eine Gondel fuhr unter ihr durch, vollbesetzt mit Kostümierten. Bei seinem Anblick fingen sie an zu winken und zu rufen, und ein Zauberer warf eine Handvoll goldener Blechzechinen nach ihm. Urbino bückte sich, las die Münzen auf, steckte sie ein und winkte der vorbeifahrenden Gondel ein Dankeschön zu.

Nach der Calle Santa Scolastica sah sich Urbino eine Weile im nahen Arbeiterviertel Castello um. Dort waren nur wenige Narren unterwegs, in schlichteren Kostümen aus abgeänderten Hochzeitskleidern und Uniformen oder aus zusammengenähten Futterstoffen und Resten.

Einer aber hob sich in grünblau schillerndem Pailletten-kostüm, hoher Narrenkappe mit silbernen Schellen, Chinesenmaske und Federfächer von allen ab. Eine Gruppe Kinder umtobte ihn, zupfte an ihm und wollte etwas, das Urbino über den Platz hinweg nicht verstand. Eine Frau schimpfte aus dem Fenster, und die Kinder stoben davon, aber vorher hüpfte noch eines hin und rupfte eine Feder aus dem Fächer.

Als der Narr in Richtung Markusplatz davonging, erkannte Urbino Giovanni Firpo, dem er zuletzt begegnet war, als er die flugblattverteilende Xenia Campi verspottet hatte. Firpo wohnte hier im Arbeiterviertel und gab jedes Jahr ein Monatsgehalt für ein neues Kostüm aus.

Im Stadtpark, wo jeden zweiten Sommer die Biennale stattfand, setzte sich Urbino auf eine Bank am Wasser. Es stank durchdringend; in einer Umfriedung vegetierten unter Büschen und Bäumen ein paar hundert Katzen. Hier hatte er die kleine Serena an einem nassen Novembertag zitternd unter dem Busch beim Wagnerdenkmal aufgelesen.

Eine Mädchenklasse im Turnanzug joggte die Lagunenpromenade entlang. Urbino sah ihnen nach und überlegte, was er bisher von den Pensionsgästen erfahren hatte. Niemand hatte in Gibbons Todesnacht etwas bemerkt. Das Auffälligste war, daß sich Lubonski von seinem Krankenlager erhoben, die Casa Crispina verlassen und ihn selbst angerufen hatte. Mit Sicherheit wußte Urbino außerdem nur, daß Nicholas Spaak in jener Nacht außer Haus gegangen war, weil er herumlaufen und etwas trinken wollte. Natürlich konnten auch andere draußen gewesen sein. Ironischerweise war das Kommen und Gehen in einem Grandhotel eher nachvollziehbar als in der Casa Crispina, zu der alle Gäste einen Schlüssel hatten. Er mußte Xenia Campi nochmals befragen, denn sie hatte unten gesessen und alles im Blick gehabt. Schwester Agata hatte unter Umständen auch noch nach halb zehn etwas gesehen oder gehört, selbst wenn sie normalerweise dann schon längst schnarchte.

Nach der Befragung der Pensionsgäste war sich Urbino über Gibbon noch weniger im klaren als zuvor. Gab es eine Logik in den widersprüchlichen Aussagen? Die beiden Männer – Lubonski und Spaak – hatten einen Rochus auf ihn gehabt, Dora und ihre Mama dagegen waren offenbar völlig hingerissen gewesen. Xenia Campi hatte Gift und Galle gespuckt, während die jungen Neapolitaner ihn ganz in Ordnung gefunden hatten. Nein, Logik war da keine auszumachen, befand er, stand auf und ging zurück in Richtung Markusplatz.

9

Urbino, wohin verschleppen Sie mich?» wollte Hazel Reeve wissen, als sie das Gewimmel hinter sich ließen. «Gibt es hier in der Gegend wirklich ein Restaurant?» Sie spähte den Kai des stillen Nebenkanals entlang, wo Boote vertäut lagen, die meisten reparaturbedürftig. Nur wenige Gehminuten vom Canal Grande und Zattere entfernt, herrschte hier stets Beschaulichkeit. Am schönsten war es im Frühjahr und im Sommer, wenn Geranien von den Balkonen hingen und im Kanal frisch gestrichene Boote dümpelten. Jetzt aber waren die meisten Fenster verrammelt, und man hörte die eigenen Schritte hallen und Wellen gegen Landungstreppe und Boote plätschern.

Am anderen Kanalufer klappte eine Tür, und zwei Clowns traten ins Freie, die weißen Halskrausen sachte flatternd im Wind. Hastig strebten sie dem nahegelegenen Campo San Barnaba zu.

«Das Restaurant ist im Erdgeschoß und eines der besten in Venedig. Zum Glück war noch ein Tisch frei.» Er wies nach vorne. «Die Laterne dort!»

«Kaum zu sehen.» Vor der unauffälligen Fassade des Montin mit den zwei Gitterfensterchen rechts und links der Bohlentür unter der viereckigen Laterne mit dem Namen nickte Hazel anerkennend: «Gefällt mir auf den ersten Blick.»

Die *padrona* begrüßte sie aus der Bar und Empfangsnische am Eingang mit breitem Lächeln, eine Zigarette im Mundwinkel, und führte sie zwischen zwei Reihen langer Tische hindurch an einen nicht ganz so schönen Platz vor Küche, Toilettentüren und dem Durchgang zum jetzt geschlossenen Gartenrestaurant. Urbino plazierte Hazel so, daß sie den langen schmalen Raum überblicken konnte.

«*Buon appetito*», wünschte die Frau mit rauchiger Stimme. «Lino bedient Sie gleich.»

Urbino konnte die Contessa, Mrs. Pillow und Tonio Vincenzi nirgends entdecken. Entweder waren sie noch nicht da, oder sie saßen in dem Kaminzimmerchen links vom Eingang.

An den Wänden hing ein Bild neben dem andern – in Aquarell, Kohle und Öl, Ansichten von Venedig, auch Porträts und Abstraktes, die an Picasso, Matisse und Chagall erinnerten.

«Manche behaupten, die Bilder seien von Künstlern für Kost und Logis dageblieben, aber die meisten sind von Stammgästen, venezianischen Künstlern aus den fünfziger und sechziger Jahren. An der Wand wäre jetzt kein Platz mehr.»

Lino, ein distinguierter Mittsechziger, kam die Bestellung aufnehmen. Hazel klappte die Karte zu und bat Urbino:

«Hier ist bestimmt alles köstlich. Bestellen Sie für mich einfach das gleiche wie für sich selbst.»

Danach hielt Urbino leichte Konversation für angebracht und schilderte Filmszenen des Regisseurs Salerno im Garten des Montin. Obwohl sie ihn aufmerksam ansah und manchmal nachfragte, merkte Urbino deutlich, daß ihr ganz andere Dinge durch den Kopf gingen. Nachdem Lino einen Bardolino und Mineralwasser auf den Tisch gestellt hatte, dachte Urbino, sie werde jetzt von Gibbon anfangen, aber sie brachte das Gespräch auf die Bilder über dem Tisch.

Urbino wappnete sich mit Geduld. Schließlich hatte er sie zum Abendessen eingeladen. Auf dem Weg von Porfirio hierher hatte er ihre Unterhaltung vom Vorabend überdacht und gemerkt, daß sie von sich und Gibbon eigentlich recht wenig erzählt hatte. Nur daß sie heiraten wollten und es sich anders überlegt hatten – wobei sie durchblicken ließ, daß der Bruch von ihm ausgegangen war.

Nachdem Lino die *antipasti* gebracht hatte, fragte Urbino Hazel unvermittelt, woher sie Gibbon kenne.

Sie reagierte nicht abweisend, sondern schien von seiner Direktheit eher erleichtert. Sie nahm einen Schluck Bardolino, bevor sie wie unbeteiligt antwortete:

«Er ist ganz plötzlich in mein Leben getreten. Ich suchte jemand, der nach Papas Tod die Kunstsammlung meiner Eltern inventarisierte, und er meldete sich. Er hat mir nie erzählt, wie er davon erfahren hat. Es sollte eines unserer romantischen kleinen Geheimnisse bleiben. Mir war bloß wichtig, daß er da war.» Sie blickte abwesend vor sich hin, dann schaute sie Urbino an und wurde etwas lebhafter: «Bei Ralph war ich das erste Mal richtig verliebt. Davor glaubte ich, ich liebe einen anderen, aber nach der ersten Begegnung mit Ralph war das vorbei. Dem Commissario gegenüber hab ich den anderen nicht erwähnt. Der würde nur wissen wollen, wer das war, und ihm dann das Leben sauer machen. Er hat mit der ganzen Sache nichts zu tun, er ist der typische unbeteiligte Dritte, und er ist meilenweit weg von Venedig. Es wäre Blödsinn, ihn da hineinzuziehen. Ich hab mit ihm Schluß gemacht, sobald mir klar war, wie ich für Ralph empfand. Auch Ralph hatte jemand anderen, aber nichts Ernstes. Etwas ganz anderes als zwischen uns, hat er gesagt. Ach, Urbino, ich will, daß Ralphs Mörder so schnell wie möglich gefunden wird – und bestraft! Und ich möchte auf jede erdenkliche Weise dazu beitragen! Der arme Ralph war die letzten zwanzig Jahre ganz allein auf der Welt, schon vor dem Studium. Niemand kümmert es, daß er tot ist, ermordet – außer mir!»

Übergangslos brach sie in Tränen aus und nestelte ein Taschentuch aus der Handtasche. Bevor sie weitersprach, zwang sie sich zu einem tapferen Lächeln.

«Die Oberin und Porfirio haben mir erzählt, daß die Leute Ihnen vertrauen und Auskunft geben.»

«Wie war denn die Vernehmung in der Questura?»

«Wie Katz-und-Maus. Ich mußte jede Minute nachweisen, von Porfirios Fest bis zu Ralphs Auffindung. Ich hab Gemelli gesagt, bloß weil mir das Alibi fehlt, bin ich noch lange nicht schuldig. Wie ich höre, hätten meistens die Täter eins.»

«Sind Sie nicht den ganzen Abend bei Porfirio gewesen?»

«Eben nicht! Ich habe mich etwa um neun verabschiedet, nachdem alle gegangen waren, und bin ein paar Stunden herumgebummelt. Ein paarmal habe ich mich verlaufen, aber das machte es nur noch spannender. Wenn ich bedenke, daß Ralph genau um die Zeit erstochen wurde!»

Lino brachte zweimal gelbe und grüne Tagliatelle mit Sahnesoße und Pilzen.

«Commissario Gemelli hat gestaunt, daß ich über Ralph nichts Schlechtes zu sagen hatte», fuhr sie fort, nachdem Lino weg war. «Er meinte, sitzengelassene Frauen reden selten gut von ihrem Verflossenen. Ich sagte, wir haben uns zwar gestritten, aber es war noch nicht entschieden, ob wir nicht doch heiraten.»

Bevor sie sich mit Gabel und Löffel über die Pasta hermachte, schaute sie Urbino kurz in die Augen, wie um zu sehen, wie er es aufnahm. Offenbar erwartete sie von ihm die nächste Frage. Als er keine stellte, ließ sie das Thema fallen und fragte Urbino aus – wie es ihm in Venedig gefalle, wie es vorher in New Orleans gewesen sei, ob er Geschwister habe.

Als er antwortete, er sei Einzelkind, sagte sie: «Ich auch! Meistens tu ich den Leuten deswegen leid, aber für mich war das nie ein Problem – erst als meine Eltern gestorben waren und ich allein war. Vater hatte einen Herzinfarkt – und Mutter nahm sich ein Jahr später das Leben.»

«Das tut mir leid.»

Sie legte Gabel und Löffel hin.

«Waren Sie je verheiratet?»

«Ich bin geschieden, und» – er nahm die nächste Frage vorweg – «kinderlos.»

«Ist Ihre Ex Italienerin?»

«Nein, Amerikanerin, aus New Orleans.»

Porfirio hatte Hazel also nicht alles über Urbino sagen können. Sie fixierte ihn kurz, während Lino die Vorspeisenteller abräumte. Als er wieder weg war, fragte sie: «Treffen Sie sie noch?»

«Zuletzt vor ungefähr zehn Jahren, bevor ich hierherzog.»

Sie wartete, bis er weitersprach, aber er nahm nur einen Schluck Wein und schwieg. Hazel stützte das Kinn in die Hand und lächelte ihn nachdenklich an.

«Sie reden nicht gern von sich selbst, oder? Macht nichts. Sorry, daß ich so neugierig bin.»

Sie aßen schweigend ihre Pasta. Dann kam der Fisch.

«Köstlich», lobte Hazel, legte aber dennoch die Gabel weg. «Ich hab Gemelli die reine Wahrheit gesagt, daß noch nicht raus war, ob Ralph und ich nicht doch heiraten. Deswegen bin ich ja nach Venedig gekommen. Es ging nicht um Untreue oder Verliebtsein anderweitig. Es war was ganz anderes, und für uns beide eine Prinzipienfrage. Meine Eltern waren reich. Meine Mutter war eine Baskew, von Baskew and Baskew Milliners, und mein Vater hatte mehrere Fabriken.»

Wollte Hazel ihm jetzt einreden, Ralph Gibbon sei so hochherzig gewesen, daß er Gewissensqualen bekommen hatte wegen der Aussicht, eine reiche Frau zu heiraten? Irgendwie hatte Urbino da seine Zweifel.

«Wir sollten achtgeben, welche Versprechungen wir denen machen, die wir lieben. Das wird unglaublich bindend, wenn sie einmal nicht mehr sind. Meinem Vater hab ich versprochen, vor einer Ehe Gütertrennung zu vereinbaren. Er hatte Angst vor einem Mitgiftjäger. Ich sah keinen Grund, ihm das zu verweigern. Über Geld hab ich mir nie Gedanken gemacht.»

Diese Aussage führte auf so schwankenden Grund, daß Urbino es für das beste hielt, still abzuwarten, bis sie ihm von selbst sagte, was sie sagen wollte.

«Ralph und ich wollten ursprünglich im Sommer heiraten. Ich hab ihm von meinem Versprechen an meinen Vater erzählt und ihm dazu gesagt, ich könne mich nicht darüber hinwegsetzen. Wir haben gestritten. Er hat erklärt, mein Geld interessiert ihn nicht, aber wenn ich so eine Unterschrift verlange, habe ich kein Vertrauen und glaube ihm nicht seine Liebe. Ich war wie vor den Kopf geschlagen. Ralph hatte sich nie geldgierig verhalten. Dafür habe ich mittlerweile einen sechsten Sinn. Wissen Sie, sein Stolz war verletzt. Er hatte Tränen in den Augen.» Sie mußte selbst Tränen wegzwinkern, als sie Urbino überzeugend fixieren wollte. «Danach war es nicht mehr wie früher. Was ich auch sagte, nichts konnte was ändern. Manchmal meinte ich, er wolle nur von mir hören, daß ich nicht mehr auf der Gütertrennung bestehe, und sich dann bereit erklären zu unterschreiben, um zu beweisen, daß ihm nur an meinem Vertrauen liege. Aber das konnte ich nicht, auch wenn er am Ende höchstwahrscheinlich von sich aus unterschrieben hätte. Es wäre dasselbe gewesen wie mein Versprechen zu brechen, verstehen Sie das?»

Urbino verstand, war aber überrascht. Derartige Treue zu einem Versprechen gehörte eigentlich zu einer gewissensfesteren Generation, die an den Wert von Verzichtsgesten glaubte und weniger dem eigenen Vorteil nachjagte. Zu Hazel Reeve schien sie nicht zu passen.

«Ich weiß, was Sie jetzt denken», sagte sie und zeigte mit der nächsten Bemerkung, wie wenig sie es wußte. «Sie glauben, Ralph war ein Schuft und von Anfang an hinter meinem Geld her, aber da irren Sie sich. Er hatte immer genug eigenes. Er brauchte mein Geld gar nicht. Er ließ mich nie bezahlen. Mit uns hätte es klappen können. Er war ein guter Mensch, aber in seinem Stolz verletzt. Ich hätte ihn dazu bringen können, manches anders zu sehen.»

Welche Überredungsgabe traute sie sich zu? Sie wirkte völlig selbstgewiß. Oder war sie überoptimistisch und beurteilte die eigenen Kräfte und Ralph Gibbons Charakter falsch?

Die nächsten paar Minuten widmete sie sich dem Fisch, aber nicht mehr so hingebungsvoll wie vorhin. Urbino hatte das Gefühl, er lasse sie jetzt besser kurz allein, und entschuldigte sich zur Toilette. Es war besetzt, und so trat er in den Garten und schlug gegen die Kälte den Kragen hoch.

Im Hin- und Hergehen unter der um diese Jahreszeit kahlen Pergola ging Urbino durch, was Hazel ihm heute mitgeteilt hatte. Ihre spärlichen Angaben gestern abend im Palazzo Uccello hatte sie um einiges ergänzt. Ob sie ihr Versprechen am Ende gehalten hätte? Wem hätte sie Treue bewahrt, dem Vater oder dem Geliebten? Beides bedeutete Verrat. Er beneidete Hazel nicht um dieses Dilemma, doch war sie nach Gibbons Tod davon befreit. Hatte sie mit dem Mann vor Gibbon dasselbe Problem gehabt? Mit diesem «unbeteiligten Dritten», wie sie ihn nannte? Ihr schien sehr daran gelegen, ihn zu schützen.

Hazel steckte offenbar in einem Chaos von Gefühlen, doch ebensogut wie Trauer konnte Angst dahinterstecken. Aber fürchtete sie für sich oder um einen Dritten?

Als Urbino zum Tisch zurückkehrte, war Hazel nicht da. Er dachte, sie sei auch auf die Toilette gegangen, bis die *padrona* ihm mitteilte, die junge Dame sei vor der Tür, weil ihr zu heiß sei. Urbino zahlte, holte seinen Mantel und wollte gerade hinaus, als er seinen Namen rufen hörte. Die Contessa. Sie saß im Kaminzimmerchen und hatte so – wie immer – die Tür im Blick.

Er trat an ihren Tisch und begrüßte die müde wirkende Mrs. Pillow und ihren sichtlich wohlgelaunten Stiefsohn. Die Contessa schenkte ihm ihr strahlendstes Lächeln.

«Wie ich sehe, wollen Sie schon gehen. Wir aber sind erst gekommen.» Sie blickte vielsagend an ihm vorbei. «Haben Sie allein gespeist? Sie hätten sich uns anschließen sollen.»

«Allein nicht, aber meinem Gast ist nicht wohl. Sie ist an die frische Luft gegangen. Sie müssen mich entschuldigen.»

«Aber natürlich, *caro*. Vielleicht lernen wir sie mal kennen, wenn es ihr wieder besser geht.»

Urbino trat hinaus zu Hazel.

Hazel beruhigte ihn, sie sei in Ordnung, nur zu heiß sei es da drin und sie habe an die Luft gewollt. Das hatte sie auch der *padrona* gesagt. Es war zu dunkel, um zu sehen, wie rosig oder blaß sie aussah, aber an ihrer schwankenden Stimme und daran, wie sie sich immer wieder eine Strähne aus der Stirn strich, merkte Urbino, daß sie sich nicht wohl fühlte. Er ließ sie unterhaken, und sie gingen zum Anleger der Casa Rezzonico, denselben Weg zurück. Fast augenblicklich hatten sie die Stille des Kais hinter sich und waren mitten im Narrentreiben.

Hazel schien nicht zum Reden aufgelegt. Einmal erschauerte sie, und er war versucht, den Arm um sie zu legen, aber etwas an ihrer Art – nicht bloß, daß ihr nicht gut war – hielt ihn ab. Er spürte Reserviertheit und nahm an, es sei wegen der Dinge, die sie ihm erzählt hatte. Wahrscheinlich bereute sie ihre Offenheit schon.

Urbino war leicht verstimmt. Schließlich hatte nicht er sie gestern abend abgepaßt, und außerdem hatte sie gesagt, sie wolle soviel wie möglich zur Aufklärung beitragen. Sie hätte wissen müssen, daß sie dabei auch Dinge preisgeben mußte, die schmerzhaft und peinlich für sie werden konnten.

Als sie indes den Campo San Barnaba erreichten, war Urbino wieder versöhnlicher gestimmt. Das arme Mädchen hatte in den letzten zwei Tagen allerhand durchmachen müssen. Er selber war für sie wenig mehr als ein Fremder. Nur verständlich, wenn sie jetzt bereute, ihm soviel erzählt zu haben. Bei Gemelli hatte sie keine andere Wahl gehabt. Und sie war wohl auch ein bißchen verschnupft gewesen, als er bei seinem eigenen Privatleben so zugeknöpft blieb.

Das Schweigen wurde lastender. Die meisten Menschen um sie herum waren in ausgelassener Laune. Ein Mann in schwarzer Halbmaske und Narrenkappe mit Schelle bewarf sie mit Konfetti. Hazel wischte es sich ungeduldig aus dem Haar. Dann blieb sie plötzlich stehen. Die Lampe über ihrem Kopf beleuchtete ihr Gesicht und machte es fahl. Ihre starren Züge ließen es noch maskenhafter wirken. Sie wandte sich ihm zu. «Urbino, ich kann nicht mehr, und ich möchte lieber allein zu Porfirios Wohnung zurückgehen. Mir geht so viel durch den Kopf. Vielleicht hilft ein Spaziergang. Nein, insistieren Sie nicht und seien Sie nicht böse. Ich wäre keine angenehme Gesellschaft für den Rest des Abends.»

Sie versuchte ein flüchtiges Lächeln, aber es wurde nur eine Grimasse daraus. «Vielen Dank, Urbino. Es war schön.»

Sie wandte sich ab, und er sah ihr nach, wie sie sich unter dem Lachen und Johlen von Kostümierten vom Cannaregio in Richtung auf das Chaos auf dem Markusplatz entfernte.

«Ich nehme Ihre Entschuldigung an», erklärte die Contessa ohne Vorrede am nächsten Morgen auf seinen Anruf. «Eigentlich nicht die Ihre, *caro* – sondern die Ihrer Tischgenossin von gestern abend. Versuchen Sie nicht, mich zu schonen. Ich bin über das Alter hinaus, wo man sich Illusionen macht. Wie könnte sie mit mir zu tun haben wollen nach allem, was Sie ihr über mich gesagt – oder verschwiegen haben! Ich hab gesehen, wie die Kleine rauslief, so schnell sie konnte. Ich dachte bei mir, so ein nervöses Vögelchen – wer immer sie ist – kann es nicht erwarten, auf der Piazza in sein Schicksal zu flattern.»

«Ich weiß nicht genau, wo sie nach dem Abendessen hin ist.»

«Das wissen Sie nicht? Dann ist sie wohl davongeflattert. Hoffentlich war der Abend gelungen.»

«Und wie war's bei Ihnen mit Mrs. Pillow und ihrem Stiefsohn? Sie wirkte etwas erschöpft. Stimmte was nicht?»

«Sie hat kaum geschlafen, *caro*. Von einem gewissen Alter an wirkt man da gleich zehn Jahre älter. Zu ihrem Pech ist sie im Hotel Splendide-Suisse abgestiegen, mitten im Trubel. Berenice hat die ganze Nacht Radau aus der Gasse unten gehabt. Aber es war angenehm gestern abend. Ich fürchte nur, ich hab fast allein geredet. Tonio stellte dauernd Fragen über Berenice.»

«Ich dachte, Sie und Berenice hätten einen Pakt, nichts von der Jugendzeit auszuplaudern.»

«Nichts Peinliches. Meine Reminiszenzen waren alle schmeichelhaft. Sie war überhaupt nicht böse, und Tonio hat es Spaß gemacht, von damals zu hören. Um halb fünf treffe ich sie heute im Café Florian. Warum kommen Sie nicht dazu? Es ist wahrscheinlich vor Aschermittwoch das letzte Mal, daß ich mich zur Piazza wage.»

«Ich komme etwas früher und erzähle Ihnen, was ich erfahren habe, seit wir die Gäste der Casa Crispina neulich am Telefon erörtert haben.»

10

Urbino erreichte die Casa Crispina gerade, als Xenia Campi von dort zur Piazza wollte. In langem, dunklem Mantel und Wollmütze stand sie am Empfang. Das Gesicht wirkte größer und runder als sonst, fast aufgedunsen, doch die Augen waren ohne die dicke Schminke heute morgen verblüffend klein.

«Es geht um die Aura, die ich an Signor Gibbon gesehen habe, nicht wahr?» fragte sie mit selbstzufriedenem Lächeln. Sie lockerte ihren dicken Wollschal und holte Luft, um auf Einzelheiten einzugehen. Als Urbino nicht gleich reagierte, ergänzte sie rasch: «Dann geht es um mein Alibi.» Sie mußte unbedingt ihre Sehergabe beweisen, so oder so.

«Ich will Sie in der Tat über den Abend von Gibbons Tod befragen, Signora Campi.»

Aus ihrem triumphierenden «Aha!» klang unerschütterlicher Glaube an ihre hellseherischen Fähigkeiten.

«Sie sagten, Sie hätten an dem Abend hier unten gesessen.»

«Ja, ich hab Madame Blavatsky gelesen, dort drüben in dem Sessel in der Ecke – neben dem Sofa.» Der Sessel stand links vom Empfang und bot einen guten Blick auf die Eingangstür und das Treppenhaus zu den Gästezimmern oben. «Ich war todmüde und bin um Viertel vor zehn ins Bett. Den ganzen Tag war ich auf den Beinen gewesen, auf der Piazza. Gibbon lief auch dort rum und machte Aufnahmen. Er hat sogar ein paar von mir gemacht, bis ich mir das verbeten habe.»

«Wann waren Sie hier unten?»

«Etwa um Viertel nach acht, gleich nach dem Abendessen. Ich hab mir erst noch meinen Schal aus dem Zimmer geholt.»

«War sonst noch jemand unten?»

«Nur Schwester Agata, aber die hat die meiste Zeit geschlafen. Ich hatte etwa eine Viertelstunde dagesessen, da ist der Pole rausgetaumelt. Hat vielleicht ein bißchen Kälte gebraucht, wo er doch aus Polen kommt, aber er wäre besser im warmen Bett geblieben. Kein Wunder, daß ihn hinterher das Krankenboot abholen mußte. Gibbon ist etwa um Viertel nach neun weg. Ich hab mir das nachträglich ausgerechnet, weil es ja so wichtig ist. Der Amerikaner, der mit seiner Mutter und seiner Schwester da ist, ist zehn Minuten später weg. Er hat den Polen, der gerade reinkam, fast umgerannt. Ich glaube, von denen hat mich keiner gesehen.»

«War an Gibbon was Auffälliges?»

«Ich hab nichts gesehen, außer daß er nicht warm genug angezogen war. Die Kamera hatte er mit. Er wollte wohl wieder auf die Piazza.»

«Waren Sie zwischendurch mal nicht hier unten?»

«Bloß fünf Minuten, gleich als der Amerikaner weg war. Ich bin nach oben und hab mir einen Schluck Anisette genehmigt, gegen die Kälte. Ich hab die junge Amerikanerin aus dem Zimmer ihrer Mutter kommen sehen und sie gefragt, ob sie auch einen Schluck Anisette mag. Sie war nicht sehr freundlich und hatte es eilig. Nach dem Anisette wäre ich besser oben geblieben. Hat mich schläfrig gemacht, und ich bin hinterher nicht mehr lange unten sitzen geblieben. Als ich schlafen ging, hat Schwester Agata wie immer geschnarcht. Ich weiß nicht, warum sie die Frau hier als Nachtportier einsetzen. Die könnten uns allesamt ausrauben – oder schlimmer.»

«Haben Sie auf Ihrem Zimmer irgendwas gehört?»

«Rein gar nichts.» Sie zerrte sich den Schal um den Hals und zog die Handschuhe an. «Mein Zimmer liegt weit ab vom

Getriebe. Gott sei Dank sind diese Jungs am anderen Ende vom Flur.»

Erneut fragte Urbino, ob sie abgesehen von Dora Spaak noch andere junge Frauen kenne, denen Gibbon den Hof gemacht habe, aber Xenia Campi verneinte kopfschüttelnd und lächelte dann vielsagend: «Haben Sie der kleinen Amerikanerin auch wirklich tief in die Augen geblickt, und den Tod gesehen, Signor Macintyre?» Die kleinen Augen stachen in seine. Als er nicht antwortete, kicherte sie. «Ich weiß, daß Sie's getan haben! Hoffentlich hat sie nicht gemeint, Sie sind scharf auf sie. Sie hungert nach Zuwendung. Die Mutter pflegen ist nicht genug, denn eigentlich will sie sein wie die andern auf der Piazza.»

Dies schien sie auf unerfreuliche Gedanken zu bringen. Trauer überflog ihr Gesicht.

«Eine gute Mutter aber hat an ihrem Kind stets genug», stellte sie fest, und ihre Stimme klang brüchig. «Mehr als genug.»

Damit verabschiedete sich Xenia Campi und machte sich mit ihren Flugblättern auf den Weg.

Wenig später versicherte ihm Mutter Mariangela, es lohne sich nicht, die Nonnen zu befragen, denn sie seien in der Mordnacht ab sieben Uhr abends in ihren Zellen gewesen und hätten nichts gehört. Sie erklärte sich aber bereit, Schwester Agata herzubitten.

Verlegen gestand die alte Nonne, am Abend von Signor Gibbons Ermordung eingenickt zu sein und vom Kommen und Gehen nichts gemerkt zu haben. Sie wußte nur noch, daß Signora Campi nach dem Abendessen heruntergekommen war. Mutter Mariangela schickte sie mit ein paar Trostworten wieder weg.

Außer den Nonnen hatten sich nach Gibbons Weggang um Viertel nach neun nur noch Xenia Campi, Lubonski, Stella Maris Spaak und ihre Tochter Dora in der Casa Crispina aufgehalten. Doch konnte jemand hinausgeschlüpft sein, als die Campi oben auf ihrem Zimmer war, und selbst diese konnte die Casa Crispina noch verlassen haben, auch wenn sie behauptete, schlafengegangen zu sein. Schwester Agata hätte nichts gemerkt.

Von der Casa Crispina aus ging Urbino rasch hinüber auf die andere Seite des Canal Grande zum Zattere, der breiten Uferpromenade. Er beobachtete den Schiffsverkehr im Fahrwasser von Giudecca, einen schnittigen Passagierdampfer aus Frankreich und einen Tanker aus dem ehemaligen Jugoslawien, während er in einem Café ein Sandwich und ein Glas Wein zu sich nahm und rekapitulierte, was Xenia Campi ihm soeben erzählt hatte. Ihre Zeitangaben für Nicholas Spaaks und Gibbons Weggang in der Mordnacht deckten sich mit den Aussagen von Spaak und seiner Schwester. Nicholas Spaak war nach eigenen Angaben um Mitternacht zurückgekehrt, und Josef Lubonski war von halb neun bis halb zehn weggewesen. Wo war er hin? Konnte das mit Gibbons späterem Tod in der Calle Santa Scolastica zu tun haben? Und könnte Lubonski die Casa Crispina ein zweites Mal verlassen haben? Bisher hatte Urbino angenommen, der Anruf von Lubonski sei aus der Casa Crispina gekommen. Das traf womöglich gar nicht zu.

Urbino lief noch eine Weile herum, konnte aber nichts außer Fragen formulieren, von denen viele einander zudem widersprachen.

Unzufrieden ging er zum Anleger am Ende der Calle Corner. Die Gondel sollte ihn vom San Polo hinüber ins Cannaregio bringen, von dort war es nicht weit zu Porfirios Haus. Er wollte mit Hazel sprechen, vielleicht mit ihr in einer Bar etwas trinken.

Am Anleger warteten drei Frauen, unter ihnen Berenice Pillow, wie in der Beschreibung der Contessa aus dem Café Florian beladen mit Handtasche, Tragetasche und einem sehr schönen, kleinen hölzernen Reisesekretär orientalischer Machart. Sie wirkte ausgeruhter als gestern abend.

«Mr. Macintyre, was für eine nette Überraschung. Sie kommen genau richtig, wie Barbara immer sagt! Ich war gerade in der Casa Pesaro und will hinüber. Die Postkartenverkäuferin hat gesagt, so ginge es am schnellsten, aber jetzt weiß ich nicht mehr so recht. Ich hatte gerade überlegt, vielleicht doch lieber ein *vaporetto* zu nehmen.»

«Aber warum denn, Mrs. Pillow? Die Venezianerinnen machen's auch so», entgegnete Urbino und deutete auf die beiden Wartenden mit ihren Einkaufsnetzen.

«Ich hab mir gerade gewünscht, Tony wäre bei mir, aber er ist wegen der Architektur Palladios nach Vicenza.»

Als die Gondel anlegte und ihre vier Passagiere ausstiegen, drückte sie nervös ihre Sachen an sich. Urbino wollte ihr etwas abnehmen, aber sie schüttelte den Kopf. Er stieg in die Gondel, half ihr herein und beglich das Fahrgeld für beide.

«Keine Sorge, Mrs. Pillow, stehen Sie nur so ruhig wie möglich. Vielleicht sehen Sie besser geradeaus.»

Als die Gondel auf den Canal Grande hinausfuhr und ein *vaporetto* zum Anleger San Stae vorbeiließ, lächelte Berenice nervös. Die beiden Venezianerinnen waren in ein Gespräch über die Teuerung vertieft. Plötzlich stimmte der Gondoliere «La biondina in gondoletta» an, ein beliebtes Gondoliere-Lied.

«Ich dachte, sie singen nur ‹Santa Lucia› und ‹O sole mio›», lachte Mrs. Pillow. Sie sah fragend zu Urbino, was er wohl dazu meine, und das war ihr Verhängnis. Die Augen wurden rund, als sie ins Taumeln geriet, und sie begann mit den Armen zu rudern. Urbino wollte sie am Arm packen. Die beiden Venezianerinnen verstummten und sahen geringschätzig auf die Ausländerin, die sie alle zum Kentern zu bringen drohte. Der Gondoliere glich das unerwartete Schaukeln mit dem Ruder aus, aber Berenice Pillows Handtasche und Reisesekretär gingen dennoch über Bord. Die Einkaufstüte landete auf ihren Füßen.

«Setzen Sie sich hin», sagte Urbino, faßte sie am Ellenbogen und half ihr auf eine der niedrigen Holzbänke.

«Meine Handtasche!» rief Mrs. Pillow entsetzt. «Da ist alles drin!»

Der Gondoliere stoppte das Boot. Handtasche und Reisesekretär trieben etwa anderthalb Meter entfernt, versanken aber zusehends. Urbino bat den Gondoliere, ein bißchen näher zu fahren. Die beiden Venezianerinnen machten kopfschüttelnd «Ts, ts». Nach einem geschickten Manöver des Gondoliere konnte Urbino den Schultergurt der Handtasche fassen, doch sie entglitt ihm wieder. Aber da, er packte zu und zog die Handtasche ins Boot. Der Gondoliere versuchte den kleinen Reisesekretär mit dem Ruder heranzuholen, doch das Kielwasser eines Motorboots spülte ihn außer Reichweite.

Ein *vaporetto* stieß vom Canal Grande auf den Anleger der Casa d'Oro zu. Der kleine Kasten ging in der Bugwelle unter.

Mrs. Pillow preßte die Handtasche an sich.

«Denken Sie nicht mehr daran, Mr. Macintyre. Gott sei Dank haben Sie die Handtasche erwischt. Ich will nicht, daß Sie auch noch reinfallen. Bestimmt ist alles restlos durchweicht», stöhnte sie schicksalsergeben. «Aber das Wichtigste hab ich wieder. Herzlichen Dank.»

Sie war blaß. Als der Anleger näher kam, hatte sie sich etwas erholt und berichtete den beiden Frauen in fließendem Italienisch, sie sei Amerikanerin, aber mit einem Italiener verheiratet gewesen, einem Neapolitaner.

«*Un napolitano*», sagte eine der beiden augenrollend.

Daraufhin schmetterte der Gondoliere «Santa Lucia». Das Aussteigen gelang ohne weitere Zwischenfälle. Urbino begleitete Berenice Pillow bis zur Strada Nova. Sie bedankte sich nochmals. Er sagte zu, später ins Café Florian zu kommen.

«Eigentlich bringen Sie mich in eine kuriose Lage», meinte Porfirio eine halbe Stunde später. Er trug einen Cardigan von Missoni in Beige, Rostfarbe und Silber. «Da kommen Sie zu mir und wollen eine junge Dame besuchen. Eine sehr kuriose

Lage. Ich habe was gegen die Rolle des Papas, der seine jugendfrische Tochter einem unpassenden Verehrer ausliefert! Leider ist die reizende Miss Reeve nicht im Hause. Sie ist offenbar schon seit dem frühen Morgen unterwegs. Warum nehmen Sie nicht einen Drink mit mir? Sie muß jeden Moment kommen. Und sicher wäre sie enttäuscht, Sie um ein Haar verfehlt zu haben.»

Als Urbino dem Fotografen vom Flur ins Wohnzimmer folgte, war er wieder überwältigt von der Orgie in Chrom, Glas und Stahlrohr. Der Effekt war jetzt am frühen Nachmittag, wo der helle Himmel Venedigs hereinstrahlte, noch viel krasser als neulich abends.

Urbino wurde den Gedanken nicht los, jemand mit einer so durchlichteten und großzügig gestalteten Wohnung könnte den Eindruck erwecken wollen, er habe nichts zu verbergen.

Wie zur Bestätigung sagte der Fotograf: «Ich höre, Sie wollen diesem Mord auf den Grund gehen.»

Er goß Urbino ein Glas Rotwein ein. Auf dem polierten Couchtisch lag ein Fotoband mit einer Fotografie des Throns von San Pietro di Castello als Titelbild, auf dem angeblich der heilige Petrus in Antiochien gesessen hatte. In eleganter Schrift der Titel: LE RELIQUIE DI VENEZIA DI PORFIRIO.

«Mutter Mariangela hat mich gebeten, im Kloster helfend einzugreifen.»

«Da haben Sie ja eine gute Ausrede. Ach, seien Sie doch nicht eingeschnappt. Ich meine nur, ein Mann mit Ihrem beruflichen Schwerpunkt – ich meine die Biographien – braucht keinen großen Vorwand, um Leute auszuforschen. Und bei einem gewaltsamen Tod wird die Wißbegier noch größer.»

«Ließe sich das nicht auch von Ihrem Beruf sagen?»

«Sie vergessen, daß ich kein Bildjournalist bin, nicht mal ein Porträtist. Bekanntlich versuche ich auf meinen Bildern so wenige Menschen wie möglich zu zeigen.»

«Was für ein Fotograf war Ralph Gibbon?»

Porfirio rutschte in seinem Stahlrohrsessel herum.

«Viel habe ich von seiner Arbeit nicht gesehen, aber das wenige bestätigte meinen Eindruck, den ich übrigens von den meisten Fotografen habe, besonders denen, die um diese Jahreszeit, oder auch sonst, in Venedig herumschwirren. Keine Liebe zur Sache. Alles Abzocker.»

Urbino sah unwillkürlich auf den Band über die Reliquien von Venedig hinunter. Porfirio fing den Blick auf.

«Was denen außerdem fehlt, ist ein Thema. Ohne das wird man allenfalls ein passabler Knipser. Man muß sich ein Thema suchen und dranbleiben. Die meisten großen Fotografen haben es so gemacht.»

«Haben Sie eine persönliche Meinung über Gibbon?»

«Ich hab den Mann kaum gekannt, obwohl mir das bißchen soviel gesagt hat wie ein Tag intensiven Gesprächs. Es ist was dran an der Typenlehre, sogar an den Temperamenten der Renaissance. Ich würde sagen, Gibbon war Sanguiniker, trotz geringer Begabung immer voll Hoffnung und Optimismus.»

Ob er das auch zu Hazel gesagt hatte? War das gemeint gewesen, als sie Urbino sagte, Porfirio habe Gibbon persönlich und beruflich nicht leiden können?

«Es ist ein bißchen ironisch, daß Sie beide durch Hazel in Verbindung gebracht wurden», sagte Urbino.

«Offen gestanden hatte ich nicht die leiseste Ahnung, daß sie Gibbon näher kannte als ich. Ich bin nicht sauer, aber irgendwann hätte sie mir das sagen können.»

«Vielleicht hat sie gemeint, Sie wüßten es.»

«Dann hat sie sich getäuscht. Nein, ich glaube nicht, daß es so war. Sie hat mir erst nach seiner Ermordung von ihm erzählt. Wie hätte sie es da auch noch geheimhalten können?»

Urbino wußte nicht, wieviel Hazel Porfirio erzählt hatte, wie weit sie ihn über ihre Beziehung zu Gibbon ins Bild setzen wollte. Hatte sie nicht gesagt, Porfirio wäre der letzte, dem sie sich anvertrauen würde?

Porfirio lächelte anzüglich. Es schien ihm Spaß zu machen, seine Mitbewohnerin in ein schiefes Licht zu bringen. Vielleicht war es bloß Neid – aber Neid worauf? Auf Hazels Interesse an einem Mann, den er als Künstler geringschätzte? Gar auf Gibbons Arbeit? Urbino kam es vor, als denke Porfirio eigentlich nicht so schlecht darüber, wie er tat.

Urbino blieb nicht mehr lange. Porfirio versprach, Hazel zu sagen, daß er dagewesen sei.

Der Markusplatz wirkte an diesem Nachmittag verwunschen und wie verzaubert. Narren lustwandelten unter Bogengängen, saßen auf Stufen, lehnten an Säulen und drängten auf den Platz. Lachen und Rufe waren Kontrapunkt zu Vivaldis Musik, die aus den Lautsprechern drang. Schrill kostümierte Männer und Frauen tanzten auf der großen Bühne, während Kinder auf einer kleineren mit Kaspertheater unterhalten wurden. Eine Herzkönigin und ein Pik As tanzten vor einem Souvenirstand einen Pas de deux von Liebe und Tod.

Vor der Basilika turnten Akrobaten im weißen Schlottergewand mit weißen Bollerknöpfen und Plusterkragen, und ein Mann mit einem hohen Turban tanzte geschickt auf Stelzen. Drei junge Frauen stöckelten affektiert auf Riesenabsätzen einher – den *zoccoli* aus dem Venedig der Renaissance. Sie trugen lange reichbestickte Roben in Grün und Gold, auf dem Kopf Strohhüte ohne Deckel, um das lange Blondhaar durchziehen und von der Sonne bleichen lassen zu können, wie es die Venezianerinnen vorzeiten zu tun pflegten.

Unwillkürlich sah Urbino hoch zwischen Campanile und Basilika und war beinahe auf den Anblick eines Drahtseils mit Seiltänzer gefaßt. Das hätte perfekt in die traumhafte Szenerie gepaßt. Urbino kam sich vor, als sei er zwischen die Seiten eines Kinderbuches geraten.

Inmitten dieses unbeschwerten Treibens standen einsame Figuren in phantasievollen und grotesken Kostümen stocksteif, als gehörten sie zu den Baulichkeiten der Stadt. Als Urbino an einer dieser starren Figuren in orangefarbenem Gewand, wallender Allongeperücke und einem riesigen fünfzakkigen Stern aus Silberzechinen vorbeiging, trat Giovanni Firpo aus einem munteren Grüppchen hervor, in der Hand die Maske, in der anderen seinen Spiegelfächer. Majestätisch schritt er in seinem blaugrünen Paillettengewand und seiner Schellenkappe daher, und sein Fächer wippte im kalten Schatten der Basilika. Um nach eigenem Gutdünken während dieser Zeit beim Karneval mithalten zu können, leistete Firpo im Krankenhaus nur Teilzeitarbeit. Er glich es mit Überstunden im August aus, wenn die andern alle ans Meer und aufs Land strebten.

Firpo kam zu Urbino herüber und ließ dabei azurblaue Schnabelschuhe unter dem bestickten Saum seines Capes hervorblitzen. Das Kostüm machte den fülligen Mann schlanker. Bislang war sein Wunsch, in einen Kalender oder auf eine Postkarte zu kommen, nicht erfüllt worden, doch seine Begeisterung war trotzdem nicht abgeflaut. Jedes Jahr versuchte er sein Ziel zu erreichen. Urbino hätte es ihm gegönnt. Ein so bescheidener Traum hatte etwas für sich.

«Erfolg gehabt?» erkundigte sich Urbino.

«Phantastisch! Heute wollen mich alle fotografieren.»

«Kannten Sie den englischen Fotografen, der Mittwoch nacht in der Calle Santa Scolastica ermordet wurde?»

«Gekannt habe ich ihn nicht, nein. Aber ich weiß, wer das war.»

«Hat er Fotos von Ihnen gemacht?»

Die Schellen an Firpos Narrenkappe klingelten zu seinem Kopfschütteln.

«Leider nein.»

Firpo schien etwas hinzufügen zu wollen, doch wurde er von einem Mann in einem schwarzen Rollkragenpullover abgelenkt, der seine Kamera auf zwei Damen in hellrosa Gewändern mit weißen Stolen, Perlenketten und großen Sonnenbrillen mit rosa Federn am Gestell richtete.

«Waren Sie Mittwoch abend irgendwo in der Nähe der Calle Santa Scolastica?»

«Was sollte ich dort? Hier ist doch viel mehr los.» Er blickte hinüber zu dem Fotografen, der mit den beiden rosa Damen fertig war. «Den Engländer habe ich an dem Abend nicht gesehen, wenn Sie das wissen wollten.»

«Und Xenia Campi?»

«Wenn die auf Achse gewesen wäre, hätte ich es bestimmt gemerkt!»

Urbino mußte ihm beipflichten. Wäre Xenia Campi an diesem Abend in ihrer gewohnten Funktion dagewesen, wäre sie gewiß aufgefallen, aber mal angenommen, sie wollte nicht erkannt werden? Er hatte nur ihr Wort, daß sie nach Gibbons und Nicholas Spaaks Weggang und Josefs Heimkommen die Casa Crispina nicht mehr verlassen hatte.

«Haben Sie den Engländer jemals mit bestimmten jungen Frauen flirten sehen?»

«Mit bestimmten? Nein.» Firpo zog es fort. Der Fotograf im Rollkragenpullover notierte gerade die Adressen der beiden Damen. «Der hat mit vielen Mädchen geflirtet.»

Firpo entschuldigte sich und eilte davon, die Narrenkappe in der Hand, erneut auf der Suche nach einem Fotografen, der ihn auf dem nächstjährigen Kalender oder auf einer Postkarte verewigen würde.

Am Rand der Menge stand Giuseppe, einer der drei Neapolitaner-Jungs, genauso verdrossen wie gestern mit Cowboyhut und Pistolenhalfter. Urbino sprach ihn an.

«Wie geht's, Giuseppe? Wo sind dein Vetter und Fabio?»

«Irgendwo.»

Seine Augen suchten über die Menschenmenge auf dem Platz. Er mied Urbinos Blick.

«Ich frage mich, ob ihr vielleicht Xenia Campi am Mittwoch abend irgendwo hier gesehen habt.» Urbino machte eine Pause. «An dem Abend, als der Engländer ermordet wurde.»

«Vielleicht war sie da.»

«Aber habt ihr sie gesehen?»

Giuseppe überlegte kurz. Er sah Urbino immer noch nicht in die Augen.

«Die Leute haben Masken und Kostüme. Die vielleicht auch. Sie hätte da sein können, ohne daß ich sie erkenne.» Endlich sah er Urbino an. «Wollen Sie mir Ärger machen? Wenn die glaubt, ich hätte Ihnen gesagt, sie war da, dann hackt sie bloß auf mir rum. Nee!» bekräftigte er. «Ich hab die Hexe nicht gesehen! Keiner von uns.»

«Leo sagte was von einem Mädchen, mit dem sie dich bekanntmachen wollte. Wer ist das?»

«Den Namen weiß ich nicht mehr. Die Freundin von einem, der tot ist. Manchmal schminkt sie Leute, und sie hat Leo auch gesagt, wer Sie sind. Für mich ist die zu alt, und auch wenn sie das nicht wäre, will ich mit keiner zu tun haben, die was mit der Verrückten hat. Ciao!»

Er verschwand in der Menge.

11

Der Kellner brachte Urbino einen Campari Soda. Ein Teekännchen und ein Teller mit Gebäck stand bereits da. Die Contessa hatte Urbino an ihrem Stammtisch am Fenster des chinesischen Salons sitzend erwartet.

«Erzählen Sie mir alles», forderte sie ihn auf. «Und wenn Sie fertig sind, hab ich auch was Aufschlußreiches für Sie.»

Während Urbino die Contessa informierte, was er gestern morgen von den Neapolitanern, von Hazel Reeve und Xenia Campi erfahren hatte, führte er sich selbst alles noch mal vor Augen.

«Was wissen wir also über Gibbon?» rekapitulierte die Contessa, als er fertig war. «Ein gutaussehender Mann, künstlerisch begabt, hat mit Frauen geflirtet, wollte Hazel Reeve heiraten, aber keine Gütertrennung akzeptieren, und wurde in einer ziemlich zwielichtigen Ecke erstochen aufgefunden! Außerdem stieß er Leute vor den Kopf. Lubonski, Porfirio, Xenia Campi und Nicholas Spaak konnten ihn nicht ausstehen. Hazel Reeve behauptet, sie hat ihn geliebt, aber können wir da sicher sein? Vielleicht hat sie ihn irgendwann mal geliebt, aber so was kann sich in Haß verwandeln. Was meinen Sie, Urbino? Hat sie ihn geliebt oder gehaßt?»

Die Contessa lächelte ihn mit einer Koketterie an, die er irgendwie unangebracht fand. Als er keine Antwort gab, nickte sie wissend. «Sie hat ihre kleinen Erfolge, diese Hazel Reeve, oder nicht? Oder vielleicht schon große.»

«Was meinen Sie damit?»

«Sie sind schon ganz durcheinander wegen ihr.»

«Wegen Ihnen, Barbara!»

«Ich will nur klären helfen, *caro*. Haben Sie schon mal überlegt, warum sie so großen Wert darauf legt, was Sie von ihr denken und wissen?»

«Möglich.»

«Na schön, dann macht es Sie hoffentlich ein bißchen mißtrauisch, wenn sie Ihnen soviel anvertraut. Sehen Sie bloß mal, wie sie zu Ihnen sagt, dem Commissario hat sie nichts von ihrem vorigen Freund erzählt, aber selbstverständlich Ihnen. Schon das müßte Sie mißtrauisch machen. Sie entpuppen sich als ganz normaler Mann, und ich hatte so große Hoffnungen in Sie gesetzt! Nehmen Sie bloß nicht vorschnell an, Xenia Campis oder Nicholas Spaaks negative Aussagen über Gibbon seien relevanter als die positiven der anderen.»

«Ich wußte gar nicht, daß Sie Gibbon so gut mochten.»

«Ich hatte nicht viel für ihn übrig, und es war mir auch egal, daß ich kaum etwas über ihn wußte. Genau das hab ich gemeint. Ich wußte kaum etwas.»

«Man könnte doch sagen, wenn man einen Menschen nach flüchtiger Bekanntschaft schon nicht ausstehen kann, ist das eine gesunde Reaktion aus dem Bauch.»

«Der Bauch kann irren, wie Ihnen jeder bezeugen wird, der mal hoffnungslos verliebt war. Nein, Urbino, setzen Sie lieber auf ein anderes Organ» – sie tippte sich mit dem wohlmanikürten Finger an die Schläfe – «und halten Sie Fakten und Meinung auseinander. Sie suchen die Wahrheit! Um die geht es doch schließlich in unserem bescheidenen Menschenleben, oder nicht?»

Urbino nickte abwesend und etwas mißmutig. Er sah sich in dem überfüllten chinesischen Salon um, in dem es nach Kaffee, Minze, Kakao und Kirschlikör aus kleinen Rosolio-Gläsern duftete.

Die meisten Gäste waren kostümiert. An zwei von den Tischen saßen Männer und Frauen in schwarzen Umhängen, Stöckelschuhen, weißen Strümpfen, schwarzen Samthosen mit Biesen und weißen Spitzenhemden; die Damen handhabten ihre schwarzen Larven wie Lorgnons. Im Café Florian, dessen Intérieur aus dem achtzehnten Jahrhundert stammte, fühlte sich Urbino wie auf einem Gemälde von Pietro Longhi. Casanova oder Goldoni wären hier wie zu Hause gewesen.

Die Contessa sah gebannt in die Menge vor den Fenstern, als halte sie Ausschau nach ihrer Freundin. Ein älterer Herr zupfte vor dem Fenster die Mandoline, als bringe er ihr ein Ständchen dar. Als er endete, lächelte die Contessa ihm zu, und er zog seinen Dreispitz und verbeugte sich.

Urbino hatte ihr noch nicht von dem Zwischenfall auf dem *traghetto* berichtet. Vorher wollte er etwas von ihr erfahren.

«Sie sagten, Sie hätten Aufschlußreiches für mich.»

«Einen sachdienlichen Hinweis. Bei Gibbon wurde Geld gefunden. Dreißig Hundertpfundnoten.»

Urbino war erst so verblüfft, daß er sie nur anstarren konnte. Dann fragte er, woher sie das wisse.

«Von Corrado Scarpa, einem Freund meines verstorbenen Mannes, der mit der Questura zu tun hat. Von Gemelli hält er nicht viel. Er lief mir im Krankenhaus über den Weg, als ich Josef besuchte – dem es übrigens nicht viel besser geht. Scarpa mußte etwas in Krankenblättern recherchieren.»

«Gemelli würde toben, wenn er das wüßte», stellte Urbino fest. «Das hat nicht in der Zeitung gestanden, und er hat das auch vor mir nicht herausgelassen. Die Questura will offenbar nicht, daß es an die Öffentlichkeit kommt.»

«Ich hab mich nie als ‹Öffentlichkeit› betrachtet, *caro*.»

«Damit ist eine zufällige Gewalttat oder ein schiefgegangener Raubüberfall so gut wie ausgeschlossen. Aber was wollte Gibbon mit dem Geld? Dreitausend Pfund!»

«Blutgeld? Manche wurden schon für weniger umgebracht.»

«Aber er hatte das Geld ja noch bei sich! Es macht keinen Sinn. Warum jemand erstechen und die Beute liegenlassen?»

«Der Mörder ist vielleicht gestört worden», mutmaßte die Contessa. «Es ist Karneval. Alle möglichen Leute können sich in die Calle Santa Scolastica verirren – ich meine, andere als das Stammpublikum, Sie verstehen? Meinen Sie, er wollte das Geld jemand bringen?»

«Vielleicht hat es ihm jemand gebracht.»

«Oder er hat es von jemand geholt.»

«Mir scheint logischer, jemand hatte ihm das Geld zu geben, und er hat sich entweder in der Calle Santa Scolastica oder in der Nähe verabredet und ist hingegangen. Nicht vergessen, er war Fotograf, also in der klassischen Position des Erpressers.»

«Stimmt, aber Erpressung ist nicht das einzige Motiv, einen Fotografen zu ermorden – und auch nicht das einleuchtendste.» Sie blickte neckisch. «Jeder, der mal unschmeichelhaft abgelichtet wurde, hätte Verständnis.»

Wenn die Contessa mit ihren Scherzchen seine Stimmung heben wollte, hatte sie an diesem Nachmittag wenig Glück.

«Barbara, Sie sagten eben, ich solle etwas anderes als meinen Bauch befragen. Wenn man einen ermordeten Fotografen mit so viel Geld auffindet, denkt man als erstes an das logische Motiv Erpressung. Hazel sagte, er hatte immer genug Geld. Vielleicht daher.»

«Aber warum Gibbon das Geld geben und ihn dann umbringen? Warum nicht vorher, oder ihm hinterher alles abnehmen?»

Sie dachten gerade über diese Frage nach, als der Ober kam und der Contessa mitteilte, sie werde am Telefon verlangt.

Während sie telefonierte, ging Urbino die verschiedenen Möglichkeiten durch. Obwohl es sinnvoller war, einen Erpresser umzubringen, bevor man ihm noch mehr zahlte, gab es noch andere Szenarien. Das Geld könnte ein Köder gewesen sein, um Gibbon in Sicherheit zu wiegen, wegen des Sekundenvorteils für den Stich mit dem Messer, und dann könnte es in Panik oder infolge einer Störung vergessen worden sein. Es war sogar vorstellbar, daß jemandem gar nicht am Geld gelegen war, sondern nur an Gibbons Tod. Oder Gibbon hatte das Geld von jemand erhalten und war anschließend von einer ganz anderen Person erstochen worden.

Wenn Hazel von dem Geld erfuhr, sah sie es wahrscheinlich als weiteren Beweis, wie wenig Gibbon hinter ihrem hergewesen sei. Außer natürlich, sie hatte es ihm selbst gegeben und wußte folglich davon.

«Berenice», erläuterte die Contessa, als sie sich wieder zu ihm setzte. «Sie fühlt sich nicht gut, die Ärmste. Sie hatte wieder eine unruhige Nacht im Hotel.»

Urbino erzählte ihr rasch von dem Zwischenfall auf dem Canal Grande. Der Kellner brachte ein Kännchen frischen Tee und noch einen Campari Soda.

«Sie wußten also schon die ganze Zeit, daß sie nicht kommt!»

«Ich hatte keine Ahnung! Sie war erst ein bißchen verstört, hatte sich aber gefaßt, als wir auseinandergingen.»

«Die arme Berenice.» Sie mußte lachen. «Ich weiß schon, ich sollte nicht lachen. Aber ihr Erlebnis mit dem *traghetto* erinnert mich an damals, als sie bei Cambridge in den Cam fiel. Waren gutaussehende junge Männer dabei, die ihr ins Auge stachen? Ich meine, außer Ihnen? So ist es jedenfalls auf dem Cam gewesen. Der hübsche Junge damals brauchte nur den Strohhut vor ihr zu ziehen, und schon war es um sie geschehen. Sie hat gewinkt, ist aufgestanden und hat was hinübergerufen – und schon war sie verloren.»

«Verloren?»

«Wie nennen Sie es, wenn jemand aus Gefühlsüberschwang in den Fluß fällt? Sie war in vielen Dingen so spontan. Wir glaubten immer, Amerikanerinnen seien eben so.» Ein Schatten flog über ihr Gesicht. «Daß Berenice nach all den Jahren aus heiterem Himmel auftaucht, ist nicht gerade das Schönste, was mir widerfahren konnte – so kurz vor dem nächsten Geburtstag. Ich habe eine leichte Abneigung gegen sie entwickelt – weil sie noch so viel weiß und mehr noch, weil sie mich an so vieles erinnert. Ich weiß, es ist schön, alte Freundinnen zu haben, mit denen man so viel gemeinsam hat, die sich erinnern, wie man früher gewesen ist, aber es macht doch ein bißchen krank. Manchmal ist mir, als wollte ich alles vergessen – oder nur in Erinnerungen schwelgen, wenn ich ganz für mich bin. Ich suche keine verlorene Zeit wie Monsieur Proust, ganz und gar nicht! Ich halte meine Vergangenheit in Ehren, hätte sie aber lieber in einer Truhe, die ich aufsperren kann, wenn sonst niemand dabei ist. Offen gestanden, wenn jemand von früher redet, fühle ich mich immer furchtbar alt!»

Urbino war gerührt über das Geständnis seiner Freundin, meinte sie aber mit ein paar kleinen Scherzen ablenken zu können, wie sie es vorhin bei ihm probiert hatte.

«Ich muß mir das ganz genau einprägen, damit ich nie etwas erwähne, was mehr als eine Woche zurückliegt.»

«Nicht nötig, *caro*, ich mag Sie nicht bloß, weil Sie so unbestreitbar charmant und so herrlich amerikanisch sind, so einfühlsam und intelligent, und so voll Liebe zu unserem Venedig – muß ich noch mehr sagen? –, sondern ganz einfach weil Sie ein relativ neuer Freund sind. Sie haben mich nicht in meinen besten Zeiten gekannt – und das ist ein Trost, ob Sie's glauben oder nicht!»

Ihr Lächeln schien ihre Gefühle zu bestätigen. Dann fuhr sie fort: «Berenice hat wahrscheinlich an den Cam gedacht, als ihre Sachen in den Canal Grande gefallen sind; danach hatte sie immer Angst, es könnte nochmals passieren. Mit den Jahren verändern wir uns gar nicht so sehr, obwohl sie jetzt ganz anders aussieht. Die Ärmste ist nicht mit einer guten Erbmasse und einem hervorragenden Knochenbau gesegnet.»

Die Contessa legte den Kopf schräg und sagte zu Urbino: «Sie will sich etwas später mit uns treffen. Tonio kommt auch.

Ich habe die Casa da Capo vorgeschlagen. Sagen wir um halb neun, *caro*?»

Urbino lehnte die Einladung der Contessa ab, gleich mit zur Casa da Capo-Zendrini zu kommen, mit ihr dort ein leichtes Abendessen einzunehmen und auf Berenice Pillow und Tonio Vincenzi zu warten.

Nachdem sie gegangen war, rief er vom Telefon im Obergeschoß das Krankenhaus an und erfuhr, Lubonski könne immer noch keinen Besuch empfangen, sein Zustand habe sich aber leicht gebessert.

Er machte sich auf zur Fondamenta Nuove und ließ dabei mit jedem Schritt das Gewimmel auf der Piazza weiter hinter sich. Es war kalt, aber klar; bislang relativ gutes Wetter für den Karneval.

An der Fondamenta Nuove sah er hinaus auf die Lagune und suchte den Himmel über Murano nach Vorzeichen für eine Wetterverschlechterung ab, aber er war wolkenlos und das Wasser ruhig. Aus einer Aufwallung heraus sputete er sich, das gerade ablegende Schiff nach San Michele zu erreichen, der Insel der Toten und auch des Schauhauses, in das Gibbons Leiche vermutlich gebracht worden war und noch lag. Nach San Michele fuhr er öfter zum Nachdenken, weit weg von allen Ablenkungen inmitten von stummen Grabsteinen.

Zehn Minuten später, als er durch einen der Campi des Friedhofs schritt, der voller Grabmäler und Mausoleen war, aber bis auf ihn selbst, einige Wärter und ein paar Frauen in Schwarz menschenleer, fragte er sich, warum Berenice Pillow ihn bei der Contessa sprechen wollte. Wandte sie sich an ihn, weil er ihr auf dem *traghetto* die Brieftasche gerettet hatte?

Er ging aus dem Hauptteil des Friedhofs auf das ummauerte orthodoxe Gräberfeld, wo Diaghilew, Strawinski und viele andere Russen und Griechen begraben lagen. Auf Diaghilews Grab lag wie immer der geheimnisvolle einzelne Ballettschuh.

Wurden diese Schuhe von derselben Person hierhergelegt oder von verschiedenen Pilgern ans Grab des berühmten Ballettmeisters gebracht? Es war eines von Venedigs kleinen Geheimnissen – und eins, das besser ungelöst blieb. Es war romantischer so.

Von Diaghilews Grab aus suchte er seine Lieblingsgrabstätte auf, die einer Russin namens Sonja gehörte – ihr Nachname war nicht verzeichnet –, die mit siebenundzwanzig gestorben war. Über dem Grab war eine lebensgroße weiße Marmorstatue der jungen Frau. Stets lagen frische rote Rosen in ihrer Armbeuge.

Urbino wußte, er war sentimental, was den Tod anging. Die Contessa, die das Thema und die Friedhofsinsel nach Kräften mied, nannte ihn morbid. Doch Urbino fand Trost im Anblick gepflegter Gräber; er hatte sich oft gefragt, ob er lieber einer der Gedenkenden sein wollte oder einer, dessen gedacht wurde, als gebe es da eine Wahl. Ganz wie bei der Entscheidung, Liebender oder Geliebter zu sein, nur daß der Tod die endgültige Trennung noch nicht vollzogen hatte.

Wieder auf dem Schiff zum Fondamenta Nuove, fragte sich Urbino, ob Gibbon Hazel Reeves Liebe wohl erwidert hatte. Er hatte keinen Anlaß, daran zu zweifeln – keinen guten, triftigen Grund –, nur seinen persönlichen Eindruck von dem Mann und die negativen Aussagen über ihn. Zudem konnte Urbino Hazels sichtliche Überzeugung nicht teilen, Gibbon habe nichts an ihrem Geld gelegen, auch wenn sie behauptet hatte, er habe immer reichlich davon gehabt, und obwohl bei der Leiche dreitausend Pfund gefunden worden waren.

Genau weil eine so große Summe bei Gibbon gefunden worden war, wurde Urbino die Überzeugung nicht los, es müsse irgendwie schmutziges Geld gewesen sein. Wie er schon vorhin zur Contessa gesagt hatte, waren Fotografen häufig in der besten Lage, jemanden zu erpressen. Wen mochte Gibbon erpreßt haben? Xenia Campi hatte gesagt, er habe an seinem Todestag Fotos von ihr gemacht, bis sie es sich verbat. Doch es gab noch viele andere Möglichkeiten, obwohl es Xenia Campi immerhin schwergefallen wäre, dreitausend Pfund aufzubringen.

Durchaus möglich, daß Gibbon in der Calle Santa Scolastica gewesen war, um belastende Fotos zu machen. Er konnte sehr wohl ein paar Männer erpreßt haben, die die Örtlichkeit frequentierten. Urbino wünschte sich Zugang zu Gibbons Fotos. Sie lagen jetzt bei der Polizei. Konnte er Gemelli überreden, sie einzusehen?

Als Urbino das Schiff verließ, entsann er sich der Frage der Contessa – ob Hazel Gibbon möglicherweise nicht geliebt, sondern gehaßt habe. Hatte nicht er selbst auch gemeint, ihre Verfassung müsse nicht unbedingt als Trauer gedeutet werden? Die Contessa hatte vielleicht recht, wie so oft. Vielleicht sah er überhaupt nicht klar. In seinen Biographien blieb er unparteiisch, eine Erfolgsvoraussetzung. Das hieß nicht, daß er nicht auch seine Vorurteile hatte, aber er mußte sich ihrer bewußt bleiben.

Ein paar Minuten später, als Urbino seine verworrenen, verwirrten Überlegungen beiseite geschoben hatte und die barocke Fassade der Jesuitenkirche mit ihren vielen triumphierenden Engeln und gebärdenreichen Heiligen passierte, schien etwas aus dem Unterbewußtsein aufzusteigen. Er wußte noch nicht, was es war, aber ihm war klar, er verdankte das seiner Methode, auf dem Heimweg alle bewußten Gedanken an den Mord auszublenden und statt dessen über Venedig nachzusinnen.

Er schritt schneller aus, da er unbedingt bald im Palazzo Uccello sein wollte.

12

Als er die Haustür aufsperrte, wartete Natalia, seine Haushälterin, oben auf der Treppe mit sorgenvollem Gesicht.

«Gott sei Dank kommen Sie heim, Signor Urbino.»

«Stimmt irgendwas nicht, Natalia?»

«Alles in Ordnung, Signore – ich meine im Haus –, aber die Polizei ...»

Sie brach ab und sah ihn ratlos an.

«Was ist mit der Polizei, Natalia?»

«Commissario Gemelli hat etwa um drei angerufen, und dann noch mal um vier. Ich hab ihm gesagt, ich wüßte nicht, wo Sie sind oder wann Sie kommen. Er hat gefragt, ob eine Frau hier ist. Den Namen weiß ich nicht mehr, aber ich habe ihm gesagt, ich bin hier die einzige. Vor einer Stunde sind dann zwei von seinen Herren gekommen ...»

Sie wurde ganz kurzatmig und sank in einen Sessel.

«Was wollten sie?»

«Sie wollten wissen, ob Sie da sind. Als ich nein sagte, wollten sie reinkommen. Ich wußte nicht, was machen, aber ich hab gesagt, Sie sind bald wieder da und sie sollen nochmals kommen. Hoffentlich war das nicht falsch, Signor Urbino. Hätte ich sie reinlassen sollen?»

«Sie haben das völlig richtig gemacht, Natalia. Das hat nichts mit Ihnen zu tun. Machen Sie sich keine Sorgen.»

Er wußte noch nicht, was es mit ihm selbst zu tun hatte, aber wenn Gemelli binnen vier Stunden zweimal telefoniert und zwei seiner Männer hergeschickt hatte, würde er es bestimmt in Kürze erfahren.

Wie auf Stichwort klingelte das Telefon, aber es war nicht Gemelli, sondern die Contessa.

«Urbino, was geht eigentlich vor? Eben hat Commissario Gemelli hier in der Casa da Capo nach Ihnen gefragt. Ich habe ihm gesagt, Sie seien vermutlich zu Hause oder auf dem Weg dahin. Was ist eigentlich los?»

«Ich weiß nicht. Natalia hat mir gerade gesagt, daß Gemelli mehrmals angerufen und zwei seiner Leute hergeschickt hat. Ich rufe ihn an, sowie ich aufgelegt habe.»

Anstatt aber sofort die Questura anzurufen, goß er sich einen Whiskey ein und wollte rasch duschen und seine Gedanken ordnen. Gerade als er in die Dusche trat, klingelte es an der Tür. Bis er seinen Bademantel umhatte und auf den Flur getreten war, kam Gemelli schon vor zweien seiner Männer die Treppe hoch. Er hatte sein Nußknackergesicht aufgesetzt.

Bevor er etwas sagte, fixierte er Urbinos schwarzen Bademantel.

«Sie wissen wohl, warum wir hier sind, Macintyre?»

«Ich weiß nur, daß Sie mehrfach angerufen und Leute hergeschickt haben. Die Contessa da Capo-Zendrini hat mir soeben gesagt, daß Sie auch bei ihr waren.»

«Also wissen Sie nicht, warum wir kommen? Hat Ihre Haushälterin es Ihnen nicht gesagt?»

«Sie hat was von einer Frau gesagt, aber der Name war ihr entfallen. Ich habe keine Ahnung.»

Das stimmte zwar nicht ganz, und er verspürte eine nervöse Spannung.

«Da Sie behaupten, keine Ahnung zu haben, muß ich es Ihnen sagen», versetzte Gemelli trocken. «Wir suchen Signorina Reeve.»

«Hazel?»

Obwohl er genau diesen Namen erwartet hatte, traf es ihn doch.

«Ich wollte gleich bei Ihnen anrufen», sagte Urbino lahm. «Ich wollte nur erst duschen, um einen klaren Kopf zu haben.»

Das hätte er nicht sagen sollen, aber er fühlte sich verwirrt und eindeutig im Nachteil, so halbnackt vor dem uniformierten Commissario und seinen Mannen.

«Ist sie hier?»

«Natürlich nicht. Ich hab sie seit gestern abend um zehn nicht mehr gesehen.»

«Offenbar sind Sie, Signor Macintyre, der letzte gewesen, der sie gesehen hat.»

Eine Schrecksekunde lang glaubte Urbino, Gemelli würde «lebend» einfügen; ein Beweis, wie durcheinander er war. Hatte Gemelli nicht eben noch gefragt, ob Hazel bei ihm im Palazzo Uccello sei?

«Es hat den Anschein, daß Signorina Hazel Reeve die Nacht vielleicht gar nicht bei Porfirio Buffone verbracht hat. Tatsächlich kann er nicht mal sicher sagen, ob sie zurückgekommen ist, nachdem sie mit Ihnen aus war. Wir würden gern wissen, wie Sie und die Signorina Reeve den Abend verbracht haben – und vielleicht auch die Nacht.»

Urbino bat Gemelli, kurz zu warten, während er sich anziehen ging.

Nachdem der Commissario gegangen war, nahm Urbino seine unterbrochene Dusche und rief die Contessa an. Sie meldete sich schon beim ersten Läuten.

«Das ging aber schnell, Urbino. Sie sind wohl noch zu Hause.»

«Ich sitze bei meinem zweiten Whiskey.»

«Whiskey! Dann muß es ernst sein. Was wollte Gemelli?»

«Er hat nach Hazel Reeve gefragt. Sie ist offenbar verschwunden.»

Die Contessa reagierte zunächst mit Schweigen. Dann sagte sie: «Ich hab Ihnen gleich gesagt, diese Frau bringt Sie in Schwierigkeiten.»

Das genau hatte sie zwar nicht gesagt, aber wohl gemeint – und offenbar auch gedacht, seit er Hazel Reeve zum erstenmal erwähnt hatte.

«In Schwierigkeiten ist *sie*, Barbara, so oder so. Nach Gemellis Stand bin ich der letzte, der sie gesehen hat. Seit ich ihr gestern abend auf dem Campo San Barnaba gute Nacht gesagt habe, scheint sie verschwunden zu sein. Weder Porfirio noch sein Hausmädchen haben sie nachher gesehen. In ihrem Bett hat sie offenbar auch nicht geschlafen.»

Hastig und wohl wissend, daß er ihr jetzt sagen mußte, was er ihr vorher im Café Florian verschwiegen hatte, beschrieb er die unangenehme Situation, die sich zwischen Hazel und ihm gegen Ende ergeben hatte, wie verschlossen und abwesend sie geworden war, wie sie es abgelehnt hatte, sich zu Porfirios Haus begleiten zu lassen und allein in Richtung Markusplatz losmarschiert war.

«Die Questura überprüft die Krankenhäuser und das Melderegister», fuhr Urbino fort. «Gemelli hat alle Hände voll zu tun – mit Hazels Verschwinden und dem Mord an Gibbon. Schlimmer noch, er hat gesagt, daß London vielleicht zwei Leute herschickt, die bei den Ermittlungen rund um Gibbons Tod helfen sollen.»

«Das ist ungewöhnlich!»

«In der Tat, besonders wo Gibbon offenbar keine nahen Verwandten hat, die Druck ausüben könnten. Vielleicht steckt Hazel dahinter, obwohl sie nichts darüber gesagt hat. Ihre Familie ist recht prominent.»

Rasch klärte er die Contessa über Hazels Familienhintergrund auf.

«Es wäre mehr als peinlich», fuhr Urbino fort, «wenn diese Männer herfliegen und erfahren müssen, daß nicht nur Gibbon tot ist, sondern daß auch noch eine britische Staatsbürgerin verschwunden ist und die Polizei keine Spur von ihr hat.»

«Was ist Ihrer Meinung nach mit ihr?»

«Vielleicht ist sie krank geworden», sagte er ohne Überzeugung. «Vielleicht ist sie gestürzt. Sie könnte im Krankenhaus sein.»

«In diesem Fall müßte die Questura bald Bescheid wissen.» Die Contessa stockte. «Sie meinen nicht, daß es das Naheliegende ist, oder?»

Urbino wußte, er mußte sich der Frage stellen. Er hatte es vermieden, daran zu denken, so eingebrannt war in ihm das Bild, wie Hazel in der Menge verschwand.

«Daß Gibbons Mörder ihr etwas getan hat», sprach er es aus.

Das Schweigen der Contessa nahm Urbino als Bestätigung seiner Befürchtung, doch als sie weitersprach, bemerkte er seinen Irrtum.

«Das habe ich nicht gemeint, Urbino», sagte sie. «Sie sehen nicht klar. Ein Mann wird ermordet – er wollte eine Gütertrennung nicht unterschreiben – und dann verschwindet die Frau – wenige Tage später. Sie können sicher sein, Commissario Gemelli wird sich seinen Reim darauf machen.»

Die Contessa holte Luft, und als sie weitersprach, kleidete sie ihren Verdacht rücksichtsvoll in die Möglichkeitsform.

«Sie könnte in den Mord an Gibbon verwickelt sein und deswegen untergetaucht sein.»

Urbino erwiderte: «Sie könnte etwas über Gibbons Ermordung wissen – vielleicht sogar den Mörder kennen. Sie könnte zu ihrer eigenen Sicherheit untergetaucht sein.»

Seine Befriedigung, die Contessa mit ihren eigenen Waffen geschlagen zu haben, indem er ihren Verdacht derart umlenkte, verflog schnell, als die Freundin seine Angst von vorhin umformulierte: «Oder Gibbons Mörder könnte beschlossen haben, eine Gefahr auszuschalten.»

Die Contessa schien so oder so recht zu behalten. Entweder

war Hazel geflohen, weil sie unmittelbar mit dem Mord an Gibbon zu tun hatte, oder der Mörder hatte sie als Gefahr ausgeschaltet.

Nach dem Gespräch mit der Contessa konnte Urbino nur noch an Hazel denken. Er konnte nicht länger verdrängen, daß sie sich während seiner kurzen Abwesenheit vom Tisch abrupt verändert hatte. Hatte sie in dieser Spanne über etwas nachgedacht, was er gesagt hatte? Hatte seine kaum verhehlte Abneigung gegen Ralph Gibbon sie veranlaßt, ihn zu strafen, indem sie den gemeinsamen Abend beendete?

Urbino riß sich von diesen Mutmaßungen los, als ihm klar wurde, wieviel Selbstüberschätzung darin lag. Er ging einfach davon aus, Hazels Verschwinden habe etwas mit ihm zu tun, damit, wie er sie behandelt hatte. Er schrieb sich eine Bedeutung zu, die er in ihrem Leben kaum haben konnte.

Er vergegenwärtigte sich den Ablauf des Abends im Montin noch einmal und suchte einen Grund für ihr verändertes Verhalten zu finden. Es hatte vielleicht nichts mit ihrem späteren Verschwinden zu tun, doch er brauchte eine Erklärung dafür.

Urbino beschloß, Porfirio anzurufen. Vielleicht war Hazel zurückgekehrt.

«Hier spricht Urbino. Commissario Gemelli ist gerade gegangen. Er hat mir gesagt, daß Hazel gestern abend nicht zurückgekommen ist.»

«Es hat den Anschein – sofern sie nicht auf dem Boden geschlafen oder das Bett perfekt gemacht hat. Was ist gestern abend zwischen Ihnen vorgefallen?»

«Wir haben zu Abend gegessen, und dann wollte sie einen Spaziergang machen, bevor sie zu Ihnen zurückging.»

«Und Sie haben sie gehen lassen?»

«War nichts zu machen. Sie wollte es, und es stand nichts dagegen.»

«Meinen Sie? Der Mann, den sie liebt, wird ermordet, und

Sie halten es für angebracht, sie in einer Menschenmenge verschwinden zu lassen?»

«Porfirio, ich weiß nicht, worauf Sie hinauswollen. Ich hab nicht bei Ihnen angerufen, um mich zu streiten, ich wollte bloß wissen, ob Sie vielleicht von ihr gehört haben.»

«Das hätte ich gleich gesagt. *Albertine Disparue*», zitierte Porfirio aus Prousts Roman, in dem die geliebte Albertine verschwindet und später von einem Pferd zu Tode fällt. «Oder sollte ich sagen, *La Petite Hazel Disparue*? Zumindest wissen wir, daß sie wenig Chancen auf einen Sturz vom Pferd hat – jedenfalls nicht hier in Venedig, außer sie klettert auf das Colleoni-Denkmal. Aber wenn Sie das nächste Mal eine junge Dame in Ihrer Obhut haben, sollten Sie sehen, daß sie Ihnen nicht entwischt.»

13

Berenice Pillow und ihr Stiefsohn waren schon da, als Urbino eintraf. Die Szene im Salon der Contessa kam ihm wie nachgestellt vor. Die hagere Amerikanerin trug dasselbe schwarzviolett gestreifte Gürtelkleid wie zwei Abende zuvor, und auch denselben Schmuck, Perlenkette und Ohrgehänge. Das Haar war wieder zu ihrem typischen Knoten gestrafft, bis auf ein paar widerspenstige Härchen im Nacken. Sie milderten die Strenge, und Urbino konnte sich Berenice Pillow flüchtig als die spontane junge Romantikerin aus der Schilderung der Contessa vorstellen.

Sie stand sogar wie beim ersten Mal vor dem Veronese und sah hinauf. Der Stiefsohn – heute abend indes in schwarzen Hosen und schwarzem Rollkragenpullover – saß wieder in dem Rokokostuhl neben dem Sofa, das die Contessa wie immer graziös für sich beanspruchte.

Weitere Ähnlichkeiten gab es aber nicht. Berenice Pillow sah das Gemälde eigentlich gar nicht an, sondern starrte blind auf die Allegorie der Liebe mit der üppigen Venus und den beiden schönen Verehrern. Ihr Stirnrunzeln heute abend verriet nicht ästhetische Mißbilligung, sondern Besorgnis. Tonio Vincenzi dagegen wirkte, als sei ihm nicht wohl in seiner Haut und als habe er ein bißchen Angst.

Urbinos Eintreten veränderte die Atmosphäre. Mrs. Pillow drehte sich zu ihm um und setzte ein Willkommenslächeln auf, in dem auch Erleichterung anzuklingen schien. Tonio erhob sich wie zum Strammstehen und blickte nicht mehr ängstlich, sondern eher ein wenig trotzig, obwohl er offenbar immer noch Unbehagen empfand.

Nur die Contessa blieb unbeeindruckt sitzen.

«Wir sind heilfroh, daß Sie endlich da sind, Urbino», begrüßte sie ihn. «Machen Sie sich einen Drink.»

Urbino ging hinüber an die Bar und schenkte sich einen Corvo ein.

«Wir warten heute sehnlicher auf Sie als sonst», erläuterte die Contessa. «Nicht, daß Sie zu spät kämen, *caro*», ergänzte sie sofort mit einem Blick auf die Louis-Quatorze-Uhr auf dem Kaminsims. «Sie sind pünktlich auf die Minute. Aber Berenice und Tonio waren schneller.»

Urbino ging zu einem Sessel und wartete, bis Mrs. Pillow Platz genommen hatte, bevor er sich selber setzte. Nur Tonio blieb stehen. Er wollte offenbar hin- und hertigern, aber die Möblierung des Salons war höchstens für angeregte Konversation gedacht. Er behalf sich, indem er sich hinter seinem Sessel zur Bar durchquetschte, wo er sich noch einen Whiskey einschenkte. Dann blieb er neben seiner Stiefmutter stehen. Mrs. Pillow tätschelte ihm die Hand.

«Bevor Sie kamen, hat Berenice erklärt, sie müsse uns etwas sagen.»

«Wir beide», korrigierte Berenice Pillow und sah dabei zu ihrem Stiefsohn hoch. Danach schwiegen sie. Schließlich holte Mrs. Pillow tief Luft und sagte: «Mein Sohn hat den Ermordeten gekannt.»

Die Augen der Contessa weiteten sich vor Staunen.

«Was meinst du damit, Berenice? Tonio hat Gibbon gekannt?»

Urbino fiel es wie Schuppen von den Augen.

«Über Hazel Reeve, nicht wahr?» fragte er nicht Mrs. Pillow, sondern Tonio Vincenzi. Der junge Mann wechselte rasch einen fahrigen Blick mit der Stiefmutter.

«Sie haben recht, Mr. Macintyre», bestätigte Vincenzi. «Ich kenne ihn über Hazel Reeve. Aber woher wissen *Sie* von Hazel?»

Entweder konnte sich der junge Mann vollendet verstellen, oder er wußte es wirklich nicht.

«Sie ist hier in Venedig. Ich habe sie kennengelernt.»

Er hielt es für keine gute Idee, Hazel Reeves Verschwinden zu erwähnen. Hoffentlich spürte auch die Contessa das und sagte kein Wort.

Bei der Erwähnung von Hazel Reeve zeigte sich Verblüffung auf Mrs. Pillows blassem Gesicht.

«Sie ist in Venedig? Aber warum?» Sie sah ihren Stiefsohn um eine Antwort an, lieferte aber im nächsten Moment selbst eine. «Sie ist nach dem Mord von London hergeflogen.»

«Sie ist schon seit einer Woche hier», stellte Urbino klar. «Sie war gestern abend im selben Restaurant wie Ihr Stiefsohn und Sie mit Barbara, Mrs. Pillow. Haben Sie sie nicht gesehen?»

«Nein, wir hatten keinen direkten Blick auf den Eingang.»

«Hätte vielleicht jemand bitte Erbarmen mit mir und würde mir sagen, wovon die Rede ist?» schaltete sich die Contessa ein.

Urbino sprach aus, welche Verbindungen er rasch im Kopf hergestellt hatte, und sagte, Tonio sei der Mann, mit dem Hazel zusammen war, bevor sie Gibbon kennenlernte.

«Ja, ich kannte ihn über Hazel», wiederholte Vincenzi. «Genauer gesagt, ich wußte von ihm. Begegnet bin ich ihm nie. Aber ermordet hab ich ihn nicht!»

«Natürlich nicht!» sagte seine Stiefmutter.

«Aber Berenice, Liebe, warum hast du nicht erwähnt, daß Tonio Gibbon kannte? Der Mord geschah doch schon vor zwei Tagen! Du warst sogar hier, als Schwester Teresa herkam und es uns sagte.»

«Ich weiß, Barbara, aber versteh mich recht. Ich ...»

«Laß mich es erklären, Mutter.» Vincenzi schien sich wieder gefaßt zu haben. «Meine Mutter wußte nicht, daß ich Gibbon kannte. Erst heute nachmittag habe ich ihr davon erzählt. Ich wollte nicht, daß sie es weiß.»

«Warum?» fragte Urbino. «War es Ihnen peinlich, zuzugeben, daß Hazel einen anderen liebte?»

Er wollte Vincenzi aus der Reserve locken.

«So war es nicht! Hazel und ich wären schon klargekommen. Sie war bloß ein bißchen durcheinander. Gibbon war ein Glücksritter. Hazel hätte das am Ende gemerkt. Es gab keinen Grund, meiner Mutter etwas zu sagen, sie hätte sich bloß aufgeregt und es Hazel nachgetragen. Im Gegensatz zu mir.»

Vincenzi nahm sein Glas und leerte es fast. Mrs. Pillow schüttelte den Kopf.

«Du hättest es mir sagen müssen, Tony. Hazel ist mir seit Weihnachten komisch vorgekommen, aber ich hab dir geglaubt, als du mir sagtest, sie sei überarbeitet und brauche Zeit für sich.»

«Tut mir leid, Mutter. Das stimmte alles – bloß von Gibbon hab ich dir nichts erzählt. Ich hab ihn nicht gekannt – bis auf das, was ich von Hazel gehört hatte, und das reichte mir! Sie hat mir am Stephanstag alles von ihm erzählt.»

«Am Stephanstag!» sagte Mrs. Pillow verächtlich. «Sie hätte dir schon früher was sagen können, wenn sie sich mit ihm eingelassen hat.»

«Ich bitte dich, Mutter», sagte Tonio Vincenzi, «das nützt doch jetzt nichts. Gibbon ist tot, und ich hab von ihm gewußt. Das kann ich nicht abstreiten.»

Er sah Urbino an. Eigentlich wollte er damit sagen, Gibbon sei ermordet worden, und er habe ein überzeugendes Motiv. Nicht nur das, Vincenzi appellierte auch an seine Unterstützung. Deswegen waren sie heute abend in die Casa da Capo-Zendrini gekommen.

Wie um zu beweisen, daß er richtig vermutet hatte, sagte

Mrs. Pillow jetzt: «Mr. Macintyre, wir wissen nicht, was tun. Nicht, daß Tonio etwas zu verbergen hätte, aber er war noch nicht bei der Polizei. Er hat von dem Mord erst heute gelesen.»

«Erst heute?» Das war die Contessa. «Aber der Mord geschah doch schon Mittwoch abend. Heute haben wir Samstag!»

«Tonio liest keine Zeitungen. Und ich hatte nur die *International Herald Tribune*. Da stand natürlich nichts drin.»

«Aber liebe Berenice, du mußt den Mord doch vor ihm erwähnt haben. Du hast doch hier davon erfahren.»

«Meine Mutter hat mir davon erzählt, aber sie hatte keine Ahnung, es könnte einer von meinen Bekannten sein. Hätte sie den Namen erwähnt oder auch nur gesagt, das Opfer ist ein Fotograf! So habe ich es erst gelesen, als ich das Fernsehprogramm nachschlug.»

«Was sollen wir tun, Mr. Macintyre?» fragte Berenice Pillow erneut mit gerunzelter Stirn.

«Das liegt auf der Hand, Mrs. Pillow. Er muß sofort zur Questura.»

«Was habe ich dir gesagt, Tony! Wissen Sie, Mr. Macintyre, als er mir heute nachmittag sagte, er habe diesen Gibbon gekannt, sah ich keine andere Wahl, als zur Polizei zu gehen. Tut er das nicht, kann er in Schwierigkeiten kommen.»

«Aber gewiß», bestätigte die Contessa.

«Aber ich habe Angst, Mutter.»

Berenice Pillow stand auf und legte einen Arm um seine Schultern. Mit zitternder Stimme sagte sie:

«Das weiß ich doch, Tony. Aber wir haben keine Wahl. Er weiß, daß er hin muß, Mr. Macintyre, aber er meinte, ihm wäre wohler, wenn noch jemand Bescheid wüßte außer der Polizei und uns. Wir dachten natürlich gleich an Sie – und an Barbara», ergänzte sie mit einem wehen Lächeln zur Contessa.

«Meine Mutter hat recht. Ich weiß, daß ich hin muß, Mr. Macintyre, aber würden Sie mich begleiten? Und meinen Sie nicht, daß es Zeit hat bis morgen früh?»

«Morgen reicht noch, denke ich, aber so früh wie möglich. Ich bin um acht bei Ihnen im Hotel Splendide-Suisse.»

«Ich komme auch mit», sagte Berenice Pillow.

Ihre sanfte Umarmung und der Blick zu ihrem Stiefsohn und in die Runde bekundeten ihren Glauben an seine Unschuld deutlicher als Worte.

Wie alle *palazzi* am Canal Grande wandte auch der der Contessa dem Treiben auf den Gassen, Plätzen und Brücken seine aristokratische Kehrseite zu. In diesen Trubel mußte sich Urbino jetzt auf dem Rückweg zum Palazzo Uccello stürzen. Im Gedränge der Massen, die sich vom Bahnhof zum Markusplatz bewegten, wurde er mehrfach angerempelt und mit Konfetti beworfen.

Es mußte schon nach zehn sein, aber es war Samstagabend im *carnevale,* und vom Bahnhof strömten noch immer die Massen.

Zum Glück brauchte Urbino nicht lange, dieses lärmige Treiben hinter sich zu lassen. In Venedig konnte bloßes Einbiegen in eine Gasse den Unterschied zwischen lautem Getöse und Friedhofsruhe bewirken. Manchmal war der Schnitt so scharf und plötzlich wie zwischen Leben und Tod.

Urbinos Gedanken kreisten darum, wie Hazels Verschwinden zu dem passen könnte, was er heute abend über Vincenzi und Gibbon erfahren hatte. Berenice Pillow hatte erklärt, sie und ihr Stiefsohn hätten von ihrem Platz aus nicht sehen können, wie Hazel das Montin verließ, aber wie war es mit dem Hereinkommen? Urbino hatte jetzt kaum noch Zweifel, daß Hazel die beiden mit der Contessa hatte eintreten sehen, als er den Tisch kurz verlassen hatte. Das erklärte Hazels verändertes Verhalten.

Gibbons Ermordung und Hazels Verschwinden nur wenige Tage später, nachdem sie mit Vincenzi im selben Restaurant gewesen war, ließ Mrs. Pillows Stiefsohn nicht gut dastehen.

Urbino hatte den Eindruck, heute abend nicht die Wahrheit erfahren zu haben, zumindest nicht die volle. Von einem war er allerdings überzeugt, nämlich daß Tonio Vincenzi Hazels Beziehung zu Gibbon vor seiner Stiefmutter geheimgehalten hatte. Daß Mrs. Pillow von Gibbons Existenz nichts gewußt hatte, war das eine, doch es war wenig glaubhaft, daß Vincenzi von Gibbons Anwesenheit in Venedig nichts gewußt hatte. Aber wenn Vincenzi etwas mit dem Mord an Gibbon zu tun hatte, hätte er dann einen vollen Tag gewartet, bevor er «entdeckte», daß dieser umgebracht worden war? Hätte er nicht den Artikel in *Il Gazzettino* von gestern genutzt, um sich zu erklären und seine Bekanntschaft mit dem Mordopfer einzuräumen? Was hatte ein Täter davon, wenn er die Enthüllung hinauszögerte, außer sich in Verdacht zu bringen? Hatte Vincenzi die Zeitung wirklich erst heute gelesen?

Schuld und Unschuld haben leider manchmal das gleiche Gesicht, außer in einer Hinsicht. Eines ist echt, und das andere ist eine davon nicht unterscheidbare Maske.

Wieder im Palazzo Uccello zurück, wollte Urbino sich Proust zuwenden. Hoffentlich fand er bei ihm auch heute abend Entspannung. Hoffentlich wurde ihm wie so oft, wenn er ein Problem beiseite schob, eine plötzliche Erkenntnis zuteil, die sich bewußter Anstrengung entzog. Urbino nahm an, es war nichts anderes als die unverhoffte Macht des Unbewußten, um die sich auch Prousts *Suche nach der verlorenen Zeit* dreht. Zuerst kam die Intuition, dann die Überprüfung durch den Verstand.

Heute abend aber wurde ihm keine plötzliche Klarheit zuteil, und er mußte sich mit der Freude am Text zufriedengeben, mit Gestalten, die sich in ihr genaues Gegenteil verwandelten, mit einer Gesellschaft, deren Wirklichkeit hinter dem äußeren Schein und der Illusion nur allmählich aufgedeckt wurde. Es dauerte nicht lange, und er ging auf in Prousts Darlegung, wie Leidenschaft unseren normalen Charakter verändert, wie schwer es ist, einen anderen Menschen überhaupt kennenzulernen, wie unauflöslich die Dreieinigkeit von Liebe, Leid und Eifersucht bleibt. Er mußte ständig an Hazel Reeve, Ralph Gibbon und Tonio Vincenzi denken, wenn er von Prousts Glauben las, daß Eifersucht nicht nur die Liebe überlebe, sondern häufig nicht einmal durch den Tod der geliebten Person zu heilen sei.

Um den Kopf klar zu bekommen, ging Urbino im Cannaregio spazieren, durch schmale Gassen, an geschlossenen Palazzi, Bars und Pensionen vorbei. Er passierte das verfallene Haus Tintorettos und die Mohrenstandbilder, deren eine Nase mit Metall ausgebessert war, und wandte sich dann zur Kirche Madonna dell'Orto. Als er auf der Brücke bei der Kirche stand und auf die schwarzen Motorboote hinuntersah, die an einem der Gebäude vertäut waren, legte sich das Bild einer Hazel Reeve, die irgendwo in der Stadt verletzt oder tot lag, wie ein dunkler Schatten über seine Gedanken. Auf dem Bootsanleger von Madonna dell'Orto und beim Blick über die Lagune zur Friedhofsinsel wurde es stärker. Hazels Leiche konnte bereits in der Leichenhalle von San Michele neben der Gibbons liegen. Urbino wandte sich von der Lagune ab und ging auf dem kürzesten Weg zum Palazzo Uccello zurück.

Als er über die Brücke kam, lehnte eine Gestalt am Nachbarhaus. Sie sah von Urbino weg die Gasse hinauf, als kenne sie sich nicht so richtig in der Gegend aus.

Urbino konnte nicht erkennen, ob es sich um einen Mann oder eine Frau handelte. Alles schien Tarnung. Nicht nur der lange schwarze Mantel mit der übergestülpten Kapuze, auch die Haltung verriet nichts über Alter oder Geschlecht.

Als er näher kam, wandte die Gestalt sich ihm zu, das Gesicht aber immer noch im Schatten unter der vorgezogenen Kapuze. Dann sagte sie etwas, und mit dem ersten Wort war jeder Zweifel verflogen.

«Urbino!»

Hazel Reeve trat vor und faßte ihn am Arm. Sie zog die Kapuze nicht zurück, sondern sah nervös die Gasse hinauf und hinab.

«Gehen wir rein?»

Urbino schloß die Tür auf und ging die Treppe hinauf voran in seinen kleinen Salon.

«Geben Sie mir einen Cognac», sagte Hazel Reeve, indem sie die Kapuze zurückwarf und den Mantel ablegte, «und ich erkläre Ihnen alles.»

Hazel hatte Urbino bisher offenbar einiges verschwiegen. Würde er jetzt die volle Wahrheit hören? Er hatte Zweifel.

Hazel ließ sich in die tiefen blauen Sesselpolster sinken, schloß die Augen und legte den Arm über das Gesicht. Urbino reichte ihr den Cognac.

«Es tut mir leid, wenn Sie Schwierigkeiten hatten, Urbino. Erst heute morgen wurde mir klar, daß mein spurloses Verschwinden nach dem Essen Sie in eine üble Lage bringen könnte.»

«Ich hab mir Sorgen um Sie gemacht.»

Sie nahm den Arm weg, sah ihn lächelnd an und nahm dann einen Schluck Cognac.

«Sorgen um mich. Das ist lieb, aber ich bin es bestimmt nicht wert. Ich bin in Mestre gewesen.»

Mestre! Von Venedig bis dort waren es nur ein paar Minuten über den Damm.

«Aber ich verstehe nicht.»

«Wie könnten Sie auch? Ich bin eine Weile herumgelaufen, nachdem wir uns getrennt hatten. Ich war auf der Piazza und hab im Café Florian etwas getrunken. Das reinste Tollhaus! Dann hab ich ein Boot zum Bahnhof genommen und bin in den erstbesten Zug gestiegen. Natürlich hat er wie alle Züge aus Venedig in Mestre gehalten. Ich bin raus und über die Straße ins Hotel.»

«Aber warum Mestre?»

«Weil es nicht Venedig ist. Mir war klar, daß ich raus mußte, wenn auch nicht weiter als bis dort.»

«Wegen Tonio Vincenzi?»

Wenn sie überrascht war, zeigte sie es nicht. Sie nickte.

«Also hat Tonio es Ihnen erzählt. Ich dachte, er hätte mich nicht gesehen.»

«Hat er offenbar nicht, auch seine Mutter nicht. Ich habe sie heute abend bei der Contessa da Capo-Zendrini gesprochen. Sie ist mit Mrs. Pillow zur Schule gegangen. Tonio Vincenzi hat die Meldung in der Zeitung von heute gesehen. Er wußte vorher nicht, daß Gibbon tot ist.»

«In der Zeitung von heute? Und was ist mit der von gestern? Aber ich bin ja die, die etwas verschwiegen hat. Ich weiß, ich hätte es Ihnen gestern abend sagen müssen. Als ich den andern Freund vor Ralph erwähnte, gab es keinen Grund, Ihnen zu sagen, wer er war. Als er gestern abend mit seiner Stiefmutter reinkam, traute ich meinen Augen nicht. Aber ich wußte, daß die Frau in ihrer Begleitung Ihre Freundin ist, die Contessa. Porfirio hat mir ein paar Fotos von ihr gezeigt. Als ich Tonio sah, bekam ich eine Heidenangst.»

«Angst um wen, wovor?»

Sie lachte freudlos und nahm einen Schluck Cognac. Mit den hochroten Wangen und der von der Kapuze verwuschelten Frisur sah sie noch mädchenhafter aus als sonst.

«Um ihn – um Tonio. Wenn Tonio hier war, als Ralph umgebracht wurde, könnte das bedeuten ...»

Sie verstummte und sah ihn hilflos an.

«Daß er Ralph Gibbon umgebracht hat?»

Obwohl er den Satz aus Sympathie für sie beendet hatte, zeigte der aufflammende Zorn in ihren Augen, daß sie es ihm übelnahm. Er verflog aber genauso rasch.

«Ich meine, daß die Polizei ihm sehr wohl das Leben schwermachen könnte. Er wäre der Hauptverdächtige. Es ist genau die Art Gewalttat, für die die meisten Italiener Verständnis haben. Ein Verbrechen aus Leidenschaft, um eine treulose Frau.»

Sie stellte das Glas ab und zog ein Taschentuch heraus. Urbino dachte, sie würde gleich weinen, aber sie putzte sich nur die Nase. Ihre Worte erinnerten ihn daran, daß die Italiener – und viele andere ebenso – auch Verständnis für ein anderes Verbrechen aus Leidenschaft hätten, nämlich das einer verschmähten Frau.

«Tonio geht morgen früh in die Questura und erzählt alles Commissario Gemelli.»

«Alles?»

Aus ihrer Stimme klang Furcht.

«Alles über seine Beziehung zu Ihnen, und daß er von Ihnen und Gibbon gewußt hat. Er sagt, er hat Gibbon nicht erstochen.»

«Natürlich nicht!» Sie schüttelte langsam den Kopf. «Na, es ist klar, daß jetzt nichts mehr geheim bleibt. Tonio wird gedemütigt.»

Sie steckte das Taschentuch weg und nahm wieder einen Schluck Cognac, bevor sie weitersprach.

«Commissario Gemelli ist sicher wütend. Ich hab vielleicht sogar gegen das Gesetz verstoßen, aber das ist mir egal. Gestern abend war ich so durcheinander, daß ich einfach weg mußte! Ich mußte nachdenken, und ich wußte, daß ich das bei Porfirio nicht konnte. Ich ziehe aus.»

Wohin sie so kurz vor Mitternacht in einer Stadt ohne freie Zimmer wollte, hatte sie vielleicht noch gar nicht bedacht. Sie machte jedoch ein entschlossenes Gesicht, das zu sagen schien, zu Porfirio gehe sie nicht zurück, selbst wenn sie deswegen in einem *vaporetto* schlafen oder nach Mestre zurück mußte.

«Ich kann niemand außer Ihnen trauen, Urbino.» Als sie das sagte, meinte Urbino die Contessa in sein Ohr flüstern zu hören, er solle sich vorsehen. «Ich werde Ihnen von Tonio erzählen. Ich habe ihn vor zwei Jahren bei einem Architekturvortrag über Palladio getroffen. Ich war lange ohne Beziehung gewesen, und es hat zwischen uns gleich gefunkt. Er studierte in London Architektur, und wir haben viel zusammen unternommen. Bestimmt sieht man gleich, daß er Italiener im besten Sinne ist, und trotzdem ist er dank seiner Stiefmutter auch sehr amerikanisch. Ich dachte, er versteht mich besser als jeder andere Mann. Er ist intelligent, attraktiv, sensibel – alles, was sich ein Mädchen wünschen kann.»

«Reich» hatte sie nicht erwähnt, aber sie war ja selber reich genug.

«Aber Sie haben ihn nicht geliebt», stellte er fest und riskierte damit erneut ihren Zorn.

«Ich hab das erst gemerkt, als ich Ralph kennenlernte. Da hab ich es gleich gewußt. Bei Ralph war es Liebe auf den ersten Blick. Wie ich Ihnen sagte, ist er wie durch Zauber erschienen, als ich jemand brauchte, um die Sachen meiner Eltern in ihrem Haus in Knightsbridge zu fotografieren. Er war ganz anders als Tonio.»

«In welcher Weise?»

«Ach, er war auch attraktiv und intelligent, aber er nahm sich selber nicht so todernst. Vielleicht, weil er mehr als zehn Jahre älter ist.»

Ihre Bemerkung überraschte Urbino, weil ihm an Gibbon vor allem aufgefallen war, wie selbstgefällig er sein konnte. Aber vor ihm, einem anderen Mann. Vielleicht war er zu Hazel ganz anders gewesen.

«Aber wer weiß, warum wir uns in einen Menschen verlieben und nicht in einen anderen? *Le cœur a ses raisons,* das Herz hat seine Gründe. Das stimmt. Und wir verlieben uns auch nicht, wenn wir wollen und nicht einmal in den besseren – im Gegenteil.»

Sie schien das Gesagte kurz zu überdenken, bevor sie weitersprach.

«Tonio hat das überhaupt nicht verstanden. Wie könnte er auch? Ich verstehe es ja selbst noch nicht. Als ich ihm von meinen Gefühlen für Ralph erzählte – am Stephanstag, sicher nicht der beste Termin – wollte er es nicht glauben. Er sagte, nach einer Weile würde ich ganz anders fühlen, und er wisse, daß ich in Wirklichkeit ihn liebe.»

Tränen stiegen ihr in die Augen.

«Heute habe ich manchmal gedacht, daß Tonio vielleicht recht hatte. Er ist so ein feiner Mensch. Ralph hatte etwas Gehässiges, wenn es um Tonio ging. Er war neidisch auf ihn – weniger meinetwegen oder weil Tonio Geld hat, sondern weil Tonio auf eine Art begünstigt ist, die er selber nie gekannt hatte. Ralph folgte ihm manchmal und fotografierte ihn, als wolle er ein Geheimnis herausfinden, das auf den Bildern zu sehen war. Was er genau davon hatte, konnte ich nie rausbekommen.»

«Und was ist mit Mrs. Pillow? Wie dachte sie über Sie und Ralph – über die Probleme zwischen Ihnen und Tonio?»

Nach Tonios und Mrs. Pillows Angaben war Ralph Gibbons Name nie zwischen ihnen gefallen.

«Tonio hat gesagt, er hat ihr nichts davon erzählt, und er wollte auch, daß ich nichts sage – als ob ich das je getan hätte! Er hat sogar vorgeschlagen, ich solle zum Abendessen kommen, bevor sie nach Neapel fuhren, aber ich hätte das nicht durchgestanden. Es wäre eine Farce gewesen. Seine Stiefmutter hätte es durchschaut. Sie ist eine kluge Frau.»

«Wie sind Sie mit ihr ausgekommen?»

«Recht gut. Ich glaube nicht, daß sie von mir so eingenommen war. Es gab da ein Mädchen in Amerika, eine Nichte aus Mrs. Pillows zweiter Ehe, natürlich nicht mit Tonio verwandt. Sicher hätte mich Mrs. Pillow am Ende wohl akzeptiert. Sie liebt Tonio wie ihren leiblichen Sohn, und man kann es ihr nicht zum Vorwurf machen, daß sie ihn beschützen will. Wer weiß? Vielleicht konnte eine andere Frau sehen, daß ich Tonio nicht wirklich liebte, auch wenn ich es selber nicht wußte. Vielleicht hatte sie deswegen was gegen mich.»

«Hat Tonio gewußt, daß Sie mit Gibbon hier in Venedig sein würden?»

Sie zuckte leicht zusammen in ihrem Sessel.

«Ich würde nicht sagen, daß ich mit ihm in Venedig war! Porfirio hat mich zu sich eingeladen. Ich hatte schon zugesagt, bevor ich erfuhr, daß Ralph auch hier sein würde. Er kam zum Karneval, und als er hier war, wurde er gebeten, die Kirche und das Kloster zu fotografieren. Aber das wissen Sie ja.»

Hazel starrte in das Cognacglas, das sie umklammert hielt. Sie hatte immer noch seine Frage nicht beantwortet, ob Tonio Vincenzi wußte, daß sie in Venedig sein würde. Urbino fragte sie nochmals.

«Ich hab's ihm nicht gesagt.» Dann, vielleicht weil ihr klar wurde, daß dies nicht reichte, fügte sie hinzu: «Er hat es nicht gewußt. Ich wüßte nicht, wie er es erfahren haben könnte. Die einzigen, die es wußten, waren Porfirio, mein Verleger, und natürlich Ralph. Außerdem war Tonio die letzten Wochen mit seiner Stiefmutter in Neapel – zumindest glaubte ich das.»

In ihren grünen Augen las er Verwunderung, als frage sie sich selbst, wie Tonio zur selben Zeit wie sie hier in Venedig hatte sein können. Sie griff wieder nach ihrem Taschentuch, und diesmal weinte sie mit tiefen Schluchzern, die ihre schmale Gestalt erschütterten.

Urbino ging zu ihr hinüber. Er legte ihr den Arm um die Schultern und ließ sie sich ausweinen.

«Sie übernachten heute hier, Hazel. Ich glaube nicht, daß Sie zu dieser Nachtzeit noch ein Zimmer finden, nicht in der Karnevalszeit. Wenn Sie ausgeschlafen haben, macht Ihnen Natalia ein Frühstück, und dann gehen wir zur Questura.»

Sie trocknete ihre Tränen und blickte dankbar zu ihm auf. Er ging ihr ein Glas Mineralwasser holen. Als er es ihr brachte, fiel ihm mit Schrecken etwas ein.

Erst vor ein paar Stunden hatte er Tonio Vincenzi ebenfalls versprochen, ihn morgen früh in die Questura zu begleiten. Da hatte er sich in eine seltsame Klemme gebracht. Er hätte dem sogar etwas Humorvolles abgewinnen können, wäre es nicht um Mord gegangen.

Am nächsten Morgen wurde Urbino rasch klar, daß es keine Rolle spielte, was für unmögliche Versprechungen er gemacht hatte.

Als Natalia im Gästezimmer nach Hazel sehen wollte, kam sie verblüfft zurück.

«Da ist niemand, Signor Urbino», und dann, als wolle sie ihm versichern, daß sie sich nicht geirrt und tatsächlich einen Übernachtungsgast gehabt hatte, «aber das Bett ist benutzt. Ich glaube, auf der Kommode liegt ein Zettel. Soll ich ihn holen?»

«Nein danke, Natalia, ich hole ihn selber.»

Eine Seite aus einem Terminkalender lehnte auf der Kommode am Spiegel. Offenbar hastig hingeschrieben, las er:

Urbino,
ich gehe für ein paar Stunden zu Porfirio zurück. Zur Questura will ich allein. Es ist vielleicht besser so. Machen Sie sich keine Sorgen.

Hazel

Als kurz darauf das Telefon klingelte, hielt er den Zettel noch in der Hand. Es war die Contessa.

«Sind Sie schon wach, *caro*? Schlechte Nachrichten, fürchte ich. Wir haben noch einen unnatürlichen Todesfall. Porfirio ist tot. Seine Leiche wurde heute morgen in der Kirche San Gabriele gefunden.» Die Contessa stockte. «Offenbar hat er sich bei einem Sturz von dem Fresko, das Sie mit Josef restaurieren, das Genick gebrochen.»

14

Urbino wählte Porfirios Nummer. Die Haushälterin Carmela meldete sich, doch bevor Urbino die kurzatmige Frau nach Hazel fragen konnte, wurde ihr der Hörer weggenommen, und ein Mann sagte:

«Porfirio Buffones Wohnung. Wer spricht?»

Urbino kannte die Stimme.

«Urbino Macintyre. Commissario Gemelli?»

«Enttäuscht, Macintyre? Sie hätten Signorina Reeve heimbegleiten sollen. Sie sind nicht galant genug.»

«Sie ist da? Und geht es ihr gut?»

«Ja, sie ist da und nicht wieder davongeflattert, das ist das Wichtigste. Es geht ihr den Umständen entsprechend. Der Abstecher nach Mestre reut sie, und der Tod ihres Gastgebers nimmt sie mit. Keine Tränen, aber ziemlich blaß um die Nase.»

«Sie war gestern abend bei mir.»

«Und hat übernachtet, ich weiß. Sie hat mir alles über Tonio, den Sohn einer Freundin der Contessa da Capo-Zendrini, erzählt.»

«Den Stiefsohn. Tonio wollte heute morgen zu Ihnen. Er kommt bestimmt.»

«Ach! Und woher wissen Sie das?»

«Gestern abend in der Casa da Capo-Zendrini hat er mir, seiner Stiefmutter und der Contessa offenbart, daß er Gibbon kannte. Er wollte heute morgen mit mir zur Questura.»

«Hut ab, Macintyre. Offenbar vertrauen sich die wichtigsten

Zeugen in unserer Mordsache zuerst Ihnen an. Die Verantwortung ist Ihnen wohl klar. Und dazu kommt jetzt noch Porfirio. Nach Ihren Hypothesen zum plötzlichen Ableben zweier guter Bekannter von Signorina Reeve frage ich lieber nicht. Aber danach, was Sie in den letzten zwölf Stunden gemacht haben – wenn Sie mal gerade nicht mit Signorina Reeve speisten oder Signor Vincenzi die Beichte abnahmen.»

«Was ich gemacht habe?»

«Richtig. Ich weiß, Sie sind Amateurrestaurator und helfen dem Polen in San Gabriele. Das brauchen Sie mir nicht am Telefon zu erzählen. In zwei Stunden in der Questura? Signor Vincenzi können Sie gleich mitbringen. Wir wollen ja nicht, daß er auf seinem Zimmer sitzt und sich nicht zu den bösen Bullen traut, ohne daß Sie Patschhändchen halten.»

Urbino rief im Splendide-Suisse in der Suite Vincenzi-Pillow an.

«Ach Sie sind's, Mr. Macintyre», tat Mrs. Pillow verblüfft. «Tony wollte erst anrufen, wenn Sie sicher aufgestanden sind.»

Urbino sah zur Tischuhr. Noch nicht mal halb acht.

«Tony ist sehr mutig. Gott sei Dank gehen Sie mit ihm hin.»

«Mrs. Pillow, denken Sie bitte nicht, ich könnte Wunder wirken. Mein Verhältnis zur Questura ist nicht das beste und das zum Commissario ziemlich gespannt.»

Daß Gemelli auch ihn sprechen wollte, erwähnte Urbino nicht. Auch Porfirios Tod zu erwähnen, schien ihm unangebracht.

«Sie sind zu bescheiden, Mr. Macintyre. Jedenfalls bin ich heilfroh, daß Sie dabei sind. Ein Unparteiischer wie Sie wirkt viel besser, als wenn die Mutter mitkommt.»

Tonio konnte er nicht sprechen, doch Mrs. Pillow beteuerte, er werde um zehn in der Hotelhalle auf ihn warten.

Gemellis Tür wurde aufgestoßen. Der Commissario geleitete einen blassen Tonio hinaus.

«Signor Vincenzi kann auf Sie warten oder gehen – wenn er sein Aussageprotokoll unterschrieben hat. Wird gerade getippt.»

«Ich geh schon zurück ins Hotel», meinte dieser zu Urbino.

Sobald Urbino mit Gemelli unter vier Augen allein war, spürte er bei ihm etwas anderes als die übliche zynische Spöttelei. Er grinste ihn über den Schreibtisch an und bedankte sich für den Zeugen.

«Das dürfte nicht mein Verdienst sein. Tonio wäre wohl auch von allein gekommen.»

«Aber nicht so entspannt. Von Gibbon wußte er allerdings wenig – er hatte bloß von ihm gehört. Die eigentliche Frage ist, warum Signorina Reeve uns Signor Vincenzi verschwiegen hat.»

«Sie sagte, sie habe erst vor wenigen Tagen erfahren, daß er hier in Venedig ist.»

«Aber uns gegenüber hat sie nicht einmal erwähnt, daß es da noch einen anderen gibt.»

«Mir hat sie erzählt, daß sie vor Gibbon mit einem anderen zusammengewesen war, ohne einen Namen zu nennen. Sie wollte wohl Tonio Vincenzi nicht in die Sache hineinziehen.»

«Aber Macintyre, Ihnen hat sie von einem anderen erzählt? Sie muß endlich kapieren, auch das kleinste sachdienliche Fitzelchen, egal wie nebensächlich oder peinlich es ihr ist, kann für uns eine Schlüsselbedeutung haben. Was hat sie sonst noch erzählt?»

Gemellis Zähneblecken zeigte Urbino, der Commissario würde seinen privat wie beruflich eingefleischten Zynismus wohl nicht so schnell ablegen.

Zu Möwengekreisch vor den Fenstern berichtete Urbino, Hazel sei mit Tonio verlobt gewesen, habe aber bis zu der überraschenden Begegnung im Montin nicht gewußt, daß auch er in Venedig war. In Mestre habe sie nachdenken wollen.

«Aber gesprochen hat sie dann mit Ihnen, nicht mit uns»,

knurrte Gemelli. «Ich sehe nicht, warum wir glauben sollten, sie hätte uns alles mitgeteilt. Nur so stückweise läßt sie's raus, meinetwegen aus Verlegenheit, aber vielleicht auch aus einem ganz anderen Grund. Wir brauchen sie vorerst nicht mehr, haben ihr aber gesagt – hoffentlich klarer als neulich –, wir hätten sie gern noch eine Weile hier in Venedig verfügbar. Sollten Sie etwas Wichtiges von ihr erfahren, werden Sie es uns bestimmt wissen lassen. Dasselbe gilt für Vincenzi und Ihren Freund Lubonski. Jetzt, wo Porfirio Buffone tot ist, müssen wir in die Klinik und Lubonski zum Gerüst vernehmen. Besucher darf er inzwischen empfangen. Ich glaube zwar nicht daran, aber vielleicht bringt uns Lubonski auf eine Verbindung. Immerhin sind beide Opfer Fotografen gewesen.»

Gemelli stand auf und trat ans Fenster mit Blick auf den Rio di San Lorenzo, auf dem die Polizeiboote vertäut lagen, und zog den Vorhang beiseite.

«Ich bitte um Ihre Mithilfe, Macintyre. Ohne solche Hilfen können wir unsere Arbeit nicht leisten. Wenn am Aschermittwoch die Leute von Scotland Yard eintreffen, wäre ich Ihnen sehr verbunden, wenn Sie eventuelle neue Erkenntnisse zuerst uns mitteilen würden. Heute ist Sonntag. Auch der eifrigste Polizeichef hat keine Siebentagewoche. Aber während des Karnevals haben wir mehr am Hals als sonst. Es wäre schön, wenn wir den Fall gelöst hätten, bevor die Engländer kommen.»

Urbino, überrascht und erfreut über Gemellis Bereitschaft zur Kooperation, entgegnete:

«Commissario, ich verstehe vollkommen. Etwas anderes hatte ich nie vor. Sie müssen mir aber auch unter die Arme greifen – ich sollte schon ein wenig mehr wissen, als Sie mir Freitag sagen konnten.»

Der Commissario wandte sich vom Fenster ab und blickte stirnrunzelnd zu Urbino hinüber.

«Was denn?»

«Alles, was Sie wissen.»

Urbino war klar, daß er Gemelli damit zum Spagat zwang. Ermittlungsergebnisse weiterzugeben, war gegen alle Regeln der Kriminalistik, und womöglich war Gemelli auch das Eingeständnis peinlich, wie wenig gesichertes Wissen er hatte. Am Freitag hatte er sich sehr bedeckt gehalten. Vielleicht wollte er ihn lieber im dunkeln tappen und glauben lassen, die Questura brauche nur noch Urbinos paar Puzzlestückchen, um den Sack für den Staatsanwalt zubinden zu können.

Was immer Gemelli darüber dachte, jedenfalls ließ er seufzend den Vorhang los und setzte sich wieder hinter den Schreibtisch.

«Allora» – der Beginn jedes ernsthaften Gesprächs in Italien. Urbino spürte, es war die Einleitung zu den sachdienlichen Angaben. Er irrte sich nicht.

«Wir haben im Rahmen unseres Ermessensspielraums auch schon mal Ermittlungsergebnisse an Unbefugte weitergegeben, ich meine an Leute ohne amtliche Befugnis.» Gemelli zuckte die Achseln. «Wir tun, was wir können, und tun es so gut wie möglich. Ihr Amerikaner habt eigene Vorstellungen zum ordentlichen Verfahren, aber ich sage Ihnen, man kann nicht ständig mit der Strafprozeßordnung unter dem Arm rumlaufen, auch in Amerika nicht. Mein Vetter ist Advokat in New Jersey und täte jetzt empört, aber dort ist es auch nicht anders.»

Nach dieser Rechtfertigung spulte Gemelli ab, was er bisher wußte, ohne Zwischenfragen von Urbino zuzulassen.

«Wie Sie wissen, wurde Gibbon am Mittwochabend um halb zwölf in der Calle Santa Scolastica tot aufgefunden. Von Ignazio Rigoletti, wohnhaft im Corte Santa Scolastica, auf seinem Heimweg. Aus der Calle Santa Scolastica kam ihm ein dunkelgekleideter Mann entgegen. Schwarze Haare, gutaussehend, noch keine dreißig, sagt er. Ging völlig ungerührt an ihm vorbei. Rigoletti sagt, er tat sogar so, als sehe er ihn nicht. Ging ohne einen Blick oder ein Wort vorbei in Richtung Riva degli Schiavoni. Rigoletti kam in den Hof und sah an der Wassertreppe etwas liegen. Er ging hin und fand die Leiche. Rigoletti wollte in der Calle degli Albanesi Hilfe holen, da kam ihm ein junger Mann in Richtung Tatort entgegen. Diesmal ein Blonder, mit Sicherheit nicht derselbe, aber genau beschreiben kann er ihn nicht. Er war auch ungefähr dreißig, ging sofort in die Calle degli Albanesi zurück und wie der andere in Richtung Riva degli Schiavoni davon. Von einem Café aus hat Rigoletti uns dann angerufen. Wir haben fast alle Anwohner vernommen. Keiner hat was gesehen oder gehört.»

Gemelli hielt inne und klopfte eine Zigarette aus der zerknitterten Packung.

«Leichenstarre war noch nicht eingetreten. Stark ausgeprägte Leichenblässe. Brilli sagt, er war noch keine drei Stunden tot. Der Mord geschah also nicht vor halb neun. Eine weitere Bestätigung und Eingrenzung haben wir, weil Gibbon etwa Viertel nach neun beobachtet wurde, wie er die Casa Crispina verließ. Rechnen wir eine halbe Stunde bis zur Calle Santa Scolastica, so können wir sagen, er wurde irgendwann zwischen Viertel vor zehn und halb zwölf erstochen. Wie ich Freitag schon sagte, sind Tatort und Fundort identisch. Wir haben den Film aus Gibbons Kamera entwickeln lassen, auch die in seiner Tasche und die aus seinem Zimmer. Er hat in einem Fotoladen Abzüge machen lassen, aber dort war nichts mehr. Wir überprüfen noch andere. Es gibt etliche Aufnahmen vom Fresko in San Gabriele und von ein paar Gemälden im Kloster, auch von dem Narrentreiben auf der Piazza und einzelnen Kostümierten, aber offenbar nichts Aufschlußreiches. Wir gehen die Fotos noch einmal gründlich durch.» Gemelli lächelte. «Sie wollen sie bestimmt sehen. Hier. Vielleicht entdecken Sie etwas, das uns entgangen ist.»

Er schob eine kleine Pappschachtel über den Tisch. Urbino öffnete sie und nahm einen dicken Stapel Abzüge heraus. Die

Lichtverhältnisse waren nicht ideal, und Gemelli wartete ungeduldig, aber trotzdem versuchte Urbino so gründlich wie möglich zu sein. In der Tat, Fresko, Kloster und Karneval. Auffällig wenige Karnevalfotos. Auf manchen war Giovanni Firpo in seinem Kostüm, aber nur im Hintergrund. Eine Momentaufnahme von Xenia Campi bei ihrer Gardinenpredigt vor der Basilika und eine andere mit wütendem Gesicht direkt vor der Kamera. Ein paar Aufnahmen von Kanälen, Brücken und Bauten, aber außer Xenia Campi niemand von der Casa Crispina. Während Gemelli kaum seine Ungeduld verhehlte, sah sich Urbino die Narrenfotos ein zweites Mal an, aber außer Firpo und ein paar Kostümierten, die ihm vertraut vorkamen, kannte Urbino niemand. Er mußte zugeben, die Fotos lieferten keinen Hinweis – höchstens dazu, was Gibbon *nicht* fotografiert hatte.

Er legte die Abzüge in die Schachtel zurück und schob sie zu Gemelli hinüber.

«Scheint nichts dabei zu sein.»

Gemelli nickte.

«Das sagt Rigoletti auch. Er hat niemand identifiziert, der den beiden Männern aus der Calle Santa Scolastica auch nur entfernt ähnelt. Ich lasse ihm Spaak, Lubonski und Vincenzi und ein paar andere Männer zeigen, die aktenkundig dort verkehren. Er kommt gleich her und sieht sich die Fotos nochmals an. Die Polizeizeichnungen von den zwei Männern, die er sah, zeigen wir ihm auch. Sie erscheinen übrigens morgen in *Il Gazzettino*.»

Gemelli schien froh über dieses Faktum. Damit fielen seine Mitteilungen an Urbino irgendwie nicht mehr so ganz unter das Amtsgeheimnis.

«Gibbon starb an einem Stich ins Herz. Zufallstreffer – oder der Täter wußte genau, wo er hinstechen mußte. Sofortige Todesfolge. Ausgefranste Wundränder mit Druckstellen wie von einer stumpfen Waffe, Schere oder Brieföffner. Jedenfalls mindestens zwölf Zentimeter lang, oder länger. Die Tatwaffe haben wir nicht gefunden.»

Gemelli zog kurz an der Zigarette, doch sie schmeckte ihm nicht mehr, und er drückte sie energisch im Aschenbecher aus.

«Sie kennen ja den Ruf der Calle Santa Scolastica. Solche Örtlichkeiten gibt's mehrere, aber die Nähe von Lagune und Markusplatz ist bei den Schwulen beliebt. Die Seufzerbrücke ist wohl ein zusätzlicher Reiz. Wir kriegen ständig Beschwerden von den Anwohnern, aber wir können ja keinen Mann dafür abstellen. Der Mord ändert das. Die Anwohner verlangen Razzien. Ich kann's ihnen nicht verdenken. Alle sagen, es war ein Strichermord und wir sollen Streife gehen und Personenkontrollen machen. Tun wir. Aber bis jetzt haben wir keinen, auf den Rigolettis Beschreibung paßt.»

«Glauben Sie auch an einen Milieumord?»

«Macintyre, Sexualität ist ein Buch mit sieben Siegeln. Wer weiß? Wir sind hier in Venedig! Sie kennen sich historisch in solchen Sachen besser aus. Bestimmt haben wir keinen guten Ruf, erst recht nicht während des Karnevals, wo man Männlein und Weiblein sowieso kaum auseinanderhalten kann. Von den Kostümierten wissen es manche vielleicht selber nicht so genau.»

«Gibt es noch einen Grund, einen Milieumord anzunehmen, außer daß dort ein Treffpunkt ist?»

Urbino zielte auf das bei der Leiche gefundene Geld, von dem die Contessa über Corrado Scarpa Wind bekommen hatte. Dieser Tatbestand war, wie auch fast alle Enthüllungen Gemellis von eben, nicht an die Öffentlichkeit gelangt. Der Geldfund konnte die Hypothese eines Milieumords oder einer Tötung aus Leidenschaft untermauern. Warum sagte Gemelli nichts dazu? Hatte er es vergessen, oder war es Absicht? Seine Zurückhaltung in diesem Punkt – und womöglich auch noch in anderen, von denen Urbino nichts ahnte – mochte bedeuten, daß seine Mitteilsamkeit Grenzen hatte.

«Ja, da ist noch ein Grund. Seitlich an Gibbons Hosenbein war Samenflüssigkeit angetrocknet, und die Pathologen sagen, es sei nicht sein eigenes Sperma. Das ist das aufschlußreichste Beweismittel unserer Tatortspezialisten. Anzeichen von einem Erguß unmittelbar vor dem Tod konnten nicht festgestellt werden, auch nicht von Analverkehr.»

«Hat Gibbon vielleicht jemand dorthin bestellt oder ist er jemandem nachgegangen», überlegte Urbino laut, «und ist dann ermordet worden?»

«Nicht auszuschließen. Offenbar haben wir es hier mit keinem eindeutigen Homo oder Hetero zu tun. Mord nach dem Sex kommt bei Männern wie Frauen häufiger vor, als man denkt. Signorina Reeve war außer sich, als ich wissen wollte, ob ihr Verlobter mit einem Mann geschlechtlich verkehrt haben könnte.»

«Wenn die Calle Santa Scolastica ein Strichertreff ist, besteht dann nicht die Möglichkeit, daß die Samenflüssigkeit an Gibbons Hose von jemand anders stammt? Daß er sie von der Wand gestreift hat oder beim Sturz hineingefallen ist?»

«Passende Samenflüssigkeit wurde nahebei an der Mauer abgenommen, aber das beweist nichts und widerlegt nichts. Oder doch? Wir schließen keine Möglichkeit aus. Frauen fühlten sich von Gibbon angezogen – und er sich offenbar auch von ihnen. Aber schließlich gibt es auch Bisexuelle. Hier in Italien sogar recht häufig. In der Calle Santa Scolastica und an ähnlichen Orten haben wir auch schon Ehemänner aufgegriffen. Bisher gibt es kein Indiz, daß Gibbon mit Männern verkehrt hat.»

Eine Möglichkeit hatte der Commissario nicht erwähnt – daß Gibbon Männer reizte, aber nichts von ihnen wollte.

15

Zwanzig Minuten nach dem Gespräch mit Gemelli stand Urbino auf dem Campo Zanipolo unter dem Reiterstandbild Colleonis aus dem fünfzehnten Jahrhundert. Der Heerführer ragte in seiner ganzen noblen Männlichkeit über ihm auf, vielleicht nach all den Jahrhunderten endlich versöhnt mit dem Streich, den ihm Venedig gespielt hatte. Colleoni hatte der Republik einen Großteil seines Riesenvermögens unter der Bedingung vermacht, ihm vor San Marco eine Reiterstatue zu errichten. Die Serenissima, abgefeimt wie immer, hatte die Klausel akzeptiert und die Statue nach seinem Hinscheiden eiskalt nicht vor der zentralen Basilika San Marco, sondern vor der Scuola San Marco aufgestellt.

In diese Scuola wollte Urbino jetzt.

Einst Sitz einer der sechs großen Gilden Venedigs mit ihren religiösen und humanitären Zielen, beherbergte sie jetzt die größte Klinik der Stadt. Vor dem Renaissancebau mit seinen Friesen, Schmucksäulen und Kapitellen, Arkaden, Spitzbogen- und Rundfenstern konnte Urbino nur an Angst, Tod und Elend hinter der Prunkfassade denken. Sirenen von Ambulanzbooten jaulten, als er durch den Haupteingang trat.

Lubonskis Zimmer lag im rückwärtigen Flügel. Im Flur beim Ablesen der Zimmernummern sah Urbino verblüfft, daß ihm Giovanni Firpo entgegenkam, und nicht etwa im Narrengewand, sondern in weißem Hemd und dunkler Hose, seiner Arbeitskleidung als Krankenhausapotheker.

«Guten Morgen, Signor Macintyre. Lubonskis Zimmer ist das nächste rechts. Er hat gerade gefrühstückt und sieht schon viel besser aus. Ich sehe immer mal rein, wenn ich zufällig vorbeikomme. Seit der Einlieferung war er selten bei sich.»

Wußte Firpo von Porfirios Tod? Das war zu erwarten, hier im Krankenhaus. Doch dem Apotheker war nichts anzumerken.

«Die Nachtschwester sagte mir, er hat nach Ihnen gefragt. Sie wollte gleich heute bei Ihnen anrufen. Hat sie ja wohl.»

Urbino ließ offen, warum er frühmorgens schon hier war. Der Apotheker wartete noch kurz auf eine Antwort und ging dann zum Fahrstuhl.

Lubonski sah genauso schlecht aus wie vor einer Woche. Seine Tartarenjochbeine ließen den Schädel noch totenähnlicher wirken. Zwei rote Flecken auf seinen Wangen dämpften die grausige Wirkung nicht.

«Gott sei Dank sind Sie da, Urbino. Ich hatte schon Angst, die Schwester vergißt anzurufen.»

Urbino ließ Lubonski wie vorhin Firpo in dem Glauben, er sei aufgrund des Anrufs hier. Mit ihm mußte er behutsam sein.

«Wie geht's Ihnen, Josef?»

Der Pole winkte schwach ab.

«Besser. Sie müssen mir in die Hand versprechen, von der Restaurierung wegzubleiben. So lange, bis ich selber wieder drangehe.»

Urbino fand keine Worte. Sollte er es ihm jetzt sagen, gleich zu Beginn seines Besuchs?

«Sie waren nicht etwa dort?»

In dem fahlen Gesicht des Polen stand Angst.

«Nein, Josef, ich nicht.» Lubonski lächelte grimmig und ließ den Kopf ins Kissen fallen. Da sagte Urbino nochmals mit Betonung, «nein, Josef, *ich* nicht, aber jemand anders.»

Lubonskis Miene war schwer zu entschlüsseln. War er

überrascht? Erleichtert? Verängstigt? Befriedigt? Offenbar eine Mischung aus alledem.

«Etwa – etwa der Fotograf?»

«Welcher, Josef?»

Lubonski war sichtlich verwirrt.

«Der aus der Casa Crispina. Gibbon.»

«Nein, nicht Gibbon, der ist tot. Er wurde in der Nacht erstochen, als Sie hierher überführt wurden.»

«Erstochen! Das verstehe ich nicht.»

Am besten erklärte er jetzt alles so rasch wie möglich. Er berichtete ihm vom Mord an Gibbon in der Calle Santa Scolastica, ließ aber Hazel Reeve und Tonio Vincenzi unerwähnt.

«Er ist also tot», sagte Josef.

«Ja, und die Polizei vernimmt alle aus der Casa Crispina. Ich war gerade auf der Questura. Der Commissario will auch Sie sprechen und kommt Sie besuchen.»

Wie Gemelli wohl reagieren würde, wenn er herausfand, daß Urbino zuerst hiergewesen war?

Wieder zeigte sich Angst im Gesicht des Polen.

«Aber ich habe doch nichts mit dem Mord an Gibbon zu tun. Ich weiß nichts davon. Aber Sie sagten gerade, jemand war auf dem Gerüst.»

«Porfirio Buffone. Er ist tot, Josef. Abgestürzt. Paolo, der Küster, hat heute morgen seine Leiche gefunden.»

Lubonski starrte ihn an, fast eine Ewigkeit lang.

«Sie haben das Gerüst präpariert, Josef? Aber warum?»

Der Pole machte ein undurchdringliches Gesicht.

«Ich meine, Sie haben doch etwas an dem Gerüst gelockert. Sie haben dafür gesorgt, daß es einstürzt, ja? Und mich deswegen versprechen lassen, von dem Fresko wegzubleiben.»

Lubonski fixierte die dunkelgrüne Bettdecke und nickte.

«Ich wollte nicht, daß Ihnen was passiert, Urbino, bitte glauben Sie mir. Ich habe Sie angerufen, nachdem ... also hinterher. Es sollte kein anderer zu Schaden kommen.»

«Außer Ralph Gibbon?»

«Ja!» Urbino staunte über die Wut hinter diesem Ja. «Ich wollte ihn verletzen, ihm einen Schreck einjagen, aber nicht, daß er stirbt. Ich wollte nicht, daß jemand zu Tode kommt.»

«Josef, ich glaube, Sie sollten mir von Ralph Gibbon erzählen. Ich weiß, Sie konnten ihn nicht ausstehen.»

«Ich habe ihn gehaßt!» schrie Lubonski fast. «Er war ein schlechter Mensch. Der schlechteste, den ich je gekannt habe. Ich kann nicht sagen, es tut mir leid, daß er tot ist. Es freut viele Menschen, glaube ich. Aber der andere Fotograf tut mir leid. Weiß die Polizei davon?»

«Von Porfirios Tod, ja. Der Commissario will mich zur Restaurierung noch befragen. Die Polizei will offenbar genau wissen, wie Porfirio zu Tode gestürzt ist. Vielleicht hat sie es schon herausbekommen.»

Lubonski mied seinen Blick.

«Meine Schuld. Gott möge mir vergeben. Ich werde denen die Wahrheit sagen. Ich sage denen, Sie haben nichts damit zu tun.»

«Aber warum, Josef?»

«Warum? Weil er mir das Leben zur Hölle gemacht hat. Es ging ihm nicht bloß ums Geld, er hatte Spaß daran. Unglückliche Menschen wollen, daß es andern auch schlechtgeht.»

«Geld? Was für Geld?»

«Zweitausend Pfund, die ich nicht habe – nicht mehr habe.»

Der Betrag bei Gibbons Leiche war höher.

«Warum wollte er zweitausend Pfund von Ihnen?»

Lubonski sah ihn flehend an. Wovor hatte er nach seinem Geständnis, das Gerüst gelockert zu haben, jetzt noch Angst?

«Es war, Sie sagen dazu ... Wie heißt es doch gleich? – Wenn jemand Geld von Ihnen verlangt und Ihnen sonst etwas antut? *Chantage*», sagte er auf französisch.

«Erpressung? Hatte Gibbon Fotos, die er nicht haben durfte?»

Aus der Art, wie sich Lubonski in die Kissen sinken ließ und die Wand anstarrte, merkte Urbino, daß er gleich ausführlicher erzählen würde. Er nahm den Stuhl am Bettende, setzte sich und wartete ab.

«Gibbon und ich sind einander vor neun Jahren in London begegnet – möge der Tag verflucht sein! Ich war damals schon zwei Jahre da, seit dem Sommer, als in Polen das Kriegsrecht verhängt wurde. Um Geld zu verdienen, vor allem für meine Mutter. Sie hat nur mich und meinen jüngeren Bruder, und mein Bruder und seine Familie sind bettelarm. Arbeitserlaubnis hatte ich keine, aber ich fand Aushilfsjobs. Mit der Arbeitserlaubnis bekam ich dann bessere Aufträge, vor allem in der Restaurierung. Und dann habe ich Gibbon kennengelernt.» Lubonski verzog das Gesicht und schüttelte sachte den Kopf.

«Aber nein, ich kannte ihn schon vorher. Aus dem Englischkurs. Er war Lehrer dort – nicht für Englisch, sondern für Kunst oder Fotografie oder so ähnlich. Er hat sich für mich interessiert.» Lubonski langte auf dem Nachttisch nach einem Papiertaschentuch und sah dabei verstohlen zu Urbino hin.

«Hatte er Arbeit für Sie?»

«Der war immer nur darauf bedacht, selbst zu Geld zu kommen. Nicht, daß ich so anders wäre, aber er hatte nur sich, und ich mußte für meine Mutter in Krakau sorgen und wollte heiraten. Meine Freundin – eine Engländerin, wir haben dann doch nicht geheiratet – war dagegen, daß ich meiner Mutter so viel Geld schickte. Es gab Streit.»

Urbino hörte sich die Geschichte geduldig an, denn er spürte, sie sollte nicht nur etwas mitteilen, sondern auch entschuldigen oder rechtfertigen, was jetzt kommen mußte. Als Lubonski stockte, erinnerte ihn Urbino, daß er noch nicht erzählt hatte, warum sich Gibbon für ihn interessierte. Der Pole starrte in sein Papiertaschentuch.

«Nicht für irgendwas, das ich gesagt oder getan habe», erwiderte er. «Er war mir nie aufgefallen, bis er eines Abends nach dem Kurs auf mich zukam und wissen wollte, wie ich heiße. Er wollte ein Bier oder einen Kaffee trinken gehen. Ich konnte mir schon denken, was er wollte.»

Das konnte Urbino auch, aber er wartete ab.

«Ich war damals ein gutaussehender Mann.» Er sah Urbino streitlüstern an. «Ich weiß, es ist noch nicht lange her, aber der Mensch ändert sich schnell. Einen Tag ist man fast noch ein Springinsfeld und plötzlich ... ein ganz anderer.» Er fuhr sich durchs schüttere Haar. «Als ich ihm sagte, auf so was steh ich nicht, hat er gemeint, er wisse gar nicht, wovon ich rede. Aber ich weiß, daß ich recht hatte. Ich hab ihn mit ein paar jungen Männern von meinem Englischkurs gesehen. Mit einem hat er sich angefreundet, einem Chinesen. Er hat nichts mehr von mir gewollt, aber manchmal habe ich gemerkt, wie er zu mir hersah. Kurz darauf ist er von der Abendschule weg. Sein Freund, der noch im Kurs war, hat gesagt, er sei jetzt Lehrer am Krankenhaus.»

«Was hat er sonst gewollt? Sie sprachen von Erpressung.»

«Ja, vor ein paar Wochen, hier in Venedig.»

«Sie sehen ihn neun Jahre nicht, und dann will er Sie erpressen? Aber womit denn?»

«Ich habe nicht behauptet, daß ich ihn nach dem Englischkurs nie mehr getroffen habe, oder? Ich hab ihn noch oft getroffen, aber nicht so, wie Sie denken. Rein geschäftlich. Vielleicht doch kein Geschäft, aber es ging um Geld.» Lubonski seufzte.

«Ich weiß, ich muß Ihnen das sagen, und auch der Polizei, aber ich möchte, daß Sie's verstehen und der Contessa sagen, ich bin ein guter Mann, trotz allem, was ich vielleicht angestellt habe. Sie sagen ihr das, ja?»

«Das weiß sie, Josef. Die Arbeit in San Gabriele hat sie Ihnen verschafft, weil sie weiß, Sie sind ein guter Mann; Sie haben bei ihrem Freund in London bis zu seinem Tod gute Arbeit geleistet.»

Lubonskis Gesicht verdüsterte sich noch. Er wirkte jetzt schwächer denn je. Wie lange konnte er noch sprechen? Jede Minute konnte eine Schwester hereinkommen und abbrechen.

«Das ist es ja», flüsterte er so leise, daß Urbino es kaum hörte. «Es war keine gute Arbeit – zumindest keine ehrliche.»

«Der Mann war zufrieden.»

«Er hat nichts geahnt. Reiche Leute – reiche alte Leute, die so viel haben –, die merken manchmal nichts. Ich glaube nicht, daß er je was gemerkt hat, Gottlob.»

«Was hätte er denn merken können, Josef?»

«Daß ich ein paar Sachen aus seinem Haus gestohlen hab!» Lubonski mußte um Luft ringen, nachdem er es ausgesprochen hatte, und fing an zu husten. «Sächelchen», keuchte er, als verringere die Verkleinerungsform die Schuld. «Sächelchen, aber 'ne Menge Geld wert. Ich war mir nicht sicher, aber Gibbon, der kannte sich aus. Er hat sie verkauft. Ich wußte nicht, was anfangen, nachdem ich sie genommen hatte, und dann lief mir Gibbon in Bloomsbury über den Weg, lächelnd und katzenfreundlich, vielleicht weil er seine Tante dabei hatte und ihr zeigen wollte, wie liebenswürdig er sein konnte. Ich dachte, der kann dir helfen. Als ich ihm ein paar Tage später davon erzählte, kam er sie ansehen und sagte dann, er könne mir behilflich sein. Das war er auch. Das war ein großer Fehler.»

Für wen, fragte sich Urbino, als Lubonski schwieg. Für beide? In welcher Hinsicht?

«Was waren das für Sächelchen?»

«Gibbon kannte sich damit aus. Er wußte die Namen, aber ich weiß nicht, was die bedeuten.»

«Wie sahen sie aus?»

«Eins war aus Elfenbein, das andere aus Jade», sagte Lubonski fast stolz. «Das aus Elfenbein sah aus wie ein Seepferdchen und das aus Jade war oval wie ein Schüsselchen.»

Urbino hätte nähere Angaben gebraucht, um genau sagen zu können, was für Kunstgegenstände das gewesen waren.

«Und der Mann hat bestimmt nie gemerkt, daß was fehlt?»

Unwahrscheinlich, aber nicht undenkbar. Wann würde es die Contessa merken, wenn Tierfigürchen oder andere Sammlerstücke aus der Casa da Capo-Zendrini oder der Villa in Asolo nicht mehr da waren? Einen Diebstahl im Haus ihres Freundes hatte die Contessa nie erwähnt. Und er hätte ihr bestimmt davon erzählt, besonders wenn er den Verlust nach der Restauration entdeckt hätte.

«Ob er nichts gemerkt hat? Ich weiß es nicht, aber gesagt hat er nie was. Mir ist nichts zu Ohren gekommen.»

«Und Gibbon hat die Sachen verkauft und Ihnen von dem Geld abgegeben?»

«Die Hälfte – glaube ich», bestätigte Lubonski kläglich. «Aber für mich viel. Über zweitausend Pfund. Das meiste habe ich meiner Mutter geschickt.»

«Haben Sie noch andere Sachen veräußert?» Urbino hielt das Wort für gnädiger als «gestohlen», er wollte Lubonski am Reden halten.

«Das war alles. Gibbon hat gesagt, ich soll noch mehr bringen, aber ich wollte nicht. Ich hätte es nicht mehr gekonnt. Und die Arbeit dort war sowieso bald beendet.»

Doch die Sache mit Gibbon offenbar nicht.

«Gibbon wollte, daß Sie noch mehr bringen, und als Sie nicht wollten, ging die Erpressung los.»

Lubonski nickte traurig.

«Ja, aber nicht gleich. Erst sollte ich mehr bringen, aber hier in Venedig fing er dann mit der Erpressung an. Stellen Sie sich mein Erstaunen vor, als ich ihn vor zwei Wochen in der Casa Crispina am Frühstückstisch sitzen sah! Ich dachte, er hätte mich längst vergessen, aber er hatte herausgefunden, wo ich während der Arbeit wohne. Er wollte das Geld zurück.»

«Alles?»

«Fast alles. Er braucht es, hat er gesagt, und wenn ich es ihm nicht gebe, geht er in London zur Polizei.»

«Zur Polizei? Aber Josef, er war doch der Hehler. Wäre er zur Polizei gegangen, wäre er mit drangewesen.»

«Das habe ich mir auch gesagt. Und ihm auch, aber er hat bloß gelacht. Er sagte, ich wüßte nicht, wovon ich rede, ich wäre schließlich auch nach all den Jahren noch Ausländer, und wenn rauskäme... daß ich daheim in Polen...»

Lubonski brach ab und sah Urbino kläglich an.

«Was ist in Polen gewesen?»

«Da habe ich bei meinem Chef viel Geld unterschlagen. Er hat keinen von uns anständig bezahlt, und er selbst schwamm im Reichtum.»

«Wurden Sie verhaftet?»

«Nein, er wußte nicht genau, wer der Täter war. Ich glaube, er wollte auch nicht, daß die Polizei seine Firma unter die Lupe nimmt. Ich hatte Glück gehabt. Aber riskieren durfte ich nichts. Hätte die englische Polizei Wind von der Sache in Polen bekommen oder mich ausgewiesen, wie Gibbon mir drohte, wäre ich am Ende gewesen – und meine arme Mutter dazu. Auch wenn in Polen jetzt alles anders ist, der Chef könnte mich immer noch verhaften lassen. Er ist ganz groß rausgekommen.»

Anstatt nachzufragen, blieb Urbino sitzen und wartete, bis Lubonski weitersprach, was er nach einem Schluck Wasser tat.

«Ich wußte nicht, was tun, als Gibbon Geld von mir wollte. Meine Mutter hatte alles fürs tägliche Leben ausgegeben, und ich muß ihr immer noch mehr schicken. Er sagte, von der Contessa bekäme ich immer was, bei der hätte ich einen Stein im Brett, und daran würde sich nichts ändern, solange sie nicht erfährt, was ich bei ihrem Freund getan habe. Ich war übel dran. Aber ich wollte ihn bloß erschrecken... Die Kerle, die durch Erpressung zu Geld kommen wollen, sind feige und machen den anderen bloß angst. Also hab ich gemeint, jetzt jage ich dem auch mal Angst ein.»

«Indem Sie das Gerüst so lockerten, daß es einstürzen mußte? Josef, da hätte auch ich hinaufsteigen können!»

«Aber ich habe Ihnen doch gesagt, Sie sollen wegbleiben, und Sie haben es mir versprochen. Außer Ihnen, Gibbon und mir ist da niemand rauf. Paolo hatte schon Angst vor der Leiter.»

Eine schwache Rechtfertigung. Jemand hätte trotz des Verbotsschilds aus Neugier hochklettern können. Aber Lubonski, krank und in die Enge getrieben, hatte am Abend von Gibbons Tod auf dem Weg hinüber zu San Gabriele wohl kaum klar denken können. Seine Manipulation hatte nicht Gibbon, sondern ein paar Tage später Porfirio das Leben gekostet – war es nicht so?

Konnte Porfirios Schädelbasisbruch nicht auch woanders herrühren? Womöglich war er gar nicht oben gewesen. Jemand war Lubonski nach San Gabriele gefolgt, hatte begriffen, wem die Falle gestellt wurde, und sie als willkommene Tarnung für einen eigenen Mord genutzt. Porfirio konnte erschlagen worden sein, um das Tatmotiv bei Gibbon zu verschleiern, und vielleicht sogar, um Lubonski diesen Mord in die Schuhe schieben zu können.

Aber es war unwahrscheinlich, daß jemand darauf verfallen würde, der kranke Lubonski habe sich den weiten Weg zur Calle Santa Scolastica geschleppt, um Gibbon zu erstechen. Sogar «undenkbar», wie die Contessa in bezug auf Stella Maris Spaak gemeint hatte, der zweiten Bettlägerigen der Casa Crispina. Es war unmöglich, oder etwa doch nicht?

Giovanni Firpo wartete an den Fahrstühlen, als Urbino Lubonskis Zimmer verließ. Der kleine Mann blickte besorgt. Das hatte er vorhin noch nicht getan.

«Kann ich Sie kurz sprechen, Signor Macintyre?»

Er führte Urbino am Ende des Flurs in ein Zimmer, in dem ein paar Sessel, ein durchgesessenes Sofa und ein Tisch voller Zeitschriften standen. Niemand hielt sich dort auf. Er machte die Tür hinter sich zu.

«Ich habe eben gehört, daß Porfirio tot ist. Ich glaube, da ist etwas, das Sie wissen sollten. Wegen Xenia Campi. Als Sie mich gestern nach ihr fragten, fand ich es noch nicht wichtig. Sie wollten wissen, ob ich sie gesehen habe an dem Abend, als der Engländer ermordet wurde. Habe ich nicht, wie ich Ihnen schon sagte, aber gestern mit Porfirio auf der Piazza. Nur die beiden. Sie standen in einer Ecke. Im Vorbeigehen habe ich gehört, was sie redeten. Unbemerkt. Sie hat ihm drohend prophezeit –»

«Was?»

«Sie hat gesagt, er werde einen bösen Sturz tun, und sie werde daneben stehen und zusehen!»

Aus dem Café vis-à-vis vom Krankenhaus rief Urbino zuerst Mutter Mariangela an und zerstreute ihre Befürchtungen, Porfirios Tod wirke sich nachteilig auf das Kloster und die Casa Crispina aus. Er hielt es für unklug, ihr von Lubonskis Urheberschaft zu erzählen. Vor dem Auflegen sagte sie noch, Mrs. Spaak wollte ihn sehen und sprechen.

Anschließend rief Urbino die Contessa an.

«Ich habe viel zu berichten, Barbara, aber keine Zeit. Ich muß aber etwas dringend von Ihnen wissen. Schildern Sie mir Xenia Campi.»

«Wegen ihrer Abneigung gegen Porfirio? Aber der ist doch zufällig tödlich verunglückt, nicht? Oder sind Sie auf etwas gestoßen?»

«Später, Barbara. Erzählen Sie mir jetzt von Xenia Campi.»

Die Contessa seufzte ungeduldig.

«Na schön, aber nachher erstatten Sie mir ausführlich Bericht. Xenia Campi und Ignazio Rigoletti waren bis zu ihrer Scheidung ungefähr zwanzig Jahre verheiratet. Sie war Näherin. Die beiden hatten nur ein Kind, einen Sohn. Er kam bei einem Unfall auf der Autobahn nach Mailand ums Leben. Im Nebel ist ein Bus mit Karnevalstouristen mit seinem Wagen kollidiert. Er ist bei lebendigem Leib verbrannt. Das Mädchen wurde herausgeschleudert und hat überlebt. Das ist etwa zehn

Jahre her. Schreckliche Fotos. Vielleicht haben Sie sie in der Zeitung gesehen.»

Hatte er nicht, aber von dem Unfall wußte er. War das der Grund, warum Xenia Campi bei allen eine flammende Aura zu sehen meinte und warum sie so vehement gegen den Karneval agitierte? Wie hatte sie auf die grausigen Unfallfotos reagiert? Und wie stand sie zu der Überlebenden, wer immer das sein mochte?

«Etwa um dieselbe Zeit wollte Porfirio sie und noch eine Familie aus dem Haus haben», fuhr die Contessa fort. «Sie hatten weder das Geld noch die Energie zur Gegenwehr und zogen ein halbes Jahr später aus. Ignazio Rigoletti und Xenia Campi fanden eine Einzimmerwohnung im Castello, aber der Tod des Sohnes hatte sie auseinandergebracht. Am Ende haben sie sich scheiden lassen. Sie hat wieder ihren Mädchennamen angenommen, will aber unbedingt mit ‹Signora› angeredet werden. Damals hat das angefangen mit dem zweiten Gesicht und der Wahrsagerei. Sie ist Ihnen bestimmt schon auf der Piazza aufgefallen.»

«Das erste Mal bei einer Biennale. Da hat sie Flugblätter am Schiffsanleger verteilt.»

«Wie ich schon mal sagte, dumm ist sie nicht. Vieles, was sie über Venedig sagt, ist meiner Meinung nach richtig. Wäre sie nicht so verbohrt, würde sie ernstgenommen.»

«Wovon lebt sie?»

«Die Schwestern verlangen so gut wie nichts. Rigoletti gibt ihr ab und zu etwas Geld.»

«Hatte Porfirio ein schlechtes Gewissen?»

«Zu merken war davon nichts. Der hatte nur seine hypermoderne Wohnung und das Fotografieren im Sinn.»

Urbino meinte schon, die Contessa werde jetzt zu Porfirio übergehen, doch nach kurzem Zögern erkundigte sie sich: «Haben Sie Miss Reeve heute schon getroffen, oder gehört das zu den Sachen, die Sie mir vorenthalten?»

«Noch nicht. Sie ist wohl noch bei Porfirio.»

«Und es macht Sie noch immer nicht mißtrauisch, *caro*, daß Ihnen die junge Dame so gern aus ihrem Privatleben erzählt?»

«Ich glaube, ‹gern› trifft es nicht ganz, Barbara.»

«Jetzt sind Sie verstimmt, aber es ist zu Ihrem eigenen Besten. Sie müssen hören, was eine Frau dazu meint, und als Frau – und erst recht als Ihre teure Freundin – sage ich Ihnen, Sie bringen sich noch in eine Lage, wo Sie übel getäuscht werden. Und das könnte Sie hindern, diesem Mord auf den Grund zu kommen. Auf eins bin ich neugierig, *caro*. Erwartet Ihre Miss Reeve, daß Sie sich revanchieren?»

Das letzte Wort hatte sie fast komisch gedehnt.

«Wie meinen Sie das?»

«Will sie auch Näheres über Sie wissen? Haben Sie ihr von sich erzählt?»

«Wenig. Sie stellte ein paar Fragen nach meinen Eltern und meiner Zeit in New Orleans.»

«Das arme Mädchen. Ich kann's mir lebhaft vorstellen! Ich habe Jahre gebraucht, um Ihre ganze Geschichte in Erfahrung zu bringen, und ich bin immer noch nicht sicher, ob ich alles Wichtige weiß! Ich wäre sehr wütend, wenn ich herausfinden sollte, daß sie auch nur ein Zehntel von dem weiß, was Sie mir anvertraut haben. Oh, gerissen ist sie, Ihre Miss Reeve – und Gibbons Miss Reeve und Tonios Miss Reeve! Womöglich sogar Porfirios Miss Reeve! Sehr gerissen! Nur eine Frau sieht das so deutlich!»

16

Die kleine Stella Maris Spaak saß auf dem einzigen Stuhl, in einem dunkelblauen Hosenanzug. Sie sah nicht so gut aus wie vor ein paar Tagen. Sie wirkte fiebrig und atmete schwer. Ihr Inhalierapparat stand auf dem Boden neben dem Bett, und die Arzneien waren über den Nachttisch verstreut.

Verlegen setzte Urbino sich auf die Bettkante. Auf der Bettdecke lagen Zeitschriften, mit einer Schere beschwerte Ausschnitte und eine Taschenbuchbiographie eines Filmstars aus den dreißiger Jahren.

Mrs. Spaak vergeudete keine Zeit mit Konversation.

«Es geht um Nicky. Nein, er ist im Augenblick nicht hier in der Casa Crispina. Er begleitet Dora beim Einkaufen und geht mit ihr essen. Ich könnte vor ihm nicht offen mit Ihnen reden. Sie wissen ja, Söhne wollen bei ihren Müttern von Kindesbeinen an den Beschützer spielen. Und Mütter tun natürlich dasselbe bei den Kindern. Aber wenn ich mal nicht mehr bin, kümmert sich niemand mehr so um sie wie ich. Nicht mal, wenn sie heiraten. Vor zwei Jahren war es bei Dora fast soweit, doch der junge Mann – ein Arzt aus dem Krankenhaus – hat sich wieder entlobt. Nicky könnte jederzeit heiraten, wenn er nur wollte.»

Sie schüttelte nachdenklich den Kopf.

«Es ist jetzt notwendig, daß ich offen mit Ihnen über Nicky rede. Das ist nicht hinter seinem Rücken», beteuerte sie eilfertig, «auch wenn ich nicht so mit Ihnen reden könnte, wenn er daneben säße. Ich kenne meinen Sohn genau, vielleicht besser als andere Mütter ihre Söhne. Schon als kleiner Junge hat er mir beinahe alles erzählt. Vom College hat er mich mindestens einmal die Woche angerufen und mir täglich geschrieben. Wissen Sie, was das heißt, Mr. Macintyre? Täglich! Er wollte mich immer mit einbeziehen. Verglichen mit einem durchschnittlichen Sohn könnte man sagen, er erzählt mir so gut wie alles.»

Mrs. Spaak hielt inne. Urbino wußte nicht, was sagen, und auch nicht, was sie von ihm erwartete.

«Er findet es nötig, mir manches vorzuenthalten, und so muß es wohl sein. Immerhin ist er schon ein junger Mann.» Wenigstens zu dieser Konzession war Stella Maris Spaak bereit. «Aber wenn er mich schonen will und sich damit selber schadet, darf ich das doch nicht zulassen, oder, Mr. Macintyre?»

«Ich denke nicht, Mrs. Spaak.»

«Da haben Sie's. Es ist zu seinem eigenen Besten, daß ich es Ihnen erzähle. Aber Sie müssen ihm nicht sagen, daß ich Ihnen etwas verraten habe.»

Urbino glaubte zumindest ansatzweise zu wissen, was Mrs. Spaak ihm beibringen wollte. Ob es schonender war, wenn er durchblicken ließ, er wisse Bescheid?

«Es geht um die Ausflüge Ihres Sohnes, wenn Sie schlafen, nicht wahr?»

Sie preßte sich gegen die Stuhllehne und ließ dabei die Pantoffelsohlen sehen.

«Woher wissen Sie das?»

«Ihr Sohn hat mir letzte Woche davon erzählt. Er wollte nicht, daß Sie erfahren, daß er Sie nachts allein läßt.»

«Mich allein läßt! Ist das nicht typisch Sohn! Genau das meine ich. Ich weiß, daß er spätnachts noch unterwegs ist; nicht, weil Dora es mir verraten hätte, das tut sie nicht. Ich bin selber draufgekommen.» Sie nickte voll Stolz über ihre Intuition. «Es macht mir gar nichts aus, aber ihm ist es arg, ich könnte es wissen. Dora ist ja immer da und paßt auf mich auf. Sie ist die Krankenschwester, nicht Nicky!» setzte sie mit einem kurzen Auflachen hinzu. «Ich bin so froh, daß er Ihnen von seinen Ausflügen erzählt hat. Das macht es mir leichter und zeigt, daß mein Nicky begriffen hat, er kann in eine üble Lage geraten, wenn er solche Sachen für sich behält. Sie sind kultiviert, Mr. Macintyre. So was sehe ich sofort. Sie sprechen so gut Italienisch, Sie leben hier in einer so berühmten und schönen Stadt. Jemand hat mir erzählt, Sie wohnen in einem Palast. Ist das wahr?»

«In einem *palazzo*, Mrs. Spaak, aber es ist wahrscheinlich nicht größer als Ihr Haus daheim in Pittsburgh.»

Sie blickte etwas enttäuscht und fuhr dann fort.

«Ein Mann wie Sie, Mr. Macintyre, würde Nicky nicht verdammen. Sie haben einen Weg gefunden, daß Nicky sich Ihnen anvertraut. Ich sehe doch, er hat Vertrauen zu Ihnen, er mag Sie.»

Urbino hatte da seine Zweifel. Ihm kam es so vor, als betrachtete ihn Nicholas als neugierigen Schnüffler, dem er nicht mal eine Lüge anvertrauen wollte, geschweige denn die Wahrheit.

«Ich bin nicht besonders gebildet, aber ich lese viel. Ich weiß, wie es auf der Welt zugeht, auch wenn ich den größten Teil meines Lebens in Pennsylvania verbracht habe. Ich liebe meinen Sohn, ganz gleich, was kommt. Manche sind von Geburt an so, und andere sind anders. Man darf nicht immer den Müttern die Schuld geben. Sogar wenn ich etwas damit zu tun hätte, daß er so ... so geworden ist, gibt es nichts vorzuwerfen. Schließlich war auch Michelangelo so, Tennessee Williams und dieser russische Komponist mit dem langen Namen. Ich verstehe meinen Nicky, und ich bin stolz auf ihn. Er ist auf immer mein. So empfinden Mütter eben.»

Sie mußte husten und wandte sich ab, während sie sich ein Taschentuch nahm und hineinräusperte.

«Wenn Nicky Ihnen von sich erzählen sollte», fuhr sie fort und wandte sich wieder Urbino zu, «könnte man es vielleicht arrangieren, daß nicht der Anschein entsteht, ich wüßte etwas. Mir machen die Gerüchte hier in der Casa Crispina nämlich Sorgen, Mr. Macintyre. Die Campi verbreitet sie. Sie sagt, jeder weiß, daß Mr. Gibbon an einem Ort ermordet worden ist, wo ... wo sich gewisse Männer treffen, und die Polizei wird schon wissen, wen sie fragen muß. Ich konnte sehen, wie erschrocken Nicky war. Sehen Sie, Mr. Macintyre, wenn er sich in diesen Dingen niemandem anvertraut, kann es sehr übel für ihn ausgehen. Die Polizei würde das Schlimmste annehmen!»

Urbino versprach, sobald wie möglich mit ihrem Sohn zu sprechen.

«Aber nicht hier in der Casa Crispina, wenn es Ihnen nichts ausmacht, Mr. Macintyre. Woanders, vielleicht bei Ihnen zu Hause. Das wäre nett. Und heute abend wäre bestimmt gut.»

«Sagen Sie Ihrem Sohn doch, er solle sich um sieben mit mir in Harry's Bar treffen. Mein Haus ist nicht so einfach zu finden.»

«Das wird ihm recht sein. Aber bitte kein Wort von unserer kleinen Unterredung. Das Entscheidende ist, ihn soweit zu bringen, daß er Ihnen die Wahrheit sagt. Es muß von ihm selber kommen.»

Als Urbino hinausging, sagte die ältliche Nonne am Empfang, die Contessa da Capo-Zendrini bitte um Rückruf. Er dürfe das Telefon am Tresen benutzen.

«*Caro*, ich würde Sie gern um fünf bei mir in der Casa da Capo sehen», sagte die Contessa.

Aus ihrer Stimme klang unterdrückte Erregung. Was mochte sich in den anderthalb Stunden seit ihrem letzten Telefonat ereignet haben? Er mußte heute nachmittag noch ein paar Leute sprechen. Es würde schwierig werden, bis fünf in der Casa da Capo-Zendrini zu sein.

«Ich tue mein Bestes, Barbara.»

«Hoffentlich ist es keine lästige Pflicht. Denken Sie bloß nicht, wir venezianischen Witwen laufen in unseren *palazzi* von Zimmer zu Zimmer und stauben Nippes ab, während wir auf schlanke junge – oder besser auf schlankere und jüngere – Amerikaner warten. Es geht nicht um meine eigene Person, sondern um Sie, mein Lieber. Eine absolut selbstlose Einladung. Seien Sie bitte um fünf hier. Ich habe eine Überraschung für Sie.»

«Eine Überraschung?»

Keine Antwort. Die Contessa hatte schon aufgelegt.

Ignazio Rigoletti war nach dem Mittagessen noch daheim. Ein sonnengebräunter, muskulöser Mann Ende Vierzig mit einem eindringlichen, scharfgeschnittenen Gesicht. Urbino und er saßen in seinem düsteren, spärlich möblierten Wohnzimmer über dem Corte Santa Scolastica. Rigoletti hatte eben Mittagschlaf gehalten; er gähnte ein paarmal, während er sich unter den gerahmten Fotografien aus seinen Tagen als Ruderchampion auf das Sofa setzte. Statt einer Tasse Kaffee, die ihn vielleicht munterer gemacht hätte, hatte er Urbino Rotwein angeboten – und er redete und trank dabei meist allein.

«Die Gegend hier ist in den drei Jahren seit meinem Einzug schwer heruntergekommen. Damals trafen sich noch nicht so viele *finocchi*. Vor fast zehn Jahren habe ich meinen Sohn verloren. Der war was ganz anderes als die da unten aus der Calle Santa Scolastica. Ich habe immer gemeint, es sind Ausländer, Touristen – das behauptete nämlich Xenia, meine Exfrau –, und ich gebe nur ungern zu, daß wir auch hier in Venedig mehr als genug Schwule haben. Alles hat sich so verändert, daß es mich nicht wundern würde, wenn sich sechs von denen zusammentäten und in der Regatta eine *caorlina* rudern wollten. Warum auch nicht? In der *mascarete* lassen sie ja sogar schon Frauen mitrudern!»

Er schüttelte voller Mißbilligung den Kopf und trank noch

einen Schluck Wein. Urbinos Blick wanderte wie von selbst zu den Fotografien über dem Sofa, auf denen Rigoletti noch viel jünger war und selbstbewußt und stolz in die Kamera lachte. Eine unbeschwert lächelnde Xenia Campi hatte den Arm um einen etwa dreizehnjährigen Jungen gelegt, und daneben stand Rigoletti, der einen Pokal in die Höhe hielt. Auf anderen Fotos sah man Xenia Campi mit ihrem Sohn und einem schwarzhaarigen kleinen Mädchen auf dem Lido. Eines zeigte offenbar die vergoldete Prunkbarke Bucintoro, die den Leichnam Papst Pius' XII. in seinem Glassarg auf dem Canal Grande überführte. Urbino fragte Rigoletti danach.

«Ja, das ist sie. Da war ich dabei.»

Rigolettis Augen blickten wie über das Zimmer hinaus. Er erhob das Glas auf seinen verflossenen Ruhm. Urbino tat desgleichen und nahm einen Schluck Wein. Er merkte sofort, daß es ein Fehler war, Rigoletti zu ermuntern, von seiner Zeit als Ruderer zu erzählen. So würde er vielleicht erst das Wesentliche erfahren, wenn es bereits zu spät war, noch rechtzeitig bei der Contessa zu erscheinen. Keine Frage, daß Rigoletti die Nachmittagsarbeit auf seinem Lieferboot gern um der Erinnerungen willen hinausschob.

Urbino brachte das Gespräch wieder aufs richtige Gleis, indem er Gemellis Angabe erwähnte, Rigoletti habe in der Calle Santa Scolastica in der Mordnacht zwei Männer gesehen.

«Zwei *finocchi*, da bin ich sicher», bestätigte Rigoletti verächtlich. «Aus der *calle* oder der Nachbarschaft kannte ich keinen der beiden. Einer kam raus, als ich gerade einbog. Wir haben einander um ein Haar umgerannt. Ging einfach grinsend an mir vorbei! Keine Spur von Verblüffung oder Schreck in der hübschen Visage. So einer konnte eben jemand erstochen haben und dreinschauen wie auf dem Weg zur heiligen Messe! Ich sage Ihnen, Signor Macintyre, der Augenschein kann täuschen, aber der war so eindeutig Sie wissen schon was, daß ich nicht den geringsten Zweifel hatte. Bringt wahrscheinlich Stunden vorm Spiegel zu.» Er grinste. «Na, heute morgen in der Questura sah er nicht mehr so gut aus.»

«Sie haben ihn gesehen?»

«Ich bin hin, um mir die Polizeizeichnungen anzusehen, und da war dieser schmalzlockige Knabe von der Calle Santa Scolastica, wie er leibt und lebt.»

Das mußte nach Urbinos Unterredung mit Gemelli gewesen sein.

«Er war ganz und gar nicht mehr so aalglatt und ungerührt wie an dem Abend. Sie haben ihn in ein anderes Zimmer geführt. Ein Italiener. Die Polizei hat wahrscheinlich eine Liste von denen. Hoffentlich. Nachher muß ich noch ein paar Polizeifotos aus Rom ansehen, und dann mit dem Commissario in die Casa Crispina.» Er seufzte. «Vielleicht habe ich Glück, und Xenia ist nicht da. Sie faucht mich sonst bestimmt wieder an.»

«Was ist mit dem Blonden, den Sie in die Gasse einbiegen sahen, nachdem Sie die Leiche gefunden hatten?»

Rigoletti schüttelte den Kopf.

«Da war keiner dabei, der so aussieht.»

«Haben Sie in der Mordnacht einen Verdächtigen bemerkt?»

«Für mich ist jeder verdächtig, der ein Kostüm oder eine Maske trägt. Eine ganze Gruppe Maskierter kam von der Riva degli Schiavoni rauf und reichte 'ne große Weinflasche rum. Ich bin in das Café in der Calle degli Albanesi, wo immer die jungen Leute rumhängen, und hab die Polizei angerufen. Die sollten Sie mal sehen! Manche haben sich eine Glatze rasiert. Können Sie mir sagen, warum jemand so was macht? Und die Mädchen erst! Kostüme hatten die nicht an, aber auch nichts Normales. Mein Sohn war nie in solchen Lokalen. Auch seine Freundin nicht, obwohl sie sich seither verändert hat, wie ich höre.»

«Warum haben Sie nicht von Ihrer Wohnung angerufen?»

In Rigolettis Gesicht war Anspannung zu lesen, während er flüchtig zum Telefon auf einem Tischchen neben Urbinos Sessel hinsah.

«Im Café ging's schneller.»

Urbino stand auf, um sich die Fotos aus Rigolettis Rudertagen anzusehen. Erst im Gehen erwähnte er Porfirio.

«Um den ist es nicht schade! So ein Ende hat er verdient, genau wie der Abschaum da unten in der Calle Santa Scolastica! Das Genick gebrochen, was? Na, der Xenia hat er das Herz gebrochen, als er uns aus unserem Heim vertrieben hat. Für mich als Mann ist diese Einzimmerwohnung hier im Castello eine Demütigung. Vielleicht gibt es ja doch eine Gerechtigkeit im Leben, wenn man nur lange genug wartet. Hoffentlich hat er leiden müssen, wie mein armer Marco.»

Als nächstes ging Urbino in das Café in der Calle degli Albanesi, aus dem Rigoletti angerufen hatte. Es war nicht mehr als eine Imbißbude mit Sitznischen und einem Tresen am Ende. Aus der Ecke über dem Tresen dröhnte der Fernseher, und die Musikbox versuchte die Videoclips zu übertrumpfen. Die Luft war zum Schneiden.

Eine junge Frau schminkte einen Jungen, und seine Freunde sahen zu und lachten. Sie kam ihm irgendwie bekannt vor, vielleicht war es dieselbe, die auf dem Markusplatz Leo und die beiden anderen Neapolitaner zu ihm geschickt hatte – Xenia Campi hatte doch Giuseppe für sie interessieren wollen. Doch sie gönnte ihm nur einen kurzen Blick und widmete sich wieder ihrer Tätigkeit. Sicher hatte er sich geirrt.

Urbino ging an den Tresen und fragte die Kellnerin mit der Punkfrisur, ob sie an dem Abend gearbeitet habe, an dem der Engländer ermordet worden sei.

Sie schüttelte den Kopf.

«Wissen Sie jemand, der an dem Abend hier war?»

«Lupo!» überschrie sie den Lärm. «Da will dich einer sprechen.»

Ein Jüngling mit blondierter Stoppelfrisur kam aus der Küche. Die Augen waren mit Lidstrich umrandet.

«Was wollen Sie? Sind Sie ein Bulle?»

«Nein.»

«Kein Italiener, was?» vermutete er, denn er hatte Urbinos schwachen Akzent herausgehört.

«Nein, aber hier aus Venedig.»

«Also, was wollen Sie?»

«Die Kellnerin sagt, Sie waren an dem Abend hier, als der Mann in der Calle Santa Scolastica erstochen aufgefunden wurde.»

Statt einer Antwort starrte Lupo ihn an.

«Vielleicht haben Sie was bemerkt.»

«Und was schert Sie das? Mit den Bullen hab ich schon geredet. An dem Abend war hier die Hölle los. Schließlich ist Karneval. Ich hatte keine Ahnung, daß was nicht stimmte, bis der Typ reinkam und die Bullen anrufen wollte. Das ist ein Gruftie!»

«Wie meinen Sie das?»

«Beschwert sich dauernd über die Musik und über unsere Kumpels, wir seien abartig und anormal. Der hat's nötig! So ein Fossil.»

Er wandte sich wieder seinen Freunden zu. Im Gehen sah sich Urbino nach der jungen Schminkerin um. Sie war fort. Draußen hörte Urbino Schritte hinter sich.

«He, Signore, Sie haben Lupo nach dem Mann aus der Calle Santa Scolastica gefragt?»

Er drehte sich um zu einem ausgemergelten Achtzehnjährigen.

«Weißt du etwas?»

«Kommt drauf an», antwortete er, blickte nervös hinter sich und biß sich auf die Unterlippe.

Urbino hielt ihm eine Zehntausendlirenote hin. Der Junge runzelte die Stirn, und Urbino legte eine zweite dazu. Der Kerl schnappte sich die Scheine und stopfte sie in die speckigen Jeans.

«Na?» fragte Urbino auffordernd.

«Ich war an dem Abend in dem Café. Etwa um zehn kam ein Mann mit kurzen blonden Haaren rein. Allein. Er wollte was zu trinken, aber er sah von der Tür aus nach draußen, als suche er jemand oder warte auf etwas. Die Leute drinnen hat er kaum beachtet. Er war jung, jünger als Sie, aber nicht so jung wie die Kids da im Lokal. Er ist etwa zehn Minuten geblieben. Ich bin kurz nach ihm raus. Ich hab ihn zur Calle Santa Scolastica gehen sehen. Und da war noch was.»

Er hielt inne, und Urbino gab ihm nochmals zehntausend Lire.

«Er war von Ihrer Sorte», sagte der Junge wie auftrumpfend.

«Sorte? Wie meinst du das?»

«Amerikaner. Italienisch mit amerikanischem Akzent. Kein gutes, nicht so perfekt wie Ihres, aber Amerikaner bestimmt.»

Er verabschiedete sich mit einem Kopfnicken und schlurfte über die *calle* zurück ins Lokal.

Ein paar Minuten sah Urbino vor Harry's Bar zu, wie Xenia Campi den aus den *vaporetti* an Land strömenden Touristen Flugblätter in die Hand drückte.

«Schert euch zurück, wo ihr herkommt!» schrie sie dazu. «Venedig ist nicht euer Abenteuerspielplatz. Auch ihr Italiener, nicht bloß die Ausländer! Venedig braucht euch nicht! Venedig verkraftet das nicht! Ihr seid allesamt Mörder! Städte und Kulturen sterben wie Menschen.»

Erst als sie Urbino ein Flugblatt anbot, erkannte sie ihn.

«Ach, Sie sind's, Signor Macintyre. Kommen oder gehen Sie?»

«Ich gehe.»

«Sehr gut! Gehen Sie zurück in den Palazzo Uccello und bleiben Sie bis Aschermittwoch dort!» Sie sah ihn scharf an und hörte kurz mit Verteilen auf. «Sie sind am Tatort gewesen.»

Das kam ohne jede Unsicherheit. Dann wandte sie sich ab,

um einer ganzen Gruppe Flugblätter in die Hand zu drücken, doch die sahen sie nicht mal an, sondern zerknüllten sie und warfen sie aufs Pflaster.

«Wie geht es Ignazio? Ich weiß. Sie waren bei ihm. Daß ausgerechnet er die Leiche finden mußte! Jetzt kann er endlich einmal über was anderes reden als über seine Rudererzeit!»

Urbino hörte leise Wehmut aus der Bemerkung heraus. Er dachte an das Familienfoto – Xenia mit Ignazio und Marco.

«Sie kennen doch Giuseppe von der Casa Crispina?»

Mißtrauen, aber auch Trauer drückten ihre Augen aus. Sie nickte.

«Der aus Neapel.»

«Haben Sie ihn oder die anderen je mit Gibbon gesehen?»

«Der ist anständig! Dem Engländer hat er bestimmt nur guten Tag und auf Wiedersehen gesagt. Er ist sehr verschlossen. Aus den beiden andern werden noch Früchtchen. Würde mich nicht wundern, wenn sie gemeint hätten, der Fotograf hat viel Geld dabei, und ihm an dem Abend bis in die Calle Santa Scolastica gefolgt wären. Neapolitaner tragen immer Messer bei sich. Aber Giuseppe nicht. Der ist anständig.»

«Auf der Piazza gibt's eine Schminkerin. Kennen Sie die?»

«Da sind viele.»

«Ich hab sie mal mit rotbemaltem Gesicht gesehen. Sie hat kurzes schwarzes Haar.»

Xenia Campi kniff die Augen zusammen, sagte aber nichts.

«Irgend jemand sagt, sie sei mit Gibbon gesehen worden.»

Das hatte niemand gesagt, er klopfte nur auf den Busch, um Näheres zu erfahren.

«Ausgeschlossen!» schnaubte sie. «Aber ich weiß, wen Sie meinen. Ein anständiges Mädchen. Nie im Leben würde sie sich mit so einem abgeben.»

«Sind Sie sicher, daß Sie sie nicht selber mit Gibbon auf der Piazza gesehen haben? Sie sagten doch, er war immer hinter jungen Frauen her.»

«Ich meinte nur Signorina Spaak!»

Sie hielt einem Paar, das gerade aus einem Wassertaxi stieg, ein Flugblatt unter die Nase.

«Glauben Sie, Porfirios Tod hat etwas mit dem Mord an Gibbon zu tun?» wechselte Urbino das Thema.

Die Antwort gab sie durch die Maske der Hellseherin und Wahrsagerin.

«Ich habe um Gibbon Flammen gesehen, eine Aura, die nichts Gutes verhieß. Und um Porfirio Buffone waren die Flammen noch heller als das Fegefeuer! Dem drohte ein Sturz. Hat zu hoch hinausgewollt. Auf der Piazza hab ich es ihm angekündigt, aber der Idiot hat nur gelacht! Ein Sturz, habe ich gesagt! Er würde unter die Räder kommen, wie wir alle!»

Bildete er es sich nur ein, oder glomm da noch etwas anderes hinter dem irren Glitzern in Xenia Campis Augen auf? Wieviel schauspielerte die Frau unter strenger Selbstbeherrschung, wenn sie derart loslegte? Für Urbino war das kein Grund, sie weniger ernst zu nehmen. Im Gegenteil, es hieß genauer hinsehen, denn sie ließ hinter der Tarnung von wirren Reden und Agitation auf gelassenen, kühlen, fast eiskalten Durchblick schließen.

Eben hatte sie ihm ungefragt den Auftritt erklärt, den Firpo auf der Piazza belauscht hatte. Urbino neigte dazu, ihr zu glauben, aber hundertprozentig sicher war er sich nicht.

Jetzt schimpfte sie auf die Fotografen.

«Alles Schakale!» meinte sie, «Schakale, die sich an anderer Leute Herzblut und Seele mästen!»

Xenia Campi reichte Urbino ein Flugblatt und wandte sich ab, um eine neu ankommende Gruppe anzusprechen. Im Hinausgehen auf den Anleger las er die ersten Zeilen und warf es dann in den übervollen Metallkorb des kielwasserumspülten und schaukelnden *pontile*.

17

Die Contessa setzte ein geheimnisvolles Lächeln auf, als Urbino den Salon betrat.

Urbino wußte, er mußte sich in Geduld fassen und seiner Freundin die Freude lassen, ihr Geheimnis zu wahren, bis sie die Zeit für gekommen hielt, sich das ebenso große, wenn nicht größere Vergnügen der Preisgabe zu gönnen.

«*Caro*, Sie sind da, und es ist noch nicht mal fünf Uhr.» Sie räkelte sich in die tunesischen Kissen, die sie von ihrer Herbstkreuzfahrt auf dem Mittelmeer mit Oriana und Filippo Borelli mitgebracht hatte.

«Bestimmt möchten Sie heute genausowenig einen Tee wie sonst», sagte sie mit Blick auf das Tischchen vor dem Sofa. Sonst stand dort bei ihrem Tête-à-tête nur eine Porzellantasse für sie selbst. Heute aber waren es zwei, eine volle und eine unbenutzte. «Machen Sie sich einen *aperitivo*. Ich glaube, Mauro hat gestern eine neue Flasche Campari hingestellt.»

Urbino ging an die Bar, machte sich aber keinen Campari Soda, sondern einen Cynar; so ließ er die Contessa wissen, daß sie nicht alles so im Griff hatte, wie sie es wünschte. Sie rümpfte die Nase, als sie die braune Flüssigkeit in seinem Glas sah.

«Ich verstehe nicht, wie Sie so was trinken können, Artischockensaft!»

Zur Antwort nippte er an dem Cynar und ließ sich im gewohnten Louis-Quinze-Sessel nieder, mit Blick nicht nur auf die Contessa, sondern auch auf den Veronese hinter ihr.

«Nun, Urbino, haben Sie mir nichts zu sagen?»

«Was denn, Barbara?»

«Sich so zu zieren, *caro*, wäre kein Vergehen, wäre nur Welt genug und Zeit», sagte sie in Abwandlung des Dichterwortes. «Aber da ist der tote Porfirio.» Das hatte sie gesagt, als liege der verstorbene Fotograf hier im Salon aufgebahrt.

«Ich wußte gar nicht, daß Sie so für Porfirio Buffone schwärmten», spöttelte er lahm.

«Urbino! Wie können Sie bloß! Ich hatte nichts für den Mann übrig, aber den Tod hab ich ihm nicht gewünscht!»

«Endlich reagieren Sie einmal ehrlich!»

«Ich bin der ehrlichste Mensch, den ich kenne», sagte sie süffisant und lächelte wieder. «Sie spielen mit mir, *caro*. Sehen Sie nicht, wie ich nach Mitteilungen giere? Sie haben doch versprochen, mir alles zu erzählen.»

Er begann mit seinem und Tonios Besuch in der Questura. Diesmal behielt er nichts von dem für sich, was Hazel ihm gestern abend über ihre Beziehungen zu Vincenzi und Gibbon anvertraut hatte, und berichtete der Contessa auch von Lubonski, Firpo, Mrs. Spaak, Rigoletti, den beiden jungen Männern aus dem Café und von Xenia Campi. Während seinen Darlegungen wirkte die Contessa keineswegs, als stille sie ihre Wißbegier, sondern als freue sie sich auf etwas.

Doch als er fertig war, zeigten ihre Bemerkungen, daß sie aufmerksam zugehört hatte. Verständlicherweise ging sie zuerst auf Lubonskis Geständnis ein.

«Ich fühle mich schuldig! Den Auftrag habe ich ihm verschafft! Die Vorstellung, daß er Sir Rupert bestohlen hat! Ich war unglaublich vertrauensselig.»

«Barbara, Josef ist kein schlechter Mensch. Es war ihm wichtig, daß Sie das nicht von ihm denken.»

«Macht es das besser? Es gab böses Blut genug, als wir für die Restaurierung keinen Italiener genommen haben, und jetzt, wo ein Venezianer zu Tode gekommen ist, wahrscheinlich durch

Lubonskis Schuld, wird es noch schlimmer.» Sie lehnte sich zurück und seufzte. «Na gut, ich besuche ihn morgen. Würden Sie mitkommen? Glauben Sie nicht, die Polizei verhaftet ihn gleich im Krankenhaus?»

«Es geht ihm so schlecht, daß er nicht einmal in eine andere Klinik verlegt werden könnte. Gemelli stellt ihm wohl einen Polizisten vor die Tür.»

«Die arme Mutter. Sie hängen so aneinander. Sie muß die Summe doch nicht zurückerstatten? Wie furchtbar!»

Nach einer Weile sagte sie: «Ist es nicht logisch, daß Gibbon nicht nur Josef erpreßte, sondern auch andere, vielleicht mit Fotos, auch wenn Sie sagen, es war nichts Belastendes an denen, die Sie gesehen haben?»

«Aber mir kann ohne weiteres etwas entgangen sein. Aufgefallen ist mir bloß, wie wenig Fotos vom Karneval dabei waren: Ob es noch andere Filme gibt? Gemelli überprüft ein paar Fotoläden, aber ein Profi wie Gibbon wollte das bestimmt selber machen, wenn er wieder in England war – es sei denn, er brauchte die Bilder sofort.»

«Was halten Sie von Gemellis Idee, daß Gibbon von einem umgebracht wurde, der in der Calle Santa Scolastica verkehrte?»

«Vielleicht hat es jemand in einer Gefühlsaufwallung getan – oder nach einer solchen.»

«Heißt das, er war selber auch so veranlagt?»

«Wer weiß? Vielleicht mußte er sich verstellen.»

«Aber er war doch verlobt. Er hat mit Frauen geflirtet. Frauen fühlten sich zu ihm hingezogen.»

Sie sagte das, als sei es ein schlagender Beweis dafür, daß er nicht homosexuell war.

«Möglicherweise», überlegte Urbino laut, «war er rein zufällig in der Calle Santa Scolastica, ohne zu wissen, was dort los ist, jemand hat was von ihm gewollt, und er ist ausfällig geworden.»

«Dann sind da noch Xenia Campi und ihr Rigoletti. Ich verstehe jetzt, warum Sie mehr über sie wissen wollten, aber sie kann doch nichts mit Porfirios Tod zu tun haben, oder?»

Urbino sprach aus, was er sich vorhin schon überlegt hatte – Josefs Falle könnte die perfekte Tarnung für einen anderen Mord geliefert haben.

«Sowohl Rigoletti als auch Xenia Campi könnten – gemeinsam oder allein – Porfirio aus Rache dafür getötet haben, daß er sie unmittelbar nach dem Tod ihres Sohns vor die Tür gesetzt hat. Schon viele Mörder haben wie Rigoletti die Leiche ‹gefunden›. Und obwohl ich spüre, daß Xenia Campi mir heute nachmittag die Wahrheit zu dem gesagt hat, was Firpo belauscht hat, habe ich immer noch meine Zweifel. In einer Angelegenheit die Wahrheit sagen und in einer andern nicht lügen, sind zwei Paar Stiefel. Wenn wir allerdings wüßten, warum Porfirio überhaupt in San Gabriele war, hätten wir bessere Chancen, festzustellen, ob es zwischen seinem und Gibbons Tod noch einen anderen Zusammenhang als über Josef gibt. Vielleicht weiß Hazel Reeve, warum Porfirio in der Kirche gewesen ist.»

«Hazel Reeve?»

Ob es Befriedigung oder Überraschung war, was da aus ihrer Stimme klang, konnte Urbino nicht sagen.

«Sie ist als Bindeglied zwischen Gibbon und Porfirio logischer als Xenia Campi oder Rigoletti.»

Machte sich die Contessa überhaupt klar, wie schwer ihm dieses Eingeständnis fiel?

«Haben Sie irgendwelche Hypothesen?» fragte die Contessa.

Urbino schüttelte den Kopf.

«Das glaube ich Ihnen nicht. Hypothesen haben Sie jedesmal, und jedesmal behalten Sie sie zu lange für sich. Schön, dann habe ich eben meine eigenen, oder meine kleinen Geheimnisse!»

Nach diesem kleinen Ausbruch war das rätselhafte Lächeln wieder da.

«Barbara, als ich aus der Casa Crispina bei Ihnen anrief, erwähnten Sie eine Überraschung für mich.»

«Habe ich das gesagt? Vielleicht habe ich mich geirrt – oder vielleicht verdienen Sie gar keine.»

«Überraschungen sind nicht immer angenehm, Barbara.»

«Sie sind mir ein ganz Schlauer! In diesem Fall könnten Sie sogar recht haben. Aber ob Vergnügen oder nicht, enttäuschen Sie mich bloß nicht, indem Sie keine Verblüffung zeigen.»

«Was ist es denn?»

Sie sah auf die Uhr auf dem Kaminsims.

«Es dauert bestimmt nicht mehr lange. Denken Sie einfach an etwas anderes», empfahl sie ihm. «Es wäre vielleicht ganz gut, wenn wir über Hazel Reeve sprächen, auch wenn Sie abgeneigt sind. Da müßten wir das sogar erst recht.»

Sie stockte, als überlege sie, was sie als nächstes sagen sollte. «Was halten Sie von ihr?»

Die Frage war, das spürte er genau, bewußt zweideutig formuliert und sollte ihn aufs Glatteis führen. Die Contessa nahm einen Schluck Tee und guckte über Tasse und Untertasse zu ihm herüber, und das mit einer, wie er meinte, unpassenden Heiterkeit.

Urbino stand auf und schenkte sich noch einen Cynar ein. Er ging nicht an seinen Platz zurück, sondern an den Ecktisch mit seiner Sammlung byzantinischer und russischer Ikonen und den Reliquiaren der heiligen Katharina von Siena und des heiligen Nikolaus von Bari. Er hob das Holzkreuz mit dem Knochensplitter des Heiligen unter dem dünnen Schauglas auf.

«Vor tausend Jahren wußte man einfach, was man glauben sollte», konstatierte er. «Haben Sie sich je gefragt, wie das Leben damals gewesen sein muß? Alles war viel einfacher.»

«Und auch viel uneleganter, besonders für Frauen. Kommen Sie mir jetzt philosophisch, *caro*, oder wollen Sie bloß ablenken? Sie brauchen es nur zu sagen, wenn Sie meine Frage nicht beantworten wollen.»

Als Urbino das Reliquiar wieder hinlegte und sich umwandte, war ihr Giocondalächeln noch aufreizender als zuvor.

«Ausweichen, Barbara? Ist es Ausweichen, wenn man eine Frage unbeantwortet läßt, weil man der Antwort nicht sicher ist? Und, wie ich hinzufügen könnte, genau weiß, welche erwartet wird?»

«Welche denn, *caro*?»

«Daß Hazel Reeve eine Lukrezia Borgia ist!»

Das hatte ein Scherz sein sollen, klang aber irgendwie nicht echt. Die Contessa lächelte amüsiert.

«Sie sind noch ein Junge, Urbino – ein unschuldiger, kleiner verspielter Junge!»

Diese Bemerkung war unerwartet, aber durch ihr silberhelles Lachen wurde sie es noch mehr. Bevor sie noch etwas hinzusetzen konnte, klopfte es. Lucia, die Haushälterin der Contessa, kam zögernd herein. Sie trat zum Sofa und gab der Contessa einen gefalteten Zettel.

Die Contessa dankte und faltete ihn auf. Stirnrunzelnd knüllte sie ihn alsbald zusammen und steckte ihn ein.

«Schlechte Nachrichten, Barbara?»

«Das nicht, nur eine Enttäuschung.» Die Stirn glättete sich wieder. «Aber für Sie, sollte ich sagen. Ich werde schon damit fertig.»

«Hängt das mit dem Geheimnis zusammen?»

«Alles hängt damit zusammen, *caro*, aber wenn ich Ihnen mehr sage, ist es keins mehr, oder? Bleiben Sie zum Abendessen. Ich verspreche, Ihre Neugier – Ihre Augen verraten Sie – wird gestillt, bevor der Abend zu Ende ist.»

«Tut mir leid, Barbara, aber ich habe um sieben eine Verabredung mit Nicholas Spaak in Harry's Bar. Von dem Gespräch mit seiner Mama wissen Sie ja. Sie wollte mein Gespräch mit ihm unbedingt bei mir zu Hause, aber mir ist die Bar lieber. Sozusagen neutraler Boden.»

«Damit Ihnen Mr. Spaak nicht gefährlich wird? Sie meinen doch hoffentlich nicht, seine liebe Mama hätte so etwas im Sinn gehabt, als sie die intimere Wohnung vorschlug, oder? Sie wären ein guter Fang, das wissen Sie ja! Aber warum ausgerechnet bei Harry's? Sie wissen doch, was während des Karnevals dort los ist! Aber wenn schon, müssen Sie mir zweierlei versprechen.»

«Was?»

«Daß Sie ganz bestimmt keinen Bellini trinken und alles daransetzen, um neun wieder bei mir zu sein – auch wenn Mr. Spaak Ihnen sein Herz ausschüttet!»

18

Eine Stunde später bei Harry's hielt Urbino sein erstes Versprechen gegenüber der Contessa, indem er nur ein Glas Wein bestellte. Und das zweite würde er wohl mit Leichtigkeit auch halten können, denn Nicholas Spaak schien nicht geneigt, viel zu reden, und erst recht nicht, sein Herz auszuschütten.

Harry's Bar war voll mit Maskierten, Leuten in Abendkleidern und Touristen in Anoraks und Jeans, die an Tische im verräucherten Souterrain verbannt waren. Urbino und Spaak blieben neben dem Eingang an der Bar stehen. Jeder Platz am Tresen und an den Tischchen war besetzt. Vielleicht hätte er doch Stella Maris Spaak folgen und Nicholas zu sich in den Palazzo Uccello einladen sollen.

Spaak hatte seinen Martini hinuntergestürzt und war schon beim zweiten. Er wirkte blasser als neulich, die blauen Augen trüber.

«Mama hat das eingefädelt, was?»

«Ich war in der Casa Crispina bei Mutter Mariangela. Es war mein Vorschlag, daß wir uns hier in Harry's Bar treffen.»

Spaak lächelte wissend.

«Wie Sie wollen. Ganz Mama. Ich kenne sie.»

Warum versuchte er dann, sie so zu schonen? Nicholas Spaak und seine Mama schienen einander wirklich gut zu kennen, und dennoch machten – oder riskierten – sie nicht die Mühe, das dem anderen zu sagen.

«Also, warum wollen Sie mich sprechen?» fragte Spaak betont forsch und schob die blonde Haarlocke aus der Stirn.

«Na, wir wollen ganz offen miteinander sein», sagte Urbino. «Sie wären heute abend nicht hier, wenn Sie nicht reden wollten. Sie wissen ja, es wird für Sie immer ungemütlicher, je länger Sie es verschweigen.»

«Was?»

«Daß Sie am Mordabend in der Calle Santa Scolastica waren.»

Ganz sicher war sich Urbino nicht, aber Spaaks Reaktion zerstreute alle Zweifel. Ungläubiges Staunen malte sich auf seinem Gesicht. Seine Schultern sackten zusammen, und er fuhr sich mit der Hand nervös durch den Blondschopf. Urbino wußte schon, er würde nicht den geringsten Versuch machen, es abzustreiten.

«Woher wissen Sie es?»

Die einfachste Antwort war, daß er dort gesehen worden sei. Daraufhin schrie Spaak fast: «Aber der Mann kann doch gar nicht wissen, daß ich das war! Den habe ich nie vorher gesehen, und hinterher auch nicht. Ich bin seither nicht mal in der Nähe gewesen.»

«Vielleicht sehen Sie Rigoletti nachher in der Casa Crispina. Er kommt mit der Polizei dorthin.»

Spaak zuckte zusammen.

«Sie waren am Tatort und haben es der Polizei bisher verschwiegen. Warum sagen Sie mir nicht, was sich dort abspielte?»

«Was soll das, ist das eine Generalprobe? Nachher reden Sie mit der Polizei und vergleichen, ob ich denen dasselbe erzählt habe.»

«Gibt es einen Grund, die Wahrheit zu verschweigen?»

Spaak leerte seinen Martini und bestellte den nächsten.

«Ich habe viele Gründe, nicht zu sagen, daß ich an dem Abend, oder einem andern Abend, dort gewesen bin, aber mit dem Mord hat das nichts zu tun. Daß ich ihn nicht leiden konnte, hab ich Ihnen schon gesagt», fügte er hinzu, «aber umgebracht habe ich ihn nicht. So was könnte ich nie tun.»

«Sie waren an dem Abend in der Calle Santa Scolastica. Vielleicht haben Sie Gibbons Mörder gesehen.»

«Gehen wir hier raus. Ich möchte lieber woanders reden.»

Vor der Tür mußten sie entscheiden, wohin. Bestimmt nicht in das Gedränge der Calle Vallaressa in Richtung Markusplatz, und erst recht nicht über den Molo in Richtung Piazetta, Dogenpalast und Calle Santa Scolastica.

«Nehmen wir das Boot auf dem Canal Grande», schlug Urbino vor. «Mit etwas Glück ist es nicht zu voll.»

Doch so war es. Maskierte auf dem Weg zu Parties oder zum Abendessen, normale Stadtbewohner auf dem Heimweg von der Arbeit und fußmüde Touristen, die das langsamere und billigere *vaporetto* zurück zum Bahnhof nahmen. Urbino und Spaak drängten sich durch die lärmerfüllte Passagierkabine zum Heck durch. Hier küßte zum Glück nur ein junger Mann in einem hohen Pulchinello ein Mädchen mit weißgeschminktem Gesicht und Kartäuserperücke ab. Außer voneinander nahmen sie von nichts und niemand Notiz. Urbino und Spaak setzten sich gegenüber.

Der Wind vom Nachmittag hatte sich gelegt, und es war wärmer geworden. Nebel wallte über das Wasser herein.

Spaak hüllte sich in seinen Mantel, den Schal eng um den Hals gewickelt und die Hände in den Taschen vergraben. Er war nicht gesprächig. Mit zusammengekniffenen Augen sah er zum Zollhaus hinüber.

Urbino beschloß, das Eis zu brechen mit einer ganz direkten Frage.

«Wie kamen Sie auf die Calle Santa Scolastica?»

«Wie auf so vieles in meinem Leben. Durch Zufall. Vielleicht nicht ganz. Sagen wir mal, ich wurde dorthin geführt.»

«Sind Sie jemand gefolgt?»

«Mir ist meine Formulierung lieber. Sie wissen doch, Pferde kann man zur Tränke führen. Geführt wurde ich zwar, zum Trinken mußte mich keiner zwingen. Ich wußte, was ich tat.»

«Sprechen Sie vom Abend von Gibbons Ermordung?»

«Ich war schon vor jenem Abend dort gewesen. Letzte Woche in der Casa Crispina sagte ich Ihnen, daß ich oft lange herumlaufe, wenn ich Mama zu Bett gebracht habe. Gelogen war bloß, ich wüßte nicht, wo ich an dem Abend war. Ich bin wie üblich zum Markusplatz. Auf der Uferpromenade war niemand, und da dachte ich, jetzt geh ich in das Gäßchen.»

«Sie waren kurz in dem Café in der Calle degli Albanesi, wo die Jugend rumhängt, nicht wahr?»

«Ich bin beeindruckt. Ja, dort war ich auch. Ich wollte einen Kaffee. Danach bin ich in die Gasse, die zum Kanal führt. Wo sie Gibbon gefunden haben.»

«Ich weiß, daß Sie nur im vorderen Teil waren. Dort kam Ihnen Ignazio Rigoletti entgegen. Sie bekamen Angst und kehrten um.»

«Sie sind nicht ganz so allwissend, wie Sie glauben. Sie reden jetzt von meinem zweiten Besuch dort an dem bewußten Abend. Ja, ich ging zweimal hin.»

Das war völlig unerwartet.

«Das erste Mal ungefähr um halb zehn. Ich bin etwa zwanzig Minuten am Ufer entlang spaziert und wollte dann in die Gasse. Beim Einbiegen habe ich kurz jemand rechts in dem Durchgang hinter dem Hotel gesehen. Viel kleiner als ich, mit einer dieser billigen gelben Masken, wie ich sie für Mama gekauft habe. Stand nur so im Dunklen herum und wartete. Seltsam. Trat fast vor und blieb dann wieder stehen, und ich dachte schon, vielleicht hat er mich schon mal hier gesehen. Kam mir irgendwie bekannt vor – aber ich kann nicht sagen, warum, das Gesicht war ja verdeckt. Ich bin dann hinein in die Calle Santa Scolastica.»

Spaak hielt inne und blickte zu dem jungen Paar hinüber, das die Umgebung jetzt wieder wahrzunehmen schien. Doch kurz darauf standen die beiden auf. Das *vaporetto* näherte sich dem Anleger von Accademia.

«Vom Hof aus», fuhr Spaak fort, «hab ich am Kanal einen anderen Mann stehen sehen. Er war sehr attraktiv – hübsch, würde ich sagen. Ich wollte zu ihm, aber irgend etwas hielt mich ab. Vielleicht war es sein Gesichtsausdruck, so steinern, so ausdruckslos. Ich dachte an den Kleinen, den ich gerade gesehen hatte. Kam mir vor wie eine Falle, also bin ich umgekehrt und wieder raus. Der andere stand immer noch da.»

«Haben Sie einen der beiden erkannt?»

«Nein», sagte Nicholas zögernd, «aber ich hatte das Gefühl, einen – oder beide – schon gesehen zu haben, vielleicht dort in der Gasse. Aber keiner von denen war Gibbon. Deshalb fand ich es sinnlos, der Polizei davon zu erzählen. Für die wäre es keine Hilfe gewesen, und ich hätte mich bloßgestellt.»

«Sie waren aber am selben Abend noch einmal dort?»

«Etwa eine halbe Stunde später. Ganz wohl war mir nicht dabei. Die beiden konnten noch da sein und mich diesmal überfallen, oder Schlimmeres. Aber ich stand wie unter einem Zwang, nochmals hinzugehen.» Er sah auf seine Hände hinunter. «Mir ist oft so, wenn ich ... wenn ich rumlaufe. Ich habe einen zweiten Kaffee in dem Café dort getrunken, und dann bin ich wieder in die Gasse. Diesmal habe ich keinen der beiden gesehen. Beim Einbiegen hab ich dafür diesen – wie heißt er doch gleich? Rigoletti – auf mich zukommen sehen. Ich kriegte es mit der Angst und lief in Richtung Lagune. Ich wußte sofort, der war nicht aus dem gleichen Grund da wie ich. Ich hatte Angst, aber nicht wegen Gibbon, glauben Sie mir! Den hab ich nicht mal gesehen. Mein Gott, ich wußte gar nicht, daß er noch dort war! Ich meine, als Leiche. Das erste Mal hat da keiner gelegen. Als ich den Mann auf mich zukommen sah, dachte ich: ein Bulle. Für Mama wäre es der Tod, wenn sie mich wegen so etwas festnähmen. Schon wenn sie nur wüßte, wie ich bin.»

«Wenn sie Sie liebt, was sie sichtlich tut, macht es ihr bestimmt nichts aus.»

Spaak lachte hohl, während das *vaporetto* den Steg hinter sich ließ, auf dem eine Menschenmenge anderer Boote harrte. Der Junge im Pulchinello und seine Freundin mit der Perücke wurden begeistert von Freunden begrüßt, die auf dem kleinen Platz vor der Kunsthalle feierten.

«Sie sind mir ein Optimist!» knurrte Spaak. «Na gut, es könnte ja sein, aber ich probiere es lieber nicht. Es könnte sie zu sehr treffen.»

Wo hörte die Schonung von Mama auf und wo fing der Selbstbetrug an? War das für ihn überhaupt ein Unterschied?

«Und Dora? Weiß sie Bescheid?»

«Gesagt hab ich es ihr nie, wenn Sie das meinen, aber ich glaube, sie weiß es seit dem College. Meine Schwester ist treu wie Gold. Sie würde Mama nichts verraten.»

«Würde Ihre Schwester etwas für Sie tun?»

Spaak runzelte die Stirn.

«Was soll denn das schon wieder?»

«Sie sagten gerade, sie sei treu wie Gold. Ihre Mama sagte neulich abend das gleiche.»

«Aber sicher, das ist sie! Ich habe mich auch stets um sie gekümmert. Klopfen Sie nicht immerzu auf den Busch. Sagen Sie Mama etwas?»

«Das ist nicht meine Sache, das überlasse ich Ihnen. Aber zur Polizei müssen Sie. Was Sie in der Calle Santa Scolastica gesehen haben, könnte sehr wichtig sein.»

Er ließ seine Worte auf Spaak wirken. «Haben Sie an dem Abend in der Nähe der Calle Santa Scolastica außer Ignazio Rigoletti und den zwei Männern noch jemand gesehen?»

«Erst als ich wieder an der Lagune war.»

«Rigoletti hat einen von den zweien, die er gesehen hat, identifiziert, Sie noch nicht. Wenn Sie zur Polizei gehen, müssen Sie denen von dem Kleinen mit der Maske berichten. Der

Mann, den Sie am Ende der *calle* gesehen haben, könnte derselbe sein, den Rigoletti bereits identifiziert hat.»

«Ist er verhaftet?»

«Ich weiß nicht, aber ich bezweifle es. Bloß weil jemand um die Mordzeit in der Calle Santa Scolastica war, ist er noch lange kein Mörder, und für eine Verhaftung reicht das bestimmt nicht.» Urbino machte eine Pause, bevor er weitersprach. «Ihnen ist doch wohl klar, daß die Polizei Sie fragen wird, ob Sie sich zu Gibbon hingezogen fühlten. Ob er und Sie...»

«Ich konnte den Kerl nicht ausstehen!» Spaak schrie das fast. Er schüttelte heftig den Kopf. «Ich werde wohl so oder so verdächtigt. Ob ich ihn mochte oder verabscheute.»

«Könnte Gibbon aus demselben Grund wie Sie in der Calle Santa Scolastica gewesen sein?»

Spaak verzog spöttisch den Mund. «Ob er ‹könnte›? Wer weiß? Vielleicht war er deswegen immer so anzüglich.»

Damit verebbte das Gespräch. Sie blieben nebeneinander im Heck des *vaporetto* sitzen und blickten auf den Canal Grande und die Palazzi an seinen Ufern hinaus. Man sah die dekorativen Murano-Kronleuchter in den Salons und hörte über das Wasser aus offenen Fenstern Lachen und Musik. Die Haltestellen Sant'Angelo und San Silvestro wurden angelaufen und blieben hinter ihnen, und sie schwiegen immer noch.

Als sich das Schiff Rialto näherte, stand Spaak auf.

«Von hier weiß ich den Weg zur Casa Crispina. Sagen Sie bitte Mama nichts. Wenn sie es erfahren muß, sollte ich es ihr sagen. Das sehen Sie hoffentlich ein.»

Das tat Urbino. Er sah auch, daß sich der Teufelskreis des schonenden So-tun-als-Ob zwischen Spaak und seiner Mutter vermutlich fortsetzen würde.

«Und die Polizei?» fragte er.

«Der sage ich morgen alles. Heute abend möchte ich einen langen Spaziergang machen.»

Er erhob sich und ging langsam durch den Mittelgang zum Ausstieg.

Auf dem Rest der Fahrt wandte Urbino nur gelegentlich seine Aufmerksamkeit dem vorbeiziehenden Panorama des Canal Grande zu. Zuerst dachte er über sein Gespräch mit Nicholas Spaak nach. Durfte man ihm die Geschichte von den zwei Besuchen in der Calle Santa Scolastica glauben? Hatte das, was er dort gesehen hatte – einen Mann mit Plastikmaske vor dem Eingang zur *calle* und einen anderen ohne Maske an der Wassertreppe – bei Ralph Gibbons Tod eine Rolle gespielt? Wußte Spaak doch mehr über Ralph Gibbons Sexualverhalten, als er sagte? War ihm wirklich nicht klar, daß seine Mutter über seine Homosexualität Bescheid wußte? Oder war es ihm klar, und er wollte es nicht wahrhaben? Und was war mit der Schwester? Was wußte die über den Bruder?

Der Hang zum Selbstbetrug, ja sogar das Bedürfnis danach schien grenzenlos. Masken tragen wir ebenso vor uns selbst wie vor den andern, dachte Urbino. Masken sollten das Gesicht verbergen, und jetzt im Karneval wimmelte es davon. Doch das eigene Gesicht konnte die größte Maske sein, die man nicht nur Fremden und Freunden, Feinden und Lieben hinhielt, sondern auch sich selbst.

Ein Großteil von Urbinos Arbeit als Biograph bestand darin, hinter Masken zu blicken – manchmal mehrere übereinander abzulösen – und das verborgene Ich dahinter zu ermitteln, und trotzdem fand er allzuoft nur wenig. Proust hatte gewarnt, niemand könne behaupten, einen andern wirklich zu kennen. Urbino zweifelte kaum daran. Während seiner Arbeit an dem Buch über Proust in Venedig achtete er besonders darauf, und nun wurde er durch Gibbons und Porfirios Tod daran gemahnt.

Was war an dem, was die verschiedenen Personen ihm bisher erzählt hatten, wahr und unverfälscht? Sogar unter optimalen

Umständen griffen Menschen, wenn es um ein bißchen soziale Diskriminierung ging, zu Übertreibungen, Täuschungsmanövern und glatten Lügen. Außer nach strengsten Maßstäben war das nicht unmoralisch, und schon gar kein Verbrechen. Aber Mord war etwas ganz anderes. Gesichtsverlust und schlechter Leumund waren das wenigste, was ein Mörder zu fürchten hatte.

Als das *vaporetto* bei San Marcuola anlegte, fühlte sich Urbino wie unter einem Maskenfries, der ihn mit Lug und Trug begeiferte. Manche von diesen Lügen und Täuschungen verdeckten die Wahrheit über einen brutalen Mord. Sie mußten erkannt und aufgedeckt werden, die andern aber würde er so belassen, wie er sie vorgefunden hatte.

19

Die Überraschung, mit der die Contessa ihn am Nachmittag mit Andeutungen geneckt hatte, sprang ihm gleich in die Augen, als Urbino kurz nach neun ihren Salon betrat.

Sie saß neben ihr auf dem Sofa. Sein Gesicht zeigte wohl reichlich von seinen Empfindungen, denn die Contessa konnte kaum das Lachen verbeißen und sagte:

«Nein, *caro*, keine Halluzination!»

«Hallo, Urbino», begrüßte ihn Hazel Reeve. Sie trug ein schlichtes meergrünes Kleid, das ihre Augenfarbe betonte. «Tut mir leid, daß ich vorhin nicht dabei sein konnte, aber ich mußte dringend weg.»

«Noch nicht, Hazel, Liebling», sagte die Contessa und tätschelte der jungen Frau besitzergreifend die Hand. Dabei sah sie jedoch nicht Hazel an, sondern Urbino, mit einem Anflug ihres Giocondalächelns von heute nachmittag.

«Auch daß ich heute morgen Ihr Gästezimmer so mir nichts, dir nichts verließ. Ich wollte von Porfirios Wohnung aus anrufen, aber Commissario Gemelli ließ mich nicht.»

Sie lächelte tapfer, als wollte sie sich gleich für alles entschuldigen, was sie angerichtet haben mochte.

«Ich war den ganzen Tag über selbst sehr beschäftigt», entgegnete er. «Ich hätte anrufen müssen. Bestimmt hat Sie Porfirios Tod getroffen, so unmittelbar nach dem von Ralph.»

Hazel nippte an ihrem undefinierbaren Longdrink und sagte: «Ich bin heute etwa um zwei hier eingezogen, Urbino.»

«Eingezogen?»

«Ja, *caro*, sie ist bei mir eingezogen. Schauen Sie nicht so ungläubig. Ich weiß, die Casa da Capo ist kein Mädchenheim, und Ihre süße Hazel ist auch keine Streunerin, nicht wahr, meine Liebe?» – wieder tätschelte sie ihr die Hand – «aber jetzt ist sie hier und kann bleiben, solange sie will.»

Das sagte sie mit hochgerecktem Kinn.

«Die Contessa – Barbara –» verbesserte sich Hazel – «kam heute nachmittag in Porfirios Wohnung und bestand darauf, daß ich zu ihr ziehe. Sie half mir meine Sachen packen, so viel habe ich ja nicht, und wir waren hier, bevor ich wußte, wie mir geschieht.»

«Bei Porfirio konnte ich Sie ja nicht lassen! Und ein Hotelzimmer hätte es auch nicht getan, selbst wenn wir eins gefunden hätten. Und im Palazzo Uccello, *caro*, könnten wir Hazel auch nicht ohne Chaperone wohnen lassen. Ich weiß, im Dachgeschoß sind Natalia und ihr Mann, aber das reicht nicht gegen das Gerede.» Sie nahm einen Schluck Corvo und setzte dann hinzu: «Die eine Übernachtung ist nicht tragisch, aber wir müssen aufpassen, gerade weil Hazel ein Mordopfer gekannt hat.» Sie wandte den Blick ab und sagte: «Hazel, ich fürchte, Urbino steht im Ruf eines Herzensbrechers. Die Leute reden so gern Schlechtes. Dio mio! Noch nach mehr als dreißig Jahren muß ich mich vorsehen. Zungen sind hier wie Messer, glauben Sie mir!»

Urbino nippte an einem Bourbon und grübelte über die Kehrtwendung der Contessa. Erst vor kurzem noch war sie voller Abneigung gegen ihre junge Landsmännin gewesen. Jetzt spielte sie die gütige Beschützerin, was ihr als Rolle besser stand. Doch was hatte diesen Wandel bewirkt?

«Hazel ist ganz allein hier in Venedig, lieber Urbino», beantwortete die Contessa seine unausgesprochene Frage. «Außerdem ist sie Vollwaise.» Dies führte wohl zu einem mißlichen Gedankengang, denn sie ergänzte rasch, «und ich fand es nur recht und billig, wenn ich ihr schwesterlich Obdach gewähre. Wir sind schließlich beide Engländerinnen. Sie hat genug durchgemacht.»

Jetzt erst fielen Urbino die dunklen Ringe unter Hazels Augen auf. Zu dem Mord an Gibbon und der Angst, Tonio Vincenzi könnte etwas damit zu tun haben, kam jetzt auch noch der Tod Porfirios. Freilich war das arme Mädchen verstört, und es war ein lobenswerter Akt der Barmherzigkeit, ihr Unterkunft in der Casa da Capo-Zendrini zu gewähren – auch wenn er die Gründe für den abrupten Sinneswandel seiner Freundin nicht recht verstand.

«Hoffentlich kompromittiere ich Sie nicht, Barbara. Es sieht ja so aus, als wäre ich in all das verwickelt», sagte Hazel verlegen lächelnd. «Ich hab Ralph gekannt, und er ist tot, und ich hab bei Porfirio gewohnt, und der ist jetzt auch tot. Ich weiß, sie sind verschieden gestorben, und es gibt keine Verbindung», ergänzte sie hastig, «aber ich fühle mich trotzdem ... komisch. Commissario Gemelli war auch nicht gerade eine Hilfe, erst recht nicht, nachdem ich ihm von dem Schlüssel erzählt habe.»

«Von welchem Schlüssel?» fragte die Contessa.

Hazel wurde rot.

«Es ging heute alles so schnell, Barbara, daß ich noch nicht dazu gekommen bin, es zu erwähnen.»

Die Contessa stellte ihr Weinglas ab und wartete, bis Hazel weitersprach.

«Wissen Sie, da ist dieser Kirchenschlüssel. Ralph hatte mir einen gegeben, einen nachgemachten. Wir trafen uns jeweils spätabends in der Kirche, damit wir allein miteinander waren, bloß zum Reden und Herumgehen. Es war wie in einer anderen Welt. Er hat mir den Schlüssel gegeben, weil er nicht wollte, daß uns jemand stört. Wenn wir nicht zusammen zu Abend essen konnten, ging er hin und schloß sich ein und wartete auf mich. Ich bin dann mit meinem eigenen Schlüssel hineingekommen. Porfirio muß ihn genommen haben. So konnte er in San Gabriele hinein, in der Nacht, als er . . . als er starb.»

«Hatten Sie ihn nicht bei sich in Mestre?» fragte Urbino.

«Ich bin sehr schnell weg und war vorher nicht mehr in Porfirios Wohnung. Nachher schon. Wozu sollte ich den Schlüssel mitnehmen?»

«Wie hat es Porfirio gemerkt?»

«Eines Abends hat er mich in die Kirche huschen sehen. Er ging gerade über den Platz. Es war deutlich, daß ich einen Schlüssel hatte.»

«Er hat ihn also genommen und ist in die Kirche – aber wozu?»

«Keine Ahnung. Vielleicht die Restaurierung ansehen.»

«Aber das hätte er doch jederzeit tun können.»

«Vielleicht wollte er es tun, wenn sonst niemand da war», mischte sich die Contessa ein. «Jetzt, mit Gibbon tot und Lubonski im Krankenhaus, konnte ihn niemand stören.»

«Porfirio war enttäuscht darüber, daß Ralph fotografieren durfte und er nicht», sagte Hazel stockend und griff nach ihrem hohen Glas. «Meinen Sie, er wollte eigene Fotos machen, jetzt wo Ralph tot ist?»

«Paolo hat Schwester Teresa berichtet, daß Porfirio eine seiner Kameras bei sich hatte», erklärte die Contessa.

Das hieß nicht sehr viel, obwohl Urbino gern gewußt hätte, was auf dem entwickelten Film war. Er fragte Hazel:

«Wann meinen Sie, hat Porfirio Ihren Schlüssel genommen?»

«Ist das denn so wichtig? Ich weiß es nicht genau. Er war in meiner Kommode auf meinem Zimmer. Nicht am Schlüsselring, weil ich ihn Ralph bald zurückgeben sollte. Heute morgen lag er nicht in der Schublade, aber er war bestimmt noch da, als ich vor ein paar Tagen nachgesehen habe. Porfirio hat den Schlüssel irgendwann nach Ralphs Tod genommen – oder vorher – und ihn benutzt oder einen nachmachen lassen.»

«Letzteres wohl nicht, sonst wäre der Schlüssel ja dagewesen. Er kann nur mit Ihrem hineingekommen sein. Und der müßte bei ihm gefunden worden sein.»

«Und jetzt hat Tonio solche Schwierigkeiten», sagte Hazel kopfschüttelnd und blickte fragend zur Contessa. «Darf ich es ihm jetzt sagen?»

«Aber Hazel, Liebe! Sie dürfen alles sagen, und wann Sie wollen. Urbino, holen Sie mir bitte noch ein Glas Wein? Und vielleicht hätte Hazel auch gern noch einen Drink.»

Die junge Frau schüttelte den Kopf. Urbino stand auf, schenkte der Contessa einen Corvo ein und tat in sein eigenes Glas einen Eiswürfel und einen Schuß Bourbon.

«Was ist mit Tonio Vincenzi?» fragte er, indem er der Contessa das Glas reichte und sich wieder setzte. «Ich war heute morgen mit ihm in der Questura. Alles schien bestens, obwohl er natürlich nervös war.» Doch noch bevor er ausgesprochen hatte, ging ihm auf, worauf sich Hazel bezog. «Rigoletti sagte, er hat in der Questura jemand identifiziert. Etwa Tonio?»

«Genau. Nachdem Sie schon weg waren», erläuterte die Contessa.

Es war eine Weile still.

«Das ist einfach nicht wahr!» rief Hazel. «Ich weiß, daß es nicht wahr ist! Tonio hätte Ralph nie etwas getan.»

Es war nicht angebracht, sie jetzt daran zu erinnern, daß sie geflohen war – wenn auch nur bis nach Mestre –, als sie ihren früheren Verlobten im Montin gesehen und gemeint hatte, er habe mit dem Mord zu tun.

«Ich habe es Ihnen doch gestern abend schon gesagt», wandte Hazel sich an Urbino. «Tonio schwört, er war nie in dieser Gegend.»

«Haben Sie ihn gesprochen?» fragte Urbino.

«Sie war heute nachmittag bei ihm im Splendide-Suisse.»

«Deshalb war ich nicht da, Urbino.» Das erklärte auch den Zettel, den die Contessa in seinem Beisein erhalten hatte, worauf ihr Giocondalächeln verflogen war. «Er hatte von seiner Stiefmutter gehört, daß ich hier wohne – Barbara hat es ihr gesagt – und angerufen. Ich bin sofort zu ihm. Er war sehr aufgeregt.»

«Er ist also nicht in Haft.»

«Natürlich nicht, Urbino», sagte die Contessa. «Warum auch? Nur weil Rigoletti ihn identifiziert hat? Nur weil er an dem bewußten Abend in der Calle Santa Scolastica gewesen sein könnte? Das heißt nicht, daß er Gibbon umgebracht hat.»

«Aber er war an dem Abend nicht dort – und auch an keinem anderen!» Hazel beugte sich vor und umkrampfte ihr Glas. «Ich weiß, daß er nicht dort war! Der Mann irrt sich.»

«Oder er lügt», sagte die Contessa. «Vielleicht hat er seine Gründe. Und es war dunkel. Wie kann Rigoletti sicher sein, wen er gesehen hat?»

«Mrs. Pillow schwört, er ist an dem Abend nicht ausgegangen. Sie waren die ganze Zeit im Hotel!» sagte Hazel erstickt.

«Wenn Berenice das sagt, ist es wahr», bestätigte die Contessa. «Sie würde bei so etwas nicht lügen.»

«Nicht einmal für ihren Stiefsohn?» fragte Urbino. Er zweifelte nicht daran, daß Mrs. Pillow wie jede Mutter lügen würde, um ihren Sohn zu decken. Mrs. Spaak jedenfalls würde das tun. Mrs. Pillow würde davon nicht besser und nicht schlechter, und schon gar nicht zur Verbrecherin. Eher sympathischer.

Hazel sah ihn kalt an.

«Glauben Sie mir, Urbino, sie lügt nicht. Ich kenne sie jetzt schon etliche Jahre, und sie hat die Wahrheit gesagt. Sie ereifert sich selten, aber wenn, dann ist klar, daß sie überzeugt ist von dem, was sie sagt oder tut.»

Die Contessa nickte zustimmend und fragte: «Hat sie Ihnen vorhin die kalte Schulter gezeigt?»

«Im Gegenteil, sie war sehr nett. Sie wußte, ich war gekommen, um Tonio zu helfen.»

«Aber was können Sie denn für ihn tun, Hazel? Vorhin

haben Sie gesagt, Sie haben ihn erst heute abend gesprochen. Es wäre schön, wenn Sie ihm ein Alibi geben könnten, aber...»

«Er braucht keins! Er hat nichts getan, ich sagte es doch!»

Sie stellte das Glas auf den Tisch und vergrub das Gesicht in den Händen. Die Contessa rutschte zu ihr hinüber und legte tröstend den Arm um sie.

«Es tut mir leid, Hazel. Ich wollte Sie nicht aufregen, aber Sie müssen den Dingen ins Auge sehen. Tonio liebt Sie, und es ist offensichtlich, daß auch Sie noch für ihn fühlen.» – Die grauen Augen warfen einen raschen Blick zu Urbino – «Aber Sie dürfen nicht alles so schwernehmen. Das nützt keinem von Ihnen beiden. Urbino wird ihm helfen, nicht wahr, *caro*? Er ist schon dabei. Er war ja heute morgen mit ihm in der Questura.»

Hazel nahm die Hände vom Gesicht, um Urbino anzusehen. Auf ihren Wangen glänzten Tränen.

«Sie helfen ihm?»

Es war weniger eine Frage als eine Bitte.

«Natürlich, soviel ich kann», bestätigte Urbino, sein Versprechen unbestimmt haltend.

Bis vor einer halben Stunde hatte er noch geglaubt, Tonio Vincenzi sei in der Mordnacht nicht in der Calle Santa Scolastica gewesen, aber nun, wo Rigoletti ihn offenbar identifiziert hatte, war er nicht mehr so sicher. Er hielt es für möglich, daß Berenice Pillow log, um ihren Stiefsohn zu decken. Obwohl, in Mrs. Pillows Worten, Tonfall oder Verhalten hatte er keinen Hinweis darauf bemerkt.

Urbino wollte in Hazel keine falschen Hoffnungen wecken. Sonst hätte er sich vielleicht noch selbst in dem Geflecht von Lügen und Täuschungsmanövern verheddert, das sein Vorankommen in diesem Fall so massiv erschwerte.

«Ich spreche mit Commissario Gemelli. Mit Tonio rede ich morgen», schränkte er seine Zusage ein.

«Sie brauchen nicht bis morgen zu warten, Urbino. Tonio und Mrs. Pillow kommen gleich rüber. Ach, hoffentlich macht es Ihnen nichts aus, daß ich sie hergebeten habe, Barbara. Ich wußte, daß Urbino hier sein würde, und wollte vorher noch Tonios Lage erklären können.» Sie sah auf die schmale Goldarmbanduhr. «Sie müßten in ein paar Minuten kommen. Sie haben doch nichts dagegen?»

Die Contessa machte dazu eine undurchdringliche Miene. Was sie dabei dachte oder empfand, blieb ihr Geheimnis und drang nicht durch die anerzogene Gelassenheit. Sie sagte leichthin:

«Berenice ist eine meiner ältesten Freundinnen, Hazel. Sie und Tonio sind hier stets willkommen.»

Das waren die Worte. Gemeint konnte sie indes etwas ganz anderes haben. Wie sehr sie sich beherrschen mußte, wurde klar, als sie völlig ausdruckslos zu Urbino hinübersah.

«Entschuldigt mich bitte einen Augenblick», sagte sie dann und erhob sich vom Sofa. «Ich muß Lucia und Mauro sagen, daß wir Berenice und Tonio erwarten.»

«Lucia habe ich es schon gesagt, Barbara», warf Hazel ein.

«Wie zuvorkommend von Ihnen, Hazel.»

Die Contessa lehnte sich wieder in ihre tunesischen Kissen und ließ sich immer noch nichts anmerken. Immerhin fiel Urbino auf, daß sie diesmal nicht zu ihm hersah.

Urbino wollte noch ein bestimmtes Thema mit Hazel erörtern, war sich aber nicht sicher, ob das der rechte Ort und Zeitpunkt war. Es ging um Gibbons Anwesenheit in der Calle Santa Scolastica. Unter vier Augen wäre das einfacher. Allerdings wohnte sie nun in der Casa da Capo-Zendrini, und ohne die Contessa würde er sie wohl nicht oft sprechen können. Gab es noch ein anderes Motiv als Fürsorglichkeit für den Umzug, den die Contessa betrieben hatte? Er mußte an ihr Giocondalächeln denken. Vorfreude auf die Überraschung – oder Schadenfreude über einen listigen Schachzug? Wie er die Contessa kannte, war es wohl eine Mischung aus beidem.

Urbino gab sich einen Ruck und riskierte die Frage:

«Haben Sie eine Vorstellung, warum Gibbon in der Mordnacht eigentlich in der Calle Santa Scolastica war?»

«Ich wußte nicht, daß er hinwollte. Ich wußte auch nicht, daß er je dort war.»

Das war nicht eigentlich eine Antwort auf seine Frage, doch bevor er nachhaken konnte, sagte Hazel: «Ich weiß schon, worauf Sie hinauswollen. Commissario Gemelli hat mich das auf fünferlei Art gefragt, aber ich sagte ihm, ich habe keine Ahnung, was Ralph dort nachts getrieben hat. Gemelli hat mir dann erläutert, welchen Ruf die *calle* hat, aber ich konnte ihm danach auch nicht mehr sagen. Ich meinte, Ralph hätte vielleicht fotografiert, aber unter den Fotos waren keine aus der Gegend – und, soweit ich sehen konnte, auch nichts, was uns hilft, seinen Mörder zu finden.»

«Ich muß mich wundern, Urbino», warf die Contessa ein. «Die arme Hazel war Gibbons Verlobte. Worauf wollen Sie denn mit solchen Fragen hinaus?»

«Ach, es spielt keine Rolle, Barbara, wirklich. Wir sind doch alle moderne Menschen.» Hazel lächelte schwach. «Obwohl ich mich in bezug auf Venedig irren könnte. So modern ist es vielleicht gar nicht, oder?»

«Meine Liebe, warum sollten hier nicht wenigstens ein paar vorurteilslose, modern denkende Menschen leben?»

Die Contessa hatte ihre Undurchdringlichkeit abgelegt und war nun wieder engagierte Verteidigerin ihrer Wahlheimat, und offenbar auch der eigenen Vorurteilslosigkeit.

«Commissario Gemelli gehört jedenfalls nicht dazu», stellte Hazel fest. «Er ist noch von vorgestern. ‹Wissen Sie genau, daß Ihr Verlobter nicht auf Männer stand, Signorina Reeve? Sind Sie sicher, daß er kein Stelldichein in der Calle Santa Scolastica hatte? Könnte er homosexuell gewesen sein? Sind Sie im Laufe Ihrer Bekanntschaft auf etwas in dieser Richtung gestoßen?›»

Die Contessa schien die Wiedergabe dieser Fragen peinlich zu berühren.

«Wenn er Beweise dafür hätte, würde er den Mordfall sicher liebend gern als Zusammentreffen zwischen lüsternem Opfer und bemitleidenswertem Täter abtun, von dem nicht viel anderes zu erwarten war», sprach Hazel weiter. Sie schüttelte empört den Kopf. «Ich habe geantwortet, für derlei Mutmaßungen sähe ich keinen Grund, und er hat mich einfach ausgelacht. Da hab ich ihm gesagt, es hätte mir auch nichts ausgemacht. Da blieb ihm das Lachen im Hals stecken! Aber es stimmt. Ich habe Ralph danach beurteilt und geliebt, wie er mit mir umgegangen ist und mich behandelt hat. Er war bestimmt treu. Jedenfalls wünschte ich das, und ich hasse die Vorstellung, er könnte sich in finstere Gassen geschlichen haben, um ... um sich jemand zu suchen. Ralph sah sehr gut aus, er war Künstler. Ich weiß, wie es auf der Welt zugeht. Ich weiß ...»

Sie konnte den Satz nicht beenden, sondern brach in Tränen aus. Bevor sie das hastig gezogene Tüchlein an die Augen preßte und die Contessa wieder zum Trost den Arm um sie legte, schoß sie durch Tränen einen kurzen und irgendwie unpassenden Blick zu Urbino hinüber. Es kam ihm vor, als wolle sie damit nicht sein Mitgefühl erheischen, sondern nur sehen, wie er reagierte.

Die Tür zum Salon der Contessa wurde geöffnet und Mauro kündigte Berenice Pillow und Tonio Vincenzi an. Sie blieben eintretend wie angenagelt stehen, als sie Hazel weinend in den Armen der Contessa erblickten, mit Urbino als Zuschauer.

Die ersten Momente nach dem Eintreten von Mrs. Pillow und Tonio bestimmten den weiteren Verlauf des Abends.

Tonio eilte zu Hazel und faßte ihre Hand. Die Contessa trat ihren Platz an ihn ab und steuerte ihre Freundin Berenice in einen der beiden Sessel. Nachdem Urbino Getränke serviert hatte, setzte er sich wieder in seinen Sessel und kam sich alleingelassen und eher wie ein Zuschauer vor.

Dieses Gefühl des Ausgeschlossenseins hielt jedoch nur so

lange an, bis Berenice Pillow und die Contessa sich fertig begrüßt hatten und Berenice sich an ihn wandte.

«Wir sind heute abend nur Ihretwegen hier, Mr. Macintyre. Das ist nicht gegen dich gerichtet, liebe Barbara, aber Tony und ich sind sehr besorgt wegen der neuesten Entwicklung. Wer wäre das nicht? Ist es zu glauben, daß jemand behauptet, er hat ihn in der Mordnacht an diesem schrecklichen Ort gesehen?»

«Was ist denn passiert, Tonio?» fragte Urbino den jungen Mann, der Hazels Hand jetzt mit beiden Händen umfaßte.

«Nachdem Sie drinnen bei Commissario Gemelli waren, ging ich in den anderen Flügel, um zu warten, bis meine Aussage getippt war. Es dauerte ewig, und ich habe sie dann mehr als einmal durchgelesen. Mir kam es so vor, als seien meine Aussagen ganz verdreht worden und bedeuteten etwas ganz anderes. Nachdem ich endlich fertig war und auf der *fondamenta* an der Apotheke vorbeiging, kam mir ein Mann – Ignazio Rigoletti, wie ich jetzt weiß – in Richtung Questura entgegen. Er hat mich ganz seltsam angestarrt. Als ich an ihm vorbei war, blieb er stehen, drehte sich um und schrie hinter mir her. Ich blieb ebenfalls stehen. Bevor ich mich versah, befand ich mich erneut in der Questura. Leider waren Sie schon fort.»

«Wie lange wurden Sie dort behalten?»

«Nochmals eine Stunde. Dieser Rigoletti schwor Stein und Bein, er erkenne mich aus der Calle Santa Scolastica wieder, da sei kein Irrtum möglich. Ich sagte ihm, das kann nicht sein, weil ich an dem Abend gar nicht ausgegangen bin. Ich wünsche bei Gott, wir könnten irgendwie beweisen, daß wir die ganze Nacht im Hotel waren. Aber das können wir leider nicht. Ich habe etwa um zehn noch geduscht, und Mutter war schon in ihrem Zimmer auf der anderen Seite vom Salon. Sie weiß, daß ich nirgends hingegangen bin. Wäre ich raus, hätte Sie es hören müssen. Sie hat einen sehr leichten Schlaf.»

«Geschlafen habe ich um diese Zeit noch nicht», sagte Mrs.

Pillow. «Ich habe so meine kleinen Rituale vor dem Schlafengehen.»

«Ich habe dem Commissario gesagt, er soll im Hotel fragen, ob mich jemand hat fortgehen sehen, aber es kann mich ja keiner gesehen haben, weil ich nicht weg war! Er sagte, er hat bereits mit dem Hotelpersonal gesprochen, das Dienst hatte, und auch mit ein paar Gästen. Was die ihm gesagt haben, hat er nicht verraten, bloß daß während des Karnevals großer Trubel herrscht und daß es im Splendide-Suisse schon baulich keine Ein- und Ausgangskontrolle gibt. Da hat er freilich recht, wenn Sie das Hotel kennen. Es gibt zwei Ausgänge, aber ist das meine Schuld? Macht mich das verdächtig?» Tonio seufzte. «Gott sei Dank steht mein Wort gegen das von Rigoletti, und am Ende haben sie mich gehen lassen. Aber ich konnte sehen, daß der Commissario mir kein Wort glaubt. Auch nicht, daß ich von Gibbons Anwesenheit in Venedig – und von dem Mord – erst gestern aus der Zeitung erfahren habe.»

Zornesröte stieg in Berenice Pillows Gesicht auf.

«Ich wollte gleich in die Questura und dem Commissario die Meinung sagen. Tony hat noch gar nicht erzählt, was für furchtbare Dinge der ihm unterstellt.»

Ein etwas unpassendes Adjektiv. Was konnte furchtbarer sein als Mordverdacht? Aber Urbino verstand schon, warum Commissario Gemellis anzügliche Fragen zur Calle Santa Scolastica Berenice Pillow empörten und ihr die Perspektive raubten. Er spürte etwas bei ihr, was er zugleich fürchtete und bewunderte: gerechten Zorn. Ihrem Sohn – daß er rechtlich ihr Stiefsohn war, spielte keine Rolle – war Furchtbares unterstellt worden, wozu er ihrer Meinung nach nicht fähig war.

«Es darf doch niemand behaupten, Tony sei an dem Abend in der *calle* gewesen. Er war bei mir im Hotel.»

«Da waren wir», sagte Tonio. «Sie müssen uns das glauben.»

«Der Mann irrt sich, und das ist kein Wunder», sagte Berenice Pillow. «Sehen Sie doch das Chaos da draußen! Wie kann der Mann überhaupt wissen, was er gesehen hat? Es gibt eine Menge schöne junge Männer in dieser Stadt. Jeder von denen könnte es gewesen sein – irgendeiner, der Tony oberflächlich ähnlich sieht. Es würde mich nicht wundern, wenn auch noch andere behaupten würden, Tony gesehen zu haben – aber egal, wie viele das sagen, es stimmt nicht! Er war an dem Abend nicht draußen – und er hat mit Sicherheit nichts mit Mr. Gibbons Tod zu tun!» Ihre Stimme war heiser vor Zorn. «Zudem, wer so etwas Verwerfliches tun wollte, hat doch bestimmt eine Maske getragen, nicht wahr?»

«Armer Tonio», sagte Hazel und streichelte ihm mit der freien Hand das Gesicht.

Mrs. Pillow sah mit verkrampftem Lächeln zu.

«Hazel, ich habe dir noch gar nicht dafür gedankt, daß du heute auf Tonys Anruf hin gleich in unsere Suite gekommen bist. Ich war so durcheinander, daß ich vielleicht unhöflich gewesen bin.»

«Überhaupt nicht.»

Mrs. Pillow stand auf, ging zum Sofa und setzte sich neben Hazel. Ihr Gesicht wirkte angespannt, als sie Hazels Hand faßte, die ihr Stiefsohn eben noch gehalten hatte. Tonio beobachtete sie und nippte an seinem Cognac.

«Ich habe wohl auch nicht genug Rücksicht auf deine Gefühle genommen. Unsere Meinungsverschiedenheiten hatten wir ja, und hoffentlich verstehst du, wie empört ich war, als ich gestern feststellen mußte, daß ihr eure Verlobung gelöst habt. Tony kann ein schlimmes Geheimnis gut wahren, aber ich wußte, daß ihn etwas bedrückt. Über deine Situation könnte ich nicht betroffener sein, das solltest du unbedingt wissen. Differenzen zwischen dir und Tony gehen nur euch an. Ich wünsche mir für euch nur das Beste.»

«Das will ich hoffen, Berenice, Liebe», sagte die Contessa lachend. «So haben uns die Nonnen von St. Brigid's schließlich erzogen!»

Mrs. Pillow lächelte und ging zurück zu ihrem Sessel.

«Was können Sie also für meinen Tony tun, Mr. Macintyre? Wir möchten so schnell wie möglich abreisen, spätestens am Aschermittwoch. Tony muß zu seinem Projekt nach London zurück, und ich fliege wieder nach New York. Ich weiß, es sind nur noch zwei Tage bis dahin, und hier in Italien braucht alles seine Zeit, aber glauben Sie, daß Tony dann abreisen darf? Wenn nicht, bleibe ich so lange wie nötig hier.»

«Und in diesem Haus», bot sich die Contessa an.

«Wir möchten uns nicht aufdrängen, Barbara», sagte Mrs. Pillow mit einem Blick zu Hazel. «Aber vielleicht hilfst du uns ein anderes Hotel finden, wenn wir nach dem *carnevale* noch nicht wegkönnen.»

«Wenn du nicht hier wohnen willst, sollten wir dich im Danieli oder im Gritti unterbringen. Mach dir keine Gedanken. Darum kümmere ich mich gern. Aber ich glaube nicht, daß es nötig sein wird. Wir können uns darauf verlassen, daß Urbino sein Bestes gibt, nicht wahr, *caro*?»

Urbino nickte, aber er war sich alles andere als sicher, auf was er sich damit einließ.

20

Obwohl es schon spät war, ging Urbino von der Contessa direkt zum Hotel Splendide-Suisse. Mrs. Pillow und ihr Sohn würden bestimmt noch mindestens eine halbe Stunde in der Casa da Capo-Zendrini bleiben, und er wollte ihre Abwesenheit nutzen.

Nachdem er an der nebelverhangenen Rialtobrücke aus dem *vaporetto* gestiegen war, hastete er durch die verstopften *calli.*

Ein Kanal verlief an einem der beiden Flügel des Splendide-Suisse entlang. Der Empfang befand sich in dem Bau, der an der Gasse zur Piazza lag. Urbino trat an den Tresen und wartete, bis einem französischen Paar mit Partnerlook und Federmasken der Weg zum Hotel Danieli erklärt worden war. Der Angestellte wollte Urbino zunächst keine Auskunft geben, aber als Urbino dieselben überzeugenden Argumente wie gleichentags schon bei dem Jungen in der Calle degli Albanesi anbot, wurde er zugänglicher. Er sagte, er sei in der fraglichen Nacht im Dienst gewesen, habe Signora Pillow und Signor Vincenzi etwa um halb neun den Schlüssel ausgehändigt und keinen der beiden danach noch das Hotel verlassen sehen.

«Das habe ich auch der Polizei gesagt, Signore, und meine Kollegen auch.»

Urbino ging durch die Verbindungshalle in den andern Hotelflügel mit Aufenthaltsraum, Sitzungszimmern, Restaurant und Bar. Die Lounge war voll kostümierter Gäste und ihrem schrillen Geplapper. Gelegentlich hörte man Worte und Sätze auf Englisch, Italienisch, Französisch, Deutsch und Spanisch, doch die meiste Zeit nur das wirre Esperanto von Aufregung und Vorfreude. Zwar war es Sonntagabend, und nach elf, aber für im Karneval war die Nacht noch jung. Viele kamen und gingen, sahen sich aber nicht bemüßigt, den vom Empfang einsehbaren anderen Ausgang zu benutzen.

Urbino sprach noch mit anderen Hotelangestellten, die in der Mordnacht Dienst gehabt hatten, und erhielt die gleichen Auskünfte wie am Empfang. Tonio hatte somit nur das Alibi seiner Stiefmutter. Bei dem Gewimmel in der Lounge im Karneval und der Leichtigkeit, mit der man den Empfang umgehen konnte, wollte es wenig heißen, daß ihn in der kritischen Zeit niemand hatte gehen oder kommen sehen.

Als Urbino sich auf dem Heimweg wieder unter die tobende Menge mischte, kam ihm in den Sinn, was Hazel im Montin gesagt hatte – daß normalerweise der Täter ein Alibi habe. Er ging alle Alibis aus den letzten Tagen durch.

Lubonski hatte wohl das unerschütterlichste. Er hatte schwerkrank in der Casa Crispina gelegen und mit dem Krankenboot in die Klinik transportiert werden müssen. Dennoch war er an diesem Abend einmal draußen gewesen. Die arme kleine Stella Maris Spaak mit ihrem Asthma hatte das Atemgerät für den Notfall neben dem Bett stehen gehabt. Xenia Campi behauptete, den Abend in dem Sessel am Empfang verbracht zu haben, mit bester Sicht auf den Eingang der Casa Crispina und auf Schwester Agata – bis die greise Nonne schnarchte –, aber Giuseppe schien anzudeuten, er könnte sie auf der Piazza gesehen haben. Giuseppe selber hatte sich mit den beiden andern Neapolitanern auf der Piazza aufgehalten, und Nicholas Spaak war überall herumgelaufen. Dora sagte, sie sei nach dem Abendessen in der Casa Crispina geblieben, und nach Aussage ihrer Mama hatte sie zweimal nach dieser gesehen.

Und was war mit Hazel Reeve, die jetzt von der Contessa als Hausgast verwöhnt wurde? Wo war die junge Frau mit den grünen Augen und dem perfekten Italienisch herumgebummelt, während ihr Verlobter in der Calle Santa Scolastica erstochen wurde?

Urbino war so vertieft in seine Überlegungen, daß er mehrere Sekunden brauchte, bis er merkte, daß ihn jemand an der Schulter gefaßt hielt und ihn ansprach. Er erblickte den Kopf eines Braunbären mit traurigen Augen. Er hatte ein schweres Halsband um, und daran hingen mehrere Glieder einer Kette.

«Retten Sie mich, Signore, retten Sie mich! Ich hab mich von meinem Pfahl auf dem Campo Santo Stefano losgerissen, aber die Hunde hetzen mich. Sie wollen mich totbeißen! Da, sehen Sie!»

Er hielt eine naßglänzende Pfote mit Bißwunde hoch, tippte Urbino damit an die Backe und hinterließ ein klebriges Gefühl.

«Retten Sie mich, oder ich bin am Ende!»

Während Urbino sein Taschentuch rausnahm, um sich die Backe abzuwischen, hastete der Bär blindlings weiter zu einem Paar mit Lederfratzen und wiederholte dort seinen Auftritt.

Urbino blieb vor einem hellerleuchteten Schaufenster stehen und begutachtete sein Taschentuch. Sah aus wie echtes Blut.

Während er weiter in Richtung Rialto ging, mußte er immer wieder an Hazels schnellen Blick denken, als sie bei der Contessa in Tränen ausgebrochen war.

Als das Telefon nur fünf Minuten nach seiner Rückkehr zum Palazzo Uccello klingelte, wußte Urbino, noch bevor er abnahm, wer dran war. Sonst hätte ihm die Stimme aus dem Hörer wohl Rätsel aufgegeben. Die Contessa sprach in einem seltsam heiseren Flüsterton, als habe sie sich überschrien oder Angst, belauscht zu werden. Da sie bei seinem Weggang vor anderthalb Stunden noch bei Stimme gewesen war, konnte er daraus nur schließen, daß seine Freundin Vorsichtsmaßnahmen traf.

«Von wo aus sprechen Sie, Barbara?»

«Ich bin im Schlafzimmer. Wo sonst um diese Zeit? Und wo sind Sie gewesen?»

Er erzählte ihr von seinem Abstecher zum Splendide-Suisse und dem Nachhauseweg und setzte sie auch über sein Gespräch mit Nicholas Spaak ins Bild, das sie noch nicht hatten erörtern können. Sie aber wollte über Tonio Vincenzi reden.

«Niemand hat ihn hinausgehen sehen, weil er nicht hinausgegangen ist. So einfach ist das», flüsterte sie.

«Ich bewundere Ihr Vertrauen in das Wort einer alten Freundin.»

«Das hat nichts mit Berenice zu tun! Die Berenice von früher konnte überzeugend lügen, um jemand zu decken. In St. Brigid's hat sie's ein paarmal für mich getan und ich auch für sie, obwohl wir bestimmt gleich anschließend zur Beichte gerannt sind.» Die Contessa seufzte, vielleicht in Erinnerung an jene unkomplizierten Zeiten läßlicher Sünden. «Nein, *caro*, daß ich diesem hübschen jungen Mann glaube, hat nichts mit Berenice zu tun. Nur mit seinen Augen und seinem Mund. Er sagt die Wahrheit.»

Er konnte sie kaum verstehen.

«Barbara, warum flüstern Sie?»

«Ich flüstere doch nicht, Urbino.» Das kam genauso leise. «Warum meinen Sie, ich flüstere?»

«Weil Sie es tun. Hängt doch hoffentlich nicht mit Hazel Reeve zusammen, oder?»

«Mit Hazel? Warum denn?»

«Weil sie bei Ihnen wohnt, Barbara, und Sie vielleicht nicht wollen, daß sie zuhört.»

Reute die Contessa vielleicht ihr Akt der Barmherzigkeit?

«Wie könnte sie zuhören?» Jetzt schrie die Contessa fast. Als sie weiterredete, vernahm er mit Freuden, daß sie wieder normal sprach. «Ach, ich glaube, ich bin albern, *caro*. Bei diesem Mädchen ist mir nicht ganz wohl in meiner Haut. Es geht mir einfach nicht aus dem Sinn, daß sie Gibbon kannte, und er ist tot, und daß sie bei Porfirio gewohnt hat, und der ist jetzt auch tot. Ich bin nicht abergläubisch, aber ...»

«Aber Sie glauben, Sie könnten die nächste sein? Sie sind wirklich abergläubisch, Barbara. Eher könnten Sie meinen, ich bin der nächste, oder Josef.»

«Wie meinen Sie das?»

«Gibbon und Porfirio hatten beide mit dem Fresko zu tun, nicht? Und Josef und ich desgleichen.»

«Aber das Fresko ist doch nur ein Ding!»

Das sagte sie fast verächtlich.

«Da muß ich Ihnen recht geben. Ich habe ganz vergessen, daß ‹Dinge› kein Unheil anstellen können. Geld und Juwelen oder das Bild eines großen Meisters oder ein belastender Brief haben noch nie Tod und Verderben gebracht.»

«Sie sollten sich schämen, Urbino, Sie machen sich über mich lustig ... Sie reden Unsinn.» Sie hielt inne. Man konnte fast hören, wie sie nachdachte. «Sie glauben doch nicht im Ernst, daß das Fresko damit zu tun hat, oder?»

«Ich wäre überrascht, wenn es so wäre.»

«Überraschter, als wenn Hazel Reeve damit zu tun hätte?» Wieder flüsterte sie fast. Als er nicht gleich reagierte, sagte sie: «Ich meine, mehr damit zu tun, als bloß eine attraktive, intelligente junge Frau zu sein, die mit dem Ermordeten verlobt war und bei einem Mann gewohnt hat, der gerade gewaltsam zu Tode gekommen ist.»

«Und jetzt wohnt sie bei Ihnen, Barbara.»

«Richtig, *caro*, und vergessen Sie das nicht!»

Mit dieser Mahnung legte die Contessa auf.

Urbino las eine Weile Proust und ging dann zu Bett. Er schlief fast sofort ein, hatte aber Alpträume.

Eine stirnrunzelnde Xenia Campi klagte über die Zerstörung Venedigs und verteilte ihre unvermeidlichen Flugblätter, auf denen nichts außer einem blutigen Handabdruck war, während

Giovanni Firpo in seinem Karnevalsprunkgewand lachend jede ihrer Gebärden nachäffte, nur daß er keine Flugblätter verteilte, sondern Fotos von sich.

Hazel Reeve schlich durch die Casa da Capo zum Schlafzimmer der Contessa. Als sie die Tür aufmachte, lag jedoch nicht die Contessa im Bett, sondern ein Mann. Sein Profil wurde erst sichtbar, als er sich im Schlaf umdrehte und sich als Ralph Gibbon entpuppte, die Augen geschlossen und das Gesicht eine lächelnde Maske. Plötzlich aber trat nicht mehr Hazel ans Bett, sondern Nicholas Spaak, und im Bett lag nicht mehr Gibbon, sondern Tonio Vincenzi, gleichfalls grinsend und mit geschlossenen Augen. Als sich Vincenzi im Bett aufrichtete, wachte Urbino auf.

Er sah auf die Uhr. Halb vier Uhr morgens. Er würde nur schwer wieder Schlaf finden und hatte keine Lust, wachzuliegen. Doch erst als er sich ankleidete, wurde ihm klar, daß er einen Plan gefaßt hatte.

Vom Palazzo Uccello aus wandte sich Urbino zunächst in Richtung Markusplatz. Die *calli* waren fast völlig verwaist. Er schritt rasch aus und erreichte bald die Piazza. Die Festbeleuchtung war aus, und Straßenkehrer waren am Abräumen. Ein paar betrunkene Narren pennten unter den Bogengängen.

Urbino ging an der Basilika vorbei und auf die Piazetta, wo der heilige Theodor und der Markuslöwe auf ihren Säulen in die Nacht starrten. Alle Verkaufsstände waren verrammelt. Hier am Wasser war dichter Nebel. Er sah nur die Umrisse der vertäuten Gondeln, hörte aber die Wellen gegen Bootswände, Holzpier und Ufermauer plätschern.

Er wandte sich nach rechts in Richtung Riva degli Schiavoni. Jetzt wurde ihm klar, wo er hinwollte, seit er den Palazzo Uccello verlassen hatte. Der Dogenpalast wirkte mehr wie das Gespenst eines Gebäudes, denn die massiven Obergeschosse ragten gespenstisch über dem Boden, als seien sie nur auf Luft und Dunst gegründet. Urbino überquerte die Brücke, ohne sich nach der Seufzerbrücke umzublicken. Er ging unter Bogengängen entlang und betrat durch eine schmale Lücke zwischen dem alten Staatsgefängnis und dem Flügel des Hotels Danieli die Calle degli Albanesi.

Sie war völlig ausgestorben. Er trat in die Sackgasse rechter Hand, wo Nicholas Spaak einen kurzen Blick auf jemand in einer billigen Plastikmaske erhascht hatte. Urbino erkannte, daß man hier im Schatten verborgen war und dennoch einen guten Blick auf den Eingang zur Calle Santa Scolastica gegenüber hatte.

Urbino trat in die Calle Santa Scolastica hinein. Etwa hier war Spaak von Rigoletti verschreckt worden, der hinaushastete, um die Polizei anzurufen. Die Fenster zum Hof weiter hinten waren alle dunkel bis auf eines. Das von Rigoletti.

Hinter dem *corte* machte die Gasse einen Knick. Genau dieser Knick verhinderte, daß jemand von der anderen Hofseite aus sah, was an der Wassertreppe vorging.

Warum er in dieser Herrgottsfrühe den Tatort aufsuchte, wußte Urbino selbst nicht, aber er verweilte mehr als zehn Minuten und dachte nach.

Dann erinnerte er sich plötzlich an eine Bemerkung von Mrs. Spaak. Er hatte sie nicht so recht wahrgenommen, aber hier an der Stelle, wo Gibbon ermordet worden war, und in dem wabernden Nebel bekam er davon fast Gänsehaut.

«Er ist auf immer mein», hatte Stella Maris Spaak über ihren Sohn gesagt.

War das absolutes Vertrauen in ihres Sohnes Hingabe gewesen – oder etwas ganz anderes? Fand die Witwe Trost darin, daß ihr Sohn homosexuell war und dadurch in einem sehr realen Sinne «für immer» ihr gehörte?

Urbino drängte es fort von der Calle Santa Scolastica, wo Gibbon, eine hohe Summe in der Tasche, erstochen aufgefunden worden war. Er sah auf die Uhr. Schon fast fünf. Schlaf würde er nicht mehr finden, aber das war nicht wichtig. Er hatte viel zu überlegen. Seine Träume und sein Besuch in der Calle Santa Scolastica hatten ihm den Eindruck vermittelt, daß er sehr nahe an dem war, was an dem Abend geschehen war, als Gibbon seinem Mörder ins Gesicht geblickt hatte.

21

Am nächsten Morgen brachte *Il Gazzettino* eine Überraschung. Tonio Vincenzis Gesicht prangte auf der ersten Seite.

Er starrte Urbino entgegen, der in der Bibliothek einen *caffe latte* trank. Auch wenn die schwarzen Haare tiefer in die Stirn gezeichnet waren, waren seine Adlernase, sein sinnlicher Mund und die großen Augen genau getroffen. Zum Glück wurde Vincenzi nicht namentlich erwähnt, wohl aber Rigoletti. Die Begleitnotiz war kurz: Ignazio Rigoletti vom Corte Santa Scolastica habe dem Polizeizeichner die beiden Männer genau beschrieben, die ihm kurz nach dem Mord an dem britischen Fotografen in der Calle Santa Scolastica begegnet seien. Die Polizei habe die Fahndung eingeleitet und bitte um sachdienliche Hinweise.

Neben Tonios Konterfei war der Blonde abgebildet, von dem Rigoletti gesprochen hatte. Er war nicht so gut getroffen, und man dachte nicht gleich an Nicholas Spaak.

Ein raffinierter Eiertanz der Questura. Sie hatte bei weitem nicht genug Beweise für eine Festnahme Tonio Vincenzis, oder auch nur für eine Namensnennung oder den Abdruck seines Fotos. Also brachte sie eine Polizeizeichnung desjenigen in Umlauf, den Rigoletti gesehen haben wollte und gestern als Tonio Vincenzi identifiziert hatte.

Urbino wog verschiedene Aspekte gegeneinander ab: Sagte Rigoletti die Wahrheit über den Dunkelhaarigen aus der Calle

Santa Scolastica? Konnte er sich geirrt haben? Sah Vincenzi dem Mann bloß ähnlich, oder war er tatsächlich dort gewesen, unmittelbar vor der Entdeckung der Leiche? Hatte Xenia Campis Exgatte ein spezielles Motiv, Vincenzi zu identifizieren? Und wie paßten Spaaks Beobachtungen ins Bild?

Die Contessa glaubte, Tonio Vincenzi sei nicht in der Calle Santa Scolastica gewesen. Ebenso Hazel Reeve. Bei Mrs. Pillow allerdings war es etwas anderes. Für sie war das keine Glaubenssache, sie mußte es wissen. Er mußte sie noch einmal sprechen, aber nicht in Gegenwart ihres Stiefsohns.

Zum Glück nahm sie selbst den Hörer ab, als er im Splendide-Suisse in der Suite Vincenzi-Pillow anrief.

«Mrs. Pillow, hier ist Urbino Macintyre. Könnten wir uns heute kurz treffen?»

Hoffentlich begriff sie, daß er sie ohne Tonio sprechen wollte.

«Selbstverständlich, Mr. Macintyre. Ich sitze hier ganz allein. Tony führt Hazel durch die Kirchen Palladios. Er wollte ein Auto mieten und am Brentakanal entlangfahren, war aber nicht sicher, ob er das darf.»

Hatten Mrs. Pillow und ihr Stiefsohn die Zeitung gelesen?

Urbino schlug eine Weinstube unweit des Teatro Goldoni vor und erklärte ihr den Weg vom Hotel dorthin.

Danach ging er zur Casa Crispina. Es war erst neun, aber in den Gassen und Straßen wimmelte es von Maskierten. Nach dem Nebel von gestern nacht war der Morgen frisch und klar. Hielt sich das Wetter bis Dienstag, würden die letzten Tage des Karnevals ein Rekordpublikum anlocken.

Die ältliche Nonne von gestern saß auch heute am Empfang. Diesmal las sie *Gente* mit Lady Diana auf dem Titelblatt. Während Urbino auf Dora Spaak wartete, kam Schwester Teresa aus der Kapelle.

«Ich besuche nachher Signor Lubonski in der Klinik», kündigte sie an. «Ich habe angerufen, um zu hören, wie es ihm geht.

Es geht ihm besser, aber vor der Tür steht ein Polizist. Wissen Sie, warum?»

«Ich glaube, es hat mit Porfirios Unfall in San Gabriele zu tun», entgegnete Urbino ausweichend.

Schwester Teresa wollte noch etwas sagen oder fragen, als Dora Spaak herunterkam, einen besorgten Ausdruck in ihrem runden Gesicht. Sie fragte Schwester Teresa, ob sie ihren Bruder Nicholas gesehen habe.

«Zuletzt gestern morgen. Stimmt etwas nicht, Signorina Spaak?»

«Mama atmet immer schwerer. Ich fürchte, sie bekommt einen Anfall.» Endlich nahm sie Urbino zur Kenntnis, sah ihn an und erläuterte: «Es ist der Wetterumschlag.»

«Darf ich kurz bei ihr reinschauen?» fragte Schwester Teresa.

Noch bevor Dora antworten konnte, eilte sie schon zur Treppe.

«Erschrecken Sie Mama bitte nicht», rief Dora Spaak hinterher. In ihrer Stimme lag unüberhörbar zärtliche Fürsorge.

«Sie wollten mich sprechen, Mr. Macintyre?» sagte sie dann mit einem leicht verstörten, aber wachsamen Blick aus den dunkelbraunen Augen. «Es kommt mir nicht sehr gelegen.»

«Tut mir leid, Miss Spaak. Es dauert nur ein paar Minuten. Möchten Sie sich nicht setzen?»

Sie schüttelte den Kopf, heftiger als nötig, und ihre Haare rochen dabei irgendwie fettig und ungewaschen.

«Wenn es nur kurz ist, bleibe ich lieber stehen. Was gibt's? Sie wollen bestimmt wieder etwas über Ralph Gibbon wissen.»

Das kam fast trotzig.

«Ja. Würden Sie bitte Ihr Gespräch mit ihm abends vor dem Mord nochmals mit mir durchgehen?»

«Warum? Damit Sie sehen, ob ich es genau gleich erzähle? Den Abend vergesse ich nie, nichts davon.» Ihr Blick wurde vorübergehend ängstlich. «Wie ich Ihnen schon sagte, war mir nicht gut, und ich trank im Speisezimmer gerade eine Tasse Tee, als Ralph Gibbon daherkam.»

Wieder schilderte Dora Spaak die ganze Begegnung – wie Gibbon im Weggehen gewesen sei, mit der Kameratasche und einem Schal, wie er angeboten habe, im Haus zu bleiben und ihr Gesellschaft zu leisten, das Dantezitat, das ihr immer noch ein Rätsel war. Urbino fragte nach weiteren Einzelheiten über die wenigen Minuten im Speisezimmer, aber entweder erinnerte sich Dora Spaak an nichts außer dem bereits Gesagten, oder sie wollte nichts weiter preisgeben.

«Hatte Gibbon sonst noch etwas bei sich?»

«Was denn?»

«Irgend etwas außer der Kamera?»

«Ich ... ich hab sonst nichts gesehen.»

«Er hatte nicht etwa eine Maske? Er wollte doch auf die Piazza, sagten Sie.»

«Ich hab gesagt, ich dachte, er wolle auf die Piazza, und eine Maske hatte er keine auf!»

Dora mußte lachen.

«Er hatte vielleicht keine auf, Miss Spaak, aber womöglich eine um den Hals oder in der Tasche.»

«Fotografen haben doch beim Fotografieren keine Masken auf.» Sie fixierte ihn kurz, als überlege sie, und sagte dann wie beschwichtigend: «In der Tasche oder der Kameratasche könnte er eine gehabt haben.»

«Ging es Ihrer Mama gut, als Sie zu ihr reinsahen?»

«So gut es jemand mit chronischem Asthma gehen kann.»

«Hat sie geschlafen?»

«Ja, hat sie, Mr. Macintyre.»

«Sind Sie da sicher?»

«Ich bin schließlich Krankenschwester, Mr. Macintyre. Ich weiß, ob jemand schläft, das versichere ich Ihnen. Mama hat geschlafen.»

«Und beim zweiten Mal, als Sie reinsahen – hat sie da auch geschlafen?»

Dora Spaak schien aus dem Konzept gebracht, sie riß die Augen auf.

«Ich weiß nicht, auf was Sie hinauswollen, Mr. Macintyre, aber meine Mutter ist praktisch ein Pflegefall. Sie lag beide Male im Bett und schlief. Sie ist nicht herumgehüpft, wenn Sie das meinen.»

«Und Ihr Bruder?»

«Wollen Sie meinem Bruder Ärger machen, Mr. Macintyre? Er war die ganze Nacht im Haus – ganz wie er Ihnen gesagt hat.»

Urbino fixierte sie stumm. Wenn sie von den nächtlichen Ausflügen wußte, wie Nicholas bestätigt hatte, log sie ihn jetzt an – oder aber sie glaubte tatsächlich, ihr Bruder sei an dem bewußten Abend dageblieben. Vielleicht hatte er das gesagt.

Hatte sie das jetzt gesagt, weil sie es wußte, weil sie es nicht wußte, oder um ihn zu täuschen? War Nicholas vielleicht tatsächlich nach einem kurzen Spaziergang heimgekehrt? Wenn ja, warum hatte er dann so eine komplizierte Geschichte über die Calle Santa Scolastica erzählt, die ihn nur verdächtiger machte?

Dora, der Urbinos stummer Blick offenbar unangenehm wurde, wollte sich schon abwenden, als ihr Blick auf das Exemplar von *Il Gazzettino* fiel, das Urbino unter den Arm geklemmt hatte. Sie wurde kreidebleich.

«Das Bild da, Mr. Macintyre.» Sie deutete auf die Polizeizeichnung des Dunkelhaarigen, den Rigoletti gesehen hatte. Urbino klappte die Zeitung auf. Jetzt waren beide Bilder zu sehen. Dora Spaak sah kurz auf den Blonden, doch ihr Blick wanderte sofort zurück zur anderen Zeichnung. Sie wollte schon etwas sagen, überlegte es sich aber anders. Sie wirkte unentschlossen.

«Was ist damit, Miss Spaak?»

«Ich... ich hab den Mann gesehen.» Das sagte sie etwas zögernd. «Ja, den hab ich gesehen.» Sie sammelte sich kurz, ehe sie hastig weitersprach.

«So einen Mann... genauso einen hab ich ein paar Tage vor dem Mord mit Ralph reden sehen.» Sie nahm Urbino die Zeitung aus der Hand und studierte die Zeichnung. «Ja!» sagte sie lauter. «Der war's. Da bin ich sicher. Kam mir damals komisch vor, aber ich hatte es bis eben völlig vergessen.»

«Wo haben Sie ihn gesehen?»

«Auf dem Platz vor dem Haus, ein paar Tage vor dem Mord. Wann, weiß ich nicht mehr genau. Ich wollte spazierengehen. Ralph hat mit diesem Mann gesprochen» – sie deutete auf den Schwarzhaarigen – «und er war offenbar wütend auf ihn.»

«Haben Sie gehört, was die beiden sprachen?»

«Nein, ich bin weitergegangen. Ich war zu weit entfernt.»

Urbino dankte ihr und wünschte ihr gute Besserung für ihre Mama. Er blickte ihr nach, als sie die Treppe hinaufhastete. Warum fiel es ihm nur so schwer, ihr etwas zu glauben? War es, weil sie selbst nicht genau wußte, ob sie die Wahrheit sagte, oder weil sie so schnell aus dem Stegreif dazu erfand? Jedenfalls hatte er eine Vorahnung, daß Dora Spaak am Ende mehr Licht in die Vorgänge in der Calle Santa Scolastica bringen könnte als bisher schon – und das womöglich, ohne es zu wollen.

Nach Verlassen der Casa Crispina rief Urbino von einer Bar in der Calle dell'Arcanzolo aus in der Questura an. Als ihn die Telefonistin sofort durchstellte, nahm er dies als weiteres Indiz für Commissario Gemellis Kooperationsbereitschaft.

Ob Nicholas Spaak schon in der Questura gewesen war? Vielleicht fand Dora ihren Bruder deswegen nicht.

Urbino erwähnte die Zeichnungen in *Il Gazzettino*.

«Sieht Ihrem Freund Vincenzi bemerkenswert ähnlich, meinen Sie nicht auch? Fast wie ein Foto von Gibbon oder Buffone.»

«Ein Foto hätten Sie bestimmt lieber zum Abdruck gegeben.»

«Kommt Zeit, kommt Rat – wahrscheinlich noch vor dem Ende des Karnevals. Aber auch in Italien muß die Polizei korrekt bleiben. Und vergessen Sie nicht Lubonski. Ein weiterer Hauptverdächtiger im Fall Gibbon, auch wenn er mitten in der Nacht ins Krankenhaus gebracht wurde.» Gemelli hielt inne. «Ein Bericht darüber, was ich von Ihrem Freund Lubonski erfahren habe, erübrigt sich wohl? Ich weiß, daß er Ihnen dasselbe erzählt hat, aber Sie haben's für sich behalten.»

«Schon Reaktionen auf die Bilder?»

«Auf das von dem Blonden noch keine, aber zu dem anderen klingelt ständig das Telefon. Allerhand Leute wollen den schönen Signor Vincenzi am Mordabend gesehen haben. Auch Ignazio Rigoletti hat ein paarmal angerufen. Er sieht Vincenzi offenbar immer noch rumlaufen. Er behauptet, Vincenzi habe ihm den emporgereckten Mittelfinger gezeigt, als sein *vaporetto* am Markusplatz anlegte, und sich dann in die Menge verdrückt. Wollte wissen, warum wir den Dreckskerl noch nicht verhaftet hätten. Wegen Erregung öffentlichen Ärgernisses. Kein schlechter Gedanke.»

Da Gemelli kein Wort über Spaak verlor, nahm Urbino an, er sei noch nicht dagewesen. Schon wieder, merkte er, behielt er etwas für sich. Aber nicht aus Geheimniskrämerei, sondern weil der Commissario die Geschichte zuerst von Spaak selber hören sollte. Er hatte Mama Spaak versprochen, ihrem Sohn zu helfen. Das könnte er wahrscheinlich nur so.

«Jedenfalls», fuhr Gemelli fort, «wurde Vincenzi an dem Abend nicht bloß von Rigoletti, sondern von mindestens einem halben Dutzend junger Leute bemerkt, und zwar an einschlägigen Orten – am Molo auf dem Markusplatz – jemand hat ihn sogar in der *Mercerie* beim Splendide-Suisse gesehen. Der ist ganz schön herumgekommen. Wenn er nichts zu verbergen hat, warum gibt er nicht einfach zu, daß er spazieren war? Die Stiefmutter gibt ihm ein Alibi. In meinen Märchen war die Stiefmutter immer böse und hat die Kinderchen zu den Wölfen geschickt! Ob Vincenzi sein Glück überhaupt zu schätzen weiß?»

Die Frage des Commissarios klang Urbino noch in den Ohren, als er in dem überfüllten Weinlokal Mrs. Pillow zuhörte.

Ob Tonio Vincenzi sein Glück zu schätzen wußte? Urbino zweifelte nicht an Tonios Zuneigung zu seiner Stiefmutter. Aber war ihm auch klar, wie tief sie für ihn fühlte? Könnte er hören, wie heftig sie jetzt für ihn Partei ergriff, müßte er sich wirklich für einen Glückspilz halten.

«Tony war die ganze Nacht im Hotel, Mr. Macintyre. Ich weiß, daß manche Hunderte, Tausende Meilen reisen, um hier im Karneval etwas zu erleben, aber wir bleiben abends meist gemütlich auf dem Zimmer, lesen oder sehen fern. Wenn wir nicht im Hotel zu Abend essen, dann meist bewußt so weit wie möglich von der Piazza entfernt. In ruhigen kleinen Restaurants, die Sie bestimmt alle kennen.»

Sie sah sich rasch in dem lauten, verräucherten Raum um. Viele Gäste waren kostümiert, aber nur wenige trugen Masken, weil man damit kaum essen und trinken konnte. Wer Wein und Häppchen maskiert genießen wollte, trug entweder eine einfache Larve oder eine Dreiviertelmaske mit Schnabel, der den Mund zum Essen und Trinken freiließ.

«Tony hält sich lieber fern von diesem Getümmel», fuhr Mrs. Pillow fort, den Blick von den fröhlichen Essern und Zechern nehmend, «und ich auch. Er ist von der ruhigen Art. Manchmal denke ich, er wäre auch ein guter Priester oder Mönch geworden, obwohl es furchtbar gewesen wäre, ihn so zu verlieren.»

Urbino hielt es für sinnlos, dagegenzuhalten, gerade als Geistlichen könne die Mutter den Sohn nie verlieren, wenigstens nicht an eine andere Frau. Unwillkürlich fühlte er sich an

Stella Maris Spaaks Bemerkung erinnert. Doch auch wenn Mrs. Pillow nach eigener Bekundung und Hazels Aussage Hazel nicht besonders wohlgesinnt war, gehörte sie nach Urbinos Ansicht nicht zu den Müttern, die dem Lebensglück ihres Sohns im Wege stehen.

«Vielleicht hätte ich mit Tony und Hazel fahren sollen», sagte sie nachdenklich. «Nicht als Anstandsdame. Sondern aus Egoismus, um dem Tollhaus hier zu entfliehen.»

Ein Pärchen mit schwarzweiß geschminkten Gesichtern und roten Strubbelperücken drückte sich an einem Fenster die Nasen platt. Angewidert wandte sich Mrs. Pillow ab. Warum begab sie sich mitten in den Karneval, wenn er ihr derart auf die Nerven ging? Allerdings war auch denkbar, daß sie sehr angespannt war, weil ihr Stiefsohn jetzt solche Probleme hatte.

«Ja», fuhr sie fort, «die Klarheit und Logik – man könnte sagen, die Vernunft – der Kirchenbauten Palladios wären heute eine Erholung gewesen. Aber Tony und Hazel haben es nötiger, auch wenn die Jugend ja alles besser verkraftet.»

Müde Trauer flog über ihr kantiges Gesicht. Schwer zu glauben, daß sie höchstens ein Jahr älter war als die Contessa. Ihr Teint war von einer gräulichen Blässe, die sie nicht mit Kosmetik verdeckte, und die Falten ließen ihr Gesicht nicht charaktervoll, sondern schlaff und verbraucht erscheinen. Ihr ergrauendes rotes Haar aber wirkte, als würde es dicht, kräftig, ja glänzend fallen, wenn sie es nur löste. Auch einer auf den ersten Blick müden und resignierten Mrs. Pillow leuchtete bei genauerem Hinsehen noch das verspielte junge Mädchen aus den blauen Augen. Bestimmt konzentrierte sich die Contessa darauf, wenn sie in der reifen Mrs. Pillow die einstige Jugendfreundin von St. Brigid's sehen wollte. Mit diesen Augen sah sie jetzt Urbino an.

«Die Zeitung von heute morgen hat Tony nicht gesehen, Mr. Macintyre.»

«Aber Sie.»

«Ja, nach Ihrem Anruf, aber erst, als Tony schon fort war. Was für ein Schock, als er – oder jemand, der ihm sehr ähnlich sieht – mich aus der Zeitung anstarrte. Das ist doch sicher irgendein schrecklicher Irrtum!»

«Machen Sie sich auf mehr gefaßt – er wird es bald erfahren. Vielleicht weiß er es schon.»

«Was meinen Sie mit Gefaßtmachen?»

«Es würde mich nicht wundern, wenn noch andere aussagen, sie hätten jemand wie auf der Zeichnung gesehen.»

Er erwähnte nicht, daß das schon eingetreten war.

Sie nickte bedächtig.

«Ich hab es mir schon gedacht, wollte es mir aber nicht eingestehen. Das wäre für Tony sehr schlecht.»

Urbino fragte, ob Tonio je in San Gabriele gewesen sei.

«San Gabriele? Wo liegt das?»

«In einem ruhigen Teil vom Cannaregio.»

«Versuchen Sie nicht, mich zu übertölpeln, Mr. Macintyre. Das ist doch bei der Casa Crispina? Wo Mr. Gibbon gewohnt hat? Was hätten Sie davon, wenn ich sagen würde, daß Tony nicht dort war? In Wirklichkeit meinen Sie doch, daß ich das gar nicht wissen kann, genausowenig wie bei dem Abend im Hotel, oder? Fragen Sie ihn doch selbst. Er sagt Ihnen schon die Wahrheit.»

Sie suchte nach ihrer Handtasche.

«Wollen wir nicht gehen? Mir wird es hier drin zu voll.»

Auf dem Weg zurück zum Hotel machte Mrs. Pillow gelegentlich eine Bemerkung, ließ sich von Urbino eine Kostümierung erklären oder den Namen eines Gebäudes nennen, doch war sie ansonsten offenbar mit eigenen Gedanken beschäftigt.

Sie zeigte wenig echtes Interesse, bis drei Gestalten plötzlich wenige Meter vor ihnen um die Ecke bogen. Sie trugen Kutten aus schwarzem Wachstuch, breitkrempige schwarze Filzhüte über Kopf und Ohren, große Brillen mit schwarzen Rahmen, schwarze Handschuhe und goldglänzende Masken mit langem spitzen Schnabel über Nase und Mund. Die stumme Gemessenheit, mit der sie die Menge teilten, ließ sie noch bedrohlicher wirken. Jeder hielt einen Stock vor sich. Einer von ihnen hob die Hand und tippte Mrs. Pillow sachte auf die Schulter. Sie zuckte zusammen. Die Gestalten zogen vorbei und stumm um die Ecke.

«Was war das?» fragte sie mit unsicherer Stimme.

«Pestdoktoren. Heute ist es ein Kostüm, aber früher war das die Berufskleidung der Pestärzte. Der Nasenkegel enthielt mit Essenzen getränkte Lappen. Die Dämpfe sollten vor Ansteckung schützen. Jede Körperöffnung wurde verschlossen.»

«Und der Stock?»

«Diente zur Untersuchung von Pestbeulen aus sicherer Entfernung.»

Mrs. Pillow erschauerte.

«Manche Ärzte von heute verhalten sich auch nicht anders», stellte sie fest. «Ich habe bei meinen Lieben viel Krankheit erlebt, Mr. Macintyre.»

Ihr Gesicht wurde traurig. War sie vielleicht selbst nicht gesund? Das könnte erklären, warum sie soviel älter wirkte als die Contessa.

Nachdem sie sich vor dem Splendide-Suisse mit ein paar Worten über den morgigen Maskenball der Contessa getrennt hatten, ging Urbino in Richtung Piazza.

Allmählich zeichnete sich in seinem Verstand unbestimmt etwas ab. Er hatte auch nicht mehr viel Zeit. Aschermittwoch war schon übermorgen.

Die schmalen Gassen waren vom Narrentreiben verstopft. Urbino taten die relativ wenigen Leute leid, die sich von der Piazza gegen den Menschenstrom durchkämpfen mußten. Minutenlang kam er kaum vorwärts, bis sich der Stau vor ihm löste. Kostüme und Masken wogten fast als homogene Masse, so dicht war das Gewühl. Nur gelegentlich konnte er sich auf etwas konzentrieren – einen Astronautenhelm, den Schleier einer Odaliske oder einen halbmondbestickten Astrologenspitzhut.

Als er mehrere Minuten vor einem Souvenirladen verharren mußte, wo zwei Männer – einer als Fu Man Chu, der andere als Indianer verkleidet – streitend den Weg blockierten, rekonstruierte er, was Dora Spaak erzählt hatte: die Begegnung mit Gibbon im Speisesaal in seiner Todesnacht, ihre Visiten bei ihrer Mama, ihre Versicherung, Nicholas sei die ganze Nacht im Haus geblieben, ihre Reaktion auf die Polizeizeichnung in der Zeitung. Er dachte über Berenice Pillows Beteuerungen nach, ihr Stiefsohn sei an dem Schicksalsabend nicht vor der Tür gewesen, und hielt Rigolettis Aussage über die Männer dagegen, die er beobachtet hatte, besonders seine gestrige Identifizierung Tonio Vincenzis. Und immer wieder überlegte er, was Dora Spaak wohl wirklich wußte und ihm vielleicht nicht verriet.

Er würde auch Nicholas Spaak und Tonio Vincenzi nochmals befragen müssen. Er sah auf die Uhr. Hazel und Tonio waren bestimmt noch lange nicht zurück, aber in der Casa Crispina war jetzt wohl gerade das Mittagessen vorbei. Vielleicht erwischte er Nicholas Spaak, falls er schon wieder da war.

Urbino überquerte langsam die menschenwimmelnde Piazza und steuerte auf das Café Florian zu. Die Familie weißkostümierter Akrobaten baute sich vor dem Campanile zur Menschenpyramide auf. Der Clown an der Spitze wurde von einem hasenohrigen *mattaccino* mit einem Parfüm-Ei beworfen, wie Urbino vor einigen Tagen.

Leute, die meisten in eleganten Kostümen, standen im Vorraum Schlange nach einem Tisch. Urbino ging hinauf zum Telefon und rief in der Casa Crispina an. Die Nonne meinte, Nicholas Spaak sei im Hause und sie sehe nach, ob er zu sprechen sei. Seiner Mutter gehe es schlecht.

Urbino mußte lange warten. Endlich vernahm er Nicholas Spaaks gestreßte Stimme.

«Hier ist Urbino Macintyre. Es tut mir leid, Sie stören zu müssen. Hoffentlich ist Ihre Mutter nicht ernsthaft krank.»

«Dora sagt, sie muß ins Krankenhaus, aber Mama hat Angst davor, vor allem im Ausland, und anscheinend noch mehr vor dem Krankenboot. Was wollen Sie? Ich kann Ihnen jetzt nicht erzählen, was bei der Polizei gewesen ist, aber dabehalten haben sie mich nicht, wie Sie sehen.»

«Ich will nur eins wissen. Hat Commissario Gemelli Sie gebeten, Zeichnungen anzusehen?»

«Warum fragen Sie, wenn Sie es wissen? Ja, eine Polizeizeichnung – aus der heutigen Zeitung. Lachhaft, daß eine davon ich sein soll. Das könnte ja beinahe jeder sein.»

«Und die andere?»

Entnervt sagte Spaak: «Ja, es war der große Schlanke, den ich in der Gasse gesehen habe. Jetzt müßten doch alle kapiert haben, daß ich die Wahrheit sage. Ich muß Schluß machen, Mr. Macintyre.»

22

Eine halbe Stunde später sah Urbino erfreut, daß Giovanni Firpo Dienst in der Krankenhausapotheke hatte.

Firpo blickte besorgt und verwundert, und sein Ausdruck verschwand auch nicht, als Urbino von dem Nachmittag anfing, als er Firpo auf dem Markusplatz Xenia Campi hatte nachäffen sehen – da hatte Gibbon noch gelebt.

Firpo konnte ihm gerade noch die Adresse der Person geben, die damals unwissentlich Xenia Campis Empörung mit verursacht hatte, als er auch schon zu einem Arzt gerufen wurde.

Urbino ging vom Krankenhaus in Richtung Calle Santa Scolastica. Die Läden machten nach der Mittagspause gerade wieder auf. Das Maskengeschäft, das er suchte, war schon geöffnet. Der Besitzer, Matteo, ein leutseliger Mittdreißiger mit Vollmondgesicht, erklärte zwei jungen Damen gerade die Masken der Commedia dell'arte. Er hieß Urbino mit erwartungsvollem Lächeln willkommen.

Die Wiederbelebung des Karnevals von Venedig im Jahre 1979 hatte auch das Interesse an Masken und Maskenkunst wieder erweckt, und jedes Viertel hatte inzwischen seine Maskenläden und -künstler.

Matteo hatte zur Unterstützung seines Vortrags einen abgegriffenen Bildband unter dem Ladentisch hervorgezogen.

«Arlecchino – vielleicht kennen Sie ihn als Harlekin – ist der Diener des Geizkragens Pantalone», erläuterte Matteo. «Arlecchino mag die Liebe und seine Polenta. Wie Sie sehen, besteht sein Kostüm aus roten, orangeroten und grünen Flicken, um uns an das Armeleutegericht zu erinnern. Das hier ist seine Maske.» Er hielt eine kleine dunkelbraune Maske mit unförmiger Nase hoch, die über einem buschigen Schnurrbart vorsprang. «Kolumbine, der er nachstellt und die nicht Verstand genug hat, ihn abzuweisen, trägt normalerweise keine Maske, aber Sie sehen an diesem Bild, was für hübsche Röcke sie trägt. Manchmal auch eine Schürze, denn sie gehört wie Arlecchino zum Personal. Und damit das unvermeidliche Dreieck komplett ist, haben wir hier den traurigen Pierrot mit seinem schwarzen Käppchen und seinem weißen Schlabberanzug. Auch er trägt selten eine Maske, aber wozu auch, meine Damen? Sein Gesicht ist selbst eine.» Er wies auf das Gesicht des Pierrot im Buch. «Weiß geschminkt, manchmal mit einer Träne der Trauer, weil er seine geliebte Kolumbine an den raffinierteren und sinnlicheren Arlecchino verloren hat. Lassen Sie mich Ihnen eine meiner Pierrotmasken zeigen.» Er nahm eine schlichte weiße Maske mit einer großen schwarzen Träne auf der Wange von der Wand.

«Sie werden im *carnevale* viele in der Menge sehen, die als Harlekin, Kolumbine und Pierrot kostümiert sind, manchmal zu dritt, manchmal nur zu zweit oder allein. Doch es gibt auch Harlekine, Kolumbinen und Pierrots ganz ohne Kostüm, meine Damen, denn Sie müssen wissen, die Gestalten der Commedia dell'arte sind jeden Tag um uns herum. Ich selbst bin der Pierrot mit dem gebrochenen Herzen, der hübsche junge Damen wie Sie in sein Leben treten lassen muß, die mich dann ein paar Minuten später wieder verlassen.»

Die beiden jungen Frauen kicherten, bedankten sich und sagten, sie kämen vor der Abreise wahrscheinlich noch einmal vorbei, um eine Maske zu kaufen. Matteo trat auf die *calle* hinaus, um ihnen den Weg zum Markusplatz zu zeigen, seine Abschiedsworte – «gehen Sie einfach der Menge nach» – waren allerdings der zuverlässigste Wegweiser.

«Wie kann ich Ihnen helfen, Signore?»

Als Urbino Giovanni Firpo und die Frauenmaske erwähnte, die er an jenem Nachmittag vorige Woche auf der Piazza getragen hatte, nickte Matteo. «Ja, ich mache alle Masken für Giovanni. Er ist ein noch größerer Perfektionist als ich! Freilich erinnere ich mich an die Maske. Ein Mordsspaß.» Er mußte lachen. «Ein Mann mit englischem Akzent – oder vielleicht auch amerikanischem – wollte neulich auch so eine Maske haben. Vielleicht hat mich Firpo empfohlen, aber der Kunde hatte es eilig, und so schnell ging es bei mir nicht. Da hab ich ihn zu Pierina geschickt. Sie hat als Maskenmacherin gerade angefangen und braucht den Umsatz. Sie hat ein gutes Auge und eine ruhige Hand.»

«Wo finde ich sie?»

«Sie hat noch kein eigenes Geschäft. Betreibt an der Santa Maria Formosa einen Gemeinschaftsladen mit einem Vetter, der Secondhandkleider verkauft. Im Karneval hat sie aber einen Stand auf dem Campo San Maurizio. Sie ist im Augenblick fast immer dort.»

Urbino bedankte sich und ging zum Campo San Maurizio. Gegen den Menschenstrom kam er nur langsam voran, aber bald bog er ab in das Labyrinth der Nebengassen, wo nur wenige Kostümierte und Anwohner unterwegs waren. In der Nähe des Campo San Maurizio jedoch steckte er gleich wieder mittendrin im Gewühl.

Der Platz an der Accademiabrücke war mit überdachten Verkaufsständen vollgestellt, in denen Masken, Hüte und Kostüme sowie Bücher, Kalender und Plakate über den Karneval von Venedig feilgeboten wurden. Lachende Touristen probierten bizarre und phantasievolle Umhänge, Roben, Hosen, Kleider und Kopfbedeckungen an.

Urbino mußte an mehreren Verkaufsständen fragen, bevor ihn jemand zu Pierina wies.

Erst von nahem erkannte er sie. Die junge Frau, die auf der

Piazza Gesichter schminkte, als er mit den jungen Neapolitanern sprach! Er war sich auch ziemlich sicher, daß sie es gewesen war, die in dem Café in der Calle degli Albanesi geschminkt hatte, als er den Angestellten ausfragen wollte. Ohne die Schminkschicht sah sie doch ein wenig älter aus, als er zuerst gedacht hatte, vielleicht fünf- oder sechsundzwanzig. Klein, ein Vögelchen mit kurzen schwarzen Haaren ums Gesicht und seelenvollen dunklen Augen. Bleich wie eine Porzellanpuppe – freilich mit einem leichten Schaden, denn auf der rechten Wange war eine kurze Narbe.

Sie hatte gerade eine von den vielen Masken verkauft, die von Tisch und Pfosten glotzten, grimassierten und lachten.

Pierinas Augen weiteten sich, als sie ihn sah.

Er ließ sich nicht anmerken, daß er sie wiedererkannt hatte. Bevor er eine Frage stellte, nahm er ein paar Masken in die Hand und erstand eine schwarzsamtene ovale *moretta*. Die wollte er der Contessa schenken.

Während Pierina sie in Zeitungspapier einschlug, musterte sie Urbino argwöhnisch. Er erläuterte, Matteo vom Campo San Filippo e Giacomo habe ihn zu ihr geschickt. Dann fragte er nach dem Ausländer, von dem Matteo gesprochen hatte.

Sie nestelte an einem Klebeband, bevor sie antwortete.

«Ich erinnere mich an ihn. Er kam in den Laden, den ich mit meinem Vetter zusammen habe. Er hat ordentlich bezahlt, aber es war nicht einfach. Man muß aus einem flachen Foto was Dreidimensionales gestalten. Selber fand ich es ziemlich unvollkommen, aber er war sehr zufrieden.»

Sie reichte ihm das Päckchen, als wolle sie das Gespräch damit beenden, und sah über seine Schulter hinweg in das Gedränge der Käufer.

«Amerikaner oder Engländer?» beharrte Urbino.

«Franzose oder Deutscher war er nicht. Das weiß ich genau. Der andere war ein hübscher Junge, aber ich weiß natürlich nicht welcher Nationalität.»

«Haben Sie einen der zwei in den letzten beiden Wochen gesehen?»

Sie wollte bei der Antwort ganz ruhig wirken, aber das Lid über der Narbe zuckte.

«Nein.»

«Sind Sie sicher?»

Sie nickte, aber Urbino war nicht überzeugt.

«Sie kennen doch Xenia Campi?»

«Fast jeder kennt sie. Sie ist ein Original.»

«Aber Sie kennen sie besser als andere. Schon mehr als zehn Jahre. Sie waren mit ihrem verstorbenen Sohn befreundet.»

«Hat sie das gesagt?»

«Nein. Giuseppe, der junge Neapolitaner.»

Sie verzog ärgerlich das Gesicht.

«Ja, ich kenne sie. Und Marco hab ich auch gekannt.» Sie wurde traurig. «Ich wäre bei diesem Unfall um ein Haar selber draufgegangen...»

«Werden Sie von Xenia Campi behelligt?»

«Behelligt! Sie überwacht mich unentwegt! Man könnte meinen, ich wäre mit Marco verheiratet gewesen. Ich war da noch ein Kind. Sie meint, sie muß auf mich aufpassen. Dabei reicht mir schon meine eigene Mutter!»

«Hat sie Sie wegen Signor Gibbon behelligt, dem Engländer, der in der Calle Santa Scolastica ermordet worden ist?»

Pierina erblaßte, und die Narbe wurde deutlicher.

«Ich habe keine Ahnung, wovon Sie reden, Signor Macintyre! Ja, ich weiß, wer Sie sind! Xenia Campi hat Sie mir auf der Piazza gezeigt. Sie stecken überall Ihre Nase rein. Sie hat mir gesagt, Ihretwegen würde ich noch Ärger kriegen.»

«Ärger mit ihr, wenn Sie mit mir sprechen?»

«Entschuldigen Sie mich, Signor Macintyre, ich hab zu tun.» Sie wollte die Masken ordnen, aber er hatte noch eine Frage.

«Führen Sie auch billige Plastikmasken, etwa gelbe?»

Sie schien überrascht und sah ihn ungläubig an.

«Nur was Sie hier sehen. Ich mache und verkaufe nur Qualität. Auf Wiedersehen.»

Im nächsten Moment fuhr sie drei Zigeunerkinder an, die an den Stand getreten waren und kleine Porzellanmasken beäugten. Urbino ging.

Als Urbino sich dem Palazzo Uccello näherte, blies ein eisiger Wind durch die dunklen Gassen. Er spürte, ein Wetterumschlag stand bevor. Am letzten Tag des *carnevale* würden vielleicht nicht nur Konfetti und Luftschlangen, sondern auch Schneeflocken durch die Luft wirbeln. Hoffentlich. Schneekapuzen auf Kuppeln, Brücken und Gondeln machten die Stadt festlicher. Venedig würde noch verwunschener wirken als sonst. Er wünschte sich, das Fest unbeschwert genießen zu können.

Ein Vorwärtskommen war so schwierig, daß er erneut vom direkten Weg abgewichen war. Er war erleichtert, als er sein Viertel erreichte, wo statt des Lärms und des wilden Treibens beinahe Grabesstille herrschte. Gelegentlich wurde sie durch an- und abschwellende Stimmen und Geräusche gestört, die manchmal laut und dann wieder gedämpft von überall und nirgends zu kommen schienen. Nachdem er eben erst noch mitten unter einer feiernden Menge gewesen war, tauschte er jetzt nur noch einen raschen Blick und Gruß mit Nachbarn, denen er ab und zu begegnete.

Bildete er es sich nur ein, oder wollte jeder, den er hier traf, so rasch wie möglich nach Hause? Zum Glück hatte er nicht mehr weit.

Er mußte nur noch um die Ecke, über die Brücke und den Schlüssel ins Schloß stecken. Er beeilte sich.

Als er die Treppen der Buckelbrücke am Palazzo Uccello erklomm, ertappte er sich wie so häufig dabei, die Außenwände des Palazzo nach kaum erkennbaren Rissen abzusuchen. Eindeutig eine irrationale Angst, wenn man bedachte, wieviel Arbeit vor zehn Jahren in die Restaurierung des Palazzo investiert worden war, den er von seiner Mutter geerbt hatte.

Er schüttelte den Gedanken ab, ging die Brücke hinunter und beugte sich vor, um den Schlüssel ins Schloß zu stecken.

«Alles um Sie herum bricht zusammen, Signor Macintyre.»

Die Stimme – eine Frau – schien körperlos, als habe sie ihm direkt ins Ohr geflüstert, und doch aus unmöglich weiter Entfernung. Die Wirkung war um so gespenstischer, als die *calle*, die von der Brücke am Palazzo Uccello vorbei und weiterging, eben noch wie ausgestorben gewesen war. Bestimmt spielte ihm seine Phantasie einen Streich. Diese paar Worte lagen zu nahe an den grundlosen Ängsten, die ihn vor wenigen Augenblicken auf der Brücke erfaßt hatten, als daß sie etwas anderes als Einbildung sein konnten.

Aber er irrte sich.

Eine hochgewachsene Gestalt in dunklem knielangen Mantel trat gemessen aus dem Hausschatten neben dem Palazzo Uccello hervor. Er erkannte sie nicht, obwohl der Nachhall der Stimme seinen Ohren vertraut klang. Ein stoßartiges Lachen, und dann ein weiterer Schritt zu ihm in den trüben Lichtkegel.

Xenia Campi, das Antlitz wie aus Stein gemeißelt.

«Sie schweben in Gefahr, Signor Macintyre. Ich bringe Ihnen die Warnung», leierte sie im Singsang. «Eine rote Aura leuchtet um Ihren Kopf. Sagen Sie Ihrer Contessa, sie solle in ihrem Palazzo bleiben, bis alles vorüber ist.»

«Bis was vorüber ist?»

Es war mehr eine verblüffte, unwillkürliche Reaktion als eine Frage. Jedenfalls gab Xenia Campi keine Antwort, sondern schenkte ihm nur ein freudloses und irgendwie nichtssagendes Lächeln. Urbinos Verwirrung und Unbehagen zeigte sich darin, daß ihm nichts mehr zu sagen einfiel, während er sie über die Brücke und um die Ecke davoneilen sah.

«Was hat die arme Irre bloß gemeint, Urbino?» fragte die Contessa wenig später am Telefon. «Ich soll daheimbleiben, bis *was* vorüber ist?»

«Hab ich sie auch gefragt. Sie hat nur gelächelt und ist entschwunden. Vermutlich meint sie den Karneval.»

«Den Karneval! Ich bliebe liebend gern bis Aschermittwoch hier drin, aber das geht nicht. Sie wissen ja, ich habe meine Verpflichtungen», seufzte sie, als werde sie von endlosen gesellschaftlichen, privaten und wohltätigen Pflichten ständig bis zur Erschöpfung in Bewegung gehalten. «Und die Casa da Capo wird morgen leider – und das ist Ihre Schuld – ein Mittelpunkt des Karnevals werden. Wie Mephisto kann ich dann sagen: ‹die Hölle, und ich mittendrin›! Aber im Ernst, Urbino, meinen Sie, an Xenia Campis Warnung ist was dran?»

«Es ist nicht das erste Mal, daß sie apokalyptisch raunt.»

Er sagte das mit mehr Zuversicht, als er tatsächlich hatte.

«Mag schon sein, aber das erste Mal in bezug auf *Personen*. Mir wäre lieber, sie würde mich mit ihren Prophezeiungen verschonen. Sie sollte den Mund halten, oder Roß und Reiter nennen. Ist Ihnen auch schon aufgefallen, so eine Pythia weissagt immer gerade so zutreffend, daß man es mit der Angst bekommt, aber dann auch wieder verschwommen genug, um sich hinterher rauswinden zu können? Ich würde keine Gedanken auf ihre Sprüche verschwenden. Von mir aus könnte sie mit dem doppelten zweiten Gesicht auf die Welt gekommen sein.»

Urbino fragte, ob sie das Phantombild gesehen habe, das Tonio Vincenzi so ähnlich sah.

«Wie hätte ich es übersehen können? Zudem hat mich Berenice angerufen, sobald sie die Zeitung vor sich hatte. Sieht eindeutig wie Tonio aus, obwohl, er ist hübscher.»

Urbino berichtete, daß viele Tonio am Abend des Mordes an Gibbon auf dem Markusplatz und in der Umgebung gesehen haben wollten. Dora Spaak habe ihn auf dem Campo San Gabriele mit Gibbon sprechen sehen, und ihr Bruder – auf dem zweiten Phantombild nicht so gut getroffen – habe ihn als den Mann aus der Calle Santa Scolastica identifiziert.

«Soll das heißen, Tonio ist der Mörder? Genausogut könnten Sie sagen, die arme Berenice hat es getan! Hat Gibbon ins Herz gestochen, weil er ihrem Stiefsohn die Braut gestohlen hat!»

«Damit der Stiefsohn das Mädchen heiraten kann, das sie nicht mal mag?»

«Richtig. Wäre sie wirklich mordlustig gewesen, hätte sie Ihre reizende kleine Hazel ins Jenseits befördert, bestimmt!»

«Sie hat nicht mal gewußt, daß die Verlobung gelöst war.»

«Arme Berenice. Tonio hat mit Gibbons Tod nichts zu tun! Aber daran glauben Sie wohl nicht, oder? Sie ignorieren absichtlich, was offensichtlich ist!»

«Was denn, Barbara?»

«Daß Ihre vielgeliebte Miss Hazel Reeve es faustdick hinter ihren muschelförmigen Öhrchen hat! Und wenn ich bedenke, daß ich sie Ihretwegen hier in der Casa da Capo aufgenommen habe!»

«Meinetwegen ...?» staunte Urbino, aber sie ließ ihn nicht ausreden, sondern legte auf.

Auch wenn ihn ihr Vorwurf ärgerte, er sei Hazel Reeve gegenüber blind, half ihm der Abbruch des Gesprächs wenigstens vorübergehend aus dem Dilemma, ob er ihr sagen sollte, was er von Firpo und Pierina erfahren hatte.

Serenas Maunzen und Schmusen erinnerte ihn, daß er sie vor lauter Eile, mit der Contessa zu reden, nicht einmal gefüttert hatte und daß er selbst auch hungrig war. Nachdem er ihr zu fressen gegeben hatte, machte er sich einen Teller mit *prosciutto*, Gorgonzola und einem Apfel zurecht. Er trug ihn in die Bibliothek, wo er sich ein Glas Corvo einschenkte und die Flasche gleich in der Nähe behielt. Er legte auch den Proust in Reichweite, wußte aber schon, heute abend würde er sich nicht darauf konzentrieren können, bevor er nicht ein paar Dinge gründlich durchdacht hatte.

Als erstes wandte er sich Xenia Campi zu. Welchen Platz nahm sie ein, und was konnte sie wissen? Sie wohnte in der Casa Crispina und kannte die Gäste folglich genauer. Wegen ihrer beharrlichen Hellseherei wurde sie von den anderen für verrückt gehalten. Zudem mischte sie sich in alles ein und wurde deswegen gemieden und nicht ernst genommen, von Dora Spaak und Giuseppe sogar gefürchtet. Meist stand sie auf dem Markusplatz, prophezeite der Stadt den baldigen Untergang und verteilte Flugblätter. Sicher erkannte sie tagein, tagaus dieselben Leute und Gesichter wieder, und jetzt im Karneval sogar deren Masken. Daß sie so bekannt war wie ein bunter Hund, machte sie gerade so unauffällig. Wer etwas zu verbergen hatte, wurde am verwundbarsten, wenn er das Urteilsvermögen eines allgegenwärtigen Beobachters unterschätzte. Xenia Campi wurde leicht unterschätzt und abgetan. Galt das nicht auch für die Contessa? Und zeitweilig sogar für ihn selbst?

Xenia Campi hatte sich zum Palazzo Uccello bemüht, um ihn zu warnen, und durch ihn die Contessa. Bezog sich die Warnung auf tatsächlich Gesehenes oder Gehörtes, oder war sie nur ein Produkt ihrer lebhaften Einbildung? Ging es ihr vielleicht weniger um seine und der Contessa Sicherheit als darum, sich oder einem Nahestehenden im Finale des Karnevals Handlungsfreiheit zu schaffen?

Xenia Campi hatte am Mordabend unten in der Halle gesessen. Hatte sie ihm alles erzählt, was sie beobachtet hatte? Schwester Agata war eine Weile eingenickt gewesen. Was war wohl in der Zeit passiert? War Xenia Campi überhaupt die ganze Zeit dort gewesen? War sie wirklich auf dem Zimmer geblieben, nachdem Gibbon die Casa Crispina verlassen hatte?

Urbino versuchte, Xenia Campi in das einzuordnen, was er von Firpo und Pierina erfahren hatte. Wußte sie noch etwas über den Abend des Mordes und hatte es ihm nicht gesagt? Dann gefährdete sie sich womöglich selbst, wenn sie herumlief und Warnungen ausstieß. Vielleicht bliebe sie besser selbst daheim, «bis alles vorüber war».

Dann ging er durch, was Lubonski ihm von Ralph Gibbon berichtet hatte, von seinen Umständen und seinem Doppelleben, und stieß sich dabei immer wieder an einer beiläufigen Bemerkung des Polen. Nähere Angaben dazu von Lubonski waren vielleicht alles, was ihm noch fehlte.

Serena sprang ihm auf den Schoß, und er streichelte ihr das weiche, glänzende Fell. Das zufriedene Schnurren machte ihn ruhiger, und er aß von dem *prosciutto* und dem Käse und trank einen Schluck Corvo. Dabei dachte er über Berenice Pillow und ihr Anpassungsvermögen nach. Von Hazel hatte sie von vornherein nicht viel gehalten. Dennoch war ihr nicht mal der kurze und bittere Trost zuteil geworden, daß sich das Mädchen in Gibbon verliebt hatte – ein kurzer Trost, weil vom Tod überholt, und ein bitterer, weil jeder Schmerz Tonios gewiß ihr eigener wurde. Hierin war sie wie eine leibliche Mutter. Doch während Tonio ihr vorenthalten hatte, daß Hazel die Verlobung gelöst hatte, betrieb er die Versöhnung jetzt offen vor ihren Augen. Berenice Pillow mußte sich an allerhand gewöhnen, und nach ihrem Verhalten heute nachmittag zu urteilen, schaffte sie das recht gut.

Die Italiener nannten das *bella figura* – Haltung wahren, gute Miene zum bösen Spiel machen, die wahren Gefühle mitunter überspielen. Urbino bewunderte diese Eigenschaft an Berenice Pillow und an der Contessa, einer Meisterin in der weniger selbstschädigenden Spielart. Es war fast zu gleichen Teilen eine Kunst der Vorspiegelung und die Vorspiegelung einer Kunst. Ohne sie wurde das empfindliche Gewebe der Gesellschaft brüchig, und ein Zuviel ließ alle kopflos werden im krampfhaften Bemühen, die wahren Gedanken und Gefühle von Liebenden und Geliebten zu ergründen.

Während Urbino Serenas Fell streichelte und sie sich schnurrend räkelte, hoffte er, sein Ariadnefaden, den er aus schon bekannten Fakten und den Vermutungen zu spinnen begonnen hatte, die sich ihm aufdrängten – Vermutungen von der Art, die ihn bei seinen Biographien schon so oft auf die rechte Spur geführt hatten – werde stark genug ausfallen, ihm aus diesem Labyrinth zu helfen.

Und hoffentlich stieß vorher niemandem mehr etwas zu. Sorgen machte er sich hauptsächlich um Tonio Vincenzi, wobei er sich auch fragte, was Tonio eventuell jemandem zufügen könnte. Und wer könnte dieser jemand sein?

23

Am nächsten Morgen, dem Fastnachtsdienstag, rief Urbino Commissario Gemelli an und sagte ihm, was er von Pierina erfahren hatte.

«Das wirft nur zusätzliche Fragen auf», wehrte Gemelli ab. «Es kompliziert die Ermittlungen, wie Sie nur zu gut wissen. Morgen kommen die Herren aus London. Vielleicht wollten sie keinen italienischen Exzessen erliegen und warten, bis die Festivitäten vorbei sind. Wenn wir bis dahin nichts vorweisen können, kommen die uns sicher schön von oben herab.»

Urbino nahm zu seinen Gunsten an, daß ihn der Commissario in dieses «wir» einbezog.

«Alibis von Müttern – auch wenn es hier eine Stiefmutter ist – sind noch verdächtiger als solche von Ehefrauen», fuhr Gemelli fort. «Ob Signora Pillow lügt, bis sie blau anläuft, und Pierina vom Campo San Maurizio kommt und ihre Angaben beschwört, der Staatsanwalt schüttelt bloß den Kopf. Und den wollen wir zuallerletzt verärgern, das dürfen Sie mir glauben. Es ist kein einfacher Mordfall. Nichts aus Ihrem Bericht darf an *Il Gazzettino* sickern, Macintyre. Ich passe da auf. Wir stellen zwar einen Mann für Signor Vincenzi ab, aber ich will nicht, daß er es merkt. So bekommen wir beide, was wir brauchen. Sie legen's als Polizeischutz aus, und ich bin beruhigt, daß er beschattet wird, falls sich was ergibt. Ein hübsches Kompromißpaketchen und ein gediegener Einsatz von Steuergeldern. Sie zahlen doch hoffentlich Steuern in Italien, Macintyre?»

Zufrieden, daß das Gespräch mit Gemelli so gut verlaufen war, rief Urbino die Contessa an. Sie war gerade auf dem Sprung, meinte aber, sie werde in ein paar Stunden zurücksein.

«Wenn Sie glauben, für den Maskenball heute abend sei schon alles geregelt, ist das ein fataler Irrtum. Ich habe mir allerhand aufladen müssen und weiß noch nicht, ob ich Ihnen das je verzeihe, selbst wenn es ein rauschender Erfolg wird!»

«Sie wollten Josef heute in der Klinik besuchen, nicht wahr?» erinnerte er sie. «Wir könnten am Spätnachmittag zu ihm und in weniger als einer Stunde wieder zurücksein. Außer Josef würde ich gern noch Mrs. Spaak besuchen. Schwester Teresa hat vor einer Weile angerufen und gesagt, sie wäre gestern abend ins Krankenhaus überführt worden und würde mich gern sprechen.»

Urbino sagte zu, um fünf in die Casa da Capo-Zendrini zu kommen. Damit müßten sie genug Zeit für einen Krankenhausbesuch haben, denn der Ball begann erst um neun.

Ein dunkelgrauer Himmel drückte auf die Stadt, als Urbino in Schal und Mantel eine halbe Stunde später zu einem Gang in die Kälte aufbrach.

Schon seit der Kindheit in New Orleans, als ihm sein überängstlicher Vater kein Fahrrad kaufen wollte, hatte er weite Fußmärsche gemacht. Die Gewohnheit hatte er später beibehalten, und inzwischen fühlte er sich in einer Stadt nur richtig wohl, wenn er zu Fuß unterwegs sein konnte. Die Contessa tadelte ihn wegen solcher Fußmärsche, die sie nach Kräften mied, doch hatte sie begriffen, daß sie ihm den Kopf freimachten und halfen, alles in die richtige Perspektive zu rücken.

Zuerst suchte Urbino die ruhigeren Gegenden des Cannaregio auf und stand nach einer Viertelstunde, nachdem er eine Holzbrücke überquert und einen Bogengang passiert hatte, auf dem abgelegenen Campo Ghetto Nuovo.

Auf dem von schmalbrüstigen Mietshäusern umstandenen

Platz herrschte das übliche Treiben eines Wochentags, bei weitem nicht der Trubel des *carnevale*. Die einzigen Maskierten waren drei Kleinkinder, die zwischen einem kahlen Baum und einer überdachten Zisterne Fangen spielten. Unter den Wollmützen trugen sie gelbe Plastikmasken, wie sie Nicholas Spaak bei dem gesehen hatte, der sich so verdächtig in der Sackgasse gegenüber der Calle Santa Scolastica herumgedrückt hatte. Zwei Hausfrauen hatten die Einkaufstaschen abgestellt, sahen belustigt den Kindern zu, tratschten und blickten dabei gelegentlich zu den tiefhängenden Wolken auf.

Urbino hielt sich nicht auf, sondern schritt rasch über den Platz und über die Brücke, an den Synagogen und den Schlosser- und Tischlerwerkstätten vorbei.

Der Kopf schwirrte ihm von Gedanken und Mutmaßungen über Ralph Gibbon und den Mord. Etwas entspann sich da im Dunkel seiner Gedanken, da war er sicher – schmal, silberglänzend und hoffentlich stärker, als es aussah. Gestern abend hatte er es den Ariadnefaden genannt, und er fand das Bild immer noch sehr treffend.

Alles fing nicht erst an, als Schwester Teresa ihn nach dem Mord an Gibbon in der Casa da Capo-Zendrini holen gekommen war, sondern schon in den Tagen unmittelbar davor.

Sein Rückblick mußte auch die Vergangenheit der Menschen erfassen, die er gesprochen hatte oder von denen ihm berichtet worden war, Einzelheiten von Lebensläufen, die ihm ungern oder bereitwillig anvertraut worden waren. Er mußte nicht nur Gibbon begreifen, wie er gelebt hatte, sondern auch die Menschen, deren Leben er berührt hatte – die Gäste der Casa Crispina, Rigoletti und Firpo, Tonio Vincenzi mit seiner Stiefmutter, und natürlich auch Hazel Reeve.

Er kaufte sich ein Gebäckstück und aß es im Gehen.

Bald kämpfte er gegen einen stetigen Menschenstrom an, der sich vom Bahnhof zur Piazza ergoß. Meist Tagesbesucher, die nach einer Stippvisite beim Karneval dann abends mit einem der letzten Züge zurück wollten. Sie waren am ausgelassensten, trugen aber selten phantasievolle Kostüme, bloß Masken aus Pappe oder Plastik. Viele hatten Tröten oder Rasseln dabei und warfen mit Konfetti. Ein solcher bunter Schauer überrieselte Urbino plötzlich, als er auf den Campo San Geremia hinaustrat.

Mit einem Blick über den Platz vor der Kirche, in der die Mumie der Santa Lucia, der Schutzheiligen des Augenlichts, in ihrem Glassarg lag, bat Urbino mit einem Stoßgebet um die Erleuchtung, die ihm in der ganzen verwirrenden Falschheit das einzige Wahre, aber Verborgene sichtbar machen würde. Werde sie ihm zuteil, gelobte er der Santa Lucia, sein eigenes schriftliches Zeugnis davon zu den zahllosen Brillen, Votivbildern von Augen, Fotos von Geheilten hinzuzufügen, die Gläubige zu Lob und Preis der Heiligen niedergelegt hatten.

Er war froh, als er endlich die Ponte Scalzi erreichte, deren Steinbogen sich hoch über den vielbefahrenen Canal Grande spannte. Er blieb am Scheitelpunkt stehen und ließ den Blick über die vielen Menschen schweifen, die die Bahnhofstreppe herabströmten und sich auf die Wassertaxis stürzten oder zu Fuß in Richtung Piazza strebten. Das Rufen und Lachen wetteiferte mit den Geräuschen des Schiffsverkehrs.

Lärm und Gedränge nahmen ab, als er durch schmale Gassen zu einem Campo ging, den er wegen seiner Unscheinbarkeit und seines dennoch geheimnisvollen Charakters besonders schätzte. Den Touristen relativ unbekannt, war dieser schmucklose Platz am Knotenpunkt verschlungener Gäßchen unweit von Rialto und Bahnhof typisch für die Stadt, die sich nach außen dem Blick offen darbot und zugleich fast inzestuös innengerichtet war.

An die Brüstung einer engen Brücke gelehnt, blieb er stehen. Es war die berühmte Ponte delle Tette – die Tittenbrücke –, auf der Kebsweiber im sechzehnten Jahrhundert den nackten Busen vorweisen durften, um widerstrebende Jungmänner zur Heterosexualität zu verleiten.

Urbino zog den Schal enger gegen den kalten Wind, der über den Kanal blies. Schaumblasen trieben langsam auf der Wasseroberfläche, und ein kleiner Plastikbeutel mit Abfall rieb sich an der Wassertreppe vor einer Katzenansammlung. Von einem Fenster über dem Kanal schüttelte eine Frau mit Strickmütze einen Staubwedel aus.

In diese durchaus nicht romantische Szene trieb unter der Brücke hervor eine schwarze Gondel mit zwei sitzenden Gestalten. Ungewöhnlich, daß sich jemand an einem so kalten Tag auf eine Gondelfahrt einließ. Die beiden waren bestimmt hart im Nehmen und zugleich unheilbar romantisch, denn der Gondeltourismus konzentrierte sich gewöhnlich auf den Canal Grande zwischen San Marco und Rialto-Brücke und auf die Seitenkanäle des Stadtkerns.

Die zwei waren unter Schals und den vom Gondoliere gestellten Wolldecken derart vermummt, daß sie auch in einen Pferdeschlitten aus dem St. Petersburg des achtzehnten Jahrhunderts gepaßt hätten. Die Gedankenverbindung belustigte Urbino, und er wollte die Verliebten schon ihrer relativen Intimität überlassen, als eine der beiden sich umwandte und zur Brücke heraufsah. Trotz des Schals ums Gesicht sah er sofort, es war eine Frau, und unzweifelhaft Hazel Reeve, aber sie erkannte ihn wohl nicht, vielleicht weil er selbst den Schal über das Kinn gezogen hatte. Jedenfalls grüßte sie nicht, sondern wandte sich wieder dem Mitpassagier zu. Urbinos erster Gedanke war, es müsse Tonio Vincenzi sein, aber auch bei genauerem Hinsehen konnte er nicht einmal sagen, ob es ein Mann oder eine Frau war.

Er sah der Gondel nach, wie sie langsam den Kanal entlangfuhr und dann nach einem Warnruf des Gondoliere in einen Querkanal abbog, der sie schließlich auf den Canal Grande hinausführen würde.

«Nicht böse sein, *caro*», bat die Contessa, als Urbino Viertel vor fünf in ihren Salon kam. «Ich bin schon bei Josef gewesen. Berenice, Oriana und ich waren drüben in Murano, und auf dem Rückweg über die Lagune habe ich Milo gebeten, bei der Klinik anzulegen. Wir kamen praktisch daran vorbei. Ich dachte, es sei besser so, weil nur der Himmel wußte, was mir hier noch bevorstand. Und ich hatte recht!» sagte sie auftrumpfend. «Mauro sagte, Alvises Schwester Siviglia hat von Vicenza angerufen und ist schon um sieben Uhr hier statt um halb neun wie abgemacht. Sie ist dann schon fertig kostümiert, und ich sehe noch aus wie eine Vogelscheuche.»

«Da sollten Sie um so dankbarer sein, daß es ein Maskenball ist, Barbara. So können Sie sich hinter einer der Masken verstecken, unter denen Sie noch die Wahl haben. Ich habe Ihnen gestern eine neue *moretta* gekauft.»

Er gab ihr das Päckchen, auf das sie seit seinem Eintreten geschielt hatte.

«Vielen Dank für die freundliche Gabe, aber ich beabsichtige nicht, mich hinter irgend etwas zu verstecken.»

«Und sollten Sie dann doch wie eine Vogelscheuche aussehen, Barbara – wobei ich das ernsthaft bezweifle –, halten es bestimmt alle für ein Kostüm.»

Sie fixierte ihn, um zu ergründen, ob das ein Kompliment sein sollte.

«Aber zu Josef, Barbara», fuhr Urbino fort, «wie ist es gegangen?»

«Zu Anfang nicht besonders gut, fürchte ich, aber das war meine Schuld. Oriana hat sich verabschiedet, um eine Freundin zu besuchen. Berenice ist mitgekommen. Ihr habe ich nur gesagt, daß Josef in San Gabriele das Fresko restauriert, sonst nichts. Josef schien recht froh, mich zu sehen, als ich durch die Tür trat, wenn auch sichtlich befangen, aber als er Berenice reinkommen sah, die trotz ihrer eigenen Sorgen Fröhlichkeit verbreiten wollte, die Gute, wurde ihm klar, daß wir nicht unter vier Augen reden konnten. Ich hatte gemeint, es wäre ihm so vielleicht wohler, da wir dann auf nichts zu sprechen kommen konnten, was ihm unangenehm sein könnte. Aber er war gleich ganz betreten, und so habe ich Berenice gebeten, draußen zu warten.»

«Haben Sie über Sir Rupert gesprochen?»

«Nicht direkt. Josef schien dem nicht gewachsen und ich auch nicht. Ich habe ihm gesagt, Sie hätten mir von Ihrem Gespräch mit ihm erzählt, und es dabei belassen. Ich sagte, ich wollte bloß hören, ob es ihm bessergeht, und er kann nach dem Krankenhaus solange hier bei mir wohnen, wie er wünscht. Er schien froh, das zu hören.»

«Ich bin nicht sicher, ob Josef noch auf freiem Fuß ist, wenn es ihm wieder bessergeht.»

«Ich habe Gott sei Dank keinen Polizisten vor seiner Tür gesehen. Allzu große Gedanken machen sie sich seinetwegen offenbar nicht, wenn sie ihn zeitweilig so sich selbst überlassen – obwohl ich gern wüßte, was ein bettlägriger Mann, der immer noch halbtot aussieht, überhaupt anstellen könnte!»

«Vielleicht ist es ganz gut, daß Sie ohne mich dort waren, Barbara. So kommt Josef zu zwei Krankenbesuchen statt einem.»

«Er hatte heute schon eine Menge. Als ich mich verabschiedete, kam gerade Schwester Teresa mit der jungen Dame, die ich im Café Florian in Gibbons Begleitung gesehen habe.»

«Dora Spaak.»

«Richtig. Ich habe sie für heute abend eingeladen. Ich habe ihr gesagt, sie kann mit Schwester Teresa kommen und soll sich keine Gedanken machen, wenn sie kein Kostüm oder Abendkleid hat. Ich meinte erst, sie bekäme die Einladung vielleicht in den falschen Hals, weil ihre Mutter im Krankenhaus liegt, aber sie hat gestrahlt.»

«Ich muß los, Barbara», sagte Urbino und stand auf. «Könnte mich Milo vielleicht in die Klinik fahren?»

«Natürlich, *caro*», sagte die Contessa lächelnd. «Allerdings nicht ganz auf direktem Wege. Ich habe Hazel versprochen, daß Milo sie zu Harry's Bar bringt. Es macht Ihnen doch nichts aus, daß Sie bis dort mit ihr fahren müssen, oder?»

Ein ähnliches Lächeln wie neulich spielte um ihren Mund, und wieder hatte es mit Hazel Reeve zu tun. Was sie hinter diesem Lächeln dachte oder empfand, war unmöglich zu ergründen. Er hoffte, sein eigenes Gesicht war eine ebenso undurchdringliche Maske wie ihres.

Die ersten Minuten seiner Fahrt auf dem Canal Grande mit Hazel Reeve im Motorboot der Contessa wurde Urbino den Gedanken nicht los, wieviel unromantischer als in einer Gondel auf einem Seitenkanal das war. Ob Hazel, die auf die Palazzi und den Schiffsverkehr hinaussah, dasselbe dachte?

«Das ist einfach phantastisch, nicht wahr! Barbara hat so ein Glück. Ach, das mit dem Glück verraten Sie ihr nicht, bitte?» Sie langte herüber und berührte sachte seinen Arm. «Sie hat den Geschmack und die Phantasie, um etwas Märchenhaftes aus ihrem Geld zu machen. Glückssache ist das doch nicht, oder? Es gibt Leute genug, die das Geld haben – vielleicht ist das Glückssache –, aber Geschmack und Phantasie haben sie häufig nicht.»

Sie schüttelte nachdenklich den Kopf, als bedenke sie ihre eigene traurige Lage.

«Wie steht's mit denen, die Geschmack und Phantasie, aber kein Geld haben?» erkundigte sich Urbino. «Ist das einfach Pech?»

«Ach, Urbino, ich genieße das viel zu sehr, um ernsthaft zu diskutieren. Es ist alles wie ein Märchen!» Mit einer Handbewegung wies sie auf den Lichterglanz, die flüchtig sichtbaren Deckenfresken, Kronleuchter und erleuchteten Säle, auf die Wassertaxen mit Kostümierten vor den Treppen der Palazzi, die Prunkfassaden, auf die festlichen Gruppen auf den Schiffsanlegern, das dunkelglänzende Wasser und die vorbeigleitenden Boote. «Warum diesen Zauber brechen?»

Mit der rhetorischen Frage hatte sie genau umschrieben, was Urbino noch vor dem Anlegen bei Harry's Bar bewerkstelligen wollte – den Zauber der Fahrt über den Canal Grande zu brechen und aus Hazel Reeve noch einiges herauszuholen.

Hazel wollte von ihm ständig die Namen der diversen Palazzi, Kirchen und Gebäude wissen, die sich im Wasser des Canal Grande spiegelten. Und nicht nur die Namen, sondern auch Geschichten, Adelsgeschlechter, Opern von Liebe, Leid und Tod. Es machte ihm Spaß, Venedigs Geschichte aus dem Ärmel schütteln zu können, aber ihr Wissensdurst war ihm nicht ganz geheuer. Steckte etwas anderes dahinter? Hielt sie ihn beschäftigt, um ein ernsthaftes Gespräch zu vermeiden? Hoffte sie, mit ihrer Begeisterung für die ihm entlockten Berichte anderen Themen ausweichen zu können, bis sie wohlbehalten bei Harry's Bar aussteigen konnte?

Das wollte er auf jeden Fall herausfinden.

Die erste und wohl beste Gelegenheit ergab sich an der Casa Rezzonico, der Sterbestätte Brownings vor über hundert Jahren.

«Sie wissen vielleicht, daß Browning hier gestorben ist», sagte Urbino und wies auf die Prachtfassade des Palazzo. «Ich denke oft, Venedig war für ihn genau der richtige Ort zum Sterben. Schließlich war er ein Dichter der Masken, nicht wahr? In seinen epischen Versen trägt er immer eine. Ich muß gestehen, ich liebe Browning.»

Hazel sah ihn mit ihren grünen Augen an.

«Seit Robert Brownings Zeit hat sich in Venedig aber einiges verändert.»

«Natürlich, Hazel, die Gondeln etwa hatten damals eine *felze*, ein schwarzes Kajütchen mit verhängten Fenstern, in der die Fahrgäste Schutz vor Regen und neugierigen Blicken fanden.»

Sie sagte nichts, fixierte stumm den gotischen Palazzo Barbaro. Konnte er sie nicht doch noch provozieren, etwas preiszugeben?

«Brownings Wohnsitz. Auch der von Sargent und Henry James. James hat sogar eine seiner Heldinnen, eine amerikanische Erbin, dort sterben lassen, nachdem sie herausgefunden hatte, daß der Mann, den sie liebte, sie betrog.»

Das Motorboot der Contessa fuhr am Palazzo Barbaro und weiteren Palazzi vorbei, bevor Hazel entgegnete: «Urbino, Frauen sterben selten an so etwas, außer in Büchern, und wenn, dann drehen sie nicht bloß das Gesicht zur Wand und sterben. Und vermachen nicht auch noch das ganze Vermögen dem Kerl, der sie betrogen hat.»

Offenbar kannte sie Henry James' Roman auch.

«Die Zeiten solch edler Verzichtsgesten sind ein für allemal vorbei», sagte Urbino zustimmend und mußte daran denken, wie ernst sie ihr Versprechen an den Vater zum Ehevertrag genommen hatte.

«Wenn es sie je gegeben hat. Und wenn, bin ich nicht sicher, ob das gut war», sagte sie überraschend, im Gegensatz zu den Skrupeln, von denen sie ihm erzählt hatte.

«Der Palazzo dort drüben», deutete er auf den niederen weißen Bau zur Rechten, «ist das Peggy-Guggenheim-Museum. Er heißt der ‹unvollendete Palazzo›. Wäre er fertig gebaut worden, wäre er der größte am Canal Grande.»

Sie starrte auf das Gebäude mit dem Reiterstandbild des Bildhauers Marino Marini, das durch das Wassertor auf den Canal Grande hinausblickte.

«Die viele moderne Kunst hinter diesen Mauern», sagte Hazel, «ist für mich in einer Stadt Carpaccios und Tizians, Veroneses und Tintorettos deplaziert. Venedig ist nicht die Moderne, auch wenn wir den Canal Grande im Motorboot befahren.»

«Peggy Guggenheim hielt sich als letzte eine Privatgondel.»

«Mit einer *felze*, in der man sich verstecken konnte?» Sie lächelte. «Ist das ein Spielchen zwischen uns, Urbino, dieses Gerede über Gondeln? Das waren doch Sie da oben auf der Brücke heute, nicht wahr? Sie haben sich vielleicht gewundert, warum ich nicht gegrüßt habe, aber anfangs war ich nicht ganz sicher. Ich bin leicht kurzsichtig.» Sie wich seinem Blick aus und fixierte den Anleger Santa Maria del Giglio, wo eine Menschenmenge auf das nächste Boot wartete. Dann wandte sie sich ihm wieder zu. «Als ich Sie dann erkannt hatte, war es mir ein bißchen peinlich. Offen gestanden meinte ich, Sie hätten mich vielleicht gar nicht erkannt. Sie haben keine Miene verzogen.»

«Sie waren ziemlich vermummt.»

«Konnten Sie sehen, wer bei mir war?»

«Wie gesagt, ich konnte Sie schon kaum erkennen.»

Sie sah ihn abschätzend an. Er spürte ihr Mißtrauen und ihre Nervosität.

«Es war Xenia Campi», sagte sie lachend. Es klang echt. «Ja, Xenia Campi. Es ist mir peinlich, das zuzugeben.» Sie grinste schief. «Noch ein Grund, nicht zu grüßen.»

«Ich wußte nicht, daß Sie sie kennen.»

«Ich habe sie in der Casa Crispina kennengelernt, als ich Ralphs Zimmer sehen wollte, aber es war noch versiegelt. Ich blieb kurz davor stehen, und Xenia Campi kam den Flur entlang. Wir kamen ins Reden und – ich fürchte, ich hab sie an mich herangelassen. Ich bin wohl im Moment ziemlich anfällig. Ich dachte, ich stecke das alles weg, aber jetzt bin ich mir da nicht mehr so sicher. Der Mord an Ralph ist noch keine Woche her. Xenia Campi war so freundlich. Sie wisse, wie es ist, wenn man eine Liebe verliert, und sie könnte mir – uns – herausfinden helfen, was Ralph geschehen ist. Sie hat was von Aura und Feuer gemurmelt. Ich habe nicht so genau hingehört, aber als sie sagte, alle denken bloß daran, an welchem Ort Ralph umgebracht worden ist, und keiner, wie er da hingekommen ist, fand ich das sehr einleuchtend. Zumindest zu dem Zeitpunkt.»

Urbino pflichtete ihr stumm bei. Von Gibbons letztemTag wußte er nur, daß er ihn hauptsächlich auf der Piazza verbracht hatte, zum Abendessen in die Casa Crispina gegangen war, Dora im Speisesaal gesprochen und dann das Haus verlassen hatte.

«Sie meinte, sie könne es herausfinden, aber ich müßte ihr dabei helfen. Wir gingen raus, und sie verharrte eine Weile in Trance und ging dann an die Wassertreppe hinter der Casa Crispina. ‹Eine Wasserspur›, sagte sie. ‹Wir müssen der Spur auf dem Wasser folgen.› Ich weiß, es klingt albern, aber ich dachte, sie weiß, wovon sie redet, also sagte ich, wir könnten ein Motorboot nehmen. Das wollte sie aber nicht. Sie sagte, es stört die Aura, und Motorboote sind schlecht für die Stadt. Deswegen haben Sie uns zusammen in der Gondel gesehen. Wir sind der Wasserspur gefolgt, wie sie es nannte. Mir kam es vor, als führen wir jeden Seitenkanal rauf und runter. Kurz nachdem ich Sie auf der Brücke gesehen hatte, meinte sie, sie habe die Spur verloren. Sie gab dem Schaum die Schuld, der dort auf dem Wasser trieb. Sie wollte sofort an Land, und ich kam mir ziemlich blöd vor.»

«Xenia Campi kann auf ihre Weise sehr überzeugend sein», sagte Urbino und dachte an den kurzen Auftritt gestern abend vor dem Palazzo Uccello. «Ich glaube nichts von ihren Geschichten von Auren und Flammen und was sie sonst noch alles sieht, aber es ist offenbar ihre Leidenschaft, wie wirr und konfus auch immer.»

Hazel lächelte schief.

«Ist eine Leidenschaft das nicht meistens?»

Sie näherten sich San Marco. Urbino mußte noch etwas wissen. Die Zeit unter vier Augen wurde so knapp, daß er wußte, er mußte jetzt sehr direkt werden, aber Direktheit konnte sich am Ende auch auszahlen. Vielleicht bekam er so auch eine direkte Antwort oder konnte ihr Ausweichmanöver besser abschätzen.

«Entschuldigen Sie die Frage, Hazel, aber haben Sie Grund zu der Annahme, daß Ralph Gibbon Sie betrogen hat?»

Sie reagierte völlig unerwartet. Sie lachte schallend.

«‹Betrogen›! Aber Urbino, was für ein viktorianisches Wort! Das hat ja fast Schnörkel. Geben Sie es zu, es klingt komisch, außer bei einer Romanfigur. Der Roman von Henry James hat Sie wohl darauf gebracht?»

Er erinnerte sie, sie habe bei dem Abendessen im Montin eine andere Frau erwähnt, mit der Gibbon etwas gehabt hatte.

«Könnte er die Beziehung weitergeführt haben?»

«Gibt es einen Unterschied zwischen weiterführen und mit Anstand beenden wollen?»

«Wollte er das?»

«Ich habe keine Ahnung. Natürlich waren da andere Frauen. Ralph war charmant und attraktiv. Ich meine nicht, daß er andere Beziehungen hatte, solange wir zusammen waren, aber Sie müssen bedenken, keiner von uns beiden war darauf gefaßt, sich zu verlieben. Ich hatte was mit Tonio, und Ralph hatte, glaube ich, auch was mit jemand. Wir haben nie darüber gesprochen. Aber einmal in seiner Wohnung ging das Telefon, und ich wußte genau, da war eine Frau dran. Ich habe nicht gehört, was er gesagt hat, aber mir war klar, er redete mit einer Frau.»

«Ein Mann kann es nicht gewesen sein?»

Milo manövrierte das Boot bedächtig zwischen die Pfeiler des Anlegers.

Statt einer Antwort stand Hazel auf. Da er sie nicht so gehen lassen wollte, sagte Urbino zu Milo, er steige auch hier aus und werde das Stück zur Klinik zu Fuß gehen. Milo solle das Boot zum Rio dei Mendicanti fahren und dort auf ihn warten.

Hazel und Urbino mischten sich unter die Menge auf dem Molo und gingen schweigend zu Harry's Bar. Vor den Verkaufsständen drängten sich Andenken- und Postkartenkäufer.

Ein alter Mann mit gelangweiltem Gesicht stand auf einer der Steinbänke, von denen man Aussicht auf die Lagune und die Insel San Giorgio Maggiore hatte, und führte Leuchtjojos vor. Ein paar Meter weiter bot ein jüngerer, der wie sein Sohn wirkte, Leuchtarmbänder und -halsbänder in Giftgrün, Gelb und Pink feil. Über das Pflaster zwischen den Ständen und der Marmorbrüstung drängten Leute in beide Richtungen und suchten sich jetzt schon Zuschauerplätze für die Maskenumzüge auf dem Wasser, die in etwa einer Stunde beginnen würden. Von einem Schiff draußen auf der Lagune vor San Giorgio zuckten bunte Laserfinger über den Himmel.

Menschenscharen aus den *vaporetti* schoben Urbino und Hazel nach einer Brücke gegen eine Hauswand. Er faßte sie fürsorglich am Ellenbogen. Sie blieben vor Harry's Bar stehen, so dicht wie möglich am Eingang, während sich die Scharen auf dem Weg zur Piazza an ihnen teilten.

«Danke, Urbino, danke für alles», sagte sie und machte einem Dogen Platz, der aus der Bar kam.

Ihr Dank war eine Art Abschied. Er wirkte auch wie ein Lebewohl, nicht nur für heute abend, sondern für lange. Aber er hatte sich wohl geirrt, denn im gleichen Atemzug sagte sie: «Kommen Sie doch mit rein und trinken Sie ein Glas mit Tonio und mir.»

Bevor er protestieren konnte, hatte sie die Tür geöffnet. Er war schon drin und bereute es augenblicklich.

Schon wegen des Lärmpegels, dann wegen dem Rauch, von dem ihm sofort die Augen tränten. Aber erst der Blick, den Tonio vom anderen Ende der Bar aus schwarzen Augen auf ihn abschoß, ließ Urbino wirklich wünschen, er wäre nicht mitgegangen.

24

Wenige Minuten später waren sie alle drei wieder draußen, nachdem sie sich einig gewesen waren, nicht in Harry's Bar bleiben zu wollen, und wurden langsam in Richtung Piazza San Marco geschoben. Es hatte zu schneien begonnen, nasse Flocken, die man im Gesicht spürte.

In der schmalen Calle Vallaressa mit ihren Luxusgeschäften, Viersternehotels und teuren Restaurants konnten sie nicht nebeneinandergehen, und bald schritt Urbino vor Hazel und Tonio. Wie weit er voraus war, wußte er nicht, denn beim Umdrehen sah er immer nur johlende Unbekannte und ausdruckslose Masken. Er wartete im Eingang eines Glasgeschäfts auf sie.

Kurz darauf kam das Paar Arm in Arm heran, offenbar unbeeindruckt vom Gedränge oder vom Schneegestöber, das jetzt immer heftiger wurde. Als sie ihn erblickten, duckten sie sich zu ihm unter das Dach über dem Ladeneingang.

«Ich will die Piazza umgehen und zum Krankenhaus», sagte Urbino.

«Aber das können Sie doch nicht tun, Urbino! Am letzten Tag des Karnevals! Ich weiß, Sie feiern nachher mit uns bei Barbara, aber können Sie nicht kurz mit auf die Piazza kommen?»

Hazel zerrte ihn am Ärmel, stürzte sich mit Tonio Vincenzi wieder ins Gedränge und wandte sich zu ihm um. Er ließ sich mitziehen.

Die Piazza brodelte. Wo Napoleon den schönsten Salon Europas gesehen hatte, tobte jetzt ein Maskenball wie im Irrenhaus.

Menschen drängten sich unter den langen, goldschimmernden Bogengängen, saßen und lagen auf den Stufen und tanzten und wirbelten über die Piazza. Zahllose Lampions schaukelten an ihren Kabeln, und der riesige Kronleuchter in der Mitte strahlte und pendelte bedrohlich in den Schneeschauern. Hinter den Fenstern über den Arkaden brannte Licht, und beleuchtete weiße Masken auf hohen Stangen zogen hintereinander durch die Menge. Blaue und grüne Scheinwerferstrahlen spielten über die Kuppeln der Basilika, und das Gold der Fassadenmosaiken glomm sogar durch das Schneegestöber so intensiv, daß man meinen konnte, es brenne darin. Überall Blitzlichter, und nicht einmal die Lautsprechermusik und die Kapellen aus dem Quadri und dem Café Florian konnten das Getöse der Menge übertönen. Über die Bühne wand sich eine Schlange posierender Maskierter und verbeugte sich vor dem Applaus. Urbino erkannte viele phantasievolle Kostüme aus der letzten Woche wieder. Jetzt, am Ende des Karnevals, nach ihren Narrenpossen in der ganzen Stadt, hatten sie endlich ihren Auftritt auf der richtigen Bühne.

Unter der Bühne vorbei prozessionierte ein Leichenzug komplett mit schwarzlackiertem Sarg und Sargträgern in Dominos, die Gesichter mit schwarzen Larven bedeckt, umtanzt von lachenden Erben, die als Harlekin, Kolumbine, Pierrot und anderen Gestalten der Commedia dell'arte Sarg und Zuschauer mit Blumen bewarfen.

Inmitten dieses chaotischen Treibens standen allein oder grüppchenweise Kostümfiguren in beklemmender Starre reglos an Säulen oder in Torbögen und harrten ihrer Fotografen. Darunter war auch Giovanni Firpo in blaugrünem Paillettengewand, Narrenkappe mit Silberschellen, Chinesenmaske und riesigem schwarzen Federfächer mit winzigen Spiegeln.

Die drei wurden von der Menge unter den Arkaden zum Café Florian gestoßen und geschoben. Urbino ging mehrere Meter hinter dem Pärchen. Vielleicht fanden sie im Florian Zuflucht, und er konnte sich dort von ihnen trennen. Hazel drehte sich jedoch um und winkte Urbino zu sich, während sie mit Tonio die Stufen zur Piazza hinabschritt und fast augenblicklich im Menschengewühl unter den wirbelnden Schneeflocken verschwand.

Er stürzte sich ins Gedränge. Wie Wogengebraus kam es ihm vor und gemahnte an den Sturm auf die Bastille, obwohl sich die Menschen hier woandershin befreien wollten: in Richtung Lust. Regeln oder Selbstbeschränkung schien es dabei nicht mehr zu geben, nur noch den maßlosen Drang, sich gehenzulassen. Alles Menschen, die fast das ganze Jahr auf dem schmalen Pfad der Tugend wandelten. Im Karneval jedoch ließen sie alles heraus, und das auch noch kollektiv. Der Rausch war ansteckend.

Während er sich durch die Menge kämpfte, meinte Urbino schon, Hazel und Tonio verloren zu haben, bis sich das Profil des jungen Mannes vor einem naß überschneiten, cremefarbenen Federkopfputz abhob. Er holte die beiden ein. Arm in Arm waren sie stehengeblieben und sahen den Menschen zu, die inmitten der Piazza und auf der Rampe tanzten und posierten, wobei das widrige Wetter die Begeisterung eher noch steigerte. Ein Lindwurm von Maskierten wand sich die Rampe hoch, schlitterte über die Bühne und auf der anderen Seite hinunter. Die Polonaise wurde länger und länger, als sich immer mehr Leute einhakten. Urbino glaubte, das Vogelköpfchen Pierinas in der Menge auf der Bühne gesehen zu haben, eine hellfarbene Maske in die Frisur geschoben.

«Ist das nicht toll!» freute sich Hazel. «Hätten wir doch bloß unsere Masken dabei.» Sie fächelte sich mit einem Faltblatt vom Fremdenverkehrsbüro. «In einer halben Stunde gibt es Laser und bengalische Beleuchtung und dann ein Feuerwerk!»

In kindlicher Begeisterung gab sie Tonio einen Kuß auf die Nase. Er war nicht annähernd so aus dem Häuschen wie sie.

«Ach, könnten wir doch bis zum Schluß hierbleiben! Verraten Sie das bloß Barbara nicht, Urbino. Selbstverständlich gehen wir auf den Ball, aber hier ist alles so überwältigend!»

Im Laufe des Abends würde die Menge noch dichter und ausgelassener werden, auch hemmungsloser. Aber um Mitternacht hatte das wahnsinnige Treiben ein Ende, setzte eine Zeit des Schweigens ein, mit Sack und Asche – oder dem zeitgenössischen Gegenstück, Katerstimmung.

Hazel schüttelte sich Schnee vom Mantelkragen.

«Warum gehen wir nicht ins Café Florian einen trinken?» schlug sie Urbino vor.

«Ich will unbedingt noch zum Krankenhaus. Ich treffe Sie beide später bei Barbara – es sei denn, Sie können sich hier nicht losreißen.»

«Ach, wir kommen schon hin, nicht wahr, Tonio?»

Urbino wollte sich gerade verabschieden, als er von hinten heftig geschubst wurde. Jemand in dunkler Jacke, Arbeitshose, Wollmütze und gelber Plastikmaske stürzte an ihm vorbei. Urbino meinte, die Person wolle sich dem Lindwurm anschließen, der sich jetzt von ihm fortschlängelte. Doch sie schoß direkt auf Tonio Vincenzi los, Hazel beiseitestoßend, die fast zu Boden fiel, und packte Tonio am Hals. Der hob die Hände, um den Würgegriff zu lockern. Hazel begann zu schreien.

Unter der gelben Maske drangen dumpf italienische Flüche hervor, aber Urbino konnte nicht sagen, ob es ein Mann war oder eine Frau. Er wollte Tonio zu Hilfe eilen, wurde aber schon wieder weggeschubst, diesmal von einem Bärtigen. Hazel schrie immer noch, als der andere Tonio und den Würger erreichte und etwas aus dem Mantel zog. Einen Schlagstock. Er hieb ihn dem Angreifer über den Schädel. Dieser ließ los und fiel zu Boden. Die Maske war gefallen: Ignazio Rigoletti, mit einem irren, verächtlichen Ausdruck in seinem Adlergesicht.

25

Die meisten Teilnehmer des Maskenballs in der Casa da Capo-Zendrini dachten wahrscheinlich, die Contessa sei heute abend hauptsächlich erleichtert und froh – erleichtert wie alle über Ignazio Rigolettis Festnahme, bevor er Tonio Vincenzi oder einem anderen etwas antun konnte, und froh, daß ihr Maskenball so reibungslos lief.

Urbino aber konnte die Ängste im Gesicht seiner Freundin lesen. Auch wenn Rigoletti jetzt in Polizeigewahrsam saß und der Ball ein Erfolg war, waren es noch anderthalb Stunden bis Mitternacht, und immer noch konnte etwas schiefgehen. Dann war alles seine Schuld, denn er hatte schließlich, wie sie ihm immer wieder unter die Nase rieb, das Ganze «eingefädelt». Die Contessa hatte sich große Mühe gegeben und keine Kosten gescheut.

Fröhlichkeit hatte sich in der vergangenen Stunde allmählich eingestellt, und im Geist des echten *carnevale* mischten sich zwanglos und ohne erkennbaren Dünkel die diversen Freunde und Bekannten der Contessa – Aristokraten mit Ladenbesitzern, Modedesigner mit Geistlichen, Handwerker mit Stadtverordneten, Journalisten mit Geschäftsleuten. Ein kleines Orchester spielte auf einer Bühne gediegene Musik – «bloß keine Showmelodien oder Schlager vom Markusplatz», hatte die Contessa dem Kapellmeister klargemacht. Gleich würden ein Tenor, eine Sopranistin und ein Bariton ein paar Arien und Duette aus Verdis Oper *Ein Maskenball* zum besten geben.

Wenn das Orchester pausierte, ertönte Opernmusik aus der Anlage.

Vor den verschlossenen Türen zur Loggia über dem Canal Grande, auf den immer noch graupelartiger Schnee niederging, bot ein Buffet seine Genüsse an. An strategischen Punkten des Riesenraums waren Blumengebinde, große Töpfe mit Duftkräutern und Bronzeplatten mit Räucherstäbchen verteilt.

Urbino war als Renato verkleidet, der kreolische Sekretär Gouverneur Ricardos. Seine blaue Jacke mit der links geknoteten roten Schärpe war das Gewand der Verschwörer, die das Attentat auf den Gouverneur planten. Es gab noch mehr Verschwörer auf dem Ball, doch die hatten meist große Federhüte und Phantasiemasken auf. Urbino trug die samtschwarze Larve, die ihm die Contessa geschenkt hatte.

Die Contessa, die bestimmt schon zum fünften Mal heute abend Berenice Pillow tröstete und ihr zum Kostüm gratulierte, trug ein schlichtes Seidenkleid in weichem Blau mit Perlmuttschimmer. Ihr bläulicher Gesichtsschleier war aus feinsten Buranospitzen, angeblich mit demselben Muster, das Philipp II. für seine Braut Maria Stuart in Auftrag gegeben hatte.

Nur etwa ein Drittel der Gäste hatte raffiniertere Kostüme, die meisten Gäste waren in Smoking und Abendkleid gekommen und trugen dazu gefiederte oder straßbesetzte Masken. Eine Ausnahme machten nur Schwester Teresa, die statt der Kutte, die zu sehr wie eine Verkleidung gewirkt hätte – in der Tat waren etliche Gäste als Nonnen oder Kardinäle erschienen – ein schlichtes graues Complet trug, und Dora Spaak, mit der Urbino gerade sprach, in einem Partykleid von Laura Ashley mit sommerlichem Blumenmuster. Urbino war nicht ganz klar, ob das auch eine Verkleidung sein sollte.

«Ich habe Ihre Mutter vorhin kurz besucht.»

«Wie lieb von Ihnen. Ich war fast den ganzen Tag bei ihr.»

«Es geht ihr gut», sagte er. So gut, unterschlug er, daß sie ihm erneut in den Ohren gelegen hatte, ihrem Sohn zu helfen, aber so, daß Nicholas nicht merkte, daß sie etwas wußte, was sie nicht wissen sollte. Urbino hatte ihr versprochen, sein Bestes zu tun, aber bezweifelt, daß er diese Hilfe brauche, und ihr von Rigolettis Verhaftung eine Stunde zuvor auf der Piazza berichtet. Wie erhofft war sie damit zufrieden gewesen und hatte keine Fragen gestellt, die er ungern beantwortet hätte.

«Sie hat gesagt, hoffentlich genießen Sie den Abend und machen sich keine Sorgen. Ihr Bruder sieht nach ihr. Wissen Sie, sie ist im Bilde, daß Ihr Bruder manchmal seine Ausflüge macht und daß Sie ihn sozusagen decken. Zum Beispiel am Abend des Mordes an Gibbon. Sie hat mir nochmals berichtet, daß Sie zweimal zu ihr hineingeschaut haben, kurz nachdem Ihr Bruder sie zu Bett gebracht hatte und noch mal ein paar Stunden später. Beim Zeitpunkt war sie sich nicht sicher, doch sie meint, es sei etwa um Mitternacht gewesen. Sie erinnert sich an den Glockenschlag. Beide Male hat sie offenbar nicht geschlafen. Sie sehen also, Miss Spaak, Ihre Mutter weiß, daß Sie sich um sie sorgen, und möchte, daß Sie sich heute abend amüsieren.»

Dora Spaak schien vieles durch den Kopf zu gehen, doch sie sprach nichts davon aus. Sie war leichenblaß geworden.

Als Urbino sie zum Tanz aufforderte, schüttelte sie den Kopf. «Lieber nicht, wenn es Ihnen nichts ausmacht. Mir ist ein bißchen warm. Es muß die Aufregung sein. Es ist wie im Märchen – ein Maskenball im Palast einer Gräfin!»

Er ging ihr etwas zu trinken holen. Bis zur Bar und zu Dora Spaak zurück kamen ihm von den Umstehenden mehrere einleuchtende Theorien zu Ohren, warum Rigoletti Gibbon ermordet hatte und auch den «hübschen jungen Mann» hatte umbringen wollen, dessen täuschend ähnliches Phantombild in der Zeitung gewesen war. Obwohl sie recht einfallsreich waren, stimmte natürlich keine der Theorien, und Urbino kam sich mit seinem Wissen wie ein richtiger Verschwörer vor, nicht nur wie ein als solcher maskierter.

Als er zurückkam, war Dora Spaak verschwunden. An ihrer Stelle traf er die Contessa.

«Schauen Sie nicht so enttäuscht, *caro*, ich habe Filippo gebeten, Miss Spaak zum Tanz zu holen, und ihm versichert, niemand wird es übelnehmen, wenn er sie eine Weile mit Beschlag belegt. Daß Oriana die letzte wäre, die was einzuwenden hat, weil sie so ganz ungestört mit ihrem neuesten Verehrer flirten kann, hab ich nicht erwähnt.»

Sie nahm das Mineralwasser, das Urbino für Dora gebracht hatte.

«Ich war sicher, Miss Spaak sei der Typ, der Champagner trinkt und auch noch das Kopfweh und Alka-Seltzer am Morgen danach genießt.»

«Alles läuft glatt, Barbara», lobte Urbino.

Sie blickten über die Gäste hin, die im Gespräch miteinander waren und tanzten. Es gab etliche verschleierte Amelias, aber keine mit einem so erlesenen Abendkleid und Schleier wie die Contessa. Auch mehrere Wahrsagerinnen, denn die Ulrica war die farbigste Gestalt der Oper Verdis, die dem Ball der Contessa Thema und Motiv vorgegeben hatte. Tonio Vincenzi, erst seit kurzem aus der Questura zurück, trug eine rote Halbmaske und einen eleganten dunklen Anzug mit schwerem Umhang. Der stammte offenbar aus der Alltagsgarderobe und war für draußen. Hier im Salon brachte er den jungen Mann ganz schön ins Schwitzen, während er mit Hazel tanzte, die ein geometrisch gemustertes Seidenkleid und eine Halbmaske mit rotweißen Rauten trug.

«Ich hatte befürchtet», sagte die Contessa, ihr halbleeres Mineralwasserglas auf dem Tablett eines vorbeigehenden Kellners abstellend, «daß die Attacke auf Tonio und Rigolettis Verhaftung meine Gäste befangen machen würde, aber das Gegenteil scheint der Fall zu sein. Es ist unser *coup de théâtre*! Ein spannenderes Thema als Verdi! Dafür haben wir Ihnen zu danken.»

Das Lob der Contessa war Urbino unangenehm.

«Ich hatte wenig genug damit zu tun. Es ging alles so schnell. Zum Glück hatte Gemellis Mann Tonio in der Menge nicht aus den Augen verloren, sonst wäre Ihr schöner Ball völlig ruiniert gewesen.»

«‹Völlig›?» Sie runzelte die Stirn, was er wohl damit meinen könnte. «Ich bin sicher, Sie werden mir einiges erklären, aber das kann warten bis morgen. Aschermittwoch ist der Tag der Einkehr und Buße für das Vergangene und der guten Vorsätze für die Zukunft. *Caro*, ich will das nicht alles unbedingt schon jetzt wissen. Wie fanden Sie Josef vor?»

Sie wollte offenbar das Thema wechseln.

«Er sah viel besser aus als letztes Mal. Ihr Besuch hat ihm gutgetan.»

«Das höre ich gern. Erst meinte ich, es würde ein Fiasko.»

«Darüber haben wir auch geredet. Er hat es mir erklärt. Er wollte Sie so gern alleine sprechen. Er ist jetzt ruhiger.»

Wieder sah sie ihn fragend an.

«Ich habe auch Dora Spaaks Mutter gesprochen. Sie sorgt sich um ihren Sohn, aber ich habe versucht, sie zu beruhigen.»

«Und um die arme kleine Dora nicht? Ich bin froh, daß sie gekommen ist. Was hat sie denn bisher vom Karneval gehabt? Auch wenn ich sie letzte Woche einmal mit Gibbon auf der Piazza gesehen habe, war sie doch wahrscheinlich die allermeiste Zeit in der Casa Crispina.»

«Nicht ganz. Mrs. Spaak meint, an ein paar Abenden hat sie sich rausgeschlichen, zum Zugucken.»

«Geschlichen? Über das Alter ist sie doch wohl hinaus.»

«Mrs. Spaak wäre da Ihrer Meinung. Sie hat sich amüsiert, als sich Dora an dem Abend, als Gibbon ermordet wurde, auf Zehenspitzen die Maske holte, die ihr ihr Sohn ein paar Tage zuvor gekauft hatte.»

«Aber ich meine, sie hätte gesagt, sie sei an dem Abend im Haus geblieben – sie habe sich nicht wohl gefühlt?»

Urbino nickte, ging aber nicht ins Detail. Die Contessa sah ihn ratlos an und wandte sich dann ab, um die Tanzfläche zu beobachten, den Präsidenten der Handelskammer mit der jungen Frau eines Senatsmitglieds, Oriana Borelli in den Armen ihres neuesten Verehrers, die Architektin Rebecca Mondador mit einem Redakteur von *Il Gazzettino*, Filippo Borelli mit Dora Spaak und viele andere, die Urbino wegen der Kostümierung nicht erkannte.

Urbino wünschte sich, er hätte Commissario Gemelli irgendwie überreden können, einen seiner Beamten zum Ball abzustellen. Aber Gemelli hätte sicher eingewandt, Tonio Vincenzi brauche nunmehr weder Schutz noch Beschattung. Und vor seinem letzten Besuch im Krankenhaus bei Lubonski und Stella Maris Spaak war Urbino nicht in der Lage gewesen, Gemelli einen triftigen Grund für die Bitte zu nennen, den der Commissario bestimmt beherzigt hätte. Gemelli war sicher, von Rigoletti die Wahrheit darüber zu erfahren, was sich in der Calle Santa Scolastica zugetragen hatte.

«Zeit für die kleine Einlage», sagte die Contessa, als die Kapelle den Tanz beendete. «Entschuldigen Sie mich.»

Sie ging auf die Bühne und stellte den Tenor, die Sopranistin und den Bariton von der Mailänder Scala vor.

«Sie singen drei Arien und ein Duett aus *Un Ballo in Maschera*. Zuerst singt Signor Massimo Carlini den Renato mit ‹Alla vita›.»

Carlini beeindruckte Urbino nicht übermäßig, doch Annamaria Terisio rührte ihn mit «Morro». Eine Weile vergaß er alles um sich herum und lauschte gebannt, wie die Sopranistin Amelias leidenschaftliche Bitte unterm Galgen an den Gatten vortrug, sie den Sohn nochmals sehen zu lassen, bevor er sie töte. Zusammen mit Bellinis Norma und Puccinis Suor Angelika und Madame Butterfly stellte Amelia eine der eindrucksvollsten Muttergestalten der Oper dar. Während sie sang, sah Urbino Filippo Borelli für Dora Spaak dolmetschen.

«Ich muß sterben – doch einen letzten Wunsch
bei Gott, einen letzten Wunsch gewähre mir.
Den einzigen Sohn laß mich
an mein Herz drücken...
Versage einem Mutterherzen
nicht diese Bitte.
Ich muß sterben – aber mein Leib
mag Trost durch seine Küsse finden,
wenn das Ende
meiner irdischen Stunden naht...
Die Hand wird er ausstrecken
und seiner Mutter die Augen schließen,
in die er nie wieder blicken wird!»

Anhaltende Bravorufe erklangen nach ihrem Vortrag. Das nun folgende Duett der Terisio und des Tenors Michele Altieri in der Rolle Ricardos war zwar gut, reichte aber nicht an die Arie heran. Erst Ricardos «Ma se m'e forza», voller Vorahnung und schicksalhaftem Begehren, mit dem Rat an Amelia, die Erinnerung in den geheimen Tiefen ihres Herzens zu bewahren, schlug die Gäste wieder in Bann.

Im Terzett sangen sie dann «Tu qui», und als sie endeten, gab es wieder anhaltende Bravorufe. Die Contessa ging auf die Bühne. Ein Kellner brachte Blumensträuße, die sie der Sängerin und den Sängern überreichte. Wäre der Ball nun zu Ende gewesen, hätte er mit gutem Grund als Erfolg gelten können, aber es war immer noch eine Stunde bis Mitternacht.

Kaum hatte die Contessa mit den Sängern die Bühne verlassen, als Tonio hinaufstieg. Er hatte seinen Umhang abgelegt. Sein Haar war schweißnaß, und er hatte einen großen blauen Fleck am Hals. In makellosem Italienisch sprach er die Gäste an, von denen manche bereits zum Buffet strebten und ins Gespräch vertieft waren. Wieder sah Urbino Filippo Borelli für Dora Spaak dolmetschen.

«Meine Damen und Herren, nach einer so wunderbaren Darbietung kann ich nicht hoffen, Ihnen mehr zu geben als das, was mein eigen Herz glücklich macht. Die meisten von Ihnen kennen mich kaum, aber Sie wissen, Sorge und Not haben seit heute abend auf der Piazza San Marco für mich ein Ende. Der Karneval ist noch nicht vorbei, aber ich mag meine Maske nicht länger tragen.» Er riß sich die rote Halbmaske ab und schleuderte sie fort. «Ich muß eine Herzenswahrheit loswerden, wie unsere wunderbare Sopranistin Signorina Terisio. Meine Damen und Herren, ich freue mich, meine Verlobung mit Signorina Hazel Reeve bekanntgeben zu dürfen!»

Unter anfangs schwachem, aber allmählich anschwellendem Beifall trat Hazel zu Tonio Vincenzi, die Maske mit den rotweißen Rauten nun um den schlanken Hals. Sie wirkte verlegen, fast ein wenig scheu, und wechselte kurz einen Blick mit Urbino.

Die Contessa, die zu der staunenden Dora Spaak bei Filippo Borelli und Berenice Pillow in der Ecke bei den Ikonen und dem Triptychon getreten war, trug ein starres Lächeln zur Schau. Da gab es plötzlich diese ungeplante Einlage, und die Contessa fragte sich bestimmt, ob sie zu dem Abend passe. Sie konnte sich nur schwer auf Unvorhergesehenes und Ungeplantes einlassen, gleichviel, wie oft sie es selber genossen haben mochte. Für sie war das gleichbedeutend mit Chaos.

Die Contessa ließ den Verlobten eine Flasche Champagner bringen und forderte ihre Gäste zum Toast auf.

«Würdest du bitte zu mir und Hazel raufkommen, Mutter?» bat Tonio überschwenglich.

Berenice Pillow lächelte und ging langsam zur Bühne. Ihr Stiefsohn faßte sie an der Hand und half ihr hinauf. Sie küßte ihn, dann Hazel und bekam ein Glas Champagner. Das Orchester stimmte auf Tonios Bitte «Nel Blu Dipinto di Blu» an, aber erst, nachdem der Kapellmeister mit einem fragenden Blick die Zustimmung der Contessa eingeholt hatte.

Also doch ein Schlager auf dem Ball der Contessa. Die Gäste hatten eindeutig Spaß daran und fingen an zu tanzen.

Tonio Vincenzi schien sich nicht schlüssig zu sein, ob er jetzt mit Hazel oder mit seiner Stiefmutter tanzen sollte. Urbino wollte gerade zur Bühne, um Mrs. Pillow aufzufordern, als von der breiten Treppe zum Salon Lärm erscholl.

Xenia Campi, schmelzenden Schnee auf der Strickmütze und dem schwarzen Mantel, stritt auf dem Treppenabsatz mit Mauro. Als er ihr die Hand auf die Schulter legen wollte, schüttelte sie sie wütend ab. Die Kapelle spielte weiter, aber allmählich hörten alle Paare auf zu tanzen. Andere traten langsam näher und reckten die Hälse. Die Contessa hastete zu Xenia Campi und Mauro hinüber, sprach mit der Frau und faßte ihre Hand. Mauro wollte Xenia Campi aus dem Mantel helfen, aber sie tat mehrere Schritte in den Salon hinein. Zuerst blickte sie zur Bühne, wo Hazel Reeve, Tonio Vincenzi und Berenice Pillow standen, zusammen mit der jetzt schweigenden Kapelle. Hazels Augen waren ängstlich geweitet, aber ihre Schwiegermutter in spe lächelte unsicher, als gebe es gleich noch eine Unterhaltungseinlage. Tonio hatte den Arm schützend um Hazels Schultern gelegt.

Urbino ging quer durch den Saal zu Xenia Campi.

«Signora Campi, welche Freude, daß Sie auch da sind. Kann ich etwas für Sie tun? Vielleicht möchten Sie kurz mit in einen der Nebenräume?»

Urbino wußte, die Contessa würde ihm ewig dankbar sein, wenn es ihm gelang, die Frau aus dem Salon zu steuern. Aber Xenia Campi wollte nichts davon wissen. Sie schüttelte den Kopf und trat weiter vor.

«Vielleicht ist sie durcheinander wegen Rigoletti», sagte die Contessa auf Englisch zu ihm.

Beim Namen ihres Exgatten wandte sich Xenia zur Contessa um und starrte sie wütend an.

«Die Losung lautet Tod!» schrie sie.

Die Contessa erschrak sichtlich. Ein paar Gäste kicherten verlegen, und Urbino hörte, wie einer der Künstlerfreunde der Contessa einer jungen Amerikanerin vom Guggenheim-Museum erläuterte, auch das sei ein Zitat aus der Oper Verdis.

«Die Losung der Verschwörer auf dem Maskenball.» Der Künstler meinte, Xenia Campi spiele Theater. «Ulrica, die Wahrsagerin. Köstlich! Was für Phantasie Barbara doch hat!»

Kannte Xenia Campi die Oper und kannte sie das Thema des Balls? Oder paßte ihr Ausruf rein zufällig?

Als Urbino in Xenia Campis glitzernde Augen sah, erschauerte er unwillkürlich.

«Ihr seid alle Verschwörer!» schrie sie, und Urbino war sich immer noch im unklaren, ob sie die Oper kannte oder nicht. Sie ließ den Blick verächtlich über ihn, die Contessa, Schwester Teresa, Dora Spaak und einige Gäste schweifen und hob dramatisch die Hand. «Da tanzt ihr und singt, während Venedig stirbt! Ihr seid so schlimm wie die Schreier im Schneetreiben draußen auf der Piazza. Schuldig, ihr alle! Ihr habt Blut an den Händen! Auch an den Füßen!»

Das fand sie unbeschreiblich komisch und fing hemmungslos an zu lachen. Es war sinnlos, sie beschwichtigen zu wollen. Sie mußte aus dem Ballsaal gebracht werden. Urbino nickte Mauro zu und faßte einen von Xenia Campis Armen. Sie riß sich los und lief zwischen die Gäste, sie beiseite stoßend und sich den Weg bahnend. Bevor Urbino und Mauro sie packen konnten, wandte sie sich an Hazel, Tonio und Mrs. Pillow, die noch auf der Bühne waren.

«Ihr habt Blut an den Händen!» schrie sie, wild zur Bühne gestikulierend. «Möge der Herr euch vergeben!»

Hazel Reeve sank ohnmächtig in Tonio Vincenzis Arme, während seine Stiefmutter dastand, ein gefrorenes Lächeln im Gesicht.

26

Xenia Campi war in einen Nebenraum gebracht worden und wurde von Schwester Teresa beruhigt, die allen versicherte, es sei nicht nötig, die Polizei zu rufen. In einem anderen Raum umstanden Tonio Vincenzi, Berenice Pillow, die Contessa, Dora Spaak und Urbino Hazel Reeve. Samuele Picardo, ein Arzt aus Padua, hatte sie mit Dora Spaaks Hilfe wieder zu sich gebracht. Nach Anweisungen an Dora Spaak war er dann zu Xenia Campi hinübergegangen.

Hazel lag auf einer hochlehnigen Recamière, ein nasses Tuch über den Augen. Daß das kostbare alte Sitzmöbel Flecken bekommen könnte, war offenbar die kleinste Sorge der Contessa. Sie stand neben der Tür und hatte schon zum zweiten Mal verkündet, sie müsse jetzt in den Salon zurück, um noch ein bißchen von dem Abend zu retten. Doch sie fixierte immer noch Urbino, wie um zu sagen, «ich hab's ja gesagt, und Sie sind an allem schuld!»

Tonio Vincenzi stand neben dem Sofa, und Berenice Pillow saß in einem tiefen Sessel neben einem Walnußholztisch mit einer Sammlung von Bechern aus Jaspis. Ihr Gesicht wirkte schlaff im Licht der bronzenen orientalischen Hängelampe. Ihre Augen wanderten unablässig zwischen Tonio und Hazel hin und her.

Dora Spaak stand an der Tür und starrte auf Tonio.

«Geht es dir besser, Hazel, Liebe?» Tonio rieb dem Mädchen die Hand. Sie wollte sich das nasse Tuch von den Augen nehmen, doch Tonio sagte, sie solle es liegen lassen. «Ruh dich aus. Du hast viel durchgemacht. Mit der Hochzeit warten wir nicht. Wir heiraten so schnell wie möglich, gleich hier in Venedig. Wäre das nicht schön?»

Hazel schüttelte so heftig den Kopf, daß das Tuch beinahe heruntergefallen wäre.

«Nein, nicht hier. Nie!»

«Selbstverständlich nicht, Hazel. Wo habe ich bloß meine Gedanken? Aber warum nicht in Italien, unten in Neapel? Mutter, wie sind hier die Aufgebotsfristen?»

Berenice Pillow brauchte eine Weile für die Antwort.

«Ich weiß nicht, Tonio», sagte sie schließlich leise. «Die Hochzeit mit deinem Vater ist lange her, und ich weiß es nicht mehr. Bestimmt weiß es Barbara.»

Sie sah zur Contessa hinüber.

«Berenice, ich fürchte, ich weiß es auch nicht, aber ihr müßt sicher nicht lange warten, nicht, wenn ihr alle Dokumente beisammen habt. Früher war das Heiraten hier schwieriger, und scheiden lassen konnte man sich gar nicht.»

Die Contessa schien nachzudenken, als fehle ihr eine Schlußfolgerung dazu, doch dann zuckte sie nur die Achseln. Sie sah müde aus.

«Und Mutter, ich möchte, daß du Hazel bei den Vorbereitungen hilfst. Sie ist Waise. Das wäre dir doch sicher recht, Hazel?»

Das Mädchen reagierte nicht. Sie wartete offenbar ab, was Tonio noch sagte – oder Mrs. Pillow antwortete.

Berenice Pillow atmete schwer. Sie bemerkte Urbinos Blick und starrte fast trotzig zurück. Als sie den Blick niederschlug zu den Jaspisbechern, wußte er, der Widerspruchsgeist war nicht erloschen. Sie nahm einen Becher und fuhr mit dem Finger über den Rand.

Dora Spaak starrte immer noch Tonio Vincenzi an. Urbino erinnerte sich an Xenia Campis Bemerkung, in den Augen dieser jungen Frau sehe man das Gespenst des Todes – des Mordes.

«Sie haben ihn wiedererkannt, Miss Spaak, nicht wahr?» stellte Urbino fest.

Dora Spaaks Augen huschten von Tonio Vincenzi zu Urbino.

«Er ... er ist der Mann aus Ihrer Zeitung.»

«Aber Sie haben ihn doch woanders gesehen, nicht wahr?»

Dora verschlug es die Sprache. Alle starrten sie an. Alle außer Hazel, die immer noch mit dem Tuch über den Augen auf dem Kanapee lag. Als halte sie bis zu Doras Antwort den Atem an.

«Sie sagten mir gestern morgen, Sie hätten Signor Vincenzi auf dem Campo San Gabriele mit Ralph Gibbon sprechen sehen, oder nicht?»

Tonio zuckte hoch.

«Was soll das heißen? Mit Gibbon gesprochen? Wo ist dieser Campo San Gabriele?»

«Vor der Casa Crispina», sagte seine Stiefmutter ruhig. «Mr. Macintyre hat mich gefragt, ob du dort gewesen bist, und ich habe ihm geantwortet, ich wüßte es nicht.»

«Da war ich nie und nimmer! Ich bin Gibbon nie begegnet. Ich habe bis zu dem Mord gar nicht gewußt, daß er in Venedig ist.»

Hazel faßte nach dem Tuch, als wollte sie es wegnehmen, ließ die Hand aber wieder sinken.

«Na, Miss Spaak», beharrte Urbino. «Es ist doch derselbe, nicht wahr? Der, den Sie mit Ralph Gibbon haben streiten sehen.»

Einen Moment lang meinte Urbino, sie werde ungerührt weiterlügen. Sie rundete den Mund, als wolle sie etwas sagen, aber es kam nichts. Sie fand zum nächsten Sessel und setzte sich vorsichtig hinein. Mit Angst im Gesicht sah sie Urbino an.

«Ich ... ich habe mich wohl geirrt», flüsterte sie. «Es muß jemand anders gewesen sein.»

«Aber gestern früh waren Sie noch ganz sicher, Miss Spaak. Freilich auch durcheinander, weil Ihre Mutter im Krankenhaus war. Also haben Sie Mr. Vincenzi gar nicht auf dem Campo San Gabriele mit Ralph Gibbon sprechen sehen?»

Sie schüttelte den Kopf.

«Und wie ist es mit der Calle Santa Scolastica? Haben Sie dort vielleicht jemand gesehen, der Tonio Vincenzi sehr ähnelte?»

Sie schlug die Hände vors Gesicht. «Ach, der arme Nicky», jammerte sie, «was wird jetzt mit ihm? Ich wollte doch so aufpassen! Ich habe doch gewußt, ich muß mich bei jedem Wort vorsehen! Der arme, arme Nicky!»

«Um Ihren Bruder machen Sie sich mal keine Sorgen.»

«Was geht hier vor, Urbino?» wollte die Contessa wissen.

«Ich versuche, einige sehr bedeutende Punkte zu klären, Barbara. Sehen Sie, Miss Spaak ist in der Mordnacht nicht im Haus geblieben, nicht wahr, Miss Spaak? Sie dachten, Ihre Mutter schlafe, als Sie reinkamen und sich die Schere und die Maske ausborgten, um Gibbon zu folgen. Aber sie lag wach – auch, als Sie beides um Mitternacht zurückbrachten. Sie hat nur so getan, als würde sie schlafen, wie so oft, um Sie nicht zu beunruhigen. Sie sind Gibbon in die Calle Santa Scolastica gefolgt. Erzählen Sie uns von dieser Maske, Miss Spaak – der Porträtmaske, die wie Tonio aussah.»

«Eine Maske, die aussah wie ich? Wovon reden Sie überhaupt?»

«Miss Spaak weiß genau, wovon sie redet. Sie hat irgendwann beobachtet, wie Gibbon sie aufsetzte, und ist ihm bis zur Calle Santa Scolastica gefolgt. Und in die sah sie dann ihren Bruder hineingehen – und gleich danach nervös wieder heraushasten. Aber er wußte ja nicht, daß Sie es waren, Miss Spaak. Sie trugen ja die gelbe Maske. Sie sind zurück in die Casa Crispina und haben die Schere und die Maske wieder zu Ihrer Mutter aufs Zimmer gebracht – und seit Sie wissen, daß Ralph

Gibbon erstochen wurde, haben Sie versucht, Ihren Bruder zu decken.»

Dora Spaak nickte.

«Soll das heißen, Miss Spaak hat Gibbon erstochen? Oder etwa der Bruder?» staunte die Contessa. «Ich dachte, Rigoletti...»

«Vergessen Sie Rigoletti, Barbara, der hat nichts mit dem Mord zu tun.»

«Ach, der arme Nicky!» jammerte Dora Spaak wieder.

«Ich sage doch, machen Sie sich um Ihren Bruder keine Sorgen, Miss Spaak. Er hat nichts Böses getan. Sie hätten nur besser nicht gelogen, um ihn zu decken. Aber jetzt können Sie uns helfen. Haben Sie, bevor Sie aus der Calle Santa Scolastica wegliefen, noch jemand gesehen, den Sie kannten – oder jemand, den Sie damals nicht kannten, aber jetzt kennen?»

«Ich bin nicht in die Gasse hinein. Ich war so überrascht, Nicky zu sehen. Ich konnte mir schon denken, was er dort wollte. Ich kenne meinen Bruder recht gut, obwohl wir über vieles nie reden. Ich wußte Bescheid, aber als er dann nach Ralph in die Gasse ging und gleich wieder rausrannte, war ich so erschrocken, daß ich gleich in die Casa Crispina zurücklief.»

«Sie sind sicher, Sie haben sonst niemand gesehen?»

«Ich hab viele gesehen, als ich wieder am Wasser war, aber niemand erkannt. Nicht in meiner Verfassung!»

«Natürlich, Miss Spaak. Sie waren so durcheinander, daß Sie an einer ganzen Menge Leute vorbeigelaufen sein können, die Sie unter normalen Umständen erkennen würden.»

«Ich glaube schon.»

Hazel fuhr hoch, das nasse Tuch fiel ab und auf das Sofa. Die Contessa schien es nicht zu bemerken – oder es machte ihr nichts aus. Sie fixierte Urbino.

«Weil hier jemand ist, der auch dort war und zu den wenigen gehört, die von der Maske wissen, die wie Tonio Vincenzi aussah.»

Urbino wandte sich zu dem hübschen jungen Mann, der kerzengerade ein paar Schritte vom Sofa entfernt stand und zwischen Urbino und Dora Spaak hin und her blickte.

«Tonio, behaupten Sie immer noch, daß Sie in der Mordzeit im Hotel waren?» fragte Urbino.

«Natürlich! Ich war die ganze Nacht dort! Sag's ihm, Mutter!»

«Habe ich schon, Tony.» Sie sah Urbino in die Augen. «Ich versichere Ihnen, mein Sohn war an diesem Abend im Hotel, Mr. Macintyre.»

Sie stellte den Jaspisbecher hin, den sie in den Fingern gedreht hatte.

«Aber ganz sicher wissen Sie es nicht, Mrs. Pillow? Beschwören könnten Sie es nicht?»

«Wollen Sie meine Mutter der Lüge bezichtigen?»

Urbino ignorierte Tonio und sah weiter Mrs. Pillow an. Aus dem Augenwinkel sah er die Contessa allmählich näher kommen.

«Als Sie sagten, Tonio sei zur Mordzeit im Hotel gewesen, warum räumten Sie da nicht gleich ein, daß Sie es nicht beschwören können?» drang Urbino in sie.

«Aber ich war doch da! Mutter, sag ihm, daß ich da war!»

«Das hat sie schon ein paarmal gesagt, Tonio, aber das bedeutet nicht, daß sic es sicher weiß. Sagen Sie es ihm, Mrs. Pillow, sagen Sie's ihm und Hazel und uns allen, warum Sie nicht wissen und unmöglich wissen können, ob Tonio in der fraglichen Zeit im Hotel war oder nicht.»

«Natürlich war er da!» sagte Mrs. Pillow. «Warum tun Sie so, als hätte Tony etwas zu verbergen? Wenn Sie meinen, mein Sohn hätte irgend etwas damit zu tun – ich meine mit Mr. Gibbons Tod – dann irren Sie sich, Mr. Macintyre.»

«Urbino, was geht eigentlich vor?» fragte die Contessa erneut, nun schon nervöser.

«Tut mir leid, Barbara. Warum setzen Sie sich nicht hin? Ihre

Gäste können noch ein bißchen warten», fügte er hinzu, als denke sie immer noch hauptsächlich daran.

Fast betreten folgte die Contessa und ging zu einem Sessel auf der anderen Seite des Tisches mit den Jaspisbechern.

«Er war an dem Abend im Hotel, Barbara», sagte Berenice Pillow und sah ihre alte Freundin beschwörend an.

Die Contessa langte hinüber und faßte ihre Hand.

«Selbstverständlich, Berenice. Ich weiß gar nicht, was in Urbino gefahren ist. Soll das etwa ein Karnevalsscherz sein?»

«Mein Sohn war dort, wo er sagt, Mr. Macintyre.»

«Warum erzählen Sie uns nicht von der Maske, Mrs. Pillow? Von der, die wie Tonio aussah.»

Wenn Mrs. Pillow noch gehofft hatte, er wisse nicht, was eigentlich nur sie wissen konnte, gab sie diese Illusion jetzt verloren. War ihr Gesicht vorhin nur unnatürlich schlaff erschienen, schien es jetzt in sich zusammengefallen. Sie entzog der Contessa ihre Hand und erhob sich. Sie stand wie eine Königin neben dem Walnußtisch mit seiner Sammlung von Jaspisbechern. Ihre Augen blitzten im Licht der Bronzelampe.

«Sie sind sehr klug, Mr. Macintyre. Sie haben recht. Ich weiß nicht, ob Tonio an dem Abend im Hotel war.»

«Aber Mutter!»

«Ist schon in Ordnung, Tony. Ich hoffe nur, du haßt mich nicht, wenn du die Wahrheit weißt. Ich wollte dir niemals weh tun – auch nicht Ralph. Glaub das bloß nie von mir! Ich bitte dich nur, mir in deinem Herzen zu verzeihen, Tony, Lieber. Wenn ich das haben kann, ist mir alles andere gleich.»

Sie sprach jetzt nur zu ihrem Stiefsohn, als sei sonst niemand im Raum.

«Weißt du, Tony, Ralph Gibbon und ich ...» Sie hielt inne, holte tief Luft und sagte mit ruhiger Betonung: «Ich habe das getan, weil ich ihn geliebt habe – ich liebe ihn immer noch – und weil ich dich liebe. Aber du hast keine Schuld daran, Tony, überhaupt keine!»

Hazel stand unsicher auf.

«Ihn geliebt? Ralph geliebt? Was redest du da?!»

«Ja, Hazel, ich habe ihn geliebt! Ist das so schwer zu glauben? Und ich sage dir noch etwas», sagte sie und trat näher zu Hazel, die einen Schritt zurückwich. «Ralph hat auch etwas für mich empfunden! Wenn ihr mich jetzt anseht – sogar du, Barbara, die es besser wissen müßte – seht ihr nur eine Frau, die nicht mehr jung ist, nicht mehr attraktiv. Was kann sie noch von der Liebe wollen? Und was die Liebe von ihr? Für euch bin ich nur die komische Alte, nicht wahr? Aber ich sehe etwas anderes! Ich sehe mich, wie ich früher war, und das ist nicht so lange her, als die Frau, die Ralph geliebt haben könnte, die Frau, von der ich immer noch glauben möchte, daß er für sie einst etwas empfunden hat. Ich fühle wie du, liebe Hazel, und vielleicht noch mehr. Aber jetzt muß ich alledem Lebwohl sagen. Das habe ich in dieser Gasse schon getan.»

Betäubt setzte sich Hazel auf das Sofa und schlug die Hände vors Gesicht. Wieder schien sich Tonio wie vorhin auf der Bühne nicht zwischen Verlobter und Stiefmutter entscheiden zu können. Er stand da wie angewurzelt. Die Contessa starrte vor sich hin, ohne zu denken, überrascht und erschüttert. Dora Spaak hatte sich wieder in ihren Sessel gedrückt und sah erschöpft und immer noch ein wenig ängstlich drein.

«Du hast ihn umgebracht, weil er mich geliebt hat», schrie Hazel. «Du hast ihn keiner anderen gegönnt. Du bist widerlich!»

«Hazel! Das ist genug!» rügte Tonio.

«Ging es um das Geld, das Gibbon wollte, Mrs. Pillow?» fragte Urbino und riskierte damit eine Annahme, die sich als unrichtig erweisen konnte, so stark sein Verdacht auch war, «oder weil er Hazel heiraten wollte?»

Berenice Pillow schien die Frage zu bedenken. Alle warteten auf ihre Antwort, aber offenbar niemand gespannter als ihr Stiefsohn, der immer noch zwischen ihr und Hazel stand.

«Er hat mich erniedrigt», sagte Berenice Pillow leise. «Nach allem, was wir füreinander gewesen sind, mußte er mich erniedrigen, Tony. Er hätte immer noch fast alles von mir haben können, hätte er mich nur ein bißchen zart und rücksichtsvoll behandelt – oder hätte ich mir das vormachen können. Nein, Mr. Macintyre, ums Geld ging es nicht, und auch nicht um dich, Hazel. Ich dachte, jetzt verliere ich alles, was mir etwas bedeutet – meinen Sohn, Ralph und meine Würde. Da ist etwas zerbrochen. Ich habe ihn geliebt, aber in dem Moment war ich voller Haß. Nein, an das Geld habe ich nicht gedacht. Sonst hätte ich es mir ja wieder nehmen können. Und an dich auch nicht, Hazel. Wenn ich überhaupt an etwas gedacht habe, dann an mich und an dich, Tony. Du kannst dir nicht vorstellen, wie schlimm es war, wo er doch dein Gesicht trug!»

Tonio Vincenzi, der immer noch zwischen Hazel und der Stiefmutter stand, faßte einen Entschluß.

«Mutter», sagte er, ging zu Mrs. Pillow und nahm sie in die Arme. «Du hast nicht gewußt, was du tust. Du hast es für mich getan.»

Seine beiden widersprüchlichen Erklärungen blieben im Raum stehen. Draußen im Salon spielte die Kapelle «Funiculi-Funicula». In Abwesenheit der Gastgeberin schien ihr Maskenball richtig in Schwung gekommen zu sein. Das war auch richtig so, denn die Ebenholzuhr auf dem Kaminsims zeigte fast Mitternacht.

Epilog

Urbino, bis mir der Kopf schwirrt, frage ich mich, ob Ihnen Dank gebührt oder nicht.»

Mitten auf der Stirn trug die Contessa einen Aschefleck, wie einen Orden. In dem schlichten roten Kleid wirkte sie unnahbar, das honigbraune Haar straff nach hinten gezogen und mit einem schwarzen Kamm fixiert, der von ihrer Mutter stammte und zu der Halskette aus Onyx paßte.

Es war früher Nachmittag am Aschermittwoch, dem Tag nach ihrem Maskenball, der, wie sie wußte, zum Stadtgespräch geworden war.

Urbino saß mit der Contessa im Salon der Casa da Capo-Zendrini. Lieber wäre ihr der chinesische Salon im Café Florian gewesen, jetzt, wo sich die Massen von der Piazza verlaufen hatten, doch das Café blieb nach *carnevale* stets ein paar Tage «zur Erholung» geschlossen, wie die erschöpften Besitzer per Aushang wissen ließen.

«Meine Freundin Berenice werde ich jetzt lange nicht bei mir haben», sagte die Contessa bewußt unbestimmt. «Gerade, wo ich sie gefunden habe, wird sie mir wieder entrissen – und das alles Ihretwegen!» Sie starrte ostentativ auf seine Stirn, inzwischen bestimmt schon zum fünften Mal, seit er vor zehn Minuten von der Questura hergekommen war. «Und Sie zeigen sich kein bißchen bußfertig!»

«Barbara, es tut mir leid, daß es so kommen mußte.»

«Ich bin ganz durcheinander. Alles ist viel einfacher, wenn

die Guten zu Tode kommen und die Schlechten die Mörder sind! So sollte es immer sein! Die arme Berenice! Ich kann Ihnen sagen, *caro*, ich werde ihr helfen, so gut ich kann. Ich weiß, Strafe muß sein, aber ich sorge schon dafür, daß sie so glimpflich ausfällt wie möglich.»

Wie sie das bewerkstelligen wollte, erklärte sie nicht, aber bestimmt hatte sie sich bereits einiges überlegt.

«Gestern abend dachte ich, Sie müßten mir nur etwas zu Rigoletti erklären! Und nun ausgerechnet Berenice!»

«Vergessen Sie nicht Dora Spaak.»

«Diese traurige Geschichte kann ich mir schon zum Teil zusammenreimen. Korrigieren Sie mich, wenn ich mich irre.» Sie kniff die grauen Augen zusammen. «Sie ging zur Piazza, nachdem sie Schere und Maske von ihrer Mutter ausgeborgt hatte. Die Schere sollte ein Schutz sein. Aber was wollte sie überhaupt?»

«Gibbon folgen und sich dann zeigen. Sie ist zur Haustür raus, an der schlafenden Schwester Agata vorbei, als Xenia Campi ihren Anisette nahm, und nachdem diese sie aus dem Zimmer ihrer Mutter hatte kommen sehen. Dora wollte mit Gibbon wahrscheinlich hinterher etwas trinken gehen und über ihren Jux lachen. Natürlich ergab sich etwas ganz anderes. Sie hat ihn auf der Piazza fotografieren sehen und ist ihm in die Calle degli Albanesi nachgegangen, wo er die Porträtmaske aufgesetzt hat. Als er dann in die Calle Santa Scolastica ging, hat sie sich in die Sackgasse gestellt und gewartet, bis er wieder herauskommt. Ihr Bruder kam daher, erkannte sie nicht und ging ebenfalls in die Calle Santa Scolastica hinein. Sie war natürlich überrascht, aber sie wußte, daß Nicholas homosexuell ist und daß er solche Örtlichkeiten aufsucht. Entsetzt hat sie bloß, daß auch Gibbon dort war. Als ihr Bruder davonlief, weil ihm Gibbon, den er nicht erkannte, in der starren Porträtmaske suspekt war, bekam sie es mit der Angst. Sie wartete noch kurz, aber als Gibbon nicht kam, lief sie zurück.»

«Glaubte sie, ihr Bruder habe Gibbon erstochen?»

«Da noch nicht, aber später, als sie von dem Mord hörte. Sie hatte keine Vorstellung, welche Szene sich zwischen den beiden abgespielt haben mochte, war aber fest entschlossen, ihren Bruder zu decken. Deshalb gab sie nicht zu, von der Maske zu wissen, und sah in dem Phantombild in *Il Gazzettino* dann ihre Chance, mich irrezuführen. Konnte sie mich glauben machen – und über mich unter Umständen die Polizei –, Gibbon habe Streit mit dem Mann aus der Zeitung gehabt, dann wurde der zum Hauptverdächtigen, und ihr Bruder war aus dem Schneider. Ganz logisch hat sie natürlich nicht gedacht, sonst hätte sie überlegt, was wohl aus der Porträtmaske geworden ist.»

«Und was ist aus ihr geworden?»

«Berenice hat sie Gibbon vom Gesicht gerissen. Dort lassen konnte sie sie nicht. Das wäre ein unmittelbarer Fingerzeig auf ihren Stiefsohn gewesen. Dieses Abreißen der Maske war das erste, was sie wieder bei klarem Verstande tat. Als sie auf Gibbon einstach, war sie unzurechnungsfähig. Totschlag im Affekt. Sie hat die Maske in die Manteltasche gestopft, aber erst in der Calle degli Albanesi gemerkt, daß sie sie verloren hatte. Sie hörte jemand aus dem Café kommen, und so hastete sie zur Riva degli Schiavoni und von dort weiter zum Hotel. Natürlich wurde ihr mulmig, als ihr klarwurde, die Porträtmaske lag dort noch irgendwo. Darauf, daß Leute behaupten würden, ihren Stiefsohn an diesem Abend an allen möglichen Orten gesehen zu haben, war sie gefaßt. Das hat sie uns sogar mehr oder weniger wörtlich gesagt, wenn Sie sich erinnern, als sie und Tonio an dem Abend zu Ihnen und Hazel herüberkamen. Sie muß gebetet haben, daß die Maske nicht auftauchen würde – und das geschah auch erst heute früh.»

«Wo denn?»

«In einer Mülltonne an der Riva degli Schiavoni. Wer immer sie aufgehoben hat, nachdem sie Mrs. Pillow aus der Tasche gefallen war, hat sie offenbar im Karneval ausgiebig benutzt. Vielleicht war es der, den Mrs. Pillow kommen hörte. Ich kann es nicht beweisen, aber ich glaube, der Finder kam aus dem Café in der Calle degli Albanesi, möglicherweise war es der Aushilfskellner Lupo, der nicht nur eine Wut auf Rigoletti hat, sondern eventuell selbst als Strichjunge in der Calle Santa Scolastica verkehrt. Lupo – oder ein anderer – könnte dorthin gewollt und die Maske am Anfang der Calle Santa Scolastica oder im Hof aufgelesen haben. Aus irgendeinem Grund hat er Gibbons Leiche nicht liegen sehen. Er hat wohl keinen potentiellen Freier erblickt und ist mit der Maske wieder fort. Die hat er dann bis Rosenmontag aufgehabt, als das Phantombild in der Zeitung abgedruckt wurde.»

«Vielleicht sogar noch danach, weil sie erst heute früh gefunden wurde. Sie würden staunen, wie wenige Menschen Zeitung lesen.»

«Aber Rigoletti will Tonio – oder den Maskenträger – öfter gesehen haben, und der hat ihn mehrmals beleidigt.»

«Deswegen meine ich ja, es könnte Lupo oder ein anderer gewesen sein, dem Rigolettis Schimpftiraden auch so auf die Nerven gingen, daß er ihm eine ordentliche Posse spielen wollte. Das habe ich Gemelli heute früh gesagt, und er überprüft es.»

«Vielleicht ist es wegen Berenice und meinen Erinnerungen an St. Brigid's und alledem», sagte die Contessa, «doch heute nachmittag komme ich mir ganz wie eine Novizin vor, die im Glauben unterwiesen wird. Gar kein schlechter Vergleich, wenn man bedenkt, wie naiv ich bin und welche höheren Weihen Sie haben – weltliche, versteht sich – und zum Datum paßt es auch.» Sie fixierte nochmals seine unbußfertige Stirn. «Von Berenice verkrafte ich jetzt noch nichts. Was ist mit Rigoletti? Der hat doch nichts mit dem Mord an Gibbon zu tun, oder?»

«Nein, gar nichts, aber alle wollten es nur zu gern glauben, als er auf der Piazza auf Tonio losgegangen war – sogar die Questura. ‹Wie abgefeimt›, habe ich gestern abend jemand sagen hören. ‹Der Mörder findet die Leiche selber. Darauf muß man erst mal kommen!›»

«Ich fand es nicht abgefeimt, eher gestört. Rigoletti ist nicht ganz so auffällig wie Xenia Campi, doch der Tod ihres Sohnes hat auch ihn aus der Bahn geworfen.»

«Freilich. Seine Abneigung gegen Karneval, Porfirio und die Männer der Calle Santa Scolastica hängt zum großen Teil damit zusammen, daß er seinen Sohn verloren hat. Er sagte, Marco wäre ein ‹Mann von echtem Schrot und Korn› geworden, nicht so einer wie Firpo, und schon gar keiner von dem Schlag, wie er in der Calle Santa Scolastica verkehrt. Auf Tonio ist er losgegangen, weil er sich in seinem Rechtsgefühl und obendrein persönlich beleidigt fühlte. Dem Commissario hat er gesagt, es hat ihn wütend gemacht, daß sie Tonio laufenließen, obwohl er ihn identifiziert hatte,und er hat die Beherrschung verloren, als er ihm auf der Piazza über den Weg lief.»

«Aber warum hatte er eine Maske auf, wenn er den Karneval verabscheut?»

«Aus dem gleichen Grund wie viele andere – er wollte nicht erkannt werden. Er glaubte, von Tonio ständig verhöhnt zu werden und wollte nicht, daß der sich gleich wehren kann. Der Dienstagabend des Karnevals war die beste Zeit für seine Rache. Er wollte es Tonio unerkannt heimzahlen.»

Die Contessa schüttelte den Kopf und nahm einen Schluck Tee. Heute trank auch Urbino Tee; eine kleine Versöhnungsgeste, weil er ihr so viel Aufregung verursacht und ihr auch nicht ganz reinen Wein eingeschenkt hatte.

«Woran haben Sie gemerkt, daß eine Porträtmaske von Tonio mit im Spiel war?»

«Zum einen wollte ich nicht glauben, daß Tonio an dem bewußten Abend unterwegs war. Mrs. Pillow konnte das zwar nicht mit Bestimmtheit wissen, aber sie war so überzeugend, daß ich es ihr glaubte. Sie hatte Gibbon erstochen und wollte auf keinen Fall, daß jemand ihren Stiefsohn verdächtigte.»

Er hielt inne und nahm einen Schluck Tee.

«Und da war noch etwas. Rigoletti hatte gesagt, der erste Mann in der *calle* – den er später als Tonio identifizierte – sei ganz ungerührt gewesen. Und auch Nicholas Spaak sagte aus, der Mann hinten in der *calle* – Gibbon in der Maske – habe keinerlei Regung gezeigt. Als mir Gemelli dann mitteilte, etliche Leute wollten Tonio an dem fraglichen Abend auf der Piazza und in der Gegend gesehen haben, kam es mir noch merkwürdiger vor, daß er es selbst gewesen sein sollte. Er ist einfach nicht der Typ dazu. Natürlich klingt das reichlich naiv in Anbetracht dessen, wie gut sich alle verstellt haben, aber aus irgendeinem Grund wollte ich nicht glauben, daß Tonio an dem Abend draußen war. Als Erklärung blieb dann nur noch, daß er vorsätzlich falsch identifiziert wurde, oder daß jemand gesehen worden war, der ihm ähnlich sieht oder eine Toniomaske trug. Auf eine Porträtmaske wäre ich wohl nie gekommen, wenn nicht Firpo eine von Xenia Campi gehabt hätte und ich ihn nicht am Nachmittag vor dem Mord darin beobachtet hätte. Durch Firpo kam ich an die Maskenbildnerin, eine junge Frau, die Pierina heißt und auf dem Campo San Maurizio einen Maskenstand hat.»

Er erläuterte, Pierina sei Marco Rigolettis Freundin gewesen und bei dem Unfall damals aus dem Wagen herausgeschleudert worden.

«Xenia Campi ist immer hinter ihr her und liest ihr die Leviten. Sie hat Gibbon wahrscheinlich mit ihr auf der Piazza flirten sehen, wollte mich aber nicht auf sie aufmerksam machen. Pierina sagte aus, Gibbon – damals wußte sie nicht, wer das war – sei mit dem Foto eines attraktiven jungen Mannes gekommen und habe eine Porträtmaske bestellt.»

«Das haben Sie mir vorenthalten!» klagte die Contessa.

«Ich habe es selbst erst spät am Montag herausgefunden und

Ihnen deswegen nicht gesagt, damit Sie sich vor Mrs. Pillow oder Tonio nichts anmerken lassen. Zudem war mir klar, Sie würden genau wie ich meinen, der Angriff habe womöglich gar nicht Gibbon gegolten, sondern Tonio, da er ja dessen Porträtmaske trug.»

«Aber was wollte er mit der Maske von Tonio?»

«Gibbon hatte etwas spielerisch Bösartiges. Damit konnte er Berenice fertigmachen, denn er wußte, was sie für ihren Stiefsohn empfand. Ihm bereitete so etwas Spaß. Bei Hazel wollte er das wohl noch steigern, aber soweit kam es dann nicht mehr.»

«Ich verstehe nicht, warum sich Berenice jemals mit Gibbon eingelassen hat.»

«Aber sicher, Barbara! Ein gutaussehender Mann, und nach allem, was sie Gemelli und mir heute erzählt hat, ein vollendeter Kavalier.»

«Aber sie ist doch so viel älter! Der Altersunterschied muß ...» Sie biß sich auf die Zunge. «Ich meine, ungewöhnlich ist es schon.»

«Vielleicht, aber verständlich. Sie ist ihm als Kunsttherapeut in der Londoner Klinik begegnet, in der ihr Mann, Malcolm Pillow, im Koma lag. Das war vor etwa acht Jahren. Sie war damals bestimmt noch attraktiver – das sind Schlüsseljahre in einem Menschenleben.» Er verkniff sich Einzelheiten. «Freilich besaß sie auch den großen Gleichmacher, der Alter unwichtig machen kann: Geld. Gibbon gierte danach, was er vor Hazel erfolgreich verbergen konnte. Bei Ihrer Schulfreundin sah er seinen Weizen blühen. Er hat allerhand von ihr bekommen – ich meine Geld.»

«Schwamm drüber, *caro*, was er sonst noch bekommen hat.»

«Und sie von ihm.»

«Urbino!»

Er schwieg. Er wollte das Gesagte wirken lassen. Nachdem

sie einen Schluck Tee genommen und sehr nachdenklich dreingeblickt hatte, ging sie alles noch einmal durch.

«Also mal sehen. Berenice und Gibbon hatten eine Beziehung, und dann ist er plötzlich mit der Braut ihres Stiefsohnes liiert. Aber Urbino, das klingt doch wie eine Komödie von Oscar Wilde oder ein Stück von Strindberg!»

«Aber weniger seltsam, wenn man bedenkt, wie alles gekommen ist, und was für ein Mensch Gibbon war. Tonio und Hazel lernten einander harmlos im Victoria & Albert Museum kennen, gingen miteinander aus und wollten heiraten. Sie behauptet, damals besonders anlehnungsbedürftig gewesen zu sein, denn ihre Mutter hatte kurz zuvor Selbstmord begangen. Mrs. Pillow war nicht begeistert, wohl auch von keiner anderen Schwiegertochter in spe – zumindest nicht am Anfang. Da war ja diese Nichte in Amerika, die ihr lieber gewesen wäre. Aber sie blieb vernünftig. Hazel und Tonio kannten ihre Vorbehalte, aber Steine hätte sie ihnen keine in den Weg gelegt.»

«Und die ganze Zeit unterhielt sie eine Beziehung zu einem Mann, der gleichaltrig war mit ihrem Stiefsohn.»

«Gibbon und Tonio sind dreizehn Jahre auseinander. Gibbon lernte sie kennen, bevor Tonio zu studieren anfing. Als Mrs. Pillow von Hazel hörte, sie suche einen Fotografen für die Kunstsammlung ihrer Eltern, dachte sie gleich an ihn, wollte sich aber nicht verraten und gab nur ihm den Tip – und er ist hingegangen. Für Hazel war sein plötzliches Erscheinen ein wenig geheimnisvoll. Gibbon erkannte sofort, mit was für Gütern Hazel gesegnet ist, daß sie ihn attraktiv fand, und nahm seine Chance wahr. Daß sie Tonios Verlobte war, gab der Sache weitere Würze. Seine Beziehung zu Mrs. Pillow dauerte damals schon mehr als fünf Jahre, und bestimmt hatte er sich oft anhören müssen, was für ein Wunderkind der Stiefsohn sei. Er neidete Tonio alles – Vermögen und Herkunft, und auf eine perverse Art auch Berenices Zuneigung. Mrs. Pillow hatte Gibbon eine Goldmine gezeigt, und er hat zugegriffen.»

«Aber wie hielten sie alles geheim?»

«Hazel hat nie von Gibbons Beziehung zu Mrs. Pillow erfahren. Keiner von den beiden wollte, daß es bekannt wird. Tonio wußte auch nichts. Für ihn war Gibbon nur eine flüchtige Bekanntschaft aus dem Krankenhaus, wo sein Vater im Sterben gelegen hatte. Und von Gibbon und Hazel ahnte er nichts – zumindest nicht zu Beginn.»

«Das ist wie in einer Verwechslungskomödie – oder eher einer Tragödie! Und wie war es bei Berenice? Wußte sie nicht, was zwischen Hazel und Gibbon lief? Hat Tonio ihr wirklich verschwiegen, daß die Verlobung gelöst war?»

«Ja. Er hoffte, mit Hazel würde sich alles wieder einrenken und seine Mutter brauchte es nie zu erfahren.»

Die Contessa schüttelte den Kopf.

«Soviel Lug und Trug. Mir dreht sich der Kopf.»

«Mrs. Pillow wußte bis zu dem bewußten Abend nichts. Erfahren hat sie es erst von Gibbon, dort in der Calle Santa Scolastica, seinem Treffpunkt mit ihr. Solche Örtlichkeiten kitzelten seinen Sinn für schwarzen Humor. Er wußte genau, was dort los war, und hat vielleicht sogar ein paar Begegnungen gehabt, wenn wir Josefs Aussagen Glauben schenken. Als sie ihn in der Maske sah, bekam sie erst einen furchtbaren Schreck. Sie meinte, es sei Tonio, erkannte Gibbon aber an seinem Lachen. Gibbon erzählte ihr von seiner Freundschaft mit Hazel, schleuderte es ihr ins Gesicht. Er wolle Hazel heiraten, aber sie müsse ihm weiter Geld geben. Offenbar brauchte er es, um Hazel vorzumachen, daß er ihres nicht wolle. Berenice Pillow wußte, was Hazel ihrem Vater versprochen hatte. Ob sie sich am Ende daran gehalten hätte?»

Urbino dachte kurz darüber nach, bevor er schilderte, was zwischen Gibbon und Mrs. Pillow in der Calle Santa Scolastica weiter vorgefallen war.

«Zuerst verweigerte sie ihm das Geld. Sie hatte ihm natürlich immer Bargeld gegeben, und offenbar immer bei seltsamen

Treffs, die er vorgeschlagen hatte. Sie fand das aufregend und romantisch.»

«Die arme Berenice. Und dann hat sie durchgedreht, als Gibbon sie verhöhnte und drohte, Tonio alles zu sagen.»

«Er hat sie eine komische Alte genannt. Er sagte, ein schönes Foto könne er von ihr nur mit Weichzeichner machen. Sie weiß gar nicht mehr, wie sie nach dem Brieföffner in dem kleinen Reisesekretär gegriffen hat. Den hatte sie statt der Handtasche mitgenommen, weil er so massiv war, daß sie sich damit gegen etwaige Belästigungen hätte wehren können. Nach dem Mord wollte sie ihn loswerden. Als sie mich am *traghetto* traf, war das eine günstige Gelegenheit.»

«Warum ihn nicht einfach als gestohlen melden?»

«Das hätte verdächtiger gewirkt als so ein Mißgeschick vor aller Augen.»

«Wenn man bedenkt, wir reden hier von der kleinen Berenice Reilly von St. Brigid's!»

«Sie hat sich nicht sehr verändert nach den Geschichten, die Sie von ihr erzählen.»

«Die arme Berenice! Warum konnte ihr Gibbon nicht den Glauben lassen, er habe doch noch etwas für sie übrig? Ich weiß, da war lauter Lug und Trug – nicht nur zwischen Berenice, Tonio, Hazel und Gibbon, sondern auch zwischen den Spaaks –, aber eine Lüge mehr wäre hier gnädig gewesen. Und hätte ihm das Leben gerettet. Wer furchtbar muß es für sie gewesen sein, ihn erstochen zu haben, wo er doch wie Tonio aussah!»

«Das beschäftigt sie sehr. Sie sagt, an mehr erinnert sie sich nicht. Nur an Tonios Gesicht.»

Die Contessa blickte fragend.

«Aber wie kamen Sie darauf, daß Berenice und Gibbon etwas miteinander hatten?»

«Erst möchte ich noch etwas anderes erklären. Hazel hatte mir gesagt, Gibbon habe eine Beziehung gehabt, als sie einander kennenlernten, und sie zu beenden versucht. In Wirklichkeit wollte er sich Mrs. Pillow warmhalten und weiter bei ihr absahnen. Dann bemerkte Josef beiläufig, er habe in Bloomsbury Gibbon und seine Tante kennengelernt, aber Hazel hatte mir ja gesagt, Gibbons letzter lebender Verwandter sei gestorben, als er etwa achtzehn war. Und dann kamen auch noch Sie.»

«Ich?»

«Sie haben Berenice mit zu Josef ins Krankenhaus genommen, und er hat sie sofort als die ‹Tante› erkannt. Das hat er mir gestern abend erzählt, nach der Attacke auf Tonio.» Urbino stand auf. «Ich glaube, ich brauche etwas Kräftigeres, wenn Sie nichts dagegen haben.»

«Eine gute Idee», verblüffte ihn die Contessa. «Mir bitte auch einen. Selten hatte ich um diese Zeit einen Drink so nötig.»

Urbino schenkte zwei Gläser Corvo ein und gab eines davon der Contessa. Nachdem er zu seinem Sessel zurückgekehrt war, beendete er seine Erläuterungen zu Berenice Pillow.

«Wissen Sie, Barbara, in der Aufregung und Verwirrung um den Mord und das alles haben wir eins ganz vergessen.»

«Was denn?»

«Warum Berenice unbedingt zu Ihnen wollte.»

Die Contessa nickte.

«Sie wollte Ihnen von Gibbon erzählen. Als sie erfuhr, der Treff mit ihm solle in Venedig sein – wie üblich hatte er ihn bestimmt – und daß Sie auch hier wohnten, meinte sie, mit Ihnen sprechen zu sollen. Sie hatte es lange sogar vor den engsten Freunden geheimgehalten. Ihnen aber wollte sie sich öffnen. Nach all diesen Jahren seit St. Brigid's kam sie auf Sie.»

«Aber warum hat sie nichts gesagt? Gelegenheit hatte sie reichlich. Und hätte sie gleich den Mund aufgemacht, hätte sie Gibbon am Ende womöglich nicht erstochen.»

«Erinnern Sie sich, wie Sie letzte Woche im Café Florian auf sie warteten und sie nicht kam? Ich meine, nicht zusammen mit mir, sondern das erste Mal.»

«Wie könnte ich das vergessen?»

«Gibbon und Dora Spaak kamen an Ihren Tisch und haben eine Weile mit Ihnen gesprochen. Das hat sie von draußen beobachtet. Da sprachen Sie genau mit dem Mann, über den sie sich Ihnen anvertrauen wollte. Sie verlor den Mut. Sie meinte, Sie wären nicht mehr so objektiv, wie sie gedacht hatte. Und die Geschichte mit *Casa Vogue* kam noch dazu.»

«Was war denn damit?»

«Als sie sah, daß Sie Gibbon kennen, dachte sie, er hätte die Bilder für *Casa Vogue* aufgenommen. Sie hatte den Artikel fast ganz gesehen, aber nicht die Seite, wo der Fotograf genannt wird. Deswegen wollte sie den ganzen Artikel.»

Die Contessa stand auf.

«Würde es Ihnen etwas ausmachen, wenn wir ein paar Schritte gingen? Ich meine nicht nach draußen, sondern nur auf die Loggia. Lassen Sie mich meinen Schal holen.»

Während sie fort war, ging Urbino an die Bar und holte die Weinflasche und zwei Gläser.

«Mir ist gerade was eingefallen», sagte die Contessa, als sie mit einem breiten Wollschal zurückkam. «Warum war Porfirio in San Gabriele? Warum ist er auf das Gerüst geklettert?»

«Das werden wir nie mit Bestimmtheit wissen. Vielleicht wollte er die Restaurierung inspizieren. Josef gegenüber hatte er Zweifel geäußert. Oder er wollte eigene Fotos von dem Fresko machen, nachdem Gibbon tot war. Wäre Porfirio nicht zu Tode gestürzt, hätte er vielleicht die Abschlußfotos machen wollen.»

Die Contessa schüttelte den Kopf.

«Dafür war er zu stolz. Wenn er den Auftrag nicht gleich bekommen hatte, wollte er ihn sicher auch nicht, nachdem Gibbon tot war. Sie haben Glück, daß er mit den Aufnahmen für Ihr Proust-Buch fertig war.»

Sie wurde nachdenklich und meinte dann:

«Wissen Sie, Urbino, ich muß immer wieder daran denken,

welche Rolle Mütter und Söhne in dieser ganzen traurigen Geschichte spielen. Da ist Berenices Liebe zu Tonio. Sie war ihm eine bessere Mutter als viele leibliche Mütter. Da ist Xenia Campi, die ihren Sohn bei einem Unfall verloren hat.»

Urbino nickte.

«Und vergessen wir nicht Stella Maris Spaak und Nicholas», fügte er hinzu. «Oder Josef und seine Mutter in Krakau.»

Was es genau bedeutete, wußte er nicht, nur daß ohne die zärtliche Bindung zwischen diesen Müttern und Söhnen – ohne das empfindliche System wechselseitiger Abhängigkeit – weniger Leid entstanden wäre, aber sicher auch weniger Glück.

Die Contessa betrachtete den Schauplatz des gestrigen Balls. Die Arbeiter hatten Bühne und Buffet bereits abgebaut. Jetzt waren sie dabei, die Aubussons und die Möbel vom Speicher wieder zurückzutragen.

«Mußte das alles auf meinem Ball herauskommen?» fragte die Contessa. «Das hätten Sie doch auch anders arrangieren können.»

«Ich habe gar nichts arrangiert, Barbara. Ich habe ganz bestimmt nicht Xenia Campi darauf angesetzt, als Anklägerin aufzutreten und mit dem Losungswort Tod hereinzuplatzen.»

«Da bin ich mir nicht so sicher. Ich hatte die ganze Zeit das dumpfe Gefühl, Sie würden noch etwas inszenieren.»

«Soweit es Dora Spaak betrifft, ist es eigentlich sogar Ihre Schuld, Barbara, daß die Geschichte hier im Nebenraum herauskam und daß sie Mrs. Pillows Geständnis mit angehört hat.»

«Meine Schuld?»

«Haben Sie vergessen, daß Sie sie mir entführt und Filippo zum Tanzen anvertraut haben? Hätte ich mit ihr unter vier Augen reden können, hätte es kein solches Aufsehen gegeben.»

«Gott sei Dank geschah es wenigstens nicht vor allen Gästen! Ich hoffe immer noch, daß die meisten gar nicht mitbekommen haben, was im Nebenzimmer vorging.»

«Sicher nicht – und vielleicht erfahren sie es nie.»

«Höchstens aus der Zeitung – meine Freunde, das versichere ich Ihnen, lesen Zeitung!»

Sie begrüßte die Arbeiter und bat einen von ihnen, die Tür zur Loggia zu öffnen. Dann traten sie hinaus. Der Schneesturm von gestern hatte sich auf das Meer verzogen und nur kleine Schneewehen hinterlassen, die mit dem neuen Tag dahinschmolzen. Der Himmel war von einem klaren Blau, es war windig und erfrischend. Die Contessa zog den Schal enger um den Hals.

«Ich weiß nicht, was mit Josef werden wird», sagte sie. «Aber er kann so lange bei mir bleiben, wie er will.»

«Ich wäre nicht überrascht, wenn der Staatsanwalt seine Rolle bei Porfirios Tod nicht erkennt.» Urbino hielt inne. «Wie geht es Hazel?»

«Ach, wissen Sie nicht, *caro*, sie ist fort.»

«Fort?»

«Nicht aus Venedig, aber aus der Casa da Capo. Sie bleibt noch ein paar Tage im Danieli und fliegt dann nach London.»

«Und was ist mit Tonio?»

«Der hat jetzt sicher nur seine Mutter im Sinn, und das ist ganz gut so. Ich glaube nicht, daß sich Ihre Miss Reeve gestern abend im Nebenzimmer sehr erbaulich aufgeführt hat, auch wenn sie unter Druck stand. Vielleicht hat Tonio etwas gesehen, was er nicht mehr so liebenswert findet.»

Sie war einen raschen Seitenblick auf ihn.

«Erinnern Sie sich noch, wie ich bei der Regatta im September sagte, Sie könnten kurz davor stehen, einen Fehler zu machen? Sie fühlten sich irgendwie schuldig und meinten, Sie wollten etwas ‹machen›, ganz wie der Fürst der Faulheit! Na, jetzt haben Sie etwas gemacht, und etwas, woran keiner von uns beiden gedacht hätte. Damals hätte ich wohl nicht einmal mehr Berenices Namen gewußt. Aber Ihr Fehler, na ja...»

«Na ja was, Barbara?»

«Sie waren in Gefahr, aber Sie sind nicht hereingefallen, oder? Dafür muß ich Sie loben.»

Sie sahen auf den Canal Grade hinunter. Alles wirkte wie ein Stilleben: das *vaporetto*, das am Anleger knarzte, die stille Wasseroberfläche, die Passanten auf dem Campo gegenüber, eine Frau, die den Vorhang vor einem Palazzofenster wegzog. Die Mitternacht hatte den Zauber des *carnevale* von der Stadt genommen und ihr die Ruhe der Serenissima wiedergegeben.

«Gott sei Dank ist alles vorbei», sagte die Contessa. «Nächstes Jahr um diese Zeit will ich weit fort sein.»

«Das ist noch lange hin. Ob Sie wollen oder nicht, Ihr Maskenball war ein Erfolg. Vielleicht haben Sie hier in der Casa da Capo eine neue Tradition begründet.»

«Das bezweifle ich.» Sie seufzte kopfschüttelnd und sah hinüber zu den Palazzi auf der anderen Kanalseite. «Ich muß immer wieder an die arme Berenice denken. Was soll aus ihr werden? Sie verkraftet das nicht, nicht bei heilem Verstand. Sie hat sich für immer trennen müssen.» Leise Trauer klang aus ihrer Stimme. «Die arme temperamentvolle kleine Berenice Reilly von St. Brigid's. Ach, *caro*, das ist alles schon so lange, lange her.»

Er legte ihr den Arm um die Taille.

«Aber Sie stehen jetzt hier, Barbara.» Er sah sie an. «Hat die kleine Barbara Spencer von St. Brigid's je geglaubt, sie würde einmal am Canal Grande auf dem eigenen Balkon stehen?»

«Bestimmt nicht zusammen mit Ihnen, *caro*.»

Sie legte den Kopf an seine Schulter.

«Ich habe jetzt genug von der Suche nach der verlorenen Zeit», sagte sie. «Und Sie sind noch zu jung für so etwas. Sparen Sie sich den Proust für das Alter auf. Wie ich.»

Aber dann, während sie noch auf den Canal Grande hinuntersahen, begann sie von ihrer Zeit in St. Brigid's zu schwärmen, und Urbino schenkte für beide noch ein Glas Corvo ein – zum Wärmen.

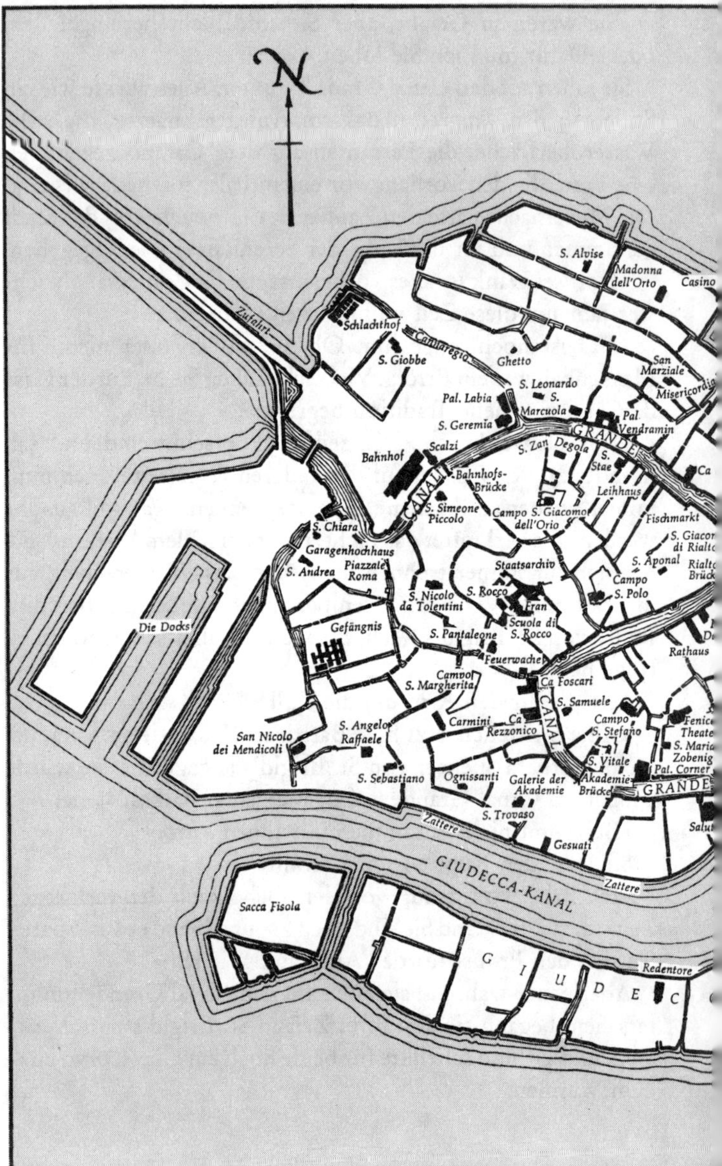

N
Zufahrt
Schlachthof
Cannaregio
S. Giobbe
Ghetto
S. Alvise
Madonna dell'Orto
Casino
San Marziale
Misericordia
S. Leonardo
S. Marcuola
Pal. Labia
S. Geremia
Pal. Vendramin
CANAL GRANDE
Bahnhof
Scalzi
S. Zan Degola
S. Stae
Ca
Bahnhofs-Brücke
Leihhaus
S. Simeone Piccolo
Campo S. Giacomo dell'Orio
Fischmarkt
S. Chiara
S. Giacor di Rialto
Garagenhochhaus
S. Andrea
Piazzale Roma
Staatsarchiv
S. Aponal
Rialto Brück
Campo S. Polo
S. Nicolo da Tolentini
S. Rocco
Fran
Scuola di S. Rocco
Die Docks
Gefängnis
S. Pantaleone
Feuerwache
Rathaus
Campo S. Margherita
Ca Foscari
S. Samuele
Carmini
Ca' Rezzonico
Campo S. Stefano
Fenice Theater
S. Maria Zobenig
San Nicolo dei Mendicoli
S. Angelo Raffaele
S. Vitale
Pal. Corner
S. Sebastiano
Ognissanti
Galerie der Akademie
Akademie-Brücke
GRANDE
Salute
S. Trovaso
Zattere
Gesuati
GIUDECCA-KANAL
Zattere
Sacca Fisola
Redentore
G I U D E C

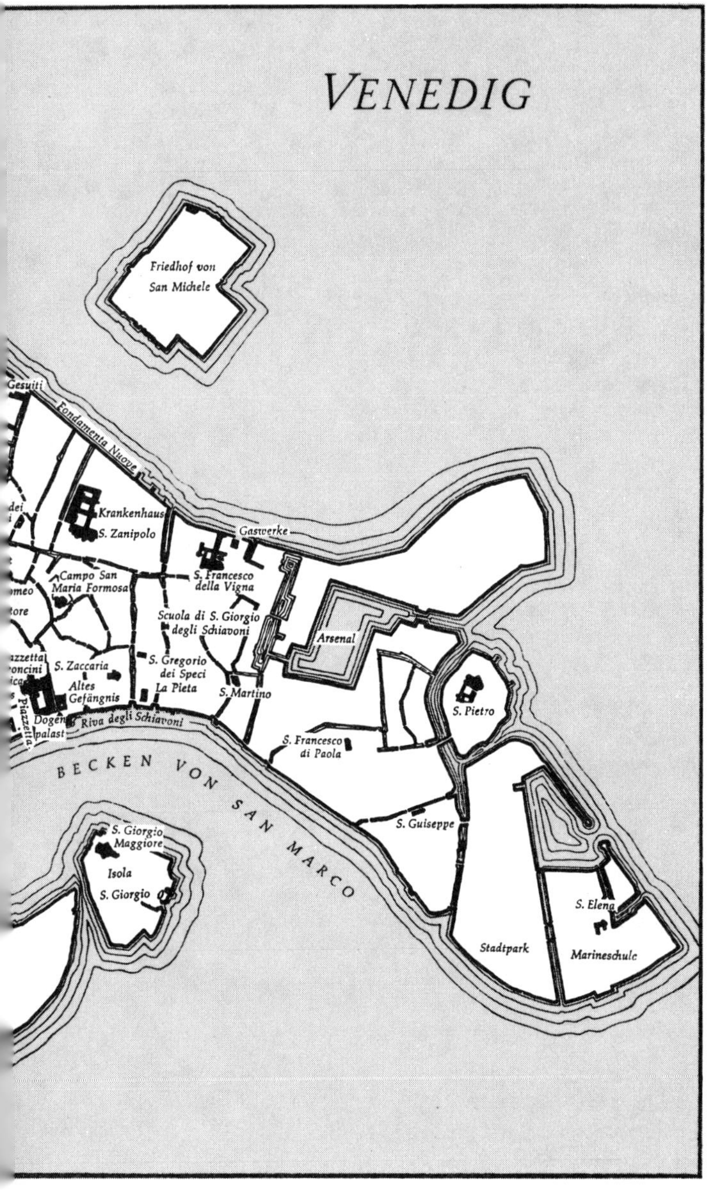
VENEDIG
Friedhof von San Michele
Gesuiti
Fondamenta Nuove
Krankenhaus
S. Zanipolo
Gaswerke
Campo San Maria Formosa
S. Francesco della Vigna
Scuola di S. Giorgio degli Schiavoni
Arsenal
S. Zaccaria
S. Gregorio dei Speci
Altes Gefängnis
La Pieta
S. Martino
S. Pietro
Riva degli Schiavoni
S. Francesco di Paola
BECKEN VON SAN MARCO
S. Giorgio Maggiore
Isola S. Giorgio
S. Guiseppe
S. Elena
Stadtpark
Marineschule